我在现场

WO ZAI XIANCHANG

王建忠 著

气象出版社
China Meteorological Press

图书在版编目（CIP）数据

我在现场 / 王建忠著 . -- 北京：气象出版社，
2019.4

ISBN 978-7-5029-6947-9

Ⅰ . ①我… Ⅱ . ①王… Ⅲ . ①新闻—作品集—中国—
当代 Ⅳ . ① I253

中国版本图书馆 CIP 数据核字（2019）第 055925 号

出版发行：气象出版社

地 址：北京市海淀区中关村南大街 46 号　　邮政编码：100081
电 话：010-68407112（总编室）　　010-68408042（发行部）
网 址：http://www.qxcbs.com　　E-mail：qxcbs@cma.gov.cn
责任编辑：宿晓凤　　　　　　　　　　终 审：张 斌
责任校对：王丽梅　　　　　　　　　　责任技编：赵相宁
封面设计：杨 芳
印 刷：三河市君旺印务有限公司
开 本：710mm×1000mm 1/16　　　　印 张：18
字 数：313 千字
版 次：2019 年 4 月第 1 版　　　　　　印 次：2019 年 4 月第 1 次印刷
定 价：68.00 元

本书如存在文字不清、漏印以及缺页、倒页、脱页等，请与本社发行部联系调换。

热爱是快乐之源
（代序）

新闻是献给时间的礼物。

阅读王建忠的《我在现场》书稿，既可感受到大时代下气象事业发展的脉动，也折射出气象工作者在时代洪流中的多彩镜像。这本新闻作品集，忠实地记录了 2008 年以来河南气象事业腾飞的十年，它们凝缩为这些关键词："为农服务'河南实践'"——行走河南看气象创新之变，开启一次以科技为导航的创新之旅；"中部地区率先基本实现气象现代化"——厚重河南，奏一曲时代强音，书写中原崭新篇章；"精准扶贫"——气象科技"智援"成千上万贫困户，改变曾经积贫积弱的生活面貌；"入汛强降雨"——防灾减灾路上，气象不缺位不失语，哪怕更多考验等在前方；"黄河安澜"——精细监测、精准预报、精确预警、精心服务，合力守卫护黄河平安……

王建忠与我同为记者，那就从我们共同的进藏采访经历说起吧。

记得那是 2011 年初夏，报社派出四名记者与当地记者会合组成采访组，走访西藏六个地级市，回顾西藏和平解放六十年来的气象风雨。飞机刚降落在林芝机场，我们便被纯净的天空和洁白的云朵震撼了。记不清是谁最先发出了惊喜的赞美声，只记得王建忠是将赞叹词重复次数最多的人。在长达半个月的采访中，即便是行驶在把人搞得七荤八素的山路上，他也总是不吝言辞地表达着对周遭的新奇、热爱、赞美与感叹，转眼之间又会被采访对象的讲述感动得泪眼婆娑。有时我们取笑他情感泛滥，有时又忍不住和他一起感慨。现在想想，也正是因为怀着这样一份热爱之情、一颗纯真之心，加诸气象工作、文字写作和家人朋友，他才拥有了自己的快乐人生。

1985 年初中毕业的王建忠考取了外省的一所中专学校，在火车上坐了 60 小时去报到，为的是能走出云南深山里的农门。毕业时，他以优异的成绩进入一所高校的图书馆工作，为的是能以工作的方式继续享受读书的乐趣。后来，年轻气盛的他不顾家人反对，从南方一路跋涉到中原，为的是守护一份真挚的爱情。工作中，他自学新闻学专业课程，并发表了大量新闻稿件，从一名通讯员成长为《中国气象报》河南记者站的记者。

以热爱为先导，用最适合的方式奔跑。他冒雨到发生特大秋汛的黄河决口处采访气象预报服务；他登上位于嵩山最高点的嵩山气象站，勇攀气象精神的高地；他脚踩泥土，行走在阡陌纵横的田野里，讴歌气象为农服务的科技壮举，组织的多期气象为农服务专题策划和采访活动，在《中国气象报》几乎被树为质量标杆。

"从事新闻工作是我人生的一次重大选择，当这种良好的感觉在心里渐渐成为一种根深蒂固的渴望时，我终于认定写作将成为自己今后的一种生活方式。我将用心感受生活的每一缕美，用笔去诉说每一件平凡的事。"王建忠在四十岁时这样为自己的职业定位。

带着几分不惑之年后的通达与乐观，不善言辞的他，时常用文字与大家分享对于工作和生活两者"皆不可抛"的态度。在妻子外出求学那几年，他独自面对柴米油盐的挑战，在夜色中接回从辅导班归家的孩子，还要洗衣拖地和辅导孩子功课，料理好这些后，再静静地梳理采访资料，写出一篇篇新闻报道。他总是找机会走出行业、走进基层去找寻新鲜事，期间交下了很多可以推心置腹的朋友，闲来一起品茶、下棋、听音乐，或者通过朋友圈给大家展示家中宠物"大黄"的萌样。这几年，他又多了一项新爱好，作为"王老师"到各个学校去给孩子们讲授气象科普知识，俨然成了孩子们眼中的"天气魔法师"，在实践中也逐步成长为河南省知名的首席气象科普专家。

你要问，人群中到底哪一个是王建忠？"一架金丝边眼镜，一个微微腆出的肚皮，一条纯色领带，外加头发日渐稀少的脑袋。"他调侃地为自己做了这样一幅自画像。其实，每个人身边也许都有很多个这样的"他"——用心于自己的事业，执着于自己的小天地，关爱着自己的小家庭，享受着人生的小快乐。有时，他竟不知不觉地就感染到了你。

从 20 年前发表第一篇新闻作品，到今天可以结集出版，看似不期而至，实为实至名归。不管在什么场合，那些坚持了十年、二十年、三十年，仍然在一线热情奉献的老新闻工作者，都会让人投之以敬意。每个人的成长路径不同，都会在拔节中感受到成长的阵痛，但信念，终究是殊途同归——坚持下来的人，必将不会被这世界所辜负。

用新闻记录和见证一个时代的历程，用图片定格一个个新闻事件的当事人，这是新时代赋予每个记者的使命。新闻在路上，别忘了配置好"脚力、眼力、脑力、笔力"，老记者，新征程，不忘初心，继续前行！

中国气象报　苗艳丽

目　录

第一章
殷切关怀

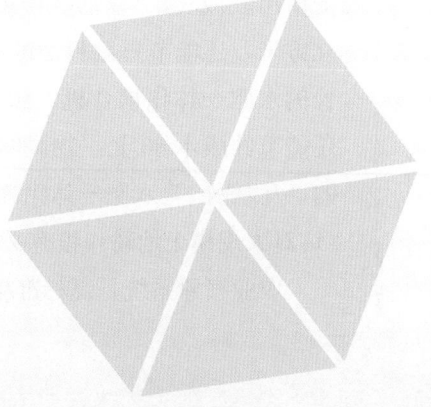

在绿色田野上欢唱

——汪洋在漯河考察气象为农服务工作

一场绵绵春雨，使得河南省漯河市 30 万亩高标准粮田郾城区新店镇西大坡示范方里，麦苗青葱，生机盎然。

2015 年 3 月 20 日上午，中共中央政治局委员、国务院副总理汪洋与参加全国春季农业生产暨森林草原防火工作会议的代表来到这里考察。

在西大坡的田间地头，汪洋一行仔细察看小麦长势。河南省小麦专家郭天财下到地里，拔起几株半尺多高的麦苗讲解苗情，高兴地说道："您给这里带来了一场喜雨，土壤墒情好，今年又是丰收年。"汪洋叮嘱要加强麦田管护，并由衷地称赞道："地种得真不孬！"

在高标准粮田一隅，高高的风向杆和蓝底白字的现代农业气象科技示范园牌子格外醒目。郾城区区长王迎波向与会代表介绍说，大田中建设的农业气象自动化监测设施，包括六要素自动气象站、自动土壤水分观测仪、农田小气候观测及图像视频采集设备、虫情监测仪等，农民朋友可以通过网站、电子显示屏等随时了解大田农作物的墒情、苗情等信息。

在新店农业技术推广区域站里，高标准粮田土肥水气一体化物联网系统引起了汪洋的注意。只见农技推广员慕兰在电脑上查询到西大坡的测土配方施肥表后，电脑"指挥"机械设备自动对水肥进行配比，并开出了管理"处方"。

"水肥怎么控制，是通过管道上的阀门吗？"一位代表问。

"不是，咱用'互联网＋'。"慕兰解释道，河南省高标准粮田大多实现了物联网信息化管理，根据测土配方施肥，只需坐在房间轻点鼠标，就能控制水肥的开关和施用量，通过喷头在田间营造出一片片"营养丰富"的水雾，滋润麦苗苗壮成长。"以前浇一亩地需要 40 ～ 50 立方米水，现在只需要 20 ～ 25 立方米，还能节省肥料 20%。"工作人员向参会代表介绍，一台 4 米宽、10 米长的水肥一体化耦合机，40 分钟能完成一亩地的水肥浇灌，不但高效，每亩还能节约成本 80 元。物联网、测墒灌溉、测土配方施肥等三项先进技术综合的"互联网＋"水肥一体化等"高精尖"技术，令参会代表称赞不已。汪洋说："这对大规模土地耕作很有必要，既要好看，更要讲究方便、实用。"

农业气象系统是高标准粮田土肥水气一体化物联网系统中一个重要的服务

模块，四块大屏幕正显示着外面大田里的温度、土壤墒情等实时气象数据。"通过这个现代农业气象服务平台，可制作出有针对性的精细化农业气象服务产品，为农业生产开展服务。"农业技术信息员白红霞调出当天刚制作的农用天气预报，向汪洋介绍说，"这些气象为农服务产品和气象灾害防御信息，通过气象信息员、手机、电子显示屏等多种渠道和方式进村入户，送到农民手里。"中国气象局党组书记、局长郑国光补充说："还有村里安装的气象大喇叭也在传递这些气象信息，很好地解决了信息服务'最后一公里'的问题。"

农技推广站院内的人工增雨炮库吸引了汪洋的目光。他走过去仔细察看人工增雨高炮、火箭作业设备。"天降喜雨、粮食增产，人工增雨、功不可没。"汪洋对郑国光说道，"这是气象部门的阵地！"

车行至另一个考察点临颍县杜曲镇。在漯河市30万亩高标准粮田临颍示范方里，汪洋观看飞机喷防作业演示，并站在田头与农机大户、种粮大户亲切攀谈。"今年的麦子长势喜人，我的收入今年又要增加了！"种粮大户李少强激动地说。汪洋询问他："去年收成怎么样？一年打多少斤粮食？购买农机有补贴吗？"当得知小麦平均亩产已经达到1200斤，而且购买农机还有政府补贴时，汪洋点头赞许。

据临颍县委书记陈红阳介绍，这个示范方也是现代农业气象科技示范园。按照河南省高标准粮田建设标准，气象服务全面融入了高标准粮田建设。通过科技设施能够24小时不间断地自动、实时监测大田土壤情况以及农作物的各种生长参数，方便农民朋友足不出户及时了解掌握大田作物的墒情、苗情、病虫害等信息。

在临颍县北徐庄村信息进村入户标准站，汪洋走进依托该村购物超市建起的益农信息社，详细了解这里提供的多项惠民便民服务内容。刚从北京参加全国两会归来的北徐村党支部书记徐德全，忙不迭也凑上前去介绍信息便民的内容和好处，还冒出个"互联网＋"的新名词。汪洋问："你也知道'互联网＋'呀？你这个全国代表不简单。"

汪洋解释说："在互联网集结下，各方都认为羊毛出在'牛'身上，结果最后都得到了好处，都成了'牛'。"他还饶有兴趣地拨打农业专家热线电话，对通过市场配置资源、方便农民生产生活的做法表示肯定，热情倡导政府可以通过购买服务等方式，鼓励和支持专业机构来为农民提供信息服务。

在这个按照"信息服务、技术服务、新经营主体综合服务"三项公益性服务和"买卖推缴代取"六项增值服务要求建设的益农信息社，普通农户不出村、新型农业经营主体足不出户就可享受到便捷、经济、高效的生产生活信息服务。当地气象部门每天为益农信息社提供专业天气预报、土壤墒情、精细化农气预报、气象预测预警信息等，并通过社里的服务站点和综合信息平台发布，向广大农民朋友及时提供服务。

在 20 日下午召开的全国春季农业生产暨森林草原防火工作会议上，汪洋指出："这些年，气象为农服务领域不断拓宽，服务水平不断提高，为农业稳定发展提供了有力保障。要继续加强气象能力建设，完善服务机制，特别要适应农业转方式、调结构的新要求，在做好普适型气象服务的同时，积极提供个性化、多样化和专业化服务。要提高关键农时异常天气、气象灾害监测预警的精确化水平，强化面向新型经营主体，农业全生产链的直通式气象服务。要时刻关注旱情的发展，适时开展人工增雨防雹。各地区、各有关部门要大力支持气象为农服务，根据气象预报预测，及时采取应急联动措施，努力提高农业减灾增收能力和水平。"

拳拳爱心显真情，句句话语暖人心。汪洋的讲话不仅是对气象为农服务建设成果的充分肯定，也为全国气象工作者进一步做好气象为农服务以及各项气象服务增强了信心、增添了动力。

（《中国气象报》，2015 年 3 月 23 日，作者：王建忠 王永庆 卢晓华）

麦香溢中原　深情系气象

——温家宝赞誉河南麦收气象服务侧记

6月的中原大地，万木葱茏，麦浪翻滚，一派丰收在望的景象。带着对国家粮食安全的深切关注，带着对广大农民朋友的深情厚谊，2010年6月10日，中共中央政治局常委、国务院总理温家宝在河南省委书记卢展工、省长郭庚茂、副省长刘满仓等省委、省政府领导的陪同下，来到许昌县陈曹乡后孙汪村万亩^①小麦高产创建示范区视察"三夏"工作。

6月9日的雨天给田间道路留下了积水和泥泞。温家宝走进麦田察看小麦成熟情况，在田埂上与农民亲切交谈。他来到一台收割机前，攀上高高的驾驶舱，坐在农机手旁边，与农机手一起收割了一趟麦子，并仔细看着农机手将舱盒中的麦粒倾倒在地头上铺好的篷布单上。在一台播种机前，温家宝虚心请教农机手，并坐到驾驶位置亲自启动播种机，在刚刚收割完的麦茬地里播下了金灿灿的玉米种子。

在麦收现场进行气象服务保障的河南省气象局局长王建国来到温家宝面前汇报"三夏"气象服务工作。

王建国介绍说："我是河南省气象局局长王建国，2009年您在中国气象局视察气象工作时接见过我们。"

温家宝说："气象工作我还了解一些。"

王建国向温家宝汇报说，河南气象工作按照总理提出的"四个一流"要求，努力为老百姓提供一流的气象服务。他指着不远处正在开展"三夏"服务的气象应急服务车对总理说："省委、省政府高度重视气象工作，最近卢展工书记两次对气象为农服务工作作出重要批示。这辆移动应急服务车，是省委、省政府专门为气象部门配备的。同时，还有一辆车载式雷达也来到了麦收现场服务。"

温家宝问："是多普勒雷达吗？"

王建国回答："是！"他向总理汇报说，2010年河南因受4月中下旬以来的低温天气影响，小麦适宜收获期普遍较2009年偏晚5～7天，气象部门提前半个多月做出适宜麦收期的预报。在"三夏"期间，全省气象部门每天都通过电视、电台、报纸、手机短信、"12121"电话等各种渠道滚动发布"三夏"

_____

① 1亩≈666.67平方米

专题农用天气预报，河南省气象部门多年来坚持与农机部门合作，免费向农机手发布机收、气象等相关信息，指导各地抢收抢种。

温家宝一边听汇报，一边走向气象应急服务车。在车前，他向现场服务的气象工作人员致意，并与基层气象职工一一握手。

在气象应急服务车内，河南省气象台副台长吴蓁为总理呈上了一份《2010年许昌麦收现场天气预报》。王建国汇报说："未来一周河南都是好天气，非常适合抢收麦子。"温家宝说："你们的预报我提前已经知道了，谢谢你们！"

随后，温家宝与吴蓁握手致谢，并深情地说："是你们的现场服务给麦收带来了好天气，感谢你们，大家辛苦了！"

在看到河南省气象台天气会商视频画面后，总理询问："可以通话吗？"得到肯定的答复后，温家宝通过远程视频系统连线了省气象台。

"同志们好，你们辛苦了！"总理亲切地说。他询问省气象台首席预报员王新敏："这几天天气情况都好吧？"王新敏汇报说："未来几天河南省基本没有降水，气温逐渐回升，15—16日气温回升到35℃左右。"

温家宝欣慰地说："这对麦收很有利！"

随后，温家宝叮嘱大家要随时监测天气，服务麦收，保证颗粒归仓。王新敏代表值班预报员对温家宝说："谢谢总理关心，这是我们应该做的！"

王建国向温家宝表示，河南气象干部职工将把总理的亲切看望和充分肯定化为今后工作的巨大动力，时刻牢记总理的重要指示，严密监视天气变化，全力做好气象预报预测，为"三夏"生产和安全度汛提供全方位气象服务保障，决不辜负总理的期望！

（《中国气象报》，2010年6月14日，作者：王建忠 杨国锋 杜彩月）

殷殷轻语问气象 切切之情系中州

——温家宝在鹤壁听取气象为农服务工作汇报速记

天寒地冻。2011年1月22日清晨，中共中央政治局常委、国务院总理温家宝在河南省委书记卢展工、省长郭庚茂、副省长刘满仓等省委、省政府领导的陪同下，来到鹤壁市淇滨区钜桥万亩粮食高产核心示范区，实地察看旱情。

这是一块曾创粮食高产"神话"的土地。2010年麦收时节，这里的小麦万亩示范田传出喜讯：平均亩产695.4公斤①，刷新了全国万亩连片小麦平均亩产最高纪录。

乡村冬晨，薄雾缭绕，麦苗上落了一层薄薄的白霜。走到麦田深处，温家宝蹲下身子用铲子拨开表层土壤仔细察看墒情，只见表层土壤干旱，下面的墒情还不错。

"总理，放心好了！这块地现在不太旱。"刘寨村党支部书记武全仁站在麦田里对温总理说，2010年秋天这里下过一场透雨，麦播时期底墒好，而且依据气象部门的提示，村里所有的小麦都在12月中旬浇了一遍水。"天旱，但目前村里的地不旱。"武全仁表示，一定会种好地，多打粮食。

自2010年10月以来，河南降水偏少，全省平均降水量仅为13.3毫米，比常年同期偏少86%，为1951年以来的同期最少值。截至2011年1月20日，全省有15个县、市连续无有效降水日数超过100天。

在这些田块里，鹤壁市气象科技人员通过安装在田间地头的"探头"——农田监视器，实现了农田生态环境和作物生育期、苗情、长势以及灾情等的远程可视化监测，极大地提高了农业生产墒情监测、病虫害防治的水平。

温总理随后前往鹤壁市农业科学院，进一步了解相关情况。

科技力量支持鹤壁粮食亩产连年创新高。尤其是星陆双基系统的建设，以及气象部门准确预测天气，及时服务，通过遍布乡村的"大喇叭"发布灾害性天气信息，指导农民及时防灾、抗灾，为小麦高产稳产提供了科技保障。

走进鹤壁市农业科学院多功能大厅，星陆双基演示平台的大屏幕显示的实时监测图像，正是温总理刚才去过的那块麦田。

"总理好！我是鹤壁市气象局的张睿光。这是鹤壁气象为农业服务的新项目——星陆双基项目。"

---

① 1公斤 =1千克

温总理边看大屏幕，边听张睿光介绍："所谓星陆双基，就是天上一套系统，地上一套系统。天上的这套系统，就是卫星遥感。地上的这套系统，就是安装在农田中的各种传感器。两套系统互相补充，使卫星遥感数据和地面监测数据更加准确、精确。"

"大田里的麦苗长势看得很清楚呀！"温总理说。

大屏幕上，麦苗葱绿。"通过安装在农田里的各种传感器，能够自动、实时、连续 24 小时不间断监测大田土壤情况，以及小麦等农作物的各种生长参数。采用可视化技术，能够让各级领导、农业技术部门、气象部门足不出户便可观测到大田农作物的墒情、苗情长势、作物病虫害发生以及发展情况。"张睿光介绍说。

温总理问道："这是气象部门承担的项目吗？"

张睿光介绍，这是中国农业科学院承担的国家"863 计划"地球观测与导航技术领域课题，属于新型遥感器技术研究专题，与气象部门合作进行田间试验。这个项目在鹤壁实施一年来，已创造了四项纪录：一是最早。项目实施最早，属于全国首家。二是最新。技术最新，居国际领先水平，特别是田间作物的叶面积指数实现了自动观测，为国内外首次运用。三是最多。设备监测参数数量最多。四是最大。建立了 100 平方公里示范试验区，是国际上同类实验区中最大的。

"很好！很好！"听完张睿光的介绍，温总理点头称赞道，"我再加上一个最，最精！"

温总理还兴致勃勃地走上停在大院里的雷达监测车，向正在进行数据采集的气象工作者问好。"这个车和我上次去许昌看到的那辆车一样吗？看着好像不一样？"温总理和气地向技术人员求证。

"总理，您去年在许昌看到的是移动气象台，和这部移动雷达车确实不一样。这是全国第一部移动 724X 雷达车，目前全国也仅有 3 部。"张睿光介绍说，"这部雷达主要用于局部天气探测，能够精细探测局地短时天气状况和变化趋势，及时探测到冰雹、大风等灾害性天气，同时也能为指挥人工增雨提供科学数据。"

听毕张睿光的介绍，温总理对气象现代化建设取得的骄人成绩表示满意。

张睿光向温总理表示，气象干部职工将把总理的亲切看望和充分肯定化为今后工作的巨大动力，时刻牢记总理的重要指示，密切监视旱情发展，时刻监测天气变化，及时做好预报服务，为粮食高产稳产提供全方位气象服务保障，决不辜负总理的厚爱和期望！

（《中国气象报》，2011 年 1 月 25 日，作者：王建忠 李雯）

"向气象部门表示衷心感谢和敬意!"

——回良玉视察许昌县陈曹乡现代农业气象科技示范园速记

在河南许昌县陈曹乡万亩小麦高产创建整乡推进示范区,春雨过后的麦田绿意融融,生机盎然。2011年3月21日9时许,参加全国春季农业生产工作会议的代表来到这里考察。中共中央政治局委员、国务院副总理回良玉在河南省委书记卢展工、省长郭庚茂等的陪同下,走进一望无际的麦田,了解河南2011年的小麦长势。

"现在麦子刚返青,长势喜人呀!"在麦田里,陈曹乡党委书记王丰伟介绍说,尽管经历了130多天的严重干旱,但由于园区基础条件好,农民种粮热情高,专家服务指导早,干旱管理措施好,目前苗情长势很好,丰收在望。

望着满眼绿色的麦田,回良玉点头赞许。

"现代农业科技使种粮实现了三个转变。"王丰伟介绍说,种植上实现了由"粗放"到"精细"的转变;管理上实现了由"传统"到"科学"的转变。在整个生产过程中,专家到地头,气象服务到田间,群众种粮由过去的"庄稼活不用学,人家咋着咱咋着",变成了"庄稼活用心学,专家咋讲咱咋学";劳动强度上也实现了由辛苦繁重到轻松便捷的转变。

当看到不远处正在进行田间气象服务的气象应急指挥车时,回良玉快步走上前,向气象工作者问好。河南省气象科技服务中心的科技人员指着远处麦田里高高矗立的风向杆,向回良玉介绍说:"在这个万亩小麦高产创建整乡推进示范区,气象部门建设了现代农业气象科技示范园,安装了具有世界先进水平的星陆双基农业气象自动监测系统,可自动、实时、连续24小时不间断监测作物生长发育和多项气象要素。这套系统可用于科学指导田间管理,预测未来作物产量变化,还可以让各级领导随时远程查看大田作物生长状况。"

回良玉听后,点头肯定。当听到气象应急指挥车可现场指挥人工增雨、防雹作业,现场制作天气预报时,他欣然登上气象应急指挥车。

"当前气温是6.3℃,湿度为93%,这是现场实时采集的气象数据。"车里正进行现场气象数据分析的河南省气象台首席预报员王新敏向回良玉汇报说,借助卫星通信系统,这辆移动应急指挥车可实时调阅气象资料,与省、市气象台甚至中央气象台进行实时视频会商和资料传输,现场制作天气预报。

当得知正进行远程视频天气会商时，回良玉与河南省气象台进行了视频连线。

"昨天下了多少雨？"回良玉问道。

"许昌下了7毫米的雨。这场降雨非常好，是一场及时雨！"陪同回良玉视察的中国气象局局长郑国光回答道。

回良玉通过视频会商系统向气象工作者问候："感谢你们为农业生产服务、为人民生活服务，向气象部门表示衷心感谢和敬意！"

（《中国气象报》，2011年3月23日，作者：王建忠 杜彩月）

为中原更加出彩提供高水平气象保障
——河南省委省政府领导高度重视气象工作

徐光春会见来豫检查汛期气象服务工作的中国气象局党组书记、局长郑国光等一行

　　2009 年 7 月 23 日，河南省委书记徐光春（左一）会见了来豫检查汛期气象服务工作的中国气象局党组书记、局长郑国光（右二）等一行。双方就应对气候变化、防灾减灾，气象为粮食安全、地方经济建设服务等工作交换了意见。会见时，郑国光向徐光春赠送了河南省高分辨率卫星遥感影像图。

（《中国气象报》，2009 年 7 月 24 日，作者：王建忠）

卢展工考察鹤壁现代农业气象服务工作

　　2010 年 1 月 8 日，河南省委书记卢展工到鹤壁市考察现代农业气象服务工作。

　　卢展工书记在浚县王庄镇 5 万亩粮食高产创建示范区查看了小麦苗情和星陆双基项目设备，并与正在进行田间管理的村民刘福顺攀谈起来。刘福顺告诉卢书记，有了气象部门在田间布设的高科技设备和村里的气象信息服务站、大喇叭指导农田管理，2010 年的苗情比 2009 的还要好。在听取了建设星陆双基项目打造数字农情的介绍后，卢展工表示赞许，并要求搞好项目的综合开发利用，抓好落实。

　　卢展工对河南气象为农服务工作多次批示给予了充分肯定，认为河南气象工作在经济社会发展中、在民生事业发展中，已经彰显越来越重要的作用，并指示按"四个重在"的要求，气象工作一定有更大的作为。

　　（中国气象局网站，2010 年 1 月 11 日，作者：王建忠 李雯）

郭庚茂刘满仓一行看望慰问一线气象干部职工

　　2011 年 7 月 26 日，河南省省长郭庚茂（前右二）、副省长刘满仓（前右一）一行到省气象局，看望慰问一线气象干部职工。郭庚茂强调，气象在经济、社会、生活中地位越来越高，是防灾减灾的"耳目"和"尖兵"；社会各行各业须臾都离不开气象服务，特别是在农业生产中，气象工作起到了非常重要的作用。

　　　　　　　　　　　（《中国气象报》，2011 年 7 月 27 日，作者：王建忠　周爱春）

陈润儿会见郑国光　双方表示深化省部合作
共推河南气象现代化

　　2016 年 4 月 26 日，河南省委副书记、省长陈润儿在郑州会见了中国气象局党组书记、局长郑国光一行。双方就进一步深化合作，共同推进河南气象现代化交换了意见，并达成一致共识。

　　陈润儿致谢中国气象局长期以来对河南经济社会发展提供的帮助和支持，表示随着国家现代化的进程和经济社会的发展，气象工作在社会各行各业和人民生产生活中发挥的作用和产生的影响力越来越大。河南是农业大省，也是自然灾害频发省份，河南气象部门在围绕中心、服务大局、创新服务等方面探索

了很多经验，尤其是精细化气象为农服务，为河南农业防灾减灾和粮食连年丰产丰收提供了科技支撑，并卓有成效。

陈润儿对双方深化省部合作，积极推进重大项目建设，在气象监测预警、气象为农服务、气象科技创新、一流台站建设等方面取得的丰硕成果给予了充分肯定。希望双方进一步加强合作，认真落实省部合作协议内容，主动作为，善于作为，共同深入推进河南气象现代化建设，为加快推进中原崛起、河南振兴、富民强省提供更加优质的气象保障服务。

郑国光感谢河南省委、省政府一直以来对气象工作的高度重视。郑国光表示，近年来，河南省委、省政府为河南气象事业发展提供了很好的政策环境。通过近年来省部合作协议的落实推进，为河南气象现代化建设注入了强大动力，也为全国各地气象现代化建设提供了有益借鉴。希望今后双方在防灾减灾体系建设、预警发布能力建设、人工影响天气能力建设等方面进一步加大合作力度，确保河南在中部地区率先基本实现气象现代化。

（《中国气象报》，2016 年 4 月 27 日，作者：王建忠 王永庆）

中国气象局与河南省政府签署协议
共同提升气象为农业发展服务能力

2009年7月23日，中国气象局与河南省政府共同推进气象为河南农业发展服务合作签约仪式在郑州举行。中国气象局党组书记、局长郑国光和河南省委副书记、省长郭庚茂分别代表双方签字。中国气象局副局长矫梅燕出席仪式。仪式由河南省副省长刘满仓主持。

根据协议，中国气象局与河南省政府将围绕河南粮食生产核心区建设，加强农业气象监测、预报、预警、评估和服务工作，推进现代农业气象业务服务体系建设，提高农村公共气象服务能力，加快农业气象科技创新体系建设，全面提升农业气象防灾减灾、农村气象信息服务和保障国家粮食安全的气象服务能力。

据悉，中国气象局和河南省政府将重点在四方面开展合作。

一是共同推进现代农业气象业务服务体系建设。中国气象局将河南现代农业气象业务服务体系建设纳入中国气象局部门专项计划，并予以重点支持。河南省人民政府负责河南省现代农业气象业务服务体系建设建成项目的运行维持费，相关地方政府负责提供农业气象监测和试验用地，将河南现代农业气象业

15

务服务体系建设纳入河南省国民经济和社会发展"十二五"规划。

二是共同推进河南省农村防灾减灾气象服务体系建设。河南省人民政府负责建设工作，建设经费由各级人民政府投入。中国气象局负责农村防灾减灾气象服务体系的技术支持，组织农村气象信息员培训，配合地方政府进行信息员的管理。

三是共同推进"河南粮食生产核心区农业气象防灾减灾与保障工程"建设。中国气象局对"河南粮食生产核心区农业气象防灾减灾与保障工程"予以重点支持；河南省政府将把"河南粮食生产核心区农业气象防灾减灾与保障工程"列入重点专项予以支持，共同做好河南省粮食增产气象保障能力建设工作。

四是共同建设农业气象保障与应用技术重点开放实验室。双方共建"中国气象局·河南省农业气象保障与应用技术重点开放实验室"，以粮食安全气象保障和农业气象应用技术研究为重点，开展新技术研发、示范和成果转化应用。

郑国光说，中国气象局与河南省政府签订合作协议，构建省部合作新机制，既是贯彻落实科学发展观、服务中部崛起的具体举措，也是促进河南区域经济社会发展、为全国"两型"社会建设提供更优质的气象服务的有益尝试。

郭庚茂说，充分发挥气象科技在农业生产中的保障作用，始终是省委、省政府发展农业生产的重要政策之一。省部合作协议签署后，气象为农业生产、粮食核心区和新农村建设服务的能力将得到明显提升，对实现中原崛起具有特别重大的意义。

(《中国气象报》，2009 年 7 月 24 日，作者：王建忠)

河南省政府与中国气象局深化省部合作

2017 年 12 月 14 日，河南省政府和中国气象局在郑州召开省部合作第七次联席会议，总结合作成果，明确下一步合作重点。会后，河南省委副书记、省长陈润儿与中国气象局党组书记、局长刘雅鸣就进一步推进河南事业发展交换意见。

会议明确，"十三五"期间，河南省政府和中国气象局将以实施气象事业发展规划为重点，持续推进河南省突发事件预警信息发布体系建设、中部区域人工影响天气能力工程建设、提升生态文明建设气象服务保障能力以及中国气象科学研究院河南分院建设，为决胜全面小康、让中原更加出彩提供更加优质高效的气象服务保障。

刘雅鸣指出，自 2009 年双方开展合作以来，河南气象现代化建设成果丰硕，发挥了重要示范带动作用。她强调，河南气象工作要紧紧围绕当地经济社会发展需求，强化气象综合防灾减灾救灾职能，在落实"两个坚持""三个转变"中发挥更大作用；强化生态文明气象保障职能，为推动绿色发展、生态保护治理等提供有力支撑；强化气象为农服务职能，创新发展"精准、互动、共创"的智慧农业气象技术和服务，保障乡村振兴，助力打赢脱贫攻坚战；强化气象科技和人才支撑，推动气象服务提质增效。

在豫期间，刘雅鸣调研气象工作并看望慰问一线干部职工，要求把学习贯彻党的十九大精神作为重要的政治任务，切实做到学懂弄通做实。要发展智慧气象，推动气象现代化建设；深化气象改革，加强气象法治建设；落实全面从严治党要求，加强党的建设；强化隐患排查整改，做好安全生产工作。

（《中国气象报》，2017 年 12 月 18 日，作者：周爱春 王永庆 王建忠）

河南全力做好防汛抢险应急演练气象保障工作

2018 年 6 月 25 日，河南省人民政府、水利部在新乡辉县市南水北调中线石门河倒虹吸工程现场，联合举办河南省南水北调防汛抢险及山洪灾害防御应

急演练。河南省气象局党组书记、局长王鹏祥（前左一）在应急演练现场向陈润儿（前左二）省长等领导介绍气象应急开展情况。

本次演练所在地为南水北调中线石门河倒虹吸工程现场。该工程是中线总干渠穿越石门河的河渠交叉建筑物，石门河山洪一旦爆发，不仅可能对倒虹吸工程造成破坏、影响南水北调供水安全，还将对下游群众生命财产安全带来直接威胁。

河南省气象局高度重视此次应急演练活动，专门制订防汛抢险气象保障服务应急演练方案，成立对外联络组、现场指挥组、后方支持组和通信保障组，保障各项工作有序开展。当天，气象保障应急移动指挥车提前进驻现场，采集地面气象六要素，通过卫星通信和4G无线通信方式与省气象局探测中心进行数据实时传输。省气象台基于全省预报预警一体化平台，开展现场天气预报预警、实况监测、雨情汛情快报等决策服务，与上游区域开展视频会商和联合监测。

演练现场，省政府陈润儿省长，水利部蒋旭光副部长等领导，登上气象应急指挥车，查阅分析气象数据，研判防汛抢险决策指挥。

陈润儿在随后的现场讲话中指出，此次演练旨在强化防汛抢险意识、提高抢险实战能力、减少自然灾害损失。从演练效果看，准备充分、科目实用、组织严密、协调高效、指挥有序，特别是参加演练的同志们表现出了良好的精神风貌和卓越的实战能力，值得肯定。

（中国气象局网站，2018 年 6 月 27 日，作者：王建忠 王永庆 李庆锋）

第二章
科技魅力

气象科技呵护天下粮仓

——现代农业气象"河南实践"的创新之路

323.52 亿公斤，这是 2013 年河南夏粮总产量，比上年增产近 5 亿公斤，是 10 年前夏粮产量 233.6 亿公斤的 1.38 倍。从 2003 年起至今，河南省夏粮总产量已经实现"十一连增"。

丰收奇迹从何而来？在专家们给出的种种回答中，矢志不渝地转变农业生产发展方式，不断向科技要粮食是共同的答案。现代农业气象科技则是这个答案中最为出彩的一笔。

近年来，河南省气象局把为"三农"服务作为气象服务的重点，积极探索构建现代农业气象业务服务体系，通过"河南实践"，粮食"靠天吃饭"正随着气象信息时代的到来而悄然改变为"看天管理"，气象科技呵护天下粮仓的作用日益明显。

创新理念　探索气象为农服务新途径

迈出创新之旅的第一步，始于 2009 年的春天。

在现代农业需求牵引和气象事业快速发展的形势下，为满足现代农业发展和农村防灾减灾的需求，尽快建立现代农业气象业务服务体系，进一步发挥气象为"三农"服务的职能和作用，2009 年，中国气象局决定在河南进行为期三年的现代农业气象业务服务试点建设。希望通过在全国第一农业大省的试点实践，探索气象为现代农业发展服务的新途径，以点带面，带动全国范围气象为现代农业服务深入发展，切实增强气象为农服务能力。

以此为契机，探索现代农业气象的"河南实践"，便成为全省气象工作者孜孜不倦的创新动力和始终如一的追求方向。

按照中国气象局的部署和对试点工作提出的"立足于现代农业对气象服务的需求，突出重点、形成亮点，面向决策服务、面向农民，提高农业气象服务能力"的要求，河南省气象局以现代农业气象业务服务试点作为统领各项工作的"总抓手"，与"两个体系"建设和中央财政"三农"气象服务专项相结合，坚持"政府主导、部门联动、社会参与"的原则，积极转变发展方式，着力构建现代农业气象业务服务体系，全面提升现代气象业务服务能力、科技创新能力、人才与创新团队培养能力。

"我们力求在现代农业气象服务理念和做法上做到以创新促转变。"河南省气象局局长王建国说，现代农业气象"河南实践"实现了"七个转变"：一是服务理念，从"我有什么就服务什么"向"社会需要什么就服务什么"转变；二是观测手段，从"一把尺子、一杆秤"向自动化、数字化、信息化、可视化转变；三是科技支撑，从科研业务结合不甚紧密向一体化转变；四是服务产品，由主观、定性、随意、简单向客观、定量、规范、丰富转变；五是服务载体，由纸质材料、邮寄为主向多媒体、多渠道转变；六是工作机制，由部门推动向"政府主导、部门联动、社会参与"转变；七是效果评价，由单纯注重业务考核向以社会满意度为取向转变。

经过近四年的建设，现代农业气象的"河南实践"，极大地促进了传统农业气象服务向现代农业气象服务的转变，不仅为河南现代农业发展和粮食连年增产和连创新高提供了准确、及时、富有成效的气象技术保障，同时也为全国深入开展现代农业气象业务服务探索了路子、积累了经验。

探索实践　构建"河南实践"新内涵

贴心服务的背后，是硬件建设投入力度的不断加强。在方城县赵河气象分局办公室内，记者看到，通过安装在大田里的气象探头，墙上悬挂的大屏幕实时播放着农作物生长的画面。工作人员通过电脑操作，调整探头角度，拉近距离，甚至可以看清落在玉米叶子上的一根枯草。"相比传统农业，现代农业的生产技术由经验逐步转向科学，农业生产逐步呈现出科学化、集约化、产业化和商品化等趋势。"河南省气象局副局长陈怀亮介绍说，"我们从服务理念、观测手段、科技支撑、服务载体、工作机制和效果评价等方面着手，积极转变农业气象业务服务发展方式，使农业生产逐渐由'靠天吃饭'向'看天管理'转变。"

经过连续多年现代农业气象业务服务试点和中央财政"三农"气象服务专项试点建设，目前，河南省气象局已探索形成了"三级业务五级服务布局、六大体系支撑、服务业务科研一体化发展"的现代农业气象"河南实践"。

形成了以省级农业气象中心为龙头、市级农业气象中心为骨干、县级固定农业气象人员为基础的现代农业气象三级业务布局和省、市、县、乡、村五级现代农业气象服务布局，并建立了与之相适应的组织体系。

建立了自动化、现代化农业气象观测体系。包括覆盖 1950 多个乡镇的自动气象站、雨量站；由 162 个自动土壤水分观测站组成的全省自动土壤水分观测网；还有卫星遥感、农业气象田间监视仪等，实现了土壤墒情和农情的全天候、连续无缝隙、自动监测。

创新建立了包括系列化产品、平台、规程、标准、方法等在内的技术体系。开发了一体化的现代农业气象业务服务平台，实现了多种农业气象观测数据、服务产品的快速发布；完善了7大类20种规范化农业气象信息服务产品，可针对不同农事季节发布灌溉、施肥、喷药、储藏、晾晒等多种农用天气预报产品，形成了作物生产全过程的农业气象系列化服务。

建立了多层次的科技支撑体系。由河南省政府与中国气象局联合共建农业气象重点实验室，面向全国解决业务服务急需的关键技术问题；全省4个农业气象试验站，面向区域，发挥试验研究、示范推广等作用；新建了102个现代农业气象科技示范园，面向当地，开展特色农业、设施农业的农业气象指标试验验证及适用技术示范服务。

探索建立了重长效、广覆盖、直通式农村气象信息服务体系。全省共建成2400多个农村气象信息服务站，发展气象信息员近6万名，建成电子显示屏1503个、气象预警大喇叭11 047个、气象预警信息机210台，服务基层、直通"三农"的气象为农服务正在向纵深发展。

强化建立了专业化、懂农需、高素质的人才支撑体系。按照"培养领军人才、稳定骨干人员、充实基层人员"的人才队伍建设思路，多措并举，大力加强农业气象业务科技队伍建设。目前，全省气象部门拥有一支相对稳定的农业气象管理和专业队伍，组织管理机构健全，管理体制完善，逐步形成省、市、县三级相互协调、上下联动、通力合作的农业气象队伍。

此外，全省农业气象工作实行服务、业务、科研一体化发展模式与运行机制，达到充分整合资源、促进成果转化、提升科技内涵的目的。

构建模式　走出防灾减灾新路子

基层建起了气象信息服务站，乡村发展壮大气象信息员队伍，村头田间竖立起了电子显示屏、气象大喇叭……

如今，具有河南特色的现代农业气象业务服务体系，使各种农业气象信息有效延伸到全省基层农村，有效解决气象信息服务"最后一公里"的问题。

防灾减灾工作机制实现了由部门推动向"政府主导、部门联动、社会参与"转变。各级政府近几年先后出台了加强气象灾害防御工作的配套政策措施，为气象防灾减灾工作健康有序发展创造了良好环境。特别是中国气象局和河南省政府自 2009 年签署"共同推进气象为河南农业发展服务"合作协议以来，各级政府、有关部门极大地增加了对此项工作的重视程度。全省 80 个县（市）政府出台当地气象灾害防御规划，省政府出台河南省气象灾害应急预案，96 个市、县政府出台了气象灾害应急预案，77 个市、县政府出台了应急准备认证，全省各省辖市、县均建立了市、县、乡、村各级气象灾害防御人员动态库。至此，全省农村气象灾害防御机制逐步完善。

农村气象服务被纳入省委、省政府《关于开展社会主义新农村示范村建设的意见》，在政策、管理、项目、资金等方面得到了强力支持。同时，气象部门还与省农业厅、水利厅、林业厅、供销合作社、安监局、农机局、通信管理局、河南农业大学、邮政公司等省直单位建立了稳定的合作机制，多部门联动、共同做好农业气象服务和农村气象灾害防御工作。

创新建立气象信息员新模式。在全国率先推出"大学生村官模式""邮政模式""农村超市模式"和"治安哨亭模式"等行之有效的气象信息员发展与管理模式，利用"阳光工程"项目对全省 2.9 万名气象信息员进行了培训。因地制宜发展手机短信、大喇叭、电子显示屏、电视、广播、报纸、乡村超市板报等多种方式，各省辖市县均开通了操作简便的农村气象信息服务网。

刘帅华是方城县赵河镇枣庄村的种粮大户，通过土地流转，目前承包了400 亩土地。"自从有了气象部门的贴身服务，遇到虫害天灾，心里就有了底，再也不用盲目被动地'靠天收'了。"他说。

凝练推广 "河南实践"效益凸显

在南阳市方城县农村综合改革试验区，农业气象设施遍布田间，过去需要人工观测的苗情、虫情等项目，现在通过实景摄像头可以远程监控。也就是说，如今北京的专家坐在实验室里就能看到河南玉米的长势，连玉米叶上的病虫害都能看得一清二楚，方便了远程诊断、指导。

在驻马店市西平县，记者看到安装在蔬菜大棚里的气象显示屏上正显示着大棚里的温度、湿度等实时气象数据。据西平县于营村党支部书记张爱琳介绍，2012 年 4 月 24 日下午，在一场大风到来之前，气象局通过安装在蔬菜大棚里的显示屏和村里的大喇叭发布了大风蓝色预警。"光是一户人家 5 个蔬菜大棚减少的损失，就达到 5 万多元。"张爱琳说，基层农民的口头禅已经由过去的"要想富，先修路"，变成了现在的"要想致富，气象服务"。"最主要是为全省粮食稳产增产做出了积极贡献。"河南省气象局局长王建国介绍说，旨在全面提升现代农业气象业务和服务水平的"河南实践"，在"三农"服务中彰显出不可替代的作用。气象部门与农业部门密切合作，积极融入粮食生产核心区建设，通过这些年的试点探索，已经有了比较丰富的农业气象服务产品。其中，农业气象决策服务产品已成为各级政府指导农业生产的重要科学依据之一，气象部门用农用天气预报产品科学指导广大农民进行田间管理。尤其是在重大关键性、转折性天气来临时，气象部门及时发布相关服务信息，指导各级农业生产部门和农民采取相应措施，趋利避害。现代农业气象"河南实践"在河南2009年春季大旱、2010年较重晚霜冻、2011至2013年抗旱等气象服务工作中发挥了积极作用，为全省粮食稳产高产做出了积极贡献。

人工影响天气效益也更加明显。在农作物生长发育的关键期，全省各地捕捉有利天气时机，及时开展人工增雨作业，有效增加了地面降水，为作物生长发育提供了水分保障。另外，在冰雹多发区，每年还开展了防雹作业。据统计，近几年全省各地通过人工影响天气作业，年均增水约10亿立方米，防雹保护面积达1万平方公里。

气象服务防灾减灾效益显著。2010年7月中旬，南阳市桐柏县、平顶山市宝丰县遭受了特大暴雨袭击，当地气象部门及时发布气象预警，气象信息员积极、及时传递气象灾害预警信息，两地分别安全转移安置群众6920人和2100人，无一人伤亡，避免了生命财产重大损失。被转移安置的群众纷纷说："气象预警信息真管用。"

5月18日，中共中央政治局委员、国务院副总理汪洋在河南考察夏粮生产时称赞："气象为农服务工作做得很好，很到位，真不错。"6月3日，农业部部长韩长赋在驻马店市西平县视察夏收夏种工作时，称赞气象部门近年抓气象为农服务效果很好。河南省委书记郭庚茂在视察省气象局时，称赞气象在经济、社会、生活中地位越来越高，是防灾减灾的"耳目"和"尖兵"，特别是在服务农业生产中，起到了非常重要的作用。

（《中国气象报》，2013年8月7日，作者：王建忠 王永庆）

黄河岸边的"直通式服务"

——河南省濮阳县"三农"气象服务专项建设侧记

2013 年 8 月 29 日，记者走进河南省濮阳县，走访了这个被誉为濮阳市现代农业发展样板县的小县城。处暑刚过，黄河岸边的玉米正绿、水稻飘香。这里的土地，昔日被人们传唱为"冬春白茫茫，夏秋水汪汪，只听蛤蟆叫，就是不打粮"，如今已俨然成了鱼米飘香的"小江南"。

沧桑巨变的背后，是当地多年来坚持在沿黄背河洼地发展水稻产业以及设施农业的成果。尤其自 2011 年以来，当地气象部门积极融入地方经济发展，利用财政部"三农"气象服务专项，在乡村陌野先后建起气象科技示范园，安装自动气象站、小气候观测仪，组建气象信息员队伍，使当地农业生产由"靠天吃饭"悄然变成"看天管理"，创造出显著的经济效益。

政府主导气象先行　看天管理效益显著

2011 年，濮阳县正式开展乡村气象服务专项试点建设，成立了以主管农业的副县长为组长的"两个体系"建设工作领导小组，出台了《关于印发濮阳

濮阳市气象局局长冯杉带领市气象局和县气象局科技人员组成的调研小组，在该县安寨村昌泰甜瓜种植基地了解甜瓜生长情况

县农村气象灾害防御体系建设方案的通知》《关于开展基层气象灾害应急准备认证工作的通知》等8个相关文件。同时，将"两个体系"建设工作纳入全县各相关部门的绩效考核中，把运行经费纳入公共财政预算，从组织、机制、保障等方面全力推进。全县形成了"政府牵头、气象主抓、乡镇协同、部门配合"的工作格局。

记者了解到，濮阳县气象局还与农业、水利、国土、林业等相关部门签订了专项服务合作协议，明确了工作原则、合作内容、合作机制等，部门间形成了组织协调一致、服务资源共享、共同为农服务的合作模式，改变了农村气象服务力量薄弱的局面。同时，县气象局在相关部门技术人员以及全县种植、养殖大户中选择了10名农业生产方面的专家，组建了农业气象服务专家联盟，切实提高了气象为农服务的有效性、针对性和实用性。在地方财政支持下，濮阳县建成了气象灾害应急指挥中心业务平台，完善了气象预报预警信息发布平台。"问需求，做文章。"濮阳县气象局局长胡辉说。在"三农"项目建设中，县气象局树立"工作精细化、服务人性化"的理念，抽调骨干力量，会同农业、水利、林业等部门专业技术人员，深入农村调研农业生产情况，了解农民在生产中对气象服务的各种不同需求；对全县小麦、玉米、水稻等主要农作物，以及甜瓜种植等设施农业所需的农业气象指标、农事建议等相关资料进行搜集整理。

在调研的基础上，县气象局开发了精细化气象服务产品，并联合植保专家、农业专家成立专家联盟，细化编制作物周年管理工作日历，并制作了针对冬小麦、夏玉米、彩色小麦等品种的农业气象服务手册和雷电防御、暴雨洪涝、地质灾害防御工作要点明白卡，发放到全县气象信息员手里。同时，县气象局还完成了小麦、玉米等主要农作物精细化农业气候区划和主要农业气象灾害风险区划；完成了蔬菜、瓜果等设施农业和特色农业（彩色小麦）的精细化农业气候区划、设施农业和特色农业的农业气象灾害风险区划。

针对农业生产需求，县气象局积极探索通过电话服务、手机短信服务和实地现场服务等3种方式，对20个乡镇政府、22个村和44家重点单位，以及设施农业基地、合作社、种养大户等进行"直通式"服务。组织专家联盟成员，与农业、水利、林业等部门进入村庄农户家中，深入田间地头开展联合调查和现场服务，仅2013年上半年就现场服务了28次，解决各种生产问题36起。

目前，濮阳县已建成乡镇气象信息服务站20个，村级气象信息服务站24个，气象服务示范村4个，气象科普基地4个，农民专业合作社服务站6个，另外还有 136 个行政村安装了气象预警大喇叭。建成了县级气象灾害应急防御中心，完善了预警信息发布平台，联通了全县农业气象服务专家、种养大户、气象信息员等 700 余人。全县 998 个村有信息员，组建了一支由 1208 名气象协理员、气象信息员组成的信息服务队伍，初步形成了县、乡、村"上下相通、左右相连"的气象灾害防御、农业气象服务体系，使气象信息服务触角延伸到了基层，工作网络覆盖到了乡村。

为普及气象知识，濮阳县气象局积极利用世界气象日、防灾减灾日以及农村集市、科技下乡等机会，近 3 年来组织开展气象防灾减灾科普宣传 46 场，接受咨询超过 1.5 万人次，制作发放明白卡、农业气象服务手册近 16 万份。据统计，实施"三农"气象服务专项以来，濮阳县气象局累计发布各种灾害性天气预警、农作物病虫害预警、农业气象周报、土壤墒情报告等各类气象服务信息超过 328 期，气象服务受众超过 68 万人次。

胡辉认为："'三农'气象服务专项的实施，使气象服务更加专业，针对性更强、科技含量更高、灾害预防效果更明显。"据当地农业部门统计，因气象部门及时采取人工增雨等有效措施，近两年来全县农业减少灾害损失在 3500 万元以上。县委、县政府领导多次对气象服务工作给予肯定和表扬，并强调农业现代化建设离不开气象工作。

设施农业五彩斑斓　生长要素全程直播

顶着烈日，汽车驶进五星乡安寨村。下乡采访的第一站，是昌泰甜瓜种植基地。瓜农亲切地递上一个甜瓜，咬上一口，立刻甜嘴蜜舌、口齿留香。

安寨村昌泰甜瓜种植合作社，是五星乡的第一个设施农业项目。"今年甜瓜喜获丰产丰收，气象服务发挥了重要作用！"闻讯赶来的基地技术总监张世平由衷地称赞设施农业气象专项服务工作。他说，2013 年甜瓜产量、品质均没受到 4 月气温偏低的影响，而且提前上市，深受客商欢迎。"最需要感谢的，就是气象局的同志了！"他表示。

走进甜瓜种植基地，门口醒目地竖立着一排气象科普知识宣传栏。在大门一侧，气象预警信息显示屏正显示着当天最新的天气预报、大棚里的小气候观测数据以及生产管理要点。在濮阳县，类似安寨村昌泰甜瓜种植合作社这样的设施农业达到 10.2 万亩。2013 年以来，濮阳县气象局根据全县设施农业发展迅速，尤其是园区建设规模迅速扩大、档次迅速提高的情况，先后在安寨、东义井千亩设施农业园等设施农业生产集中的基地建设乡镇自动气象站、大棚二

濮阳县气象局将气象信息服务触角延伸到基层，工作网络覆盖到了乡村。图为安装在该县安寨村昌泰甜瓜种植合作社大门口的气象预警信息显示屏

氧化碳观测仪、可视化农田小气候观测站以及电子显示屏、气象预警大喇叭等设施。

"种甜瓜可有不少学问，旱了不长、涝了不甜，又怕冰雹袭击。"张世平说。2013年1—5月，全县气温比往年偏低。低温对甜瓜品相、糖度、甜度影响比较严重，县气象局的科技专家及时来到基地，与甜瓜种植技师合作攻关，指导瓜农开展棚内小气候调节控制。"特别是3月28日那次大风降温天气，要不是气象局及时发布预警，随之而来的8级大风所造成的损失，将是无法想象的。"张世平表示。

2013年3月，濮阳市出现持续大风降温天气，市气象台先后发布大风蓝色预警5次。与往年相比，此次风力大、持续时间长，并伴有扬沙天气，造成全市设施农业不同程度受灾。"气象部门及时开展设施农业抗风灾专题气象服务，制作专题预报材料，指导农户加强设施温棚管理；提醒农民对大中拱棚、小拱棚、温室棚膜、草苫采取压紧、固定、增设压膜线等措施，防止被大风撕裂、吹跑；组织农业技术人员深入田间地头，宣传防风防冻措施，指导农民因地制宜分类管理；对已经发生的灾害，指导农户采取措施增温防冻，力争将灾害损失降到最低程度。"胡辉介绍道。

五星乡党委书记李川诙谐地说："我也算半个'气象人'。前些年任乡长时担任气象协理员，没少和气象局的'同事'打交道，也算是参与气象为农服务的老人了。"他说，气象部门在全乡气象防灾减灾工作中发挥了重要作用，特别是组建的专家联盟，对五星乡甜瓜产业发展、莲藕种植、鲜花生产等设施农业起到了至关重要的作用。

目前，五星乡已是全县乃至全市现代农业发展的样板。"这几年，濮阳县设施农业在诸多不利气象因素影响下，能够取得丰收，获得不错的经济效益，及时、贴心的气象服务功不可没！"濮阳县副县长王洪波说，他表示，"这与气象部门建设的气象科技示范园以及在万亩高产创建田、现代农业设施园区里安装的气象监测设施，遍及乡村田头的气象预警大喇叭、电子显示屏等有很大关系。气象服务网络延伸到乡村每家每户，真正成了农业生产离不开的得力帮手！"

据了解，随着设施农业的发展，气象服务的经济、社会效益愈发显著。该县胡状乡炉里村融创公司在春节前仅蔬菜销售额就高达 160 多万元。目前，五星乡安寨村农民人均纯收入已突破万元。

彩色小麦彩色梦想　气象助力梦圆今朝

你见过彩色的小麦吗？听起来好像天方夜谭。但是，记者在濮阳县五星乡教堂村的五星种业有限公司育种基地确实看到了。

紫色和蓝色的麦粒，超乎记者的想象。在濮阳县，这种彩色小麦的种植面积已经近千亩。彩色小麦是小麦家族中的一个"异类"，由于富含碘、硒、钙、铁、锌等元素，因而呈现不同色彩。在彩色小麦育种方面，我国已经走在世界前列，但是对其丰产栽培技术的研究，还相对滞后。

2009 年开始，濮阳县气象局、农业局的技术人员与小麦育种专家合作，联合攻关彩色小麦种植技术。县气象局在种植基地建成现代农业气象科技示范园，科技人员对彩色小麦进行定期观测，重点考察在不同气象条件下其生长发育情况及品质。通过三茬小麦的观测评定，对彩色小麦丰产栽培与气象条件的关系有了初步认识。

"彩色小麦育种成功，使小麦这个主要的粮食作物，增添了保健功能。从这个意义讲，它是人类在小麦生产上的一个可喜的飞跃。"参与育种研究的五星乡农民育种家刘善斋说。由于气温、光照、降水等对彩色小麦的生长影响很大，"所以我申请当气象信息员，好时刻掌握气象信息。"刘善斋表示。

"彩色小麦和普通小麦一样，也是一个'胎里福'的作物，前期管理尤其重要，是丰产的基础。"濮阳县气象局防灾减灾中心主任王长江介绍说。彩色小麦生长期历时长达 240 天左右，在此期间，各种因素都可能造成不可估量的损失。在实践中，技术人员探索出"因地制宜、合理密植"的种植技术。"就是充分利用麦田里群体和个体之间的关系，使麦子尽可能利用光能和地力，从而达到穗多、穗大，粒多、粒饱，最终实现高产稳产。"

目前，濮阳彩色小麦已告别试验田，走向大面积推广种植。"彩色小麦和普通小麦一样，冬前及冬季（前期）麦田管理是关键，要保证麦苗安全越冬；春季（中期）麦田管理是重心，这个时候要科学巧妙地运用肥水管理，返青期肥水、起身肥水、拔节肥水等，都要因时、因地、因苗情、因天气灵活运用。"胡辉拿出厚厚的一本《濮阳县彩色小麦农业气象服务手册》，内容涵盖了彩色小麦从播种到收获整个生产过程所需的各种气象要素以及灾害防御指南，"应该讲，在彩色小麦的丰产栽培方面，还有许多未知的领域，如光照对色素合成的影响，土壤和微量元素的关系，水分对籽粒色泽的动态关系等，还需做大量深入研究。"胡辉表示，利用"三农"气象服务专项经费的支持，气象部门将进一步建设好彩色小麦气象科技示范园，以期在将来为彩色小麦的稳产丰产提供全方位精细化的气象服务。

濮阳五星种业总经理王丙君告诉记者，彩色小麦种植一旦形成规模，利用天然的彩色面粉，就可以做成具有独特营养保健价值的彩色面条、彩色面包、彩色水饺等，其中无疑潜藏着巨大商机。届时，将会形成一个集繁育、推广、种植、回收加工为一体的产业链，为农民增加收入和推进新型农村社区建设做出贡献。

黄河岸边中原米乡　气象防灾贴心暖心

"春天白茫茫，夏天水汪汪，光听蛤蟆叫，就是不打粮"，这是流传在濮阳黄河沿岸的一首民谣。自 20 世纪 80 年代中期以来，当地利用黄河水携带的泥沙放淤改土，洗碱压碱，在沿黄灌区大力推广水稻种植，并取得成功。如今，这里已是闻名中外的"中原米乡"。

濮阳县徐镇镇万亩农业综合开发暨无公害稻米基地，是河南家家宜米业公司的大米生产基地。下午 6 点多，该公司技术总监安允亮终于等来了县气象局的专业技术人员。"你快来看看，平整好的地，是不是符合建气象站的条件了？"安允亮把技术人员引到稻田的一角，只见一块 120 平方米左右的水稻田，已被填上土石并平整好。"为了给水稻生产提供最贴心的气象服务，我们将利用财政部'三农'气象服务专项经费，在这里建设一个水稻气象科技示范园。"

胡辉介绍说。到那时，园区里将建有多要素自动气象站、农田小气候观察仪等仪器设备，并通过田头的预警信息显示屏，实时提供天气预报、天气预警信息和生产信息。

记者注意到，这里的稻田和以往见过的稍有差别：每块稻田里都留有一条水道，成群的鸭子在水里游弋；田埂上，一片片黄色的纸板，依次相隔一段距离整齐排列。"这近千亩的稻

黄河岸边的濮阳县素有"中原米乡"之称，水稻种植是当地农民致富的最佳渠道。图为县气象局的科技人员在水稻大田里观测气象数据，采集相关资料

区水田里，开展了稻鸭共作项目。"安允亮解释说，"这是'田、稻、鸭'在自然生态条件下的种养模式：鸭子在稻田中生活，觅食泥鳅、田螺、鱼虾和杂草等食物，大大减少稻田间杂草的生长，有利于水稻的生长发育。另外，鸭子还是稻田里捕食各类害虫的能手，放养鸭子的稻田可不再用农药治虫。稻田里食物丰富，减少了鸭饲料的投放，鸭粪又可帮助稻田提高肥力。鸭吃虫、粪肥田，形成了一个'稻－虫（草）－鸭－粪－稻'的微型生态链，稻和鸭都具备了有机品质。""在整个水稻生产过程中，从播种、育苗、移栽到大田管理，一个环节也不能放松，任何一个环节都离不开气象部门的支持，尤其是对灾害性天气的防御。"安允亮说，记得2011年水稻收割期，恰遇连阴雨天气，气象部门及时到田间开展调查，发现水稻颗粒饱满度不够，会影响水稻成熟度，提出了晚收、促浆的生产建议，公司采纳气象部门的建议，将收割期整整推迟了15天，并在晴好天气抢时收割，增收高达900万元。

如今的濮阳县，水稻种植成了当地群众致富的最佳渠道。目前，全县20万亩优质水稻生产基地得到河南省农业厅无公害产地认证；家家宜、三真等多家米业公司的兴起，打造了生产、加工、信息、销售等产业链条，形成了"公司、基地、农户、服务"的产业化发展思路，成了名副其实的大米生产基地。

夕阳西下，记者离开徐镇镇。走在树木葱郁的黄河大堤上，回望万顷稻田，阵阵秋风吹过，稻浪滚滚，沉甸甸的稻穗随风起伏，正孕育着新的希望！

（《中国气象报》，2013年9月11日，作者：王建忠 徐巧珍 李峰）

中原更出彩　气象已先行

——河南成为全国中部地区率先基本实现气象现代化试点省

2015 年的第一缕阳光，将中原大地染成一片金色。新年伊始，河南成为全国中部地区率先基本实现气象现代化试点省的消息，正式出现在中国气象局与河南省人民政府《共同推进气象为农服务合作联席会议纪要》里。

河南属中部欠发达省份，为什么选择河南担当如此重任？中国气象局党组书记、局长郑国光的评价给出了答案："全面推进河南气象现代化，是河南省经济社会发展的客观要求，河南气象现代化已具备良好的基础，形成良好的氛围。"

营造氛围　凝聚共识构建制度保障

日历翻回到 2014 年 12 月 4 日，中国气象局党组书记、局长郑国光与河南省委书记、省人大常委会主任郭庚茂及省长谢伏瞻在郑州畅谈，就进一步共同推进河南气象现代化交换意见。这个约定，早在 2009 年 7 月双方分别代表中国气象局和河南省政府签署省部合作协议时，就已商定好。五年来，或在北京，或在郑州，双方每年定期协商气象事业发展大计，鼎力支持河南气象现代化建设。

早在 2012 年 5 月，河南省气象局就"自加压力"，局党组书记、局长王建国在党组中心组学习会上，明确要求河南"不是试点，但要按试点要求加快推进气象现代化建设"。当月，来自省气象局、省委政研室、省政府发展研究中心、郑州大学等单位的专家学者组成课题小组，启动《河南省气象现代化战略研究》。"这是迄今为止对河南省气象现代化工作最系统、最全面的一次分析和研究。"王建国说，"战略研究分析论证的过程，也是助推河南气象现代化凝聚共识、形成合力、融入式发展的过程。"

仅仅一年后，"率先基本实现气象现代化"成为河南各级党政领导重要讲话中的"热词"。2013 年 11 月，省政府正式印发《关于加快推进气象现代化的意见》，明确提出全省气象现代化建设的努力方向、奋斗目标和建设任务。国务院副总理汪洋在该意见上批示："河南省重视气象这种基础性的公益事业，是正确的政绩观的表现，也必将既利当前又利长远。"

随后，河南气象现代化建设的步伐迈得更加铿锵有力。省政府先后印发《关于进一步加强人工影响天气工作的意见》《河南省气象科普发展规划（2013—2020年）》《"十二五"应对气候变化规划》等文件。气象现代化工作首次写入2014年河南省《政府工作报告》；"完善农业气象服务体系和农村气象灾害防御体系，推进国家中部区域人工影响天气能力建设工程，开展面向新型农业经营主体的直通式气象服务"被列入了省委、省政府全面深化农村改革加快推进农业现代化的实施意见中。

河南基层农业气象服务人员深入田间地头，了解农户需求，解答农户疑问，积极做好直通式气象服务

"加快推进气象现代化，要破除常规，打出有力、有效的组合拳。"省气象局副局长孙景兰说。2014年9月，河南省政府组织5个督查组分赴各省辖市、省直管县（市）实地专项督查气象现代化建设推进情况。紧接着的10月，河南省政府和中国气象局联合下发《河南省加快推进气象现代化实施方案（2014—2020年）》，详细描绘出河南省加快推进气象现代化的路线图，提出到2020年要建成适应需求、结构完善、功能先进、保障有力，基本满足河南省全面建成小康社会需求、符合国家气象现代化要求的气象现代化体系。

乘势而上，喜事连连。2014年12月4日，河南省政府首次召开全省气象现代化建设工作会议，研究部署全省加快推进气象现代化建设工作。中原大地迎来气象事业再次腾飞的新机遇！截至目前，河南18个省辖市政府、10个省管县及 95% 以上的县级政府全部出台了加快推进气象现代化的政策性文件；省气象局先后与 4 个省辖市政府签署了共同推进气象现代化的合作协议，气象现代化建设实现省市"同步齐走"。

民之所望，政之所向。河南全面推进气象现代化建设的制度保障体系已经形成，它成为全国中部地区率先基本实现气象现代化试点省自然水到渠成！

探索不止　部门携手合力齐抓共管

2014 年河南粮食"十一连增"的故事，跌宕起伏。先是夏粮生产质、量俱佳，让人喜：全省夏粮总产量达 667.80 亿斤，稳居全国第一，创下"十二连增"佳绩。紧接着秋粮生产，却让人忧：在玉米抽穗的关键时期，河南遭遇 63 年来最严重夏旱，局部地区绝收。全省立即采取抗旱措施以保秋粮生产，最终秋粮减产幅度较小。

"喜"和"忧"背后，是河南人民的追问：要让河南粮食生产这张"王牌"更亮，优势更强，该向何处寻找潜力和希望？专家们给出的答案都将方向指向了转变农业生产发展方式、不断向科技要粮食。省气象局副局长陈怀亮说："河南探索气象为农服务的'河南实践'，积极转变农业气象业务服务发展方式，正在使农业生产由'靠天吃饭'逐渐向'看天管理'转变。"

现代农业气象"河南实践"是河南在气象现代化之路上的有益尝试。如今，传统农业气象观测"一把尺子、一杆秤，牙一咬、眼一瞪"的方式，已留在了气象人的记忆里。"河南实践"不仅为河南现代农业发展和粮食产量连年增长、连创新高提供了气象技术保障，同时也为全国深入开展现代农业气象业务服务探索了路子、积累了经验。中国气象局副局长矫梅燕称赞，河南省农业气象服务体系和农村气象灾害防御体系建设成效显著，在为农服务方面给全国做了很好的示范。

在"条块结合、社会参与"共同推进气象现代化的路上，河南气象部门也在不断前进。2014 年 3 月，省气象局、发改委、财政厅、水利厅和农业厅等五部门联合制订《2014 年全省气象现代化行动方案》，为中原大地描绘了一幅美好愿景：乡镇区域自动气象站覆盖率达到 99% 以上；应急准备认证县级覆盖率达到 95%；气象信息服务站乡镇覆盖率达到 95% 以上；气象信息员队伍乡村覆盖率达到 100%……在省部合作的框架下，河南省气象局先后与省发改委、财政厅、水利厅、农业厅等 20 个厅局建立了长期合作制度，共同推进相关行业的气象现代化建设；与郑州、许昌、鹤壁、商丘、漯河等市政府合作，开展

在2014年抗旱保秋期间，河南气象部门利用配备的新型防雹增雨火箭系统开展人工增雨作业

率先实现气象现代化、防灾减灾示范市等试点建设。

为破解气象事业发展难题，河南省政府先后提出融入高标准粮田建设、落实公共财政保障机制、推进县级气象机构综合改革、建立气象协调议事机制等新举措，将落实县级气象机构地方编制、落实地方津补贴等写入政府文件，比如首次明确提出市、县级政府"将乡镇气象协理员、村（社区）气象信息员纳入公益性岗位并列入财政预算"；要求气象主管机构加入当地规划委员会、安全生产管理委员会等。南乐县委书记黄守玺说："在全县财政供给只减不增的情况下，我们也要尽力解决县气象局的地方机构和编制问题。"台前县委书记常奇民则表态："防灾减灾任务这么大，县气象局人员这么少，无论有多大困难，一定要解决县气象局的人员编制问题。"

"全市已建成区域气象站180个，乡镇覆盖率达到100%。每个乡村至少具备了手机短信、电子显示屏、乡村大喇叭等3种以上的气象预警信息接收条件。"商丘市气象局局长李柯星说。在该市，气象现代化建设已成为各级政府的一项重要工作，全市集人工影响天气指挥、视频会商、灾情监测、卫星雷达三维显示、大田农业气象指标因子监测等为一体的气象防灾减灾决策指挥中心也已建成。"在充分发挥气象科技促进经济转型发展、提升竞争力作用的同时，也要充分发挥气象保护生态环境、促进可持续发展的作用，这也是推进气象现代化建设的着力点之一。"平顶山市气象局副局长柴贵海介绍。该市气象部门不断完善生态气象监测预警体系，为生态建市提供气象科技支撑，以实现"让森林走进城市、让城市拥抱森林"。"基层综改同气象工作政府化相结合，同气象现代化建设一起，着力构建起县域气象防灾减灾体系。"濮阳市气象局局长冯杉说，"探索建立具有自身特色的现代化建设模式，有五个关键词，即主导、合作、规划、集约、精细，各项工作循序渐进，自然水到渠成。"

河南基层气象科技人员到商丘宁陵县石桥镇万亩梨园进行调查，了解果农对来年气象服务的需求，积极开展特色气象服务

法治环境也是核心竞争力。2015 年 1 月 4 日，省长谢伏瞻主持召开省政府常务会议，研究通过了《河南省气象灾害评估条例（草案）》。此前，在《河南省气象条例》等 3 部地方气象法规和《河南省防雷减灾管理办法》等 3 部政府规章的基础上，省政府已先后颁布了《河南省气象设施和气象探测环境保护办法》等政府令；省人大还深入市、县开展了贯彻落实《中华人民共和国气象法》《河南省气象灾害防御条例》等法律法规的执法检查。

夯实根基　软硬齐抓注入强劲动力

商丘市"全国粮食生产大户标兵"闫世民的"种粮经"是"管理靠科技，气象来帮忙"。他家的地里，建有一个四要素气象站和一个土壤水分自动监测站。而在豫北辉县吴村镇农村信息化综合服务中心，一面墙大小的 LED 屏显示着全镇农田里的湿度、温度、墒情等实时信息。副镇长郜海庆说："我们走的可是现代化的信息高速公路！"

业务现代化是气象现代化的基础和核心。通过改革开放与科技创新，河南气象现代化已有一定基础。河南粮食生产核心区气象防灾减灾保障工程、山洪地质灾害防治气象监测预警系统工程、气象灾害监测预警与防御工程、新一代天气雷达和基层气象台站建设等一批气象重点项目的建设，极大提高了全省气象灾害监测能力。

综合气象观测体系进一步完善。全省基本建成了由新一代多普勒天气雷达、气象卫星接收系统、自动气象站等组成的立体化综合气象观测系统。其中，7 部新一代多普勒天气雷达和 6 部局地警戒雷达组成的天气雷达监测网已建成；119 套国家级自动气象站、2464 个区域自动气象站建成，站网平均间距达 8 公里，覆盖全省 99% 的乡镇。

气象部门在河南辉县吴村镇 10 万亩高标准良田里安装了六要素自动气象站，建立了标准化防灾减灾信息服务站，进一步做好直通式气象服务

农业气象观测系统不断完善。由 4 个国家级农业气象试验站、35 个农业气象观测站、184 个自动土壤水分观测站、24 个农田小气候自动观测站组成的农业气象观测系统建成；省、市、县气象信息宽带网络升级到每秒 8 兆，实现农业气象和农情全天候、立体式、连续化自动监测；环境、交通、旅游等专业气象观测网建设逐步推进。

预报预测业务体系建设深入推进。全省共享的气象信息资源平台建成，气象信息化水平不断提升；具有快速循环同化能力的高性能计算机系统建成并投入业务应用；中小尺度灾害性天气监测预警系统和精细化气象要素预报系统建成，开展了中小河流洪水和山洪地质灾害气象监测预报预警业务，灾害性天气过程无一漏报，24小时晴雨（雪）预报准确率稳定在90%以上，位居全国前列。此外，建成黄河流域水文气象业务服务平台，开展黄河流域气候变化评估，流域水文气象和服务能力不断提升。

如果科技创新是一颗种子，有利于人才成长的平台就是气象现代化事业赖以生存的肥沃土壤。省气象局以"河南省农业气象保障与应用技术重点实验室"为龙头，不断完善科技创新组织体系；建立暴雨预报、强对流预报和农业气象灾害综合防御等5支科技创新团队，承担省部级及以上科技项目32项；"政、产、学、研、用"的创新孵化平台，不断传递科研建设"正能量"，5项科研成果获得发明和实用新型专利；完善人才培育和激励机制，形成领军人才、首席人才、青年人才组成的梯次人才体系。"科技创新的灵魂是人的现代化，新时期推动气象现代化建设的根本在于要有一支观念新、视野宽、素质强、结构优的气象人才队伍。"王建国说。

初显成效　细致服务融入阡陌之间

在睢县云腾生态农业科技园里种菜的王国营，通过田间的大屏幕，轻轻松松就获取到了大棚里温度、湿度、二氧化碳浓度等数据。而这些监测数据，全部集成到了商丘气象服务信息网——一个包括公众服务、为农服务、决策服务、专业专项服务等内容的市、县一体化公共气象服务平台。在十里之外的睢县气象局，值班人员王威通过这个平台熟练地调出了云腾生态农业科技园的实时观测数据。王威说："这个服务平台可以通过自动分析以及与历史数据、大棚外气象数据的对比处理，反演出大棚内小环境的气象状况，最终将农业气象信息和特殊天气预警信号通过电子显示屏、网站及手机短信等方式反馈给农户。"

气象现代化的科技魅力，在豫东这个小县城的阡陌之间就可见一斑！

"通过气象现代化建设，河南的综合观测自动化水平和预报预测能力得到了显著提升。"河南省气象台台长吴蓁说。与2010年相比，2013年最高、最低气温预报准确率分别提高了1.27%、4.8%，暴雨预报准确率提高了15%，月降水短期气候预测准确率提高了5.3%，气象防灾减灾和服务能力明显提升，为河南经济社会发展提供了有力支撑。

据统计，自2011年以来，全省气象部门共发布决策服务材料2000余期，

　　在河南商丘睢阳区新农村社区的院子里，气象科普知识宣传栏整齐地排成一行，气象科普展图简单、通俗易懂

发布各类气象预警信号 6000 余次，共有 20 亿人次接收到气象短信预警信息，科学应对了 2011 年、2014 年特大干旱等气象灾害；发布各类为农服务产品 8000 多期，各类气象灾害预警服务为农村避免经济损失超过 7 亿元，合理使用气象信息带来直接经济效益超过 3 亿元；为春运、"三夏"、"三秋"、移民搬迁、绿博会、农运会等重大社会活动提供了有力保障。全省人工影响天气地面作业控制面积已占全省总面积的 51.8%，建立了省、市、县一体化的人工影响天气综合业务系统，开展了常态化的立体人工增雨（雪）作业和地面防雹作业，2011 年以来全省累计增加降水约 57.39 亿立方米，防雹保护面积约 4 万平方公里，为全省粮食增产增收作出积极贡献。"推进河南气象现代化建设，不仅造福当地，也有益于全国经济社会发展。"2014 年 5 月 23 日，中国气象局副局长许小峰在听取河南省气象局关于气象现代化工作情况汇报后欣喜地称赞道。

　　"新时期的气象现代化，应该是更加适应新常态，着力推进气象业务现代化、服务社会化、工作法治化的现代化。"王建国说，"全面推进气象现代化、大力提升公共气象服务能力是时代赋予气象人的历史责任和光荣使命。"中原大地，满目春晖迎开放；厚重河南，举省创新促崛起。风正好，全国中部地区率先基本实现气象现代化试点省的创新之旅已经开始！

　　　　　　　　　　　　　（《中国气象报》，2015 年 1 月 19 日，作者：王建忠　周爱春）

和谐自然　科技引领

——许昌市气象局助力生态文明建设

从"缺水之城"到"水润莲城"，是河南省许昌市切实让"绿水青山就是金山银山"理念落地生根的见证。一棵棵树木、一块块绿地、一座座公园，不断点缀、叠加、融合，汇聚成城市的绿色肌理。

绿色，是这座城市最亮的发展底色；生态，是这座城市孜孜以求的宜居品牌。在这浩大的"生态文明绿色引领"工程中，许昌市气象部门紧紧围绕水生态文明建设与绿色创新建设美丽家园，不断加快气象现代化建设，为生态文明建设提供气象科技力量。

造水蓄水　碧水映城

许昌有条护城河，源于1800年前的曹魏时期。嘉靖《许州志》曾记载"环植杨柳，遍种芙蓉"的"中州盛观"。这里也曾一度被当地百姓诟病为"龙须沟"。而今天，这里河畅、水净、岸绿、景美，护城河成了许昌建设水生态文明城市蝶变之路的见证者。2017年4月23日，许昌市水生态文明城市建设试点以全票通过国家验收，成为全国第二个、河南首个获此殊荣的城市。

气象资料显示，早在20世纪80年代，许昌就被列为全国40个严重缺水的城市之一。"一直以来，缺水是许昌的城市标签。全市人均水资源占有量不足全省人均的一半，仅为全国人均的十分之一。"12月8日，许昌市水务局党组副书记王玉庆告诉记者，以前由于长期大量开采地下水，许昌市地下水位持续下降，穿越市区的3条河流均为季节性河流，污染严重，引水不畅。

为解缺水困局，许昌市委、市政府审时度势，在2013年开始谋划以水生态文明城市建设试点为引领，包含水系连通工程和50万亩高效节水灌溉项目在内的三大水利工程，建设"林水相依、水文共荣、城水互动、人水和谐"的水生态文明城市。

水，源于大地，来自云天。许昌市气象局通过一系列气象科技创新，向天要水、让地蓄水，让越来越多的水滴汇聚于此，在"五湖四海畔三川、两环一水润莲城"的水系格局里绽放独特魅力。

"遇见稀罕事了，你看雨滴直往我身上泼，我得赶紧回家换身衣裳，可这路面就跟海绵似的，雨水一下来，就被吸跑了。"51岁的市政工人史耀法穿着黑胶鞋站在市区文峰路边，一只手撑着雨伞，另一只手不停擦着脸上的雨水，以免影响他观察路面积水情况。文峰路是许昌市连接郑州市的主干道，平时车流量大，雨天车辆更多。碰到大雨或暴雨，史耀法负责打开下水道的井盖，让路面的积水快速流进下水道，减少给交通带来的阻碍，并驻守在一边，提醒过往行人注意安全。

"市区雨季道路积水情况能得到改善，首先得益于一大批积水点附近雨水管网的改造。"许昌市海绵城市建设管理办公室主任马红亮说，从2017年上半年起，许昌市根据气象部门提供的暴雨强度公式，对一批极易发生积水的问题路段，陆续进行雨水管网改造。

"许昌市多年平均降水量为710毫米，汛期降水量占全年的63%，非汛期降水稀少，时常出现'大雨大灾，小雨小灾，无雨旱灾'的状况。"许昌市气象局局长刘勇军说，为蓄住天上水，许昌市积极开展海绵城市建设，在确保城市排水防涝安全的前提下，最大限度地实现雨水在城市区域的积存、渗透和净化，促进雨水资源的利用和生态环境保护。2016年，市气象局组织专家开展城市暴雨强度公式修编及暴雨雨型确定等工作。相关部门将暴雨强度公式、雨水年径流总量控制率、年降水量、日降水系数等与气象关联的指标作为刚性控制指标，纳入全市海绵城市建设指标体系。

"暴雨强度公式是一个经验公式，表达城市降水的规律。但近年来随着城市发展，区域短时暴雨的时空分布、强度等特征也发生了显著变化，原有的暴雨强度公式已难以满足现在城市排水设计的需要。"许昌市气象局高级工程师王军介绍，"暴雨强度公式重新修编后，城市规划和建设部门可以充分考虑新的天气特点对城市内涝的影响，科学布局建设城市排水防涝设施，提升排水防涝能力。"

及时排走积水，但不能白白浪费水资源，降水量监测是留住水的关键。由于城市各区域地形地貌不同，需要利用自动气象观测站的实时雨量观测数据精准分析雨情，在确保城市排水防涝安全的前提下，补充地下水、调节水循环。为此，许昌市气象局在城市易涝区建成了6套六要素自动气象观测站、10套CAWS100型雨量站、3套户外单色电子显示屏和1套气象信息综合处理发布系统。根据气象部门的监测分析数据，许昌市改造了32处积水点，内涝积水一部分通过透水铺装、下凹式绿地等渗透设施回补地下水；另一部分雨水由花园、植草沟等生物滞留设施进行储存和调节，使其发挥"海绵"的积存、渗透、净化、释放作用，缓解城市内涝压力，同时利用雨水资源，缓解水资源匮乏问

许昌市气象科技人员深入尚庄节水灌溉基地提供气象服务

题，改善城市生态环境。

让地蓄水，也要向天要水。"在城市干旱缺水时，气象部门选择合适时机，适时启动人工增雨作业，有效缓解城市旱情和缺水问题。"刘勇军介绍说，目前全市建成13门高炮、20套火箭发射装置、两座地面碘化银燃烧炉，12辆指挥和作业专用车，5个弹药存储保险柜，两台激光雨滴谱仪，并建成河南省首个地市级人工影响天气培训基地、首个地市级人工影响天气作业现代化指挥平台和24个标准化增雨防雹固定炮站。"记得2014年，在建设水生态文明城市的关键时刻，许昌遭遇了63年来最严重的旱情。当年我们成功组织实施了人工增雨作业，有效缓解了旱情，受到了市委、市政府通报嘉奖。"刘勇军说，气象科技助力海绵城市建设，基本实现了市区"小雨不积水、大雨不内涝，降水不浪费"的目标。

以水定需，量水而行。许昌市气象局不断通过科技创新，让更多的水留在许昌大地。在许昌市建安区陈曹乡尚庄村的麦田里，农民尚明存操控着多台长达200米的中心支轴式喷灌机，伸展"臂膀"，将经雾化后的压力水，变成雨滴均匀洒落在作物和地面上。这是尚庄村安装的高效节水灌溉设施，包括农灌井实时水量监控、气象监测、墒情监测等节水"十八般武艺"，可最大限度节约用水。"这台设备上有4根信号线连接土壤下面的4根探测器，1根是测温度，埋在地下 10 厘米处；另外 3 根是测湿度，分别埋在地下 10 厘米、20 厘米和 40 厘米处，用于精确监测不同深度的湿度，设备上带有无线传输装置，监测数据会通过天线传输到试验站的信息中心。"王玉庆说，通过后台的多功能监测管理系统，采集土壤水分、地下水位情况等参数，汇总和分析这些数据，向农民实时发布灌溉信息，指导农户根据作物生长条件科学灌溉。

尚明存算了一笔账，"以前浇地全靠传统方法，常规灌溉一亩地要用 50～60 立方米的水；现在用喷灌机浇地，一亩地用水只需要 30 立方米左右。"在许昌，目前已经连片建成 50 万亩高效节水灌溉示范区。尚庄村党支部书记尚水旺说："现在全村的作物管理根据天气情况和土壤墒情，实行节水灌溉，不仅没有出现别的地方正浇的时候没水的事儿，还节省了大量的水。"

越来越多的水，让这座古老的城市灵动起来。如今，泛舟于护城河道，市民乘水上巴士轻松实现"一船游城河，坐赏两岸景"的愿望，生活品质、获得感和幸福感大幅提升。

养绿种绿　绿染莲城

初冬时节，穿行在许昌街头，一片片花草掩映的绿地，一座座风景如画的公园，一处处优雅别致的园林小景，让整个城市生机勃勃。10 月 31 日，在 2017 年"世界城市日"全球主场活动开幕式上，住建部正式公布了全国第二批国家生态园林城市榜单，许昌不仅是河南省第一个"国家生态园林城市"，还是本次唯一入围的北方城市。

国家生态园林城市是国家园林城市的"升级版"，是目前我国城市建设管理方面含金量最高的城市荣誉。为创建国家生态园林城市，许昌市在 2006 年荣获国家园林城市的基础上，持续加强城市园林绿化、节能减排、生态修复等工作，筑牢创建国家生态园林城市的根基。

在国家生态园林城市创建过程中，许昌市将其作为改善环境、推动转型的重要抓手，注重点线面结合、多植被搭配、节约型建设、特色化打造，实施了 55 个绿化项目、96 项"绿满许昌"专项行动计划及 20 个新增游园建设，重点打造"公园绿肺、生态绿廊、庭院绿景、城周绿环"，让市民亲绿近绿，尽享绿色空间。

如何创新性地建设国家生态园林城市？许昌市气象局发布的《许昌市中心城区城市热岛效应监测与分析报告》提出了具有针对性的意见：许昌市城市热岛效应强度为 0.9～2.2℃。城市热岛的形成，除天气条件外，主要是城市发展、人为热区增加、下垫面性质改变及特殊的地理位置和城市空气污染共同作用的结果。因此，注意城市合理布局，加强城市绿化，改变燃料构成和供热方式，大力开发利用新能源，防治大气污染，保护自然生态平衡将创造一个既有利于城市发展又适宜生存的良好城市气候环境。

绿，从何而来？在鄢陵国家花木博览园内，花木扶疏，游人如织。尽管已是冬季，但花木之乡依然以独特的魅力吸引着数以万计的游客。鄢陵地处我国南北气候过渡带，四季分明，光照充足，泉甘土肥，具有得天独厚的地理气候优势，是我国"南花北移、北花南迁"的天然驯化场。在这里，花木面积达60万亩，花木营销额达57亿元，成为全国重要的花木生产销售集散地，被誉为"中国花木第一县"。

许昌市区的绿，大多来自于此。为推进花木产业提档升级，许昌市气象局以气象科技为依托，先后与农业部门、林业部门和科研院所合作，开展了一系列针对花木生长与气象条件关系的分析研究，制订了花卉农业气象服务方案和气象服务流程，搭建了集科普和信息发布于一体的花木防灾减灾气象服务平台，建设功能齐全、设施完备的花木气象科技示范园，为花木特色产业提供精细化服务。"科技示范园内设立先进的多要素自动气象站、自动土壤水分站、

许昌市气象科技人员深入花木种植基地开展气象服务

人工增雨炮站和气象预报预警电子显示系统等。"刘勇军说，多站合一，从天到地，观测数据更加翔实。

"引进培育新品种，除了要进行气候可行性论证外，在其栽培过程中还需要及时了解当地的天气气候信息，巧用天时科学管理。目前，在气象部门的协助下，我们已成功引种了日本樱花、荷兰郁金香、比利时杜鹃和红叶石楠、香樟等近百种名贵花木，以更好地适应市场需求，不断提高市场竞争力。"鄢陵县花博会管理办公室主任张文科说。

许昌市气象局还在建业绿色基地建设全省首个花木园区小气候观测站，实现对温、压、湿、风、降水等常规气象要素和辐射、土壤水分、地温等数据的实时监测采集，使企业根据气象预报信息和小气候站监测到的户外温湿度、风力等实时气象数据，及时调控温棚内温湿度等气象要素值，从而达到节能降耗、提高生产效益的目的。"通过提高技术水平改变种植模式，鄢陵花木种植面积以年均5万亩的速度增加。"张文科说，以科技延伸产业链，是气象部门带给鄢陵花木产业发展的有益启示。

目前，许昌绿地面积达 3463.71 公顷，绿化覆盖面积达 3858.91 公顷，公园绿地面积达 720.66 公顷，城市建成区绿地率为 36.46%、绿化覆盖率为 40.62%、人均公园绿地面积达 12.34 平方米，形成了功能完善、布局均衡的城市绿地系统。

许昌市将生态建设、水系建设与民生工程有机融合，在中原缺水城市打造了"莲城风韵"、水乡风貌，展现了内陆林水相融共生的城市风采。而气象科技的不断创新，使得气象部门能够为生态文明建设提供更精准、更智能、更贴合需求的服务，成为美丽家园建设的参与者、守护者和贡献者。

（《中国气象报》，2017 年 12 月 13 日，作者：王建忠　尹彬）

森林城市唱响绿色之歌

——平顶山市气象现代化融入生态文明建设彰显科技力量

河南省平顶山市，是一座因煤而立、依煤而兴的城市，如今山川林木葱郁，天空湛蓝，空气清新，河湖鱼翔浅底，成为百姓望得见山、看得见水、记得住乡愁的森林之城。近年来，该市牢固树立"保护生态环境就是保护生产力、改善生态环境就是发展生产力"的理念，实现了让森林走进城市、让城市拥抱森林的梦想。

绿色森林城市：碧水蓝天话和谐

一场大雪，洗去大地几许尘埃。平顶山白龟湖国家湿地公园里，树木丰茂，落叶斑斓。依水而建的新城区高楼林立、道路纵横，处处展现着森林城市的旖旎风姿，勾画出人水和谐的诗意画境。

公园一角，建有气象观测站、水质监测点等科研监测站。这是平顶山市气象部门为生态城市建设提供服务的一个缩影。"盯紧着力点，找准发力点，围绕生态建设积极推进气象现代化建设。"平顶山市气象局局长柴贵海说，气象现代化融入地方生态文明整体部署中，提升了气象部门的核心竞争力，气象服务闯出了一片新天地。目前，全市现代化综合气象观测体系已经建成，共建有6个国家级自动气象站、109个区域自动气象站、13个自动土壤水分站、1个GPS/MET 观测站，及风廓线雷达站、紫外线观测站、闪电定位站、酸雨站和静止气象卫星中规模利用站等专业化观测站点，为科学评价不同区域生态环境质量提供第一手气象监测数据。

森林城市，"绿"字当头。通过实施山区生态体系建设、白龟湖省级湿地自然保护区植被恢复等重点工程，目前全市森林覆盖率高达 32.4%。由于林区面积大，森林火灾监测、火险预测预警面临较大压力。气象部门加强卫星遥感技术在火险监测预警业务上的投入和研究，积极开展森林火点监测和森林火险等级预报。截至 2016 年 11 月底，已发出 24 期（次）森林火险监测预警信息，决策服务短信 15 万余条（次）。"春节火险高发时节，还将增加防火重点区域的监测。"平顶山市气象台台长李学欣说，一旦出现着火点，气象部门将及时提供临近天气预报及风速、风向滚动预报，为科学灭火提供服务。

鲁山县气象局局长周娟在县生态建设示范基地丰林庄园里了解果树越冬情况

向污染宣战，让蓝天常驻。平顶山市气象局积极参与到打赢大气污染防治攻坚战之中。从 2015 年开始，市气象台利用空气污染气象条件研究的最新成果，发布空气污染扩散等级预报；建立秸秆燃烧气象条件潜势预报模型，为政府提供秸秆禁烧决策服务。2016 年 10 月 12 日，平顶山市污染警报再次拉响。在看到柴贵海呈报的秸秆禁烧专题服务材料时，副市长冯晓仙说："市气象局做了一件很有意义的大事，政府布置禁烧工作有了重点，有了科学依据！"

取水自天，碧水长流。2015 年，平顶山市卫东区的林业大户田文松承包了 100 多亩荒坡种植经济林，原先光秃秃的荒坡上如今已密密麻麻栽满了果苗。"年初 3 月的时候，气象部门多次实施人工增雨作业，大大提高了苗木的成活率。"田文松说。近两年来，全市成功实施增雨作业 20 余次，对林木植被生长、生态环境的改善发挥了重要作用。石漫滩水库林场第四林区主任孟庆云说："通过部门合作，我们不仅能够随时了解到天气实况和气象预报信息，在干旱和防火关键期，气象部门还多次实施人工增雨作业，在植树造林、水库蓄水、森林防火工作中发挥了积极作用。"在鲁山县丰林庄园，县气象局正在改造标准化的多要素自动气象站、高炮作业点。这个园区是县里重点扶持的果木生态基地。园区副经理宋建伟说："4 月下旬，园区 5000 多亩林地缺水，气象部门实施高炮增雨作业，及时解除了旱情，园区里桃、李、杏等果树挂果顺利。"

舞钢市气象局局长王宗贝与技术人员在石漫滩国家森林公园里巡检自动气象站

"这张是最新的大型水库水域面积遥感监测图，可以看到白龟山水库水域面积逐年变大。"平顶山市气象台工程师徐丽娜介绍，市气象局利用卫星遥感技术，对境内分布的 5 座大型水库开展大型水体卫星遥感监测服务，适时提供大型水体面积变化遥感信息，使生态城市建设有了直观的科学数据。市水文水资源局副局长连明涛说："大型水库在调剂局地气候、提升生态城市档次、水资源循环等方面发挥着难以替代的作用，气象、水文部门精诚合作，共享水库流域监测数据，为水资源安全提供科学保障。"

气候资源开发利用，生态环境明显改善。位于叶县保安镇的马头山上，依据气象部门提供的气候评价报告，河南中投盈科风力发电有限公司和中国平煤神马集团天源新能源有限公司相续投资兴建风力、光伏发电项目。"预计每年将为镇上带来 2500 万元的财政收入。而且，绿色能源没有污染，保护了生态环境。"该镇党委书记马向阳介绍，风电项目计划投资 4.7 亿元，一期工程总装机容量 46 兆瓦，预计年发电量可达 1 亿千瓦时，相比火力发电每年可节约标准煤约 3 万吨，减排二氧化硫 600 余吨，减排二氧化碳约 7.91 万吨。

"实时调整气象事业发展理念和气象现代化建设思路，全方位、多领域融入生态文明建设，积极构建生态建设气象综合保障体系。"柴贵海说，气象部门的工作重点将逐步向突出生态环境气象业务转变，由天气气候要素监测预警

叶县保安镇马头山上，县气象局局长王梅英向该镇党委书记马向阳了解清洁能源基地建设情况

向生态环境监测预警延伸，积极做好生态系统气象监测、预测和评估业务，为"地绿、天蓝、水净"的山水生态城市提供服务。

生态循环农业：一陇一畦总关情

民以食为天，食以粮为重。2016年，平顶山市粮食总产实现"十三连丰"。在平顶山，科学化、标准化、规范化的高标准粮田气象保障工程完美诠释了"粮食增产的潜力在科技"这一真谛。如今，平顶山市再次扛起河南省现代生态循环农业试验区的大旗，探索出一条转变农业发展方式，破除农业发展瓶颈，促进农业转型升级，加快现代农业发展，推动农村生态文明建设的发展之路。

河南康龙实业集团是平顶山市生态循环农业的标杆企业。"利用猪场粪便建起大型沼气池，走'猪-沼-粮''猪-沼-菜'生态循环农业发展模式。"康龙集团技术总监王振豪说起气象与农业生产的关系，颇有些感悟，"现代生态循环农业需要气象部门提供更加精细化的服务，甚至是精确到村庄具体生产点的预报。"他介绍说："宝丰县气象局每周通过手机短信、彩信方式向公司提供天气预报及生产建议；在关键农事季节，气象部门还不定期派技术人员到基地开展服务。"他还特地举了一个例子佐证气象科技的重要性。2016年谷子直到7月

宝丰县气象局的技术人员来到康龙实业集团生产基地，与负责人商谈在园区里建设多要素自动气象站事宜

中旬才下种，播种期推迟了 20 多天。谷子的生育期需要 88 天左右，从播种那一刻就开始担心生育期不够影响到产量。公司依据县气象局提供的滚动天气预报，将收割期延长到了 10 月 16 日，在大雨来临前才下发机收指令。谷子有了足够长的生长周期，颗粒更加饱满，产品质量达到生产要求。

像康龙实业集团这样的生态循环农业公司，在宝丰还有十几家，气象部门全部开展直通式服务。"通过实施气象现代化工程，基层气象部门的服务水平有了很大提升。"宝丰县气象局局长李军虎介绍，气象现代化建设使气象监测、预警能力得到显著提高。

在郏县冢头镇前王庄村生态循环农业园区里，河南远航实业有限公司正组织村民抢拔萝卜晾晒，保障蔬菜品质达到出口标准。这里的萝卜种植全部采用订单农业模式，出口韩国、日本。"手机收到信息，说这几日是晴好天气。"村主任闫应国介绍说，冬天多雾天、阴天，如果赶上连续几天坏天气，晾晒在地里的萝卜就会出现霉点，影响出口质量。郏县气象局局长袁文良将最新一期《郏县农业气象服务信息》交给镇里的武装部长薛玉敏，叮嘱他这段时间一定要多提醒村民注意低温冻害。记者了解到，早在 2010 年，县气象局就在园区内布设了一个四要素自动气象观测站，满足日常生态农业生产的气象需求。至今，园区小气候监测系统已积累了近 6 年的气象观测资料，为气象灾害指标的制订、温室小气候的精细化预报等工作奠定了良好基础。袁文良说："气象现代化建设与现代农业转型步伐齐步走、超前走，气象科技有机融入地方生态循环农业发展，互相促进、互相发展。"

叶县是国家现代农业示范区，涌现了春畦、盛碧源等一批知名的现代生态循环农业产业化企业。在这些园区的各个生产基地，气象科技呵护着每一片新生的绿叶。田庄乡半坡村的福旺蔬菜大棚专业合作社，是县里大

郏县气象局局长袁文良在现代农业示范园区里与种植大户交谈

力扶持的农村残疾人扶贫示范基地。"气象部门提供的服务及时、准确，并通过现场指导、手机短信、网络等方式，及时将气象信息传递到农户手中，最大限度减轻了气象灾害造成的损失。"园区经理王福生说，发展生态循环农业，让村民在家门口脱贫致富成为可能，既留住了人，又守住了家门。"田庄乡的蔬菜种植，洪庄杨乡的金银花种植和食用菌生产，常村镇的万亩核桃种植，都被纳入了气象服务直通式服务的业务范围。"叶县气象局局长王梅英感慨道，县政府投资 1000 万元新建了现代化的新站址，气象部门有为有位。

对全国粮食生产先进个人、郏县长桥镇东长桥村的郭亚培来说，科学种田成就了他的"致富梦"。他成立的平顶山市绿禾农业科技开发有限公司，目前已是全市农业产业化龙头企业。"气象科技虽然不能直接创造物质财富，但在农业生产中却是个不可或缺的'哨兵'，是防灾减灾、趋利避害的重要手段，特别是人工增雨防雹作业，干旱时增雨既节约了资金，又省了人力物力；防雹作业有效防御农业大敌'冷雹子'，使农业生产风险大大降低。"郭亚培说，要实现农业丰产丰收，就必须科学种田，传统农业必须向现代农业转变，让"靠天吃饭"变为"看天管理"。

结语

记者了解到，通过气象现代化建设，平顶山市已在 97 个乡镇建成气象信息服务站，实现了信息服务站、电子显示屏乡镇全覆盖；自建联建气象预警大喇叭 1906 个，行政村覆盖率达到 77%；建立了由 2900 多名乡村干部及农业大户组成的气象信息员队伍，实现气象信息员行政村全覆盖；现代农业气象预报服务不断加强，针对本地主要粮食、经济作物开展的干旱、低温冷害、干热风、霜冻等农业气象灾害动态监测，为农业生产管理部门提供决策服务。

清波云影，禽鸣鱼跃，更有香山塔影，应水渔歌，沙洲逶迤。随着生态循环农业的不断发展，美丽乡村正变得如诗如画。传统农业逐渐向生态循环农业转变，如何顺应农业发展，提升气象现代化效益？对此，柴贵海有着深刻的思考："现代农业生产的理念、技术及组织方式与传统相比都发生了很大变化，为农服务也要适应新发展、新要求，实现新转变，按照现代生态循环农业的需求，业务上求创新、服务上求精细，让气象现代化建设的成果更好地惠及民生。"

（《中国气象报》，2016 年 12 月 8 日，作者：王建忠 景俊国）

"牡丹计划"泽被万家

——洛阳市气象局积极探索融合互动并进的气象服务新业态

"蚕在吐丝的时候，没想到会吐出一条丝绸之路。今天我们说，沿着丝绸之路的起点去发现，洛阳就有如这只吐丝的蚕。"诗中洛阳，千年帝都，牡丹花城，如今被赋予了新的战略定位、新的使命担当。站在蓄势崛起、风光无限的创新潮头，洛阳市气象局启动"牡丹计划"，将传统气象服务与媒体资源融合连接、与旅游资源多维连接、与互联网交互连接，共建、共享、共赢，积极探索融合、互动、并进的气象服务新业态，以更专业的气象产品、更细致的专业服务和多元化的服务渠道，在"互联网＋气象"中创造出更大价值。

洛阳牡丹景色

花开遂人心愿　浓淡总是相宜

12 月 21 日，冬至。记者在河南省洛阳王城公园，看到园区里的工人正在对牡丹进行修剪。牡丹素有"长一尺、退八寸"之说。为了让牡丹在冬季更好地生长、来年春季开花更好，需要把今年刚生长出来的大部分茎部剪掉，只留下木质化部分。

每年4月，洛阳城花香袭人，往往一夜春风，满园牡丹盛开。"花开花落二十日，一城之人皆若狂。"牡丹虽美，花期却极短。精确把握牡丹短暂的花期，在她最美时将其雍容的风姿展现给世人，是洛阳市气象服务的重要项目。"洛阳牡丹繁盛的原因在于这里独特的气候和地理条件。"洛阳市气象台高级工程师陈红霞说，洛阳的气候基本与我国的二十四节气同步，四季分明的特点符合牡丹的生长周期。

陈红霞与洛阳市气象科技人员一起开展牡丹花期的气象条件研究。据她介绍，牡丹开花与温度关系密切。一般情况下，花蕾在气温12～16℃时膨大，花瓣迅速伸长；盛花期则需要16～18℃的气温。每种花的始花日都有一定的温度要求，气象科技人员把这一温度称为"临界温度"或开花的"指标温度"。牡丹对空气湿度也有一定要求，开花时节尤其不能多雨。

记者走进洛阳市气象台，看到台里的高级工程师张俊洁已提前在做有关牡丹生长的气象数据分析。"要统计冬季平均气温，与历年同期对照；要统计分析每一旬的气候平均值；还要统计降水量、日照等气象数据。"她说，这些统计数据和分析结论，将会决定洛阳牡丹文化节开幕式定在哪一天。洛阳市气象局局长荆自谋介绍，预测牡丹花在哪一天盛开，这对气象工作者来说是极大的考验。据介绍，因地形海拔差异，牡丹花期出现了早、中、晚阶梯型开花的状况，为延长洛

为做好牡丹气象服务工作，洛阳市气象科技人员在王城公园牡丹展区开展气象观测

阳牡丹花卉观赏期提供了良好的条件。但由于每年气候条件不同，早、中、晚品种的花期也年年有差异，经常出现游客来了花未开或游客来了花已败的窘况。

每年的洛阳牡丹文化节气象服务工作从春节后就会紧锣密鼓地开始。洛阳市气象局有专门的"花会气象服务领导小组"，有详细的花会气象服务方案。气象科技人员还会实地进行牡丹物候监测和气象监测，每天定点定时拍摄、观测记录植株生长情况，积累花期预报经验。目前，在洛阳市牡丹研究院、国家牡丹园、王城公园和神州牡丹园等园区，都布设了多要素自动气象站。"积温是牡丹开花的有效促进因素。"该市气象局业务科工程师马进说，他们曾连续3年对400株牡丹进行观测，利用观测资料开展气温变化对牡丹开花期影响的研究，编制控制花期温度的公式，可以准确预报牡丹花期。

人在花中游，凌波步香尘。牡丹，是洛阳的一张亮丽名片，而牡丹产业，更是洛阳现代产业体系中的五大特色产业之一。隆冬时节，万木萧瑟，记者在位于洛阳市伊滨区的牡丹产业集聚区内看到，大片油用牡丹进入"深度休眠"，等待来年春天国色绽放与盛夏时节硕果累累。记者了解到，油用牡丹不仅用于观赏，还可生产出品质优良、效益可观的牡丹籽油，是国家重点发展的新兴木本油料作物。市牡丹办相关负责人介绍，2014年，我国将河南和山东两省列入油用牡丹产业发展试点，鼓励加快发展木本油料产业。

按照生态优先的原则，哪里是油用牡丹栽培的最适区？就牡丹籽油品质而言，环境因素会对其产生怎样的影响？如何调控气象因素以改善其品质？洛阳市气象局主动融入，与河南科技大学洛阳牡丹生物学重点实验室（以下简称"实验室"）携手，开展牡丹籽油品质与气象要素相关性研究，以期找出这些问题的关键答案。该项目负责人、洛阳市气象局农业气象中心工作人员杨林菲说："开展油用牡丹与气象条件相关性研究，可以提高农业气象服务质量，促进气象为农服务转型升级。"实验室是油用牡丹研究的专业机构，在洛阳各县（市）建有油用牡丹试验生产基地。而洛阳市气象局通过近几年的快速发展，现代化建设取得了骄人成绩：洛阳新一代天气雷达投入运行；拥有全省仅有的5座大气气溶胶监测站之一；新建或升级单要素雨量站148个、多要素自动气象站74个，甚至在地理环境比较恶劣的山区还利用先进的北斗卫星通信系统保障10个区域站正常运行；为做好试验研究，又在油用牡丹栽培试验基地补充部分自动气象观测站，满足不同地理环境下气象因素的观测需要。

在栾川县白土村牡丹生态园内，多要素自动气象站将气象和土壤实时数据通过专线传输到150公里外的洛阳市气象局农业气象中心数据库。目前，洛阳市气象局已获取、处理了全市不同地理条件下六大油用牡丹栽培试验基地的气象观测数据，为洛阳打造全国重要的木本油料产业基地积累了大量第一手气象资料。参与项目研究的双方，将通过气象要素的观测数据对油用牡丹生长情况、油脂品质进行相关性分析，寻找调控油用牡丹生长发育和油脂品质的关键因素，建立油用牡丹种植区划指标，找出洛阳市油用牡丹栽培的最适区，并提出不同气象条件下牡丹籽油生产的管理技术规程，以便更好地服务于油用牡丹栽培与技术示范推广。

记者来到位于新安县五头镇舜王社区的油用牡丹种植基地，看到这里的油用牡丹根茎被盖上了厚厚的土壤，待来年发芽、开花。"比自己种地强！"这是胡沟村 58 岁的村民王宗干的切身体会。他说，全家今年流转土地近 5 亩，用于油用牡丹基地建设，仅租金就能拿到近 2000 元；上个月他参与种植牡丹，每天有 50 元的工资；等苗出来，到地里管理苗子，还能拿管理费。"之前我家种小麦、玉米，只要老天不下雨，连肥料钱都不够用，现在不仅能挣钱，农闲时还能带孙子。"王宗干说。而 44 岁的张海波，有着双重身份——一个是寺上村村民，2016 年他家共流转出 12 亩土地；另一个是投资人，他和朋友合作，承包了 400 亩油用牡丹基地，还注册了农业公司。张海波看好油用牡丹的发展前景："待牡丹籽成熟后，县里有牡丹籽油的加工生产线不愁销路"。

而在距离洛阳市区近 300 公里的栾川县大山深处，神州牡丹园在赤土店镇、三川镇等区域开发的牡丹（芍药）鲜切花基地正在加紧建设。"这是我市首次发展高海拔山区的牡丹（芍药）鲜切花基地，意味着牡丹（芍药）鲜切花规模不断扩大，开始从市区向高山地区发展、布局。"洛阳市牡丹办相关负责人介绍，2016 年 9 月，市牡丹办相关专家及气象专家，专门对栾川县海拔较高区域的土地地质、气候条件等进行调研，确定此处适合种植牡丹（芍药）鲜切花，为鲜切花走进深山奠定了基础。同一时刻，在距离洛阳城 1000 公里以外的杭州，来自神州牡丹园的约 3000 枝牡丹鲜切花被制作成各种美丽的花盘、花束，用于装扮 20 国集团（G20）杭州峰会的多个场合，笑迎各国来宾。

牡丹花开，香飘世界。本应在春季盛开的牡丹（芍药），通过反季节催花技术，达到了"花开遂人愿"的效果，继 2008 年北京奥运会、2014 年亚太经合组织（APEC）峰会后，再一次绽放在世界高端舞台上。

畅游河洛山水 智慧气象相伴

秋天是万安山最美的季节。徜徉在绿的、黄的、红的色彩当中，像在梦中，像在画中，让人分不清是云、是霞、是花。"万安山旅游产业带建设就像是一条鲇鱼，搅动伊滨发展的一池春水。"洛阳市伊滨区党工委书记孙忠信说，"这是我区在文化旅游发展方面进行的有益探索。"蜿蜒20余公里的万安山是一座历史名山，东汉马融的《广成颂》、张衡的《东京赋》、曹植的《洛神赋》都对此山有过精彩描述。

近几年，万安山景区综合开发进入快车道。洛阳市气象科技人员曾三进万安山，与景区投资方商议景区气象服务保障工程。景区指挥部副经理田茜茜说："为保障游客安全，景区多处亭台楼榭需要做防雷工程；沿景区东西向，安装两三部自动气象站；在景区入口，实现10分钟一次显示景区不同点的气象状况；通过手机软件，游客随时掌握天气动态和天气预警。"周全的规划和服务方案，赢得了万安山风景区建设指挥部的肯定，双方签署了100余万元的气象服务保障工程（一期）。

2015年始，洛阳市气象局将事业发展的重点放在加快传统气象服务与媒体资源融合连接、与旅游资源多维连接、与互联网交互连接上，谋划、设计并开始实施"牡丹计划"。万安山景区气象服务保障工程就是这个计划的一部分。"牡丹计划"的发展目标是聚拢气象部门优势资源，高度协同，全面融合，建立"资源共享、携手成长、责任明晰、利益分享"的矩阵运营气象服务模式。"这一气象服

伊川县江左镇乐活自然园内，女子人工增雨防雹高炮队队员正在进行日常训练

务创新计划，在于开放发展理念，充分发挥市场在气象信息资源配置中的重要作用，培育气象服务新型市场，探索'互联网+'气象服务新途径、新模式，推动气象服务和管理方式的转型和变革。"市气象局副局长黄玉超说。

在"牡丹计划"实施过程中，洛阳市气象局在业务创新和能力提高上下足功夫，打破业务科室界限，以项目为主，通过工作能力和兴趣爱好相结合选拔队员，先后成立"新媒体公众服务创新团队""'一带一路'广播电视节目创新团队"和"防雷规范化管理创新团队"，积极构建适应需求、响应快速、集约高效、支撑有力的现代公共气象服务运行团队。

"利用广播、电视、平面设计等各方优势资源，积极筹建洛阳市气象影视创意基地，在气象信息互联网传播上做有益尝试。"黄玉超介绍，依托洛阳广播电视台、洛阳日报报业集团、洛阳理工学院现有新闻传播平台、技术和人才优势，气象部门以气象信息资源为资本投资，共同建设气象影视创意基地，以期形成覆盖全区域的气象信息及广告产品传播新平台，构建满足精细需求、传播快速、滚动更新的智能化公众气象服务业务模式，探索建立全媒体融合发展的气象服务信息传播机制。为此，洛阳市气象局先后与洛阳广播电视台、洛阳日报报业集团签定了气象服务战略合作协议，在气象信息传播、防灾减灾、气象科普、广告制作等方面广泛开展合作。"在2016年11月出炉的全国地市微信传播力和移动传播力榜单上，洛阳网均排名第一。通过掌上洛阳传播气象信息产品，气象信息覆盖面广、传播速度快。"洛阳网总经理刘宏波说，气象信息产品接入手机客广端，立刻拥有百万级用户。利用洛阳网的技术支持，该市气象局自行开发的首款天气类微信自媒体"乐问天气"上线运行后，短时间就"吸粉"无数。

融合发展使旅游气象服务成为可持续发展的亮点。洛阳市气象局与市旅游发展委员会达成合作意向，编写全市旅游气象服务方案；同洛阳市旅游发展集团形成发展联盟，共同规划建设风景区旅游气象站；与市农业局合作，共同投资研发本地化景区气象服务、休闲农业旅游气象互联网产品，并通过气象影视创意基地所有合作媒体传播平台进行商业化传播；与市政府重点工程办公室合作，承担万安山山顶公园、白云山自驾游营地等旅游气象服务保障工程项目。

在栾川，老君山景区成为全省首个"互联网+"山岳观光型智慧景区，游客可实时获得旅游线路信息、目的地附近停车场位置、气象信息等，Wi-Fi甚至覆盖了海拔2000多米的山顶，游客拍完照能立刻发微信朋友圈。在景区的核心区，气象部门正准备建设一个多要素自动气象站。"景区的气象信息服务需要精细化的观测数据。"栾川县气象局局长姜发说。据他介绍，目前全县森林覆盖率达 82.4%，全年空气优良天数有 300 天以上。栾川"绿色"重现，旅游业发展达到了前所未有的高度。在庙子镇庄子村，小桥流水，绿树翠竹，一座座青砖黛瓦白墙的农家宾馆吸引着如织的游人。几年前，这里还是一个普通的小山村，人均耕地不足 0.6 亩，村民主要靠种地和外出打工维持生计。如今，近百个具有豫西特色的农家小院掩映在青山绿水之间，不少村民经营农家乐，人均年收入突破 1 万元。而庙子镇的天气信息，在市气象局与市农业局合作开发的乡村旅游手机软件（App）上，用手指轻点便可以获取。

新安县旅游资源丰富，素有"山水新安"之称。气象部门主动融入政府旅游发展规划，"牡丹计划"在当地顺利开花结果。2016 年，新安县财政投资近 200 万元，由气象部门承建龙潭峡、黛眉山、青要山、荆紫山、鹰嘴山、始祖山等 6 个沿黄重点景区旅游气象观测站。这一项目是该县"十三五"规划中"智慧城市"的重要组成部分。"在旅游气象观测站建设基础上，我们又将为农服务信息站、人工增雨防雹站建设进行'三站合一'，既避免了重复投资，又丰富了气象服务内容。"该县气象局局长田明说，目前黛眉山、山头岭、青要山三个景区气象观测站已按期投入业务运行。"在'牡丹计划'的带动下，初步实现了县级气象服务的转型和集约化发展。"站在海拔 1200 米的黛眉山气象观

孟津县气象科技人员在园区内为果农讲解气象灾害防御知识

伊川县气象科技人员在园区内为果农讲解气象灾害防御知识

测站平台上，举目便见一幅连绵起伏的山水画卷。田明说，后期将运用影视、动画、游戏、模型、场景模拟等现代科技手段，建设一座互动式气象科普体验馆，全力打造集监测、预警、服务和气象科普体验于一体的公益性气象旅游新景点，丰富气象服务的途径和方式。

　　在嵩县白河镇下寺村，方圆5公里内完整地保存着一片蔚为壮观的古银杏林。据考证，仅千年以上的古银杏树就有121株，其中树龄最长的一株达2300多年。每到深秋季节，山村漫天黄叶，遍地金色，一幢幢民房掩映在黄灿灿的彩色世界里，美到极致。当地政府利用千年银杏林丰富的旅游资源大力开展旅游扶贫，带动贫困群众脱贫致富。"乡村旅游如今已成为村民致富增收的新增长点、新路子。"在村里经营农家宾馆的韩会民说，在这个交通闭塞的小乡村，洛阳市气象局安装了一部自动气象站，方便了游客出行。2016年10月，洛阳9个县（区）的220个村入选全国乡村旅游扶贫重点村。"美丽乡村是传统文化与现代文明的融合，要有优美的田园风光，还要体现耕读文化的传承、农事体验的乐趣。"孟津县任庄村党支部书记王胜虎表示，将在今后美丽乡村建设中把历史文化、风土人情植入建筑，突出乡土特色，留住"乡愁"。孟津县气象局局长马淑玲表示，气象部门将把特色乡村旅游作为今后气象服务

黄河小浪底观瀑节是洛阳市气象部门重要的旅游气象服务项目之一。图为"黄河之水天上来"的壮观场面

的重点。

　　畅游河洛灵动山水，领略千年帝都风情。全国政协委员、洛阳师范学院院长梁留科认为，"自由时代"对旅游公共服务体系提出了更高要求。洛阳要不断完善城市旅游功能，提升城市管理和公共服务水平。而对于出行的每位旅游者来说，天气信息是不可或缺的必备参考。未来，融入互联网大潮的洛阳气象，将大有作为。

　　　　　　（《中国气象报》，2016 年 12 月 23 日，作者：王建忠 袁鹏飞 郭萍）

通达商丘　智慧相伴

——商丘市气象现代化建设有机融入枢纽经济建设

沃野千里的豫东大平原，河水流淌其间，宁静而舒缓。2016 年 9 月 10 日，高铁从这里呼啸而过，河南商丘从此迈入"高铁时代"。未来的商丘，将凭借公路、铁路、水运、航空等立体综合交通枢纽而发生质的"飞跃"——变"交通枢纽"为"经济枢纽"，依托大交通，形成大物流，构建大产业，促进大发展，实现经济崛起跨越。气象部门如何抢抓机遇？如何科学规划？如何乘势跨越？如何重点突破？商丘市气象局局长李柯星认为："气象现代化建设要有机融入地方枢纽经济建设，通过打造智慧气象平台，服务大交通、大物流，为商丘实现从交通枢纽到经济枢纽的跨越提供科技支撑"。

沃野千里　气象互联

12 月 13 日，大雪过后，商丘颇有些寒冷。在市政府召开的商丘新型智慧城市建设总体规划专家评审会上，智慧气象成为评审专家热议的话题，并最终列为《商丘市新型智慧城市建设总体规划》中先期建设的四个项目之一。在这个力争为建设智慧城市、打造智慧人文商丘提供科学、合理、可操作的总体规划中，商丘市气象局将以物联网技术、云存储计算、大数据应用及多源异构的遥感信息、网络架构体系为技术支撑，依托郑州大学高性能计算中心和商丘智慧城市云计算中心，打造服务"无处不在、无微不至"的智慧气象平台。

"气象行业信息化建设大多以满足实际业务需求为直接目的。这种建设方式可以直接解决业务实际需求，但缺乏行业信息规划。"李柯星说，随着业务需求的满足，各部门内业务数据林立、设计繁杂、各系统间缺乏资源共享渠道，造成了部门之间业务流通不畅；另一方面，由于气象业务系统的强连续性运转特点，对这些基础业务数据日常运行维护的连续性、时效性和专业化程度要求也越来越高，市县之间气象业务发展不均衡、业务水平参差不齐的问题在这种背景下显得尤为突出。为推动气象服务更好地融入智慧城市发展之中，市气象局首次明确指出以协同创新建立商丘智慧气象可持续发展机制，秉承众智同创的理念，融合多方资源，融入商丘智慧城市建设，实现气象服务与其他行业一体化，达到"多行业互通、全渠道融合"。

商丘智慧气象的建设，目前已实现"实时监测—预报预警—自动产品制作—平台监控"全流程管理。"以前做气象灾害预评估时，最头疼的就是向各部门要数据，费时费力效果差。现在数据共享了，做起来得心应手。"商丘市气象台预报员朱世红说。随着气象现代化建设的发展，智慧气象不再是纸上谈兵，前期建设的市县一体化共享数据库，实现了"上通、下融、中统筹"，在业务中发挥出了重要作用。"我们首次在数据集约化基础之上尝试气象大数据业务，开展市长气象台、专业气象台、民生气象台、市场气象台等新型气象业务，为后续开展商业气象服务提供业务支撑基础。"市气象台台长康邵钧说，首次建立的自动化遥感监测业务，在农作物灾害预报、评估、估产、干旱灾害预报等方面开展智能化遥感监测，形成了新型特色农业气象服务体系。

12月20日，记者来到睢县云腾生态农业科技园，这里的大棚安装了农业物联网。在大棚门口的电子显示屏幕上，显示着农田小气候实时监测数据。据此，菜农王国营轻松就获取到了大棚里二氧化碳浓度、温度、湿度等数据。"蔬菜大棚里的传感器作用可大了！"王国营说，棚内温度高了会发出警告，土壤湿度低了会提示。在豆角种植区，记者找到了一个标有"大棚采集系统"的仪器，上下三层的铁盒子里装有不同的感应器。而在顶端的支架上，有一个白色圆球状的监测仪，通过远程操控，监控大棚里的"一举一动"。

"这套仪器主要用来实时监测二氧化碳浓度，以及气温、空气湿度、地温、土壤含水率等气象要素数据。"睢县气象局局长张现伟介绍，气象部门积极开创气象服务的新方式，加强物联网技术在气象为农服务中的应用，智慧气象真正在农业生产中开始实践。在5公里外的睢县气象局，值班人员关久旭通过服务平台熟练地调出了云腾生态农业科技园的实时观测数据。他介绍道："这个服务平台可以通过自动分析及与历史数据、大棚外气象数据的对比处理，推演出大棚内小环境的气象预报，最终将农业气象信息及特殊天气预警信号通过电子显示屏、网站和手机短信等途径反馈给农户。"

梁园区气象局在智慧气象信息服务平台上，建立了规模化农业种植养殖大户、种粮大户、家庭农场、农民合作社、农业企业等新型农业经营主体服务数据库，加强面向新型农业经营主体的服务。"气象服务对闫庄新村科技示范园区的发展发挥了巨大作用。这个园区主要从事农作物新品种的试验、示范、展示工作。不同气象条件对作物的丰产性、抗病性等表现差异极大。""全国粮食生产大户标兵"闫世民说，利用天气预报、农业生产建议等气象服务信息，有计划地安排农业生产工作，既节约了资源、人力，同时也有效减少了因气象灾害造成的损失。

虞城县阿健生态养殖专业合作社现代化的鸡舍里，气象科技人员正在调查蛋鸡生产情况

在虞城县阿健生态养殖专业合作社现代化的鸡舍里，工人薛丽一个人照看 4 万只蛋鸡，每天收鸡蛋两万多个。"基地的各个角落里安装有温度、湿度、二氧化碳、光照、氨气五种电子监测设备，采集的数据会和气象信息、畜牧信息等一起进行大数据分析，使服务产品更贴近生产基地的需求。"薛丽说，通过手机上的一体化管理平台，就可轻松实现自动上水、上饲料，查看生产信息、气象信息。

"鸡舍里虽然安装了韩国生产的自动化蛋鸡设备，能够自动控制里面的温度、湿度等，但天气的变化对蛋鸡的影响却无法控制，直接影响蛋鸡的生长和鸡蛋的产量。合作社与虞城县气象局合作，把鸡舍里监测的数据提供给气象局，气象局根据天气的变化给出鸡舍内温度、湿度等的参考数据，使蛋鸡能在恒温的条件下正常生长、产蛋。"阿健生态养殖专业合作社理事长卢常建说，他离不开天气预报，只有及时掌握天气变化，才能使自己不受损失。

包装好的鸡蛋通过豫东综合物流集聚区里的广兴源物流有限公司，乘火车、坐汽车及时发往全国各地。在商丘，全市已有 635 家物流企业。随着投资 16 亿元的浙江传化集团商丘传化智能公路港项目开工建设，商丘拉开了再次冲刺物流产业大发展的帷幕。为此，市气象局与市交通运输局签署了气象防灾联动合作协议，双方合作开展气象服务，做好对交通影响较大的天气预报工作，如道路结冰、积雪、雾、霾等天气；与市旅游局合作研发本地旅游气象，根据天气状况制订游客出行方案，提供可定制的天气预报，共同拉动旅游业发展，并在信息化建设和数字平台搭建等防灾减灾和救灾技术领域逐步开展合作与交流；与通达物流签订合作协议，在仓储、运输等方面提供专业气象服务。

2016年7月19日夜，商丘遭遇特大暴雨袭击。此次强降雨过程，商丘市气象台提前做出了准确预报，并及时制作、发布重要天气报告，建议各级政府及相关部门加强防汛工作。"通过智慧气象业务平台，减少了产品采集、制作、发布、评估管理、共享等流程中不必要的人工处理信息环节，大大缩减了处理时间，减少了人力投入，业务效率大大提高。"康邵钧说，仅气象台就将一天的工作流程从12项优化为5项，业务结构与分工更加明晰。据了解，全局目前仅有《三农气象服务》《领导决策气象参考》等五种规范化的决策服务产品，高效率地对社会经济各行业开展辅助决策服务，促进经济发展。

《中原经济区建设纲要》中有11处提及商丘，明确了商丘构筑中原经济区东部战略支撑的定位。商丘建设智慧城市，意在抓住发展机遇，发挥后发优势，通过智慧城市建设，引领未来智慧经济发展、城市智慧管理。李柯星说："建设商丘智慧气象，要以发展的眼光看问题，即按照目前气象业务发展的需求，真抓实效、设计业务平台解决实际问题，又要为未来新技术的使用预留可拓展空间，分步实施，以可持续发展的战略眼光建立长效机制，为大交通、大物流提供全方位气象服务。"华商之源，通达商丘，气象科技的魅力，将在这片土地上绽放出更加迷人的色彩！

绿色崛起　科技先行

2016年9月19日，商丘被国家林业局授予"国家森林城市"荣誉称号。率先创建"林茂粮丰"森林城市是商丘加快生态文明建设的创新实践，是平原地区开展"创建森林城市"工作的有益探索，是城市森林建设的新尝试、新模式、新延伸。商丘市副市长张家明说："气象服务已经渗透到生态文明建设的方方面面。"

在商丘，农林业协同发展、实现共赢的结合点和最大优势，是进行农业产业结构化调整，营造农田林网，改善农区生态环境，保障粮食安全生产。记者在商丘市气象局看到了一份名为《基于商丘市农业气候资源现状的农业产业结构调整意见》的文本。这份文本以农业气候区划成果和气象高科技成果为基础，科学规划，提出了合理调整农业产业结构的可行性建议。

林茂才能粮丰。民权县程庄镇的申集村，是黄河故道，风沙、盐碱给当地群众生产生活造成严重影响。"风沙比较大。曾经，这里每年都要遭遇风沙的侵扰。"商丘市民权林场副场长石立忠说。"一场风沙起，遍地一扫光"正是当地群众对黄河故道当时的印象。如今，通过农业产业结构化调整，这里已经变成了"绿色宝库"，森林覆盖率达到82%，呵护周边60多万亩农田。

商丘是典型的平原农区，是国家重要粮食生产核心区，是全国18个粮食产量超百亿斤的产粮大市之一。"通过农业遥感监测服务平台，商丘市的农业生产情况一目了然。"市气象局农业气象中心副主任陈小新告诉记者，该平台基于多源融合遥感技术开发，可检索一段时间内全市各个地区小麦、玉米、果树等多种作物的数据。"遥感技术收集的数据非常重要，直观、可控，精准程度高，有利于开展农业布局和种植业结构的调整。"陈小新说。

李柯星介绍，商丘市气象局自筹资金组建攻关团队，科技人员采用遥感、地理信息系统和全球定位系统等高新技术，根据商丘不同的气候资源、土壤资源，研究农业产业结构化调整，发展本地特色产业。"通过多年来的数据积累，我们每季度制作一期生态质量气象评价公报，其中包括气象条件、植被覆盖指数、水体密度指数与湿润指数、灾害指数及生态质量综合评价指标等。这说明我们在关注气象文明与生态文明的关系上走在前列。"

"遥感技术还是很接地气的，最大的受益者还是农民。"商丘市气象局业务科科长闫研说，通过逐渐完善的气象卫星遥感监测及农业气象情报预报决策系统，可监测灾害性天气、农作物生长状态及有无病虫害等，农民足不出户就能知道庄稼地里的情况，依据需要实现精细化、智能化农业生产和管理。

深冬时节，大地一片萧疏。梁园区双八镇的草莓基地大棚里却生机盎然，鲜翠欲滴的草莓惹来种植户爽朗的笑声。种植户代险峰说："种植草莓，天气很重要，阴晴天、雨雪天都对草莓生长有影响。这几年气象局的服务越来越周到，气象预报预警信息越来越及时，收成也越来越好了。"

通过农业生产结构调整，很多乡村形成本地特色产业。宁陵县建成了万顷酥梨基地，虞城县红富士苹果基地远近闻名，民权县万亩绿化苗木基地和万亩紫穗槐基地为大地留下片片绿意。"远看像林场，近看是村庄"是目前商丘村镇绿化的最新成果。

林茂粮丰，需要增林增绿。商丘是一个干旱频发的地方，要将这一宏伟项目落到实处，"向天借水"是有效途径。在市委、市政府出台的《关于创建国家森林城市推进生态文明建设的意见》和《商丘市生态环境监测网络建设工作

商丘市人工影响天气指挥中心的技术人员通过远程指挥系统指挥炮点进行人工增雨作业

方案》中，明确要求财政、国土、农业、林业、水利、气象等部门参与，各负其责，共创共建。气象工作者更是充分发挥自身科技优势，冲锋在商丘生态环境保护战线的最前沿。

在商丘市人工影响天气指挥中心的电子显示屏上，可随时远程监控每一个作业炮点的情况。"每一发炮弹，都可以通过远程监控到具体情况。"商丘市人工影响天气办公室副主任张云霞介绍，近年来气象部门不断加快推进人工影响天气作业现代化，自行开发了人工影响天气作业实时监控指挥系统，实现了从实况监测、作业条件分析、空域申请、通信网络、作业指挥等业务的集成。"这套实时监控系统由市、县、作业点三级组成。通过农气资料分析，实现了需求分析结果自动反馈；通过对遥感墒情分析、实测墒情分析和其他需求分析，结合天气预报，就可初步确定需要增雨的区域。"张云霞说。

目前，全市已经建成固定炮点 24 个，形成了可影响全市面积 80% 的作业网；127 个乡镇自动雨量站、22 个四要素气象站、3 个激光雨滴谱仪，组成了广覆盖的监测网。2016 年 5 月，商丘遭遇干旱，降水量较常年偏少62% ～ 80%，5 月 14—15 日，科技人员依据有利天气形势，在全市适时实施人工增雨作业。在自然天气条件和人工增雨作业的共同影响下，全市普降小到中雨，有效缓解了旱情。商丘人工影响天气工作已从单纯强调防灾减灾扩展到防灾减灾、农业生产、森林灭火、生态环境改善等多方面发展。

发展可再生能源，可破生态环境恶化困局。商丘市局积极开展风能、太阳能资源调查评估和推广应用，并针对新能源建设开展气候可行性论证。在梁园区刘口乡，林洋光伏电站正在扩建。据该乡党委书记祝玉波介绍，项目总投资10.2亿元，年均可发电约8800万千瓦时。项目扩建后，将成为省内最大的光伏产业基地。这是一个集农业种植、光伏发电、旅游观光为一体的绿色生态项目，不仅可以带动当地清洁能源的发展，改善能源结构，还可以带动当地的就业，获得经济、社会效益双丰收。"商丘地区太阳能资源比较丰富，但在技术上面临的困难比较大。"康邵钧说，开发风能、太阳能等清洁能源替代传统能源，可有效改善环境、实现生态良性循环。为让能源更绿色，基于格点预报产品，气象科技人员正探索开展太阳能发电功率预报业务，为开发利用商丘可再生能源、逐步改善能源结构提供技术支持。

创建森林城市让商丘收获了"林茂粮丰"，实现了平原农区"田成方、林成网、绿如海、粮满仓"。通过推进农田林网化，建设高标准农田防护林体系，有效改善农田小气候，减少了干热风、强飑线等自然灾害，促进了粮食增产、农民增收。2016年商丘夏粮再获丰收，突破34.5亿公斤。据测算，仅高标准农田林网的生态防护作用，就促进夏粮增产3.5亿公斤。

绿色是生命的颜色，也是一座城市的底色。一幅"城在林中、林在城中、林城相依、城乡一体"的豫东平原美丽画卷，已经展现在世人面前；一座满目青翠、生机盎然的森林生态之城、幸福宜居之城，正在豫东平原崛起。

（《中国气象报》，2016年12月29日，作者：王建忠 杨淑萍）

菊韵飘香汴梁　科技绽放魅力
——开封市气象现代化助力地方经济转型侧记

秋高气正爽，菊花满汴梁。

每年十月前后，河南省开封市随处可见菊花迷人美景。菊花绽放，闻香即醉，温暖每个游人。经过产业开发，菊花相关产业已经成为开封经济转型的成功范例。与此同时，开封市气象部门紧紧围绕菊花产业化需求，深入开展气象服务，气象现代化科技魅力与菊花相关产业的繁荣交相辉映。

巧解花语密码　花开遂人心愿

王二虎是开封市气象局的一名科技人员。不善言辞的他，却做了一件在菊花产业界引起轰动的事。经过十几年的室外观察和研究，他完成了"气象因素对菊花花期调控影响研究"课题。依托该项目科技成果的转化，如今傲霜秋菊也可在火热夏日盛开。

"通过人工对菊花生育环境的调节，特别是对菊花生育过程中光照、温度、水分等农业气象因素的调节，使开封菊花四季均能正常开放得以实现。"中国工程院院士李泽椿对该项目给予高度评价，赞誉气象科技为菊花产业的发展提供了不可估量的技术支撑。

花期调控是一项科学性很强的复杂工作。王二虎说："受品种特性和环境条件等因素的影响，绝大多数名贵品种菊花的自然花期都集中在 11 月前后，

气象工作者在试验基地开展菊花栽培试验

导致菊花的商品性、观赏性都受到季节的限制。"在项目试验中，气象科技人员先后选取了 114 个常见的早、中、晚秋菊栽培品种，基本涵盖了目前花卉市场中主要菊花品种，包括露地切花菊和悬崖菊、多头菊等小花系菊花，同时栽培形式也多种多样。

菊花在我国栽培种植范围较广，从首都北京到南方的中山等城市，都属于菊花主要种植区。由于南北地理跨度较大，气候特点迥异，一些成功的菊花花期调控技术，一直难以在异地成功复制和推广。而开封市气象局研究项目的试验地位于我国中部地区，处于南北气候过渡带，气候特点与我国南方、北方一些菊花种植区有不同程度的相似性，因此花期调控的各项指标具有更广泛的推广适用性。

近年来，随着菊花种植面积的扩大和经济效益的提升，开封菊花产业已经成为全市特色农业发展中的一项支柱产业。然而，由于受菊花自然花期的限制、天气气候的不确定性和自然灾害的影响，很多菊花品种往往不能在预计的时间准时开花，造成生产栽培和经济方面的损失。"气象因素对菊花花期调控影响研究"的技术转化，使开封菊花有了一套侧重于气象因素影响的花期调控指标，可以用来指导菊花的反季节栽培，使菊花花期更为可控，开花时间更长，经济效益更高。

"目前市场上通过遮光处理种植的'反季节'菊花，产品经济效益比普通菊花高出两倍以上。如果在菊花生产栽培中大规模利用花期调控技术来生产'反季节'菊花，每年为本地菊花产业创造的经济效益将非常可观。"王二虎介绍说，目前掌握的技术可以利用不同技术，推算出菊花各个发育阶段的时间，再模拟菊花生长发育所需的气象环境条件，成功实现主要秋菊品种在冬季、春季等预期时间内准时开花。菊花花期调控技术不仅延长了菊花的供应期，丰富了节日期间市民生活，对于实现菊花周年供应、促进菊花产业化发展也具有非常重要的意义。

科技绽放魅力　续写菊谱新篇

"菊城开封"美誉天下。开封的菊花种植，最早可追溯到 1500 多年前的南北朝时期。到北宋时期，开封菊花的品种繁多、数量庞大、栽培技艺领先，宫廷和民间养菊赏菊之风蔚为盛行，并诞生了我国第一部《菊谱》和世界第一部菊艺专著。如今，气象科技与菊花栽培技术"合作"，正悄然为新时代的菊谱增添新品种。

科研人员调研菊花新品

穿过喧闹的市区，记者来到开封市农林科学研究院园林所，这里的菊花试验基地远离嘈杂的环境，有的只是松软的泥土及微风送来的淡淡菊香。整个基地摆放着各式各样的菊花，黄色、白色、紫色、绿色的片状花瓣和丝般的垂髫，在绿叶的衬托下，甚是惹人喜爱。

在该试验基地，气象部门安装了多要素自动气象站。为进一步提高菊花气象服务能力，市气象局在全市主要菊花种植基地、科研基地都建设起菊花气象科技示范园。依托现代化观测设施，农业气象服务人员先后开展了菊花发育期、花期、病虫害以及小气候等多种观测，利用获取的第一手资料，为菊花育种、新品繁育等提供科技支持。

说到花卉培育，开封市农林科学研究院园林所所长赵艳莉很是自豪。她说，在今年的菊花会上，"汴梁黄冠""金鸡报晓""黄越山"等 10 余个菊花新品获得了开封市菊花大赛一等奖。这些获得殊荣的菊花，在 10 月 14 日比赛当天达到了盛花期，花形最为完美。而这一成绩的背后，正是气象部门研发的花期调控技术的成功应用。通过精确的温控、精准的花期预测，这些菊花在最美的时刻绽放赛场，惊艳了世人。

"参照菊花生长发育所需的关键气象指标，人为设定菊花栽培实践中不同花期的温度、遮光和补光时间、光照强度等，每个品种的菊花都能在预定时间

围绕开封菊花产业需要，气象服务人员深入菊花生产基地，为菊花的育苗、移栽、养护、病虫害防治等提供指导

内完美绽放。"赵艳莉说，她与开封市气象局科研技术人员合作完成的"观赏菊花新品种'汴梁黄冠''汴梁彩虹'选育及花期调控技术"获得了2017年河南省科学技术进步三等奖。

"通过气象部门提供的技术支撑，我们先后育成'汴梁彩虹''汴梁紫蝶''汴梁秋影'等菊花品种。"赵艳莉说，这些名贵菊花品种，为开封赢得了多项荣誉。2017年10月7日，在第九届中国花卉博览会上，开封市送展参评的65个展品，共获得33个奖项，其中金奖有3个。目前，开封观赏类菊花的栽培水平和产品质量在全国享有很高赞誉，现已成为全国各地举办菊展的主要展品供应地，每年全市菊花企业参与布展的城市达到15个，外销各类菊花200多万盆。

延长产业链条　服务精细入微

开封菊花已经形成了独特的品牌，人们喜爱菊花，不仅因为其美艳，更是因为菊花性格刚强、耐寒傲霜、气质高洁。同时，菊花也是开封人民坚强不屈的意志品质的象征。如今，菊花也像洛阳牡丹、无锡梅花、广州木棉、昆明茶花一样，不仅受到本地人的喜爱，也受到全国人民的喜爱。

近年来，开封市抓住国家农业产业结构调整和大力发展农业产业化的有利时机，结合实际，在扩大菊花种植规模的基础上，不断延伸产业链条，提升产

气象科技人员在开封大观商业管理有限公司菊茶生产车间提供气象服务

品品质，初步形成了以菊花种植、观赏、加工、销售为一体的产业链条，菊花相关产品也不断推陈出新，食用菊、饮用菊、药用菊等实现了产业化生产。

在开封大观商业管理有限公司，茶艺师正在冲泡菊茶。只见一朵黄花瞬间在水中绽放，"花中君子、水中仙子"，令人赏心悦目，饮后有生津安神之效。围绕市场需求，该公司以生产菊花代用茶为主营业务，陆续开发出"汴梁大观"品牌菊花茶、保健茶、菊茶月饼、菊花糕点以及"汴梁红"菊花红茶系列产品。公司负责人刘丽莉说，中国人饮菊茶自北宋时期开始就已有记载，菊花的功效也被各类医学古籍记载，到现代社会依然以其清热解毒、护肝明目的功效而在人们的生活中占据着不可或缺的地位。"菊茶品质的好坏，与气象条件密切相关。尤其是采摘期，需要看天气排工序。合适的气象条件有助于在菊花花型最为完美的时刻采摘、烘干，保证菊茶的外形和品质达到最佳。"

位于开封城乡一体化示范区花生庄村的中国（开封）菊花高新科技产业园，总面积 1400 亩。这里曾诞生了一项世界吉尼斯纪录——7995 平方米的"美丽开封"菊花鲜花毯。该产业园相关负责人介绍，产业园将菊花新品种培育、菊花种植、菊花观赏、菊花深加工、反季节菊花、菊花鲜切花等一体化运作，生产菊花酒、菊花茶、菊花酥等产品，形成了菊花全产业链。开封市园林菊花研究所位于园区里，是一家集菊花品种收集整理、新品种培育、种苗、副产品研

气象服务人员在菊花文化节开幕式现场开展气象服务

发等为一体的专业机构。"在每年的菊花生长关键期，我们都会密切关注天气信息。尤其是出现暴雨天气时，我们会根据气象部门的提醒，迅速通知广大花农提前采取防护措施，及时对排水沟进行疏通，垫高菊花花盆，改善菊花根部通风。"该所所长助理许承程说，"由于气象服务准确、及时，花农通过提前采取防护措施，大大减少了每年因暴雨灾害带来的损失。"

开封菊花一般从 4 月份开始育苗，到 11 月份花期基本结束，历时 8 个多月，跨越春、夏、秋三季。在此期间，开封天气气候条件复杂，低温、霜冻、连阴雨、高温热害、冰雹、大风等气象灾害频发。围绕开封菊花产业需要，开封市气象局推出多种形式的菊花专题服务，重点做好菊花生长关键时期的气候预测和预报预警服务。技术人员还结合菊花生育期观测和气象条件分析，及时对菊花生长适宜性进行评价，指导花农更好地进行菊花养护，为菊花育苗、移栽、病虫害防治等提供科学依据。

"开封夏季高温多雨，正是菊花病虫害多发的时期，容易对菊花正常生长和品质造成影响。"开封市气象局党组书记、局长王怡说，市气象局会组织服务人员及时深入全市主要菊花种植村镇，就菊花种植与气象条件的关系、各类常见病虫害的防治等，为花农提供现场讲解和指导，提醒他们注意做好菊花叶斑病、黑锈病等各类病虫害的防治工作，确保菊花正常生长。

据开封市农林局农产办主任赵家峰介绍，目前开封年产值达到 500 万元以上的菊花企业达到了 8 家，菊花茶、菊花酒、菊花瓷、菊花保健品等系列延伸产品已经陆续投放市场，并逐步形成规模，食用菊、药用菊的生产也初具规模，全市菊花产业年产值达 1.3 亿元以上，带动了 6000 余户农民致富，菊花产业之路越走越宽阔。

自 1983 年开封将菊花定为市花以来，每年都举办一届菊花文化节，2017年是第 35 届。菊花和开封互为滋养，相映成辉，菊花文化节已经成为推动开封文化、旅游、经贸深度融合的大型综合性经济文化活动。

金秋十月菊香满城，盛会盛景盛装开封。在中国开封第 35 届菊花文化节盛大开幕之际，花海人潮，五彩缤纷，四海宾朋纷至沓来，真可谓"九月花潮人影乱，香风十里动菊城"。

为做好菊花文化节各项气象服务保障工作，开封市气象局成立气象服务领导小组，制订服务预案，开幕式前一周每天制作专题气象服务材料；开幕式前三天，滚动制作精细至 3～6 小时的气象要素预报。

2017 年秋季，河南曾遭遇较为严重的连阴雨天气，市气象台非常重视。文化节开幕临近，市气象台连续 7 日滚动更新开幕式期间阴天有小雨的预报。10 月 15—16 日，气象服务领导小组通过河南格点预报智能解析应用系统演算，对开幕式当天的降雨量级进行了精细化分析和预报，得出"8 时至 11 时降雨量大概在 1 毫米左右，对开幕式有一定不利影响"的预报结论，并提醒主办方采取防雨措施。开封市节会办根据气象精细化预报产品，提前为参会人员准备了雨具，保障菊花文化节顺利开幕。开幕式当天，天气实况与预报基本一致，气象服务得到了市委、市政府的充分肯定。

为确保菊花文化节期间各项活动顺利进行，开封市气象台针对易对菊花生长及展出产生影响的大风、降温等天气加强监测，着力提升天气预报质量，同时充分利用全媒体平台及手机短信等载体，及时为公众提供准确的节会期间气象信息。专业、及时、准确的气象服务，为开封菊花文化节撑起了一把"保护伞"。

"九州菊花聚汴京，和谐盛世庆太平"。开封市气象现代化融于地方经济转型发展，全局谋划，精准发力，促进了开封菊花产业持续健康发展。在开封，菊花不仅是一朵花，它代表了一种文化，也代表了生产力。在气象现代化建设的恢宏画卷上，开封市气象局将勇挑重担，创新发展，以新业绩、新气象，书写更加华美的菊韵新篇。

（《中国气象报》，2017 年 11 月 10 日，作者：王建忠 刘红雨）

出彩中原　气象万千

——河南气象现代化建设巡礼

2015 年的春天来得特别早。沃野叠翠，河水泛波，春的气息格外浓郁。

那是一个值得纪念的春天：中国气象局和河南省委、省政府刚刚确定将河南作为中部地区率先基本实现气象现代化试点省。

需求牵引、政府主导、创新驱动、开放合作，成为引领河南气象现代化的指南和抓手。

立足中原，面向中部，放眼全国，追赶先进，河南气象现代化步伐迈得豪迈和有力。

2017 年末，瑞雪兆丰年。这是一个值得庆贺的时刻：河南在中部地区率先基本实现气象现代化。

中原气象儿女凝心聚力、砥砺奋进，奏一曲时代强音，书写中原崭新篇章。

需求牵引　协同为魂

气象现代化创新之旅，早在 2009 年的春天就已启程。

那一年，中国气象局在河南进行为期三年的现代农业气象业务服务试点建设。全省气象工作者以孜孜不倦的创新精神，探索形成了"三级业务、五级服务布局、六大体系支撑、服务业务科研一体化发展"的现代农业气象"河南实践"，交出了一份完美答卷。在认真总结成绩和经验的基础上，河南省气象局自我加压，按照气象现代化试点省的标准和要求，将气象现代化建设放在河南经济社会发展和助力中原更加出彩的现实需求中。

"不谋全局者，不足以谋一域。"中国气象局和河南省委、省政府高度重视河南气象现代化建设，每年召开省部联席会议，专题研究气象现代化建设中的难点、热点问题，安排部署每一步工作。河南省政府多次召开气象相关专题工作会议，组织开展全省气象现代化专项督查。大部分市、县将气象现代化建设相关内容纳入政府目标和绩效考核。

嘉谋善政，政策支持坚强有力。河南省政府先后出台 6 个政策性文件以支持气象现代化建设，其中《关于加快推进气象现代化的意见》得到了时任国务院副总理汪洋的高度评价："河南省重视气象这种基础性的公益事业，是正确的政绩观的表现，也必将既利当前又利长远。"河南气象重点工作多次写入河南省政府工作报告和省委重要文件，重点项目纳入省政府重点建设项目库。"意见规划不能只是挂在嘴上、写在纸上，要统筹推进、落地生根、开花结果。"河南省气象局负责人表示。

集思广益，部门合作不断深化。河南省气象局先后与省发改委、财政厅、水利厅、农业厅等20个部门建立长期合作关系，同时深化与鹤壁、商丘等市政府及郑州大学、中国电子科技集团公司第二十七所等高校、企业的合作，提升合作质量和效益，形成"省部合作牵引、各级政府主导、省直厅局联动、部门实施"的"四位一体"气象现代化建设长效机制。

法治环境也是核心竞争力。截至目前，河南省共出台6部地方性气象法规。省人大还多次深入市县开展贯彻落实《气象法》《河南省气象灾害防御条例》等执法检查。

科技创新是一颗种子，有利于人才成长的平台则是气象现代化事业赖以生存的肥沃土壤。河南省气象局大力实施"1+6英才计划"，目前全省拥有国家级首席预报员3名、省管专家9名、正研级专家11名、省级首席预报员6名、首席服务专家5名、首席科普专家3名、首席科技专家10名。全省气象部门研究生学历（学位）以上人员占比13.5%，较5年前提高98.5%。河南气象发展机遇空前良好，但也比以往任何时期都更加需要人才支撑，以制度环境、政策环境的优化激活人才这一池春水，为气象现代化建设提供了强有力支撑。

省部共建重点实验室成果喜人。近年来增设了数值预报释用技术研究室和环境气象研究室，组建10支科技攻关创新团队。河南省气象大数据分析与服务工程研究中心被河南省发展改革委确定为全省大数据领域60个创新平台之一。河南省局与郑州大学联合申报国家重点研发计划并成功获批；与河南大学共建"大气污染综合防治与生态安全"省级重点实验室。近五年来，全省气象部门获批省部级以上科研项目21项，获省部级以上科技奖励4项，获国家发明专利1项、实用新型专利5项、计算机软件著作权8项，在核心期刊发表论文200多篇。实际转化应用的成果数量由2012年的11项增长至2017年的29项。冻土及干土层测量传感器获得第七届国际发明展览银奖，主办的《气象与环境科学》期刊晋升全国科技核心期刊。

理念之变　增添动能

商丘市"全国粮食生产大户标兵"闫世民的"种粮经"是"管理靠科技，

气象来帮忙"。他家的地里，建有一个四要素气象站和一个土壤水分自动监测站。而在豫北辉县吴村镇农村信息化综合服务中心，整面墙大小的 LED 电子显示屏上，显示着全镇农田里的湿度、温度、土壤墒情等实时信息。该镇副镇长部海庆说："我们走的可是现代化的信息高速公路！"

业务现代化是气象现代化的基础和核心。河南省气象局瞄准信息化、集约化、标准化方向，通过科技创新，强力推进气象业务现代化。特别是河南粮食生产核心区气象防灾减灾保障工程、山洪地质灾害防治气象监测预警系统工程、气象灾害监测预警与防御工程等一批气象重点项目的建设，极大地提高了全省气象灾害监测能力。

综合观测自动化程度越来越高。建成了 8 部新一代天气雷达、6 部数字化天气雷达、3 部 L 波段探空雷达、1 部风廓线雷达、39 个垂直水汽观测站，汛期等关键时段可对全省重点区域每 6 分钟进行一次垂直观测；建成 2633 个自动气象站，100% 覆盖了乡镇，地面气象要素实现分钟级观测；建成 121 个国家气象观测站实景观测系统，实景和观测要素实现叠加耦合。围绕生态文明建设气象保障服务需求，建成包括地面激光雨滴谱仪、微波辐射仪的人工影响天气专业观测网，建成基于酸雨、辐射、三维雷电、环境、气溶胶等组成的专业观测网。

数据信息处理速度越来越快。新建 122 个新一代卫星广播接收系统、19 个静止气象卫星中规模利用站，建成"风云三号""风云四号"和"葵花八号"气象卫星省级接收站。基于郑州大学 800 万亿次超算平台，合作建设气象大数据工程研究中心，信息处理能力明显增强。集约整合数据资源，省级业务系统集约化率达到 43.5%。建立全省气象观测数据综合服务平台，实现了农业、水利、环保、气象数据的综合集成显示、查询、调用。强化数据质量控制，全省自动气象站数据可用率达 99.7%，雷达数据可用率达 97% 以上。优化再造数据传输流程，自动气象站数据 1 分钟内到达业务桌面，雷达数据两分钟内到达业务桌面。

预报预测越来越精准。短临预报预警业务实现从"弱"到"壮"，精细化气象要素预报业务稳步推进；暴雨预报预警业务能力进一步提高；客观化气候预测业务基本建立；县级综合气象业务初步建成，实现了预报产品由站点向网格转变、气象要素预报向灾害风险预警延伸。精细化格点预报智能解析应用系统和省市县一体化短临监测预警系统投入试运行，实现省、市、县三级同台报警、同台制作。"强对流天气监测预警""智能网格预报"和"暴雨预报"等三项技术，及云语音、光流法、融合外推等现代化技术手段得到吸收应用，24小时晴雨预报准确率稳定在90%左右，强对流天气预警信号提前量达30分钟以上，预报预警质量位居全国前列。

精准预报　普惠服务

如今，在商丘市睢县云腾生态农业科技园种菜的王国营，通过田头的大屏幕，轻轻松松就能获取大棚温度、湿度、二氧化碳浓度等数据，以及最新的农业气象信息、灾害性天气预警信息。气象现代化的科技魅力，在豫东这个小乡村的阡陌之间绽放迷人色彩。

这是一张严密的防灾减灾网。在河南，省、市、县三级全部成立气象防灾减灾组织指挥机构，乡镇（街道）气象灾害防御组织协调机构健全率增至98.1%，实现气象协理员乡镇（街道）全覆盖、气象信息员村级（社区）全覆盖。省、市、县三级气象灾害应急预案与地方政府相关应急预案实现无缝对接；建立全省气象灾害防御及人工影响天气指挥部成员单位联席会议制度，先后与国土资源厅等7个部门实现信息双向共享；履行黄河防总指挥部成员单位职责，不断提升流域、区域联防气象服务能力；积极实施河南省突发公共事件预警信息发布系统工程，全省平均每年发布各类预警信号2000余次，气象灾害预警信息总接收达10亿人次以上，气象预警信息覆盖率增至95%。

生态文明气象保障作用日益凸显。围绕全省大气污染防治攻坚战，河南省气象局着力深化气象环保两部门合作，着重做好环境气象监测预报服务，联合发布空气质量预报，探索性开展改善空气质量的人工增雨作业；积极开展气候变化影响评估和决策咨询及重点建设工程等气候可行性论证，开展城市通风廊道评价研究，研发省级人居环境气候定量化评估系统。各级气象部门立足本地，融入发展，如许昌市气象局围绕水生态文明城市建设献计献策，平顶山市气象局围绕绿色城市创建提供科技支撑。

各级气象部门充分利用新媒体、新技术，建立完善微博、微信公众号；开通气象企鹅号客户端，组建气象系统政务头条号矩阵；建设手机软件、"手机摇一摇微基站"等服务终端，研发全媒体气象信息发布系统，实现气象信息的快速精准、无缝隙发布。各级气象部门科学应对2014年特大干旱、2016年特大暴雨等气象灾害，三夏、三秋等重要时段气象服务保障及时到位，全国春季农业生产会议等重要活动气象保障服务圆满完成。

安阳市市民李先生至今还记得2016年7月19日的暴雨。那一天，安阳遭遇大暴雨袭击，弓上水库告急，出现险情。通过现代化监测手段，气象部门建议市政府暂缓泄洪，为群众疏散争取了更多时间。"安阳出现局地暴雨，但我们有效控制灾害，这和气象部门的准确预报是分不开的，可以说气象部门确实立了大功！"河南省省长陈润儿在全省防汛抗旱工作视频会议上高度肯定了气象预报预警工作。

厚植优势　转型升级

春种、夏耕、秋收。行走在河南田间地头，既能目睹增产丰收的传统故事，也能捕捉科技创新带来的喜悦。

唐全合是"全国十佳农民"，从随大溜凭感觉管地到依靠卫星种田，他每年种出来的粮食足够十万人吃一年。他种地，天上依靠气象卫星，地面借助气象基站，是全国第一个使用"星陆双基系统"种粮的农民。传统农业气象服务"一把尺子、一杆秤，牙一咬、眼一瞪"的方式，如今被现代的监测网络所取代。目前，全省已建成4个国家级农业气象试验站、35个农业气象观测站、89个农田小气候实景观测系统、414个自动土壤水分观测站，加上卫星遥感接收应用系统、便携式土壤水分速测仪、小型无人机等，构建了国内较为先进、完善的农业气象监测网络，实现农业气象监测的自动化、立体化、可视化和精细化。同时，省、市、县、乡、村五级服务网络进一步完善，建成了126个现代农业气象科技示范园、4420个气象信息服务站、22 976个气象预警大喇叭，气象服务融入了80个农业技术推广站、200个村级农村电商信息站，面向1200个新型农业经营主体开展直通式服务。

如何让气象"武器"成为粮食高产好帮手？河南省局通过"科技变现"先后推出格点化农用天气、灌溉量和机耕指数预报，实现未来7天作物需水量、灌溉量的精准预报；开展农业气象灾害防御技术适用、推广，"天、地、空"多平台协同监测与反演技术、作物生长模型和遥感资料耦合技术取得新进展；推出冬小麦干旱和干热风灾害天气保险指数，农业气象服务产品更加精细化、专业化、多样化；制订农业气象业务服务标准，北方夏玉米干旱等级、农业气象玉米观测规范、高标准粮田气象保障能力建设标准等19项农业气象业务标准在全国推广；整合形成河南省高标准粮田精细化农用天气预报与农作物监测评估系统，实现了资料提取自动化，作物长势、农气灾害、作物产量等监测评估定量化，产品制作便捷化，预报分发自动化，实现了高标准粮田农业气象信息服务全覆盖。

益农社是国家信息进村入户工程。气象部门在每个网点安装气象信息发布平台，把一个个网点变成一个个气象服务站。"通过手机摇一摇，就可及时查看到附近最新的天气实况和农业气象服务信息。"浚县益农社中心站经理杨清彬说。随着智慧气象的进一步发展，现代农业气象网、省市县一体化现代农业气象服务平台、"掌上农业气象"手机软件等陆续上线，"河南气象微农"微信公众号关注人数越来越多，农业气象服务实现了便捷化、普惠化，把气象服务装入了农民的口袋，农业生产由"看天管理"转为"看机（手机）管理"。

河南人工影响天气作业规模和科技水平步入全国前列。目前，全省已初步建立 5 个不同类型的人工影响天气示范基地，完成 365 个固定作业点标准化建设；改装了国内先进、续航时间长的"运 8-C"飞机，装备了国内先进的云物理探测设备、卫星通信设备和多种催化播撒设备。全省共有 37 毫米高射炮 266 门，火箭发射架 366 部，高山碘化银发生器 75 台；飞机作业覆盖全省，地面作业控制面积达 56.8%。近五年来，累计增加降水 70 多亿立方米，累计防雹保护面积约 10 万平方公里。

当前，河南正以推进农业供给侧结构性改革为主线，加快推进农业转型升级，加快农业现代化进程。为此，省气象局建成 7 个全国现代农业气象服务示范县和 40 个全国气象灾害防御标准化乡镇。唐全合的麦地变成了"优质麦基地"。而在豫南正阳，麦田变花生田，让这里成为"中国花生之都"。从追高产到求优质，这些演变的麦田，正是河南农业改革的缩影。"气象现代化建设使现代农业气象'河南实践'内涵不断得到丰富和延展，气象为农服务品牌效益持续彰显。"河南省气象局负责人表示，经济新常态下，气象科技要在创新上狠下功夫，为提高粮食生产能力提供全方位、精细化气象服务，让"中国碗"盛上更多优质"河南粮"。

创新驱动，春意盎然。今天，腾飞的河南，站在了新的历史起点上。在决胜全面小康建设出彩中原的新征程中，河南省气象局将行稳致远，汇聚起更加出彩、共创美好明天的强大科技力量，让气象现代化的光芒绽放于天地之中、大河之南。

（《中国气象报》，2017 年 12 月 14 日，作者：王建忠 周爱春）

智慧引领　共筑中原粮仓

——河南践行新型农业经营主体直通式气象服务模式

中原大地，沃土千畴。

改革开放 40 年来，作为"中原粮仓"，河南立足农业作出大文章，使经营理念、种植方式乃至产业融合等不同层面发生了深刻变化。这为气象事业发展带来新机遇，也提出新要求。

近年来，河南气象部门以高标准粮田建设工程、中央财政"三农"服务专项等为载体，全面提高气象为农服务水平，搭建起直达田间地头的服务网络平台，让种植养殖大户、农民专业合作社、涉农企业等新型经营主体凭借精准的气象信息进行科学种养，改变了过去听天由命的状况，实现农业气象"直通式"服务模式的创新发展。

鹤壁市浚县正在作业的农机

置阵布势　完善为农服务基础建设

走在长葛市石象镇刘沙沃村高标准粮田示范园区的路上，远处大型智能喷灌设备正在旋转浇水。在一望无边的沃野上，一座被白色栅栏围住的农田小气候观测站映入眼帘。这是长葛市气象局 2015 年为这座农业气象科技示范园布

平顶山市气象局科技人员在湛河区曹镇乡曹西村水稻种植区开展气象服务

设的，并配备了农作物实景观测系统。纵观长葛、宝丰和正阳等多个县（市），这样的农田小气候观测站俨然已成为中原大地上的"新地标"。

　　这一切，离不开河南省多年持续建设高标准粮田的努力。2015年10月，河南省人大常委会正式颁布实施《河南省高标准粮田保护条例》，对高标准粮田应具备的气象配套设施及气象服务进行规定。这是全国首部有关高标准粮田的法规。自2012年开始，气象为农服务的相关内容先后被纳入全省高标准粮田建设指导意见、建设规划、考核条目、建设标准，以及高标准粮田保护条例、"十三五"专项等。

　　近年来，河南省气象局高度关注高标准粮田气象保障能力建设，通过建设高标准粮田气象保障工程，使高标准粮田高产、稳产气象保障科技支撑能力得到大幅提升，保障粮食产量底气十足。这期间，以民生为导向，以需求为牵引，以"三农"为平台，省气象局深入推进为农气象服务直通乡村、直通农户、直通地头，以专业的技术、精细的服务，确保粮食安全，促进"三农"发展。

　　基层气象信息服务站是直通式气象为农服务最好的见证。

　　长葛市古桥乡气象信息服务站，是当地一年四季都很热闹的地方。据长葛市气象局局长胡彩菊介绍，农户平时路过或忙完农活时，都会来这里通过信息大屏了解天气状况，也会顺手取几份气象与农业服务材料。

　　宝丰县的康龙集团产业园区也是一个气象信息服务站，园区内布设了6个气象观测站。因地制宜，不同的观测站分别监测土壤水分、温度湿度等气象要素。园区内有专门场地安装了"智慧农村可视化监控管理系统"，通过 LED 显示屏展示蔬菜大棚、果园等设施农业气象信息。

这些气象信息服务站内不仅配备了农业气象自动化观测系统，还与农业、水利等部门共建农业气象服务平台，实时监控作物生长发育状况、土壤墒情，获取气象预报预警信息、农业气象专题服务材料等。这些气象信息服务站不仅承担着气象监测系统及设施建设、信息发布的功能，更像是冬日里温暖的"火炉"，将农户与气象紧紧围在一起。

据统计，2017 年河南全省共建成 126 个现代农业气象科技示范园、468 个自动土壤水分观测站、2598 个区域自动气象站、4420 个气象信息服务站。截至目前，全省气象部门与涉灾、涉农部门共建气象信息服务站 453 个，组建乡村气象信息员队伍近 6 万人，服务新型农业生产经营主体 14 000 多个。

此外，人工影响天气技术的发展也为粮食高产提供了保障。据统计，目前全省建成 356 个标准化炮点，全省共有 37 毫米高射炮 270 门、自动火箭发射系统 348 部、高山烟炉 73 台，每年租用两架人工增雨（雪）作业飞机，人工影响天气作业控制面积占全省总面积的 60%。近 5 年来，全省累计增加降水 70多亿立方米，年防雹保护面积约 1.5 万平方公里。预计到 2020 年，中部区域将建立较为完善的人工影响天气工作体系，形成统一协调、区域联防、跨省域作业的人工影响天气运行机制，显著提高人工影响天气技术支撑、业务保障和区域联合作业能力，成为保障粮食安全生产的重要科技力量。

气象科技工作者在新县郭家河乡湾店村安装自动气象站

桑土绸缪　提高服务水平护中原粮仓

　　气象灾害预警信息发布，是为农服务的重中之重。种植基地不比个体农户，一两亩地一天就能抢收完毕或提前做好预防措施。怎样切实做好气象灾害预警发布，打出更多预警提前量，保障经营万亩农田的新型农业经营主体及时接收到气象信息，考验着河南各地气象部门的"功力"。

　　在宝丰县康龙集团生态循环农业示范基地，记者看到，园区内30多座大棚种植的瓜果蔬菜绿意盎然。通过安装的各式监测设备，工作人员可以随时了解棚内的土壤墒情、温度湿度及病虫害等。基地负责人王振豪说，发展高效农业和设施农业，气象因素更为重要，在雪天、大风天来临前，提早得到气象信息，可以避免刮坏大棚、压塌大棚；通过对大棚内二氧化碳的监控，适时补充二氧化碳，能够提高作物的产量。

　　2018年10月以来，长葛市一直没有明显的降水，设在田间的自动气象观测站监测数据显示，土壤墒情严重偏旱，预测今后一段时间也没有大的降水过程。就在长葛市石象镇刘沙沃村豫粮种业有限公司基地部经理王方毅担忧如何让13 000多亩农作物避开损害、安全生产、颗粒归仓时，长葛市气象局为他送来了"法宝"。"我在手机上安装了省气象局研发的'气象博士'手机软件，可以看到近期的土壤墒情和长期天气预报。精准的服务信息指导我们进行科学灌溉。"王方毅说。

　　在正阳县熊寨镇宋店村一条省道边，三只火红的凤凰擎着正阳县的金字招牌——花生，这一大型创意雕塑名为《日新月异》。

　　花生是正阳县特色经济作物，常年种植面积在120万亩以上，年产值达40亿元。正阳县气象局根据农业生产实际，编制具有地方特色的农业气象服

宝丰县气象局农业气象科技人员在康龙集团生态循环农业示范基地开展气象服务

务方案、服务大纲和农业气象历，制作发放气象灾害防御工作明白卡和气象防灾减灾明白卡，完善农业气象灾害预警传递流程。2017年9月，受"华西秋雨"东进北扩的影响，正阳县出现自1961年以来最严重的持续阴雨天气过程，阴雨天数之多、累积雨量之大、影响范围之广均较为罕见。

"9月是花生收获的季节，如果在收获之后没有一个好的晾晒条件，花生就容易发生霉变及出芽，造成极大损失。"正阳县花生研究所所长余辉说，根据气象部门提供的天气信息，农民能趁好天提前抢收夏花生。虽然花生尚未完全达到成熟标准，品质稍有下降，但花生总体产量基本未受"华西秋雨"影响，仍然取得了良好的经济效益。"气象与农业技术相结合是保障正阳花生连续十八年增收的重要因素。"余辉感叹道。

近年来，通过层层推进气象预报预警信息发布渠道——针对农业管理者、经营者、生产者流动性强、需求不一的特点，省气象局建立了广播、电视、网站、信息服务站、手机短信、微信、大喇叭、LED显示屏等多种信息发布渠道，向广大果农、菜农、粮农发布农业气象预报预警、农业生产建议、农业气象信息、农用天气预报等，使粮农、果农、菜农等在转折性天气出现前，及时采取有效防范措施，最大限度减轻损失。

渠道拓宽了，特色作物农业气象服务内涵和手段也在不断提升——各级气象部门组织业务技术人员向省、市气象局专家请教，向地方农业、林业等部门专家学习，向种植大户求教，进行特色作物观测，制订特色农业气象服务指标。在突发天气来临前，分小组进入各种植基地了解农作物生长情况，向种植大户告知天气变化情况，评估突发天气对农作物生长的不利影响，传授低温、大风、阴雨、霜冻等灾害性天气的防御措施。

连点成线 推进为农服务走向智慧化

在长葛市古桥乡气象信息服务站，48岁的气象信息员赵英杰通过电脑查看气象信息，轻点鼠标，距气象信息服务站有一段距离的刘沙沃农业气象科技示范园区内的农田墒情，便出现在电脑屏幕上，一同显示的还有实时风速、风向、温度等数据。赵英杰说："坐在办公室就能查看田间高清摄像头拍摄传回的苗情画面，减少了来回奔波耗费的时间。"

近年来，省气象局在"精细化天气预报系统""精细化农用天气预报系统""省市县一体化现代农业气象业务系统"等气象为农服务产品基础上，先后开发了新版的河南省现代农业气象服务平台、手机客户端和微信公众号，实现了多系统数据统一、平台互通，加快智慧化高标准粮田气象服务信息的覆盖和传播，打造直通式气象为农服务模式，有效解决信息入村"最后一公里"问题。

着眼于气候变化等对气象科研和为农服务的影响，省气象局不断寻求气象部门内外的科研单位联合攻关，与中国气象局共建"中国气象局·河南省农业气象保障与应用技术重点开放实验室"，以粮食安全气象保障和农业气象应用技术研究为重点，开展新技术研发、示范和成果转化应用。

在舞阳县莲花镇闫湾村粮食高产示范区，气象科技为粮食高产、稳产提供无缝隙服务。像这样的现代农业气象科技示范园，中原大地千里沃野上已经建设了 126 个

在鹤壁市农试站，一块小小试验田"身兼数职"，分别承担着与中国农业科学院、中国气象局、河南农业大学等合作的十余项国家、省重点试验项目研究，为气象为农服务提供最新的科技支撑。

干旱，是不少农户心头的一大隐患。为有效应对干旱，省气象局研发了农田精细化节水灌溉预报系统和手机软件，并实时开展基于位置的服务，使高标准粮田的灌溉工程得以有效发挥作用。同时，针对关键农时的天气及土壤因素对机器作业的影响，省气象局创新研发了"机耕指数"，对提高高标准粮田农业生产效率起到了有效的技术支撑作用。

目前，河南气象部门已经构建完备的全省农业气象服务指标集，建设全省统一的气象服务产品库，建成完整的气象为农服务标准体系。这些都成为创建粮食高产系列标准示范区的重要组成部分和技术支撑。

气象服务工作在农业生产中发挥的作用越来越明显。顺应新形势，省气象局制订《河南省智慧农业气象实施方案》，将通过建立观测自动、预报精细、服务多元和智能互动的集约系统，实现多系统的数据统一、平台互通、智慧共享，不断推进现代农业气象业务向无缝隙、精准化、智慧型方向发展。

回望改革开放 40 年，史无前例的发展变迁，亘古未有的腾飞崛起。在河南大地，气象工作者以前所未有的大气魄、大手笔书写着一个又一个发展传奇。如今，新的蓝图已经绘就，号角也已吹响，河南气象将为描绘浓墨重彩的美丽河南新画卷贡献一份科技之力！

（《中国气象报》，2018 年 11 月 28 日，
作者：林佩瑶 王建忠 尹彬 李军虎 李奕洁）

第三章
护卫沃土

现代农业气象充盈中原大粮仓

5月10日早晨，细密的雨丝似灰色烟雾，弥漫在这个叫王庄的豫北小村。正值小麦灌浆关键期，滑县气象局的农业气象工作人员冒雨来到田间，利用便携式土壤水分测量仪，在村头的麦田里进行土壤墒情监测。

这是河南省气象部门为实现现代农业气象业务发展探索方法、积累经验的重要举措之一。2009年年初，中国气象局正式确定在河南进行现代农业气象业务服务试点。从此，河南省气象部门踏上了一条求索之路。

视野：全方位保卫现代农业生产

自2000年以来，粮食总产量连续8年居全国首位的河南已经成为国人的大粮仓，在粮食生产中占有举足轻重的地位。

河南省委、省政府适时提出粮食核心区建设，计划争取到2020年，粮食产量由目前的500亿公斤提高到650亿公斤。"气象部门要做农民的好参谋，农业的保护神！"省委书记徐光春对气象工作提出了新要求。

"围绕国家粮食安全、农业防灾减灾，紧密结合各地实际，加强农业气象防灾减灾体系建设，积极探索和发展农业气象灾害风险服务的新业务，优化农业气象观测站点布局，科学调整观测项目，改进观测手段和观测方法，提升农业气象观测整体能力和水平。"4月下旬，河南省气象局局长王建国先后两次给全省现代农业气象业务技术培训班学员上课，详细解读了河南发展现代农业气象业务的指导思想。

省气象局培训中心主任王生告诉记者："截至目前，全省已有150余名基层农业气象技术人员参加了该培训班，效果不错。"

创新：新理念下的一次业务升级

"从适应农业防灾减灾、新农村建设、国家粮食安全和农业应对气候变化的需求出发，省气象局提出了现代农业气象业务发展理念。"河南省气象局负责人表示，"为实现这一目标，方案起草小组提出了'需求引导，注重实效；突出重点，因地制宜；统筹集约，协调发展'的原则。"

"发展现代农业气象业务的首要任务，就是要加快农业气象观测站网建设，着力提升适应现代农业气象业务的监测能力。"省气象科学研究所所长陈怀亮表示，随着现代农业的快速发展，河南农业的种植结构和方式发生了一定变化，现有的国家农业气象观测站网布局、观测项目和时次已不能满足现代农业生产的需求。"根据需要，我们将增加 1 个农业气象试验站、3 个农业气象观测站，调整部分观测站的观测任务。"

此外，加强现代农业气象预报预测和灾害定量化评估体系建设，提高农业气象防灾减灾服务的针对性和精细化水平；有针对性地开展气象服务，提升粮食安全的气象保障能力；加强农业适应气候变化能力建设；强化农村公共气象服务；加强农业气象科技示范园区建设，大力发展特色农业气象服务等也是现代农业气象服务试点的重点工作。

细节：因地制宜开展特色农业服务

灵宝是河南省最大的苹果种植基地，苹果生产已成为当地的支柱产业。刚过"五一"，一个专门为苹果生产服务的农业气象科技示范园区开始建设。该园区建成后，将开展有针对性的农业气象观测，同时逐步收集观测资料，形成农业气象服务指标和流程，开展苹果产业系列化服务。

与孟州的地黄、襄城的烟草、鄢陵的花卉栽培等地方特色农业密切相关的农业气象科技示范园，也正从"纸上"疾步走到"田间"。邓州更是在全市现代高效农业综合示范园里，开建了一个占地达 1000 平方米的多功能农业气象服务站，集气象监测、预报服务、增雨防雹、科普宣传功能为一体。

在气象信息"进村入户"的问题上，舞阳先行一步。该县孟寨镇副镇长李伟说："去年年底有一场大暴雨，大棚都没有受灾，气象局用手机、大喇叭发布信息，功不可没！"

"目前，农业'靠天吃饭'的现状还没有根本改变，河南要在有限的土地面积上和产量已经较高的情况下，到 2020 年再增产 150 亿公斤粮食，必须依靠科技，提升气象为农业生产服务的能力和水平。"王建国说，"发展现代农业气象业务是气象部门的新使命，是做好农业气象防灾减灾工作的重要途径，也是确保国家粮食安全和河南粮食生产核心区建设的必然选择。"

（《中国气象报》，2009 年 5 月 26 日，作者：王建忠）

喜看中原麦浪翻

2009 年 6 月 2 日，车行豫南，千里中原大地，金色麦穗飘香。

"快告诉温总理，俺家的小麦收割了，今年又是个丰收年呀！"看着麦粒像金色的瀑布一样从联合收割机里喷涌而出，河南内乡县赵店乡赵店村小谢岗村民芦玉花手捧饱满的麦粒，喜上眉梢。

2008 年 5 月 11 日，在这片麦田里，温家宝与芦玉花等乡亲们亲切交谈了近一个小时。当时，温家宝语重心长地对芦玉花说："农业要丰收，一靠好的政策，这个我来负责；二靠种好庄稼，这个由你和乡亲们来负责；三靠风调雨顺，这个老天来负责。"

2009 年，河南小麦生产先后经历冬季干旱、冻灾和中期病虫害干扰，但各级政府坚持依靠科技力量，使小麦苗情得到有效转化，最大限度降低了自然灾害带来的损失，迎来又一个丰收年。

"遭了那么大的旱灾，为什么还能丰收呢？"记者问。"今年大旱，在气象技术人员的指导下，普遍浇了两遍，墒情好，再加上后期打药，施肥跟得上，收成眼看着好过往年。"村民们七嘴八舌地说。

小麦的丰收能否变成粮仓的充实，是当前农业生产的关键所在。在河南，小麦是机收水平最高的农作物。随着小麦从南到北渐次成熟，每年从 5 月下旬到整个 6 月，收割机大军就像候鸟一样沿路北上，收获沉甸甸的希望。这也意味着，能否顺利完成颗粒归仓，至关重要的是看农机跨区作业能否顺利展开。

"及时的气象信息能帮助农民和农机手应对异常天气变化，合理安排麦收时间，提高小麦抢收效率。"河南省气象科技服务中心主任赵战友说，"省气象局于 5 月 10 日向全省农机手免费发出了第一条'三夏'服务信息。免费为跨区机收作业队负责人、农机合作组织、农机手及负责跨区机收组织管理的农机系统工作人员提供气象服务，气象部门已坚持多年。"

早在 4 月底，河南省气象局就成立了"三夏"气象服务领导小组，并设定了一部 24 小时服务热线电话。喷药（肥）气象条件等级预报、麦收期天气预报和全省适合收割区预报、墒情分析、农业生产对策与措施建议等频频向广大农民、全省农机手发布。

5 月 26 日，在驻马店小麦收割现场，省气象局启用了全省第一部现代化气象应急车和移动天气雷达。此外，省气象局还成立了小麦田间调查小组，历经 14 地，46 个县（市）近 2000 公里，采集了大量原始数据。

仅用了 20 多分钟，芦玉花家的 1.58 亩麦子就收割完毕。麦粒足足装了 21 袋，一过秤，共收获麦子 793 公斤，平均亩产量约 502 公斤。正如河南省委书记徐光春所言，"这是在寒冷气候里开出的鲜艳花朵"。

（《中国气象报》，2009 年 6 月 9 日，作者：王建忠）

中原大地展新图

当天空出现乌云和闪电，当大地干旱麦苗喊渴，当气温骤降、风雪阻挡回家路……过去，人们对此只能"望天兴叹"。如今，河南气象人已在中原大地上布下"天罗地网"捕捉"天机"，用心服务，保障社会经济大发展、保障人民生命财产安全。

沧海桑田六十载，大笔如椽绘华章。河南气象，站在了一个崭新的起点上，紧扣发展，开拓创新，乘机乘势乘胜发展，积极推进全省气象事业科学发展。

中原气象上演强劲"加速跑"

在一张泛黄的照片上，一处低矮的五层楼，色调灰暗，这是 20 世纪 60 年代的河南省气象台；另一张照片则是翠绿之中的入云高楼，弥漫着浓烈现代气息，这是如今的气象大厦。在日前举行的河南省气象部门喜迎新中国 60 华诞摄影展上，省摄影家协会的王德欣老人用两张照片展示了河南气象的变迁。

近年来，河南省委、省政府高度重视气象工作，先后出台了关于加快气象事业发展的意见、突发气象灾害预警信号发布办法等政府规章和规范性文件。各级政府及有关部门采取有效措施，强化气象防灾基础，加快气象防灾减灾体系建设，大大增强了对各类气象灾害的监测预警、综合防御、应急处置和救助能力。

2008 年 9 月，省政府成立了河南省气象灾害防御工作领导小组，气象部门与近 20 个部门建立了良好的合作关系，初步形成了政府领导、多部门联动、全社会参与的气象灾害防御机制。

"正是由于省委、省政府的高度重视，各有关部门的通力合作，河南气象事业才发生了巨大变化，气象业务现代化水平和现代气象业务能力得到明显提升。"河南省气象局局长王建国说。

资料记载，1978年，全省只在省气象台布设了1部713型天气雷达；全省只有省气象台1个卫星云图接收站，采用洗照片方式处理云图；全省地面气象台站均为人工观测。

而今天，全省已建成6部新一代多普勒天气雷达、5部数字化雷达、两套地球资源卫星资料数字视频广播接收处理系统和19套新一代卫星数据广播接收系统。全省119个国家气象观测站全部建成了自动气象站，建成了306个四要素自动气象站、1719个乡镇自动雨量站，以及18个酸雨观测站、18个太阳紫外线监测站等，构成了监测天气变化和气象灾害的"天罗地网"。

同时，信息网络系统不断更新换代，通信能力大步提高，建成了包括广播、电视、电话、手机短信、网络等在内的灾害性天气预警信息发布平台和信息发布渠道。不断推出生态与农业气象、大气成分、酸雨、人工影响天气作业潜势、雷电潜势等多种业务新产品，精细化服务能力日渐增强。建立和完善了灾害性天气临近、短时预警系统，开展了短时定量降水预报业务。

"无微不至、无所不在"服务防灾减灾

河南地处南北气候过渡带，气象灾害种类多、强度大、频率高，是我国气象灾害频繁发生的省份之一，每年因气象灾害造成直接经济损失达100多亿元。

面对频发的气象灾害，河南省气象局紧扣省情，按照"面向民生、面向生产、面向决策"的要求，千方百计提高气象预报预测水平，坚持"以人为本，无微不至、无所不在"的服务理念，全方位做好气象服务，努力提升气象为国民经济发展的贡献率。

河南省气象局围绕粮食核心区建设，全面开展现代农业气象业务建设；针对交通枢纽中心、旅游资源大省的特征，深化、细化交通气象服务、旅游气象服务。启动畜牧产业化气象服务研究。围绕中原城市群建设，积极开展城市气象服务。切实加强应对气候变化决策服务，为省委、省政府以及其他部门提供了多次有深度的咨询报告，受到重视和好评。

1988年，河南省恢复了人工影响天气工作，成立了以主管副省长为组长的河南省人民政府人工影响天气领导小组。目前，全省拥有作业高炮297门、新型火箭发射架341部，地面作业控制面积占全省总面积的比例达44%，常年

开展增雨、防雹作业。同时，在春、秋两季租用飞机在全省范围内实施空中增雨作业，平均每年增加地面降水 10 亿立方米，防雹保护面积 600 万亩。2007 年启动建设"河南省空中云水资源开发工程"，有两项成果获得河南省科技进步二等奖。

2009 年，河南遭受了自 1951 年以来的特大旱情，秋粮生产遭受风灾重创，气象部门充分发挥气象科技力量，为省委、省政府组织指挥抗旱浇麦保苗和秋粮抢救提供了有力的决策依据。省委书记徐光春曾称赞气象部门是"农民的好参谋""农业的保护神""抢险救灾离不开的主心骨"。

科技创新与合作绽放"并蒂莲"

近年来，河南省气象局积极推进省部共建重点实验室。以省级气象业务科研单位为龙头，加强科技联合开发，完善科技创新体系。重点加强灾害性天气预报预警技术、农业气象、人工影响天气应用技术的研究，形成了具有地方特色的气象科技成果，科技创新迈出有力步伐。

截至目前，全省气象部门共获得省部级科技奖励 76 项，河南省气象局科技成果奖励 295 项。人工增雨优化技术研究、省级气象决策服务系统等重大科技成果在全国气象部门被推广应用。

同时，通过持续不断的、大规模的在职学历、学位教育和短期培训，大力引进高层次人才，访问交流等一系列措施，全省气象职工队伍整体素质明显提升，科技人才队伍结构不断优化，中高级职称达 56%。通过深入持久地开展群众性精神文明建设活动，河南在全国气象部门较早建成"省级文明单位建设先进系统"，率先实现了地市级气象局全部被命名为省级文明单位。2009 年 1 月，河南省气象局被中央文明委评为"全国文明单位"。通过坚持不懈地加强基层台站综合改善、现代化建设、业务建设、民主建设和科学管理，气象部门整体面貌呈现出日新月异的变化。

近年来，河南省还陆续下发了《河南省气象条例》《河南省人工影响天气条例》等一系列地方气象法规、规章和规范性文件，为河南省气象事业的发展营造了良好氛围。2009 年 3 月，河南省气象局被中宣部、司法部和全国普法办公室联合授予"全国'五五'普法中期先进集体"荣誉称号。

王建国说，未来一个时期，河南气象部门将把做好公共气象服务放在更加突出的地位，紧贴紧靠决策层、紧紧围绕经济社会发展和人民群众的各种需求，增强气象服务的通俗性、针对性、有效性和及时性，千方百计提升气象事业的整体实力，千方百计提高为全面建设小康社会和构建社会主义和谐社会的服务能力，努力开创全省气象事业又好又快发展的新局面。

（《中国气象报》，2009 年 10 月 3 日，作者：王建忠）

观"土"测"水"为丰登

　　对于传统农业气象观测"一把尺子、一杆秤，牙一咬、眼一瞪"的方式，干了十几年农业气象观测业务的河南省许昌市气象观测站的农业气象观测员李文峰早已驾轻就熟。但 2009 年，随着全省一批科技含量很高的自动土壤水分观测仪器的投入使用，传统的农业气象观测方式已发生了质变，农业气象服务方式也随之改变。

观测站——旱情预警的"小卫士"

　　对土壤水分贮存量及其温度变化规律的监测是农业气象、生态环境、水文环境监测的基础性工作之一。多年来，干旱监测一直使用人工测量方法，观测频率为每月 3 次或 6 次。随着气候逐渐变暖，我国干旱问题日益突出，干旱发生频次和程度明显增加，严重威胁着农业生产。同时，决策部门和公众对农业气象观测自动化水平提出了更高要求。

　　"建设疏密均匀且能有效监测干旱发生情况、作物生长实际土壤水分环境的土壤水分观测网，将有利于实现全省土壤墒情监测数据实时传输和显示，实现单个站点的土壤水分变化连续监测，结合云图、降雨等气象资料实现区域性干旱预警功能。"河南省气象局负责人说，此举将达到及时监控农田干旱程度、实施科学灌溉和有效利用水资源的目的，大大提高和改进农业气象观测水平和农业气象服务能力。

观测仪器——性能优良的"好助手"

　　为解决土壤水分观测中观测仪器落后的问题，河南省气象局和中国电子科技集团公司第 27 研究所合作，成功研制出自动土壤水分观测仪并获国家实用新型专利。

　　"自动土壤水分观测仪与常规的土壤观测仪器相比，优点是可在同一地点连续不间断测量。测量水分值的范围宽、灵敏度高，还可与自动记录系统或者计算机连接，设备仪器具有安装工程量小、不扰动土壤、易于维护、测量精度较高的特点。"参与仪器研制的河南省气象科学研究所副所长冶林茂说。2009年，该仪器被中国仪器仪表学会评为优秀产品奖。

"观测网减少了农业气象观测人员的工作量，提高了工作效率，不愧是农业气象工作者的好助手。"李文峰称赞道。

质监体系——探索科学发展模式

为保证自动土壤水分仪稳定、高效运行，科技人员在安装、调试、运行的过程中狠抓细节，严把质量关，在实际工作中建立起全程质量监控新体系，即四步标定法、两步质量控制法和全程质量跟踪监控体系，从而实现了全程质量跟踪监控和完整的质量评价。

四步标定法即出厂标定、现场标定、运行标定、业务标定。在安装设备时，技术人员要根据当地土壤类型和经验数据，对设备进行现场初步标定，确定传感器的初始参数；设备稳定运行6个月后，根据平行观测数据，依据建立的数学模型，得到传感器运行标定参数，实现运行标定；设备稳定运行12个月后，再根据平行观测数据实现最终的业务标定，从而使仪器的测量精度达到业务化运行要求。

两步质量控制法是指在仪器出厂前，由厂家对传感器和仪器进行编号和监测数据登记、建库。然后由气象科技工作者利用不同含水量的石英砂等材料和专用设备，进行传感器的一致性检验。如通过，则发放质量验收合格证，否则返厂重新进行出厂标定。

通过全程质量跟踪监控平台，实现了实时显示各站点仪器运行正常与否等状态，对故障、疑似故障的站点监控报警模块会自动发送短信给省级中心站和台站值班人员。通过科技攻关，河南省气象局同步开发出基于宽带网和GPRS传输方式的服务软件，以支持全省18个市级气象局，并延伸到110个县级气象局和更多乡镇点。通过软件可以查询全网各台站的实时、历史土壤水分数据，浏览各时段土壤水分变化，为农业气象业务技术人员提供及时可靠的图表和业务服务产品，为各级政府及农业部门提供科学的决策依据。全程质量监控新体系的建设成功探索出了气象新仪器设备"合作研发—业务布点—组网运行—应用服务"的科学发展模式。

业务管理——三措并举下的系统化

截至 2009 年底，河南省已建成 66 个自动土壤水分观测站，利用观测网资料，技术人员每天制作发布全省土壤水分状况业务服务产品，极大地提高了服务的时效性和针对性。

在强力推进观测站建设的同时，河南省气象局建立了相应的标准、规范、制度和流程等系列化业务管理办法，为自动土壤水分观测网的高效、稳定运行提供了制度保障。目前，已建立的业务管理办法包括选址规定，观测地段要代表当地地形、地势、气候、土壤、产量水平和主要耕作制度等；建设技术标准，包括观测场大小、围栏高度、材质和防雷要求等；运行管理规定，包括运行监控、安全管理、技术保障、数据审核归档等。

"河南省自动土壤水分观测网解决了过去人工土壤水分观测站点少、资料不连续、时效性不强等不能满足服务需求的突出问题，能够方便快捷地获取各地连续和实时的土壤墒情观测信息，为各级领导组织指挥农业生产、开展人工影响天气作业、指导农民进行田间管理提供了可靠的决策依据。"省气象局局长王建国表示。

河南是中国气象局现代农业气象业务服务唯一的试点省，也是全国产粮第一大省。王建国表示，将衔接好农业气象试验站、农业气象观测基本站和农业气象科技示范园建设，力争在 5 年内逐步建成布局合理、功能先进、响应及时的自动土壤水分观测网，切实提高农业气象干旱监测的业务能力，增强农业气象服务的针对性、时效性和指导性，全面提升河南省现代农业气象业务能力和服务水平。

（《中国气象报》，2010 年 2 月 5 日，作者：王建忠 徐爱东）

转型路上舞龙头

一提起近日那场造成塑料温棚倒塌的气象灾害，河南省中牟县韩寺镇半截楼村的大学生村官范守康便一脸遗憾。面对受灾减产的大棚农户，尉氏县永兴镇党委书记王建平则向省气象局有关专家提出了"在最短时间内将灾害性天气预警信息发送到村民手中"的需求。

让范守康遗憾和王建平期待解决的问题，反映的正是当前做好农村气象服务的关键，即早日突破气象灾害信息传递"最后一公里"瓶颈，为现代农业提供精细化、专业化、有针对性的气象服务。

河南气象部门大力推进现代农业气象业务建设，结合各地农业发展布局，发展适合特色农业、设施农业的专项气象服务。"通过开展针对不同农事季节的农用天气预报，指导农民的农业生产活动由'靠天吃饭'向'看天管理'转变。"河南省气象局负责人说，"同时，通过气象信息员和气象大喇叭等渠道，力争用 5 年时间实现农业气象预报到乡，并力争尽早将气象预警信息送达到村，更好地为农业服务。"

针对需求 为农服务格局有新突破

《河南省 2010 年粮食稳产保收行动计划》于 3 月 27 日经河南省政府批准实施。该计划提出，将通过强化抗灾能力建设、稳定粮食种植面积等措施，力争丰产丰收，使全年总产继续稳定在 500 亿公斤以上。

河南省气象局局长王建国表示："做好现代农业气象服务工作，离不开田园，离不开农村，离不开土地。"作为中国气象局现代农业气象业务服务试点建设唯一的省级气象部门，河南省气象局经过一年多的积极探索，在组织结构、业务布局、站网调整等方面都取得了很多突破：通过重组农业气象机构队伍，明确了省、市、县三级业务职责分工；通过建立现代农业气象服务需求调查与信息反馈机制，使气象信息服务深入农村、深入农民、深入田间地头；通过调整全省农业气象观测站网，建成了 77 个集约多功能乡镇气象站，即标准化炮站、多要素自动气象站、自动土壤水分观测站"三站合一"；通过启动 35 个现代农业气象科技示范园建设，开展了粮棉作物、经济作物、果树、花卉、药材和设施农业等特色农业气象服务。此外，还规范了现代农业气象观测业务和服务流程，制订了一系列现代农业气象业务服务技术方案，初步建立了现代农业气象指标体系。

针对河南粮食安全生产的迫切需求，省气象局不断完善农用天气预报、动态产量预报、干旱预报、农业气象灾害预警等服务内容，2009年又新增了农业气象情报、预报、评估等7类14种服务产品。在农作物生长发育关键期，抓住有利天气时机，及时开展人工增雨作业。"以农民为本，真正了解他们的需求，才能扎扎实实地做好气象为农服务工作。"王建国深有感触地说。

众口评说　试点建设成绩颇喜人

在豫南西平县盆尧乡于营村，大学生村官周扬承担着一项重要工作。"每天要把气象信息和农业生产提示通过大喇叭告知村民。"周扬说，村民根据气象信息可以有计划地合理安排农业生产，解决了气象信息进村入户的难题。在河南，像周扬这样的气象信息员已经有3万多人。

而在豫东的尉氏县永兴镇，王建平对气象服务赞不绝口。特色农业生产对气象服务的要求越来越高，也越来越细，而气象部门提供的几乎是"无缝隙"的服务。他认为这是一门新学问，值得很好地研究。

鹤壁裕丰果业合作社经理、气象信息员刘长河就是一个喜欢研究这门新学问的商人。鹤壁裕丰果业合作社是一个以土地和劳动入社，实行产供销一体化经营的农民专业合作社，有67户农民、1000亩现代生态示范园。合作社在成立之初，由于对气象信息掌握不够及时、全面，遭受过不少损失。

"对果树喷完农药，就下起雨来，农药会失去药效。如果遇见干旱，只能听天由命了！"刘长河说，与鹤壁市气象局全面合作是在成立了气象信息服务站后，工作人员每天把气象信息及时告知合作社管理人员，让农民根据天气安排生产。

2009年9月7日，预报第二天有大风，合作社连夜组织社员抢收果子。第二天，大风果然厉害，但大部分果子已经收到果库里，"至少减少经济损失30万元。"刘长河说。

30万，仅仅是一个可以触摸到的数字。而对商丘市梁园区闫庄新村华慧种业公司副总经理杜保玉来说，气象服务所产生的效益是无法用金钱衡量的。闫庄新村是市农业气象科技示范园，园内建有人工影响天气标准炮站、自动气象站、自动土壤水分监测站、手机预警大喇叭、兴农网站等。"气象部门给农村带来的变化，是一种生产理念的革新！"杜保玉说，气象科技为农服务的新理念，在发展特色农业、生态农业中发挥着不可替代的作用。杜保玉希望气象部门更好地发挥自身的科研优势和人才优势，而农村则发挥资源优势和最大效益，达到优势互补、相互促进、共同发展的目的。

"农业生产不能再凭经验劳作，科学种田离不开气象信息指导。"鹤壁市浚县钜桥镇岗坡村的大学生村官张莉萍介绍说，2009 年 7 月，一场大风将村中 930 余亩玉米刮倒。鹤壁市气象局局长王军得知后，迅速带队到田间现场指导。"气象部门预报两天后将有一次大范围的降雨，只要将化肥撒到地里，浇灌的钱就可以省了，庄稼还可以重新站起来。"张莉萍说结果与预报一模一样，玉米重新站起来了。

探索不止 共绘粮仓丰产新景象

2009 年，河南省政府和中国气象局共同签署了《共同推进气象为河南农业发展服务合作协议》，省政府办公厅同时下发了《关于加强农村气象服务工作的通知》，各省（自治区、直辖市）政府也相继出台加强农村气象服务工作的文件，营造了气象为农服务的良好氛围。

2010 年早春时节，河南省气象局召开了全省气象工作研讨会，提出要深入推进现代农业气象服务试点建设，着力健全农业气象服务体系和农村气象灾害防御体系。据悉，河南省、市、县三级气象部门 2010 年将全面实现喷药、施肥、灌溉、夏收夏种、秋收秋种、晾晒、贮藏等气象等级预报的业务化运行，加大现代农业气象科技示范园建设力度，计划再建 70 个示范园。

王建国说，要努力实现防御规划到县、组织机构到乡、精细预报到乡、自动观测到乡、气象服务站到乡、应急预案到村、风险调查到村、科普宣传进村、气象信息员到村、预警信息发布到户、灾害防御责任到人、灾情收集到人。

对于健全农村气象灾害防御体系建设，豫北林州市任村镇党委书记杨明庆表示，"气象灾害防御的重点在基层，广大群众的积极参与是气象灾害防御工作的重要组成部分。"杨明庆期待与气象部门合作创建气象防灾减灾示范乡镇，形成"乡自为战、村组自救、预警到户、责任到人"的防灾救灾机制。舞阳县孟寨镇在这方面已先行一步，县气象局在全镇 34 个行政村全部安装了手机大喇叭工作站。如今，每天早晚手机大喇叭工作站都会对外传播气象信息。

担负气象防灾减灾职责的气象人一直在不懈努力，在这片孕育中华文明的土地上，他们正酝酿着一个属于秋天的神话！

（《中国气象报》，2010 年 5 月 27 日，作者：王建忠）

科技续写夏粮增产佳话

素有"中原粮仓"之称的河南省再传捷报：经国家统计局核准，河南省2010年夏粮总产量达到618.14亿斤，较上年增加5.14亿斤，增长0.8%，夏粮总产量连续八年增产、连续七年创历史新高。

河南省农业厅总经济师魏仲生说，2010年河南的丰收来之不易。2009年11月中旬以后，河南省连续出现多次寒潮，低温持续时间长，全省小麦提前半个月进入越冬期，造成大部分小麦冬前生长量普遍不足。罕见的持续低温，使2009年成为近年来河南省小麦冬季苗情最差的一年。

面对严峻形势，河南省气象部门充分发挥现代农业气象业务试点建设所取得的科技成果，毫不松懈地抓好粮食生产气象服务，在滚滚麦浪中唱出一曲为农之歌。

温暖——用激情书写万千豪情

"你们的预报真是太准了！气象局可真为咱们老百姓服务，每天都能收到麦收天气预报！"在河南省许昌县陈曹乡后孙汪村，村民鲁大爷满脸笑容地站在麦田里对记者说。2010年6月10日，温家宝就是在这块高产小麦示范区察看了小麦收割情况，看望慰问了在麦收一线服务的气象工作人员。他还欣然登上气象应急服务指挥车，与省气象台预报员通过视频连线，了解麦收期间的天气情况，勉励气象工作者为麦收提供优质、及时的气象服务。

"总理与俺们亲切握手，作为一名基层气象工作者，我感觉太自豪了！总理这么重视气象工作，我一定会加倍努力地做好为农服务工作。"许昌市气象局农气中心副主任赵巧梅对记者说。许昌市气象局天气气候高级工程师王军一脸兴奋地对记者说："作为一名基层天气预报员，能有幸参加温总理主持召开的农业工作座谈会，我感到非常自豪。"6月9日晚，他应许昌市委、市政府要求，参加了温家宝在长葛市主持召开的农业工作座谈会。温家宝在座谈会上讲道，河南在不利的天气气候条件下，2010年夏粮产量有望继续增产，这个成绩来之不易。王军说，我们将把总理的激励变成工作热情，积极做好防灾减灾工作，做好应对各种极端天气和自然灾害的准备工作，努力把灾害损失减少到最低。

温暖在心，激情工作。为更好地预估2010年小麦产量，河南省气象局还成立了小麦田间调查小组，深入各小麦主产区，采集原始数据，科技人员充分发挥部门"3S"技术优势，为小麦估产提供了科学、全面的数据。

河南省气象局局长王建国说，温总理在麦收现场看望慰问气象服务工作人员，充分体现了中央领导对气象工作的关注与支持。河南气象干部职工将把总理的勉励变成工作动力，全力以赴，为粮食安全生产提供优质气象服务。

科技——数字农情获得重大进展

"我种了几十年庄稼，第一次看到长得这么饱满的麦粒。光看这麦粒，今年的收成肯定错不了。"夏收时节，望着联合收割机里吐出的新麦，鹤壁市王庄乡刘井固村村民刘世明喜滋滋地对记者说。

经国家小麦工程技术研究中心、河南省农业科学院等单位的小麦专家实打验收，刘世明家麦地所在的鹤壁市浚县王庄乡3万亩连片小麦高产示范方平均亩产611.6公斤，创3万亩以上连片小麦平均亩产超600公斤的全国高产纪录。

此前，位于鹤壁市淇滨区矩桥镇刘寨村的小麦万亩示范方也传出喜讯：经专家测产验收，平均亩产695.4公斤，刷新了全国万亩连片小麦平均亩产最高纪录。

就在这块田里，气象科技人员通过安装在田间地头的"探头"——农田监视器，实现了农田生态环境和作物生育期、苗情、长势以及灾情等的远程可视化监测，极大地提高了农业生产墒情监测、病虫害防治、防灾减灾水平。

截至目前，河南省以农业气象观测站为骨干网、以现代农业气象科技示范园为补充的农业气象观测网已经形成，65套自动土壤水分观测仪、33套便携式土壤水分速测仪运行正常。全省70个现代农业气象科技示范园区开始建设，有40多个示范园区已开展相关作物观测及气象服务工作。

河南省气象局负责人说："在河南，以气象防灾减灾重点实验室为核心、以农业气象试验站农气基本站为支撑、以现代农业气象科技示范园区为辐射、以乡镇气象信息服务站为延伸的现代农业气象研究、业务、服务体系已见雏形，将为粮食生产提供良好的技术支撑。"

服务——气象信息成了农事"贴心人"

"现在，农业的气象预报越来越贴近农民需求。"河南省气象局农气中心主任余卫东介绍，针对农事的农用天气预报包括播种、收获、施肥、喷药、灌溉等预报，内容丰富、图文并茂，具有较强的针对性和指导性。

河南气象科技人员通过不断探索，初步建立了以农业气象情报为基础、以农业气象预报评估为重点、以专业专项专题农业气象服务为目标的农业气象情报预报技术系统，并有效开展农业干旱、晚霜冻等重大农业气象灾害预报预警，发布预警产品。2010年4月中旬，河南省遭受了不同程度的晚霜冻害。气象部门提前发布了预警，并进行全程跟踪服务。省气象局还制订了《全省夏收夏种、秋收秋种气象服务方案》，完善了冬小麦、夏玉米等大宗农作物系列化服务业务流程，强化了粮食作物产量预报，开展特色农业产量与品质预报。同时，还开展了重大农业病虫害气象等级预报，制作发布了冬小麦条锈病、白粉病发生发展和盛发期气象等级预报。

不知不觉，气象信息成了农事的"贴心人"。为了提高农业气象信息服务的覆盖面，多渠道捕捉"风云变幻"，气象部门因地制宜，建立了由电子显示屏、手机短信、电话、电视、广播联合组成的气象服务网。目前，全省以乡（镇）、村干部，生产大户和大学生村官为主的气象信息员队伍已达2.9万余人，全省90%的市、县完成了气象信息员培训任务。"此外，"余卫东主任说，"我们还与农业、统计、林业等部门联合进行产量预报会商、病虫害预报会商、灾害调查，形成了多部门合作的气象服务联动机制，合力为农业生产保驾护航，让农民从过去被动地'靠天吃饭'转变为今天主动地'看天吃饭'。"

（《中国气象报》，2010年7月6日，作者：王建忠）

高产神话，从试验田走向农民大田

这是一块屡创粮食高产神话的土地。2010年麦收时节，河南省鹤壁市浚县王庄乡3万亩小麦高产示范方平均亩产611.6公斤，淇滨区矩桥镇刘寨村的小麦万亩示范方平均亩产695.4公斤，刷新了全国万亩连片小麦平均亩产最高纪录。

定点定时监测作物生长细节

2010年2月，鹤壁市政府和河南省气象局共同签署了共建现代农业气象示范市合作协议。市委农村工作会议上确定投资1000万元用于加强农业气象防灾减灾体系建设和现代农业气象服务示范市建设。

鹤壁市气象局创新工作思路，经过短短半年时间，就建成市农业气象防灾减灾保障中心，开始承担玉米和小麦干旱试验、水肥条件试验等国家和省级农业气象试验课题，为小麦从种到收提供全方位的气象服务。该局高标准建设了全国首家、国际先进的星陆双基遥感农田信息协同反演技术试验基地，实现农田生态环境和作物生育期、苗情、长势以及病虫害等的可视化。

鹤壁市气象局还先后在浚县王庄、淇滨区钜桥等乡镇建成一批标准化气象信息服务站，建设了一批气象灾害防御示范乡和气象灾害防御示范村。

同时，鹤壁市气象局还建成淇县裕丰果业农业生产合作社、市农业科学院高产开发试验区、淇滨区刘寨万亩高产方农业气象科技示范园。在淇县裕丰果业农业生产合作社农业气象科技示范园，气象科技人员定期将土壤水分自动监测仪的数据以及便携式土壤水分检测仪的数据，及时提供给园区的负责人和农业技术员，为园区及时科学灌溉浇水提供依据。"逢雨必增，遇雹必打！"鹤壁市气象局适时开展人工影响天气作业，每年通过增雨作业可增加雨量近100毫米。

延伸延长覆盖乡村每个角落

淇滨区钜桥镇大学生村官张莉萍是"全国群众满意气象信息员"。张莉萍每天有一项重要工作，就是将接收到的气象信息和农业生产建议写在村委会门前的小黑板上。村民们下地播种、打药、施肥或外出办事，都要来看看小黑板。

目前，鹤壁市每个乡镇、每个村都配备了一名气象协理员、气象信息员。市委组织部把大学生村官气象信息员气象服务业绩作为"村官"年度考核和日常考核的重要内容，对表现突出、成绩优异的气象信息员予以表彰。市气象局建立了大学生村官气象信息员档案和数据库，对气象信息员进行动态培训和管理。

分散在乡村的信息员，每天通过气象灾害预警平台接收气象信息。目前，鹤壁市每个乡镇都安装了一套气象预警信息管理机，每个村委会都安装了一套气象预警信息接收机。"我们把气象信息电子显示屏系统及乡村大喇叭系统应用于气象防灾减灾服务中。"鹤壁市气象局局长王军介绍。在发展手机大喇叭和气象电子显示屏方面，市气象局按照"借鸡生蛋"的思路做到了"三个利用"：一是利用政府资金发展乡村手机大喇叭服务网络；二是与移动公司联合在社区、重点乡镇建设电子显示屏气象防灾减灾系统，移动公司计划建设电子显示屏 300 块；三是利用银行等系统沿街电子屏幕开展预报预警信息发布，计划建设电子显示屏 50 ～ 100 块。

2010 年 4 月中旬，鹤壁出现晚霜冻天气，市气象局提前一周作出了准确预报，利用气象预警信息发布平台连续几天向县、乡、村各级发布预警信号，并启动重大天气跨部门联席会商和服务机制，把与农业部门联合会商得出的意见和防护措施一并播出。广大农民群众迅速行动起来，提前浇水保温。因此，尽管地面最低温度一度降到 -4.9℃，但大田受灾轻微，几乎不影响产量，保证了 2010 年夏粮丰收。

在鹤壁，农业、林业、水利、国土资源、科技部门和相关区（镇）政府都是气象灾害防御的主力军。鹤壁市气象局与这些部门建立了跨部门重大天气过程会商联席机制，有效集合各部门技术优势，使气象服务"深、广、细、活"，形成了有效处置应对气象灾害的合力。

国家小麦技术研究中心副主任郭天财说，鹤壁首创 3 万亩以上连片小麦平均亩产超 600 公斤全国高产纪录，真正把专家在试验田的产量变成了农民大田的产量。

（《中国气象报》，2010 年 7 月 12 日，作者：王建忠 李喜平）

气象科技之光照亮中原粮仓

初冬的中原大地，7900 多万亩冬小麦新苗吐绿，又一个丰收的期待开始发芽。河南粮食总产已连续 11 年稳居全国第一。

丰收奇迹从何而来？在专家们给出的种种答案中，不遗余力转变农业生产发展方式、不断向科技要粮食是他们不谋而合的答案。而现代农业气象科技则是这个答案中最为出彩的一笔。

回顾：完备体系记录成长历程

"在河南，'内外联合、专兼结合'的农业气象业务服务组织新体系基本建成。"河南省气象局局长王建国介绍说，目前全省气象部门已经形成分工明确、职责清晰的三级业务体系。省局重组省级农业气象中心，各市局成立农业气象中心，县局均有固定农气人员。

随着一批科技含量高、全自动化运行的自动土壤水分观测仪器的使用，传统农业气象观测方式正在发生质的改变。河南全省已建立了长期定点监测、面上移动调查、飞机卫星宏观观测相结合的自动化、立体化、规范化现代农业气象综合观测体系，解决了观测滞后这一制约现代农业气象发展的"瓶颈"问题。

河南省已形成'农业气象重点实验室—农业气象试验站—现代农业气象科技示范园'的科技支撑、技术服务链条。独具特色的农业气象技术体系得到不断优化：省重点实验室面向全国，解决关键技术难题，发挥核心支撑作用；郑州、信阳等农业气象试验站面向全省开展观测业务服务试验，承担与业务密切相关的新技术推广、全国气象行业专项的田间试验工作，发挥示范带头作用；现代农业气象科技示范园面向县域经济，探索为特色农业服务的业务服务体系。

在实践中，河南省气象局逐渐探索出"科技支撑、由点到面、内涵发展"的现代农业气象服务模式。截至 2010 年 10 月，全省已有 65 个现代农业气象科技示范园开展相关作物观测和服务。如鹤壁淇县在裕丰果业开展果品糖度观测，探索糖度与有机肥施用量的关系，发布果品糖度与施肥服务产品，保证了果品在收获采摘时达到糖度指标要求；焦作温县在多年铁棍山药与气象条件关系研究的基础上，发布铁棍山药适宜播种、灌溉、施肥、收获等服务产品。全国农技推广中心主任夏进源考察鹤壁粮食生产经验后说："高产创建和气象的结合，充分运用了现代科技，是一大亮点。"

"不求一种模式，但求手段有效"的农村公共气象服务体系日益健全。河南气象部门在全国率先建立"大学生村官模式"；与邮政部门合作，积极探索气象信息服务"邮政模式"；与供销社系统合作，利用其遍布乡村的供销网点，形成"农村超市模式"；与公安部门合作，利用乡村治安哨亭和巡防队员，发展兼职气象信息员，形成"治安哨亭模式"；还与安监局、农机局合作发展了大量气象信息员。目前，全省已建立了 352 个农村气象信息服务站，气象信息员队伍已有 4 万余人。

河南省委书记卢展工批示："这一计划的实施很有实际意义，一方面使气象工作与农业特别是粮食的生产更好地结合起来，另一方面提升了组织、领导、指挥、服务的层次和水平。"

解读：多措并举推动发展

河南，作为全国农业气象业务试点的探索者，一路前行，成绩骄人。"现代农业气象业务试点工作说到底就是积极转变发展方式。发展现代农业气象业务需要激情，也需要冷静。"王建国总结说，"五抓手"使农业气象服务"软实力"变成了"硬功夫"。

抓创新，促转变，力求突破。气象服务理念从"我有什么就服务什么"向"社会需要什么就服务什么"转变；观测手段从"一把尺子、一杆秤"向自动化、数字化、信息化、可视化转变；科技支撑从科研业务结合不甚紧密向一体化转变；服务产品由主观、定性、随意、简单向客观、定量、规范、丰富转变；服务载体由纸质材料为主向多媒体转变；工作机制由部门推动向"政府主导、部门联动、社会参与"转变；效果评价由单纯注重业务考核向以社会满意度为标准转变。

抓典型，树榜样，示范带动。省气象局选择现代农业发展基础较好的鹤壁、漯河等地，给予资金、技术、人才扶持，先行先试，快走一步，积累丰富经验；充分调动全省各地积极性，多点竞发、全面开花；先后组织 5 次现场观摩、交流研讨活动。

抓标准，建体系，规范运作。省气象局建立业务平台，形成了省级和市、县级现代农业气象业务服务平台；完善流程，制订完善了现代农业气象观测、预报、预警、评估及农业气象动态遥感监测等业务服务流程和技术指导方案；下发了《河南省现代农业气象观测方法》等，逐步建立了规范化、业务化运行的一系列制度。

抓培训，强素质，全面推进。开展全员培训，气象部门联合河南农业大学对全省所有农气人员进行大规模集中培训；分阶段组织培训，适时组织新观测项目培训、业务服务平台使用培训、农用天气预报技术培训、邀请专家讲授气象灾害防御规划编制；交流培养，以试点项目为依托，加强领军人才和学科带头人培养，形成农业气象和应用气象两个创新团队。

抓督察，重内涵，突出实效。省气象局对试点工作和"两个体系"建设等各个方面均提出硬目标、硬任务，制订具体验收标准，严格考核。注重内涵式发展，省级新增、完善农业气象情报、预报、评估等 7 大类 18 种服务产品。突出可推广性，凝练出了 11 项技术、规程，其中 6 项可在全国范围内推广，5 项可在华北等区域范围内推广应用。

展望：大有可为赢未来

日前，河南省政府召开国家新增千亿斤粮食生产能力规划河南实施工作动员电视电话会议，标志着国家新增一千亿斤粮食生产能力规划河南实施工作正式启动。

党中央、国务院对河南省的粮食生产一直高度重视并寄予厚望。"气象与农业生产密切相关，我们必须着眼大局，牢记责任，为国分忧，坚决把现代农业气象业务试点这项任务落实好、完成好。"王建国说，在河南，现代农业气象业务试点的"盆景"和"试验田"，正变成大面积的"百花园"和"丰收田"。今后3～5年，河南省气象局将通过统筹部门内外资源和各方面的合力，最终使农业气象服务能力、气象信息发布能力、农村气象灾害防御能力得到快速提升，为粮食安全生产提供气象科技保障。

思发展，谋发展，促发展，在积极探索现代农业气象服务的进程中，河南气象部门在发展中转变，在转变中发展，成功创新出一套颇具特色的现代农业气象服务模式。

(《中国气象报》，2010年12月20日，作者：王建忠　周爱春)

中原沃野"酿造"金色事业

作为中国气象局现代农业气象业务建设试点省份，如今的河南已经随着一批科技含量高、全自动化运行的自动土壤水分观测仪器的使用，发生了质的转变。

发于"危难"谋划长远

无农不稳，无粮不安。作为全国重要的粮食核心区，河南粮食产量已连续5年稳定在1000亿斤以上，且连续11年居全国第一。河南已经成为国人的大粮仓，在粮食生产中占有举足轻重的地位。

近年来，受全球气候变暖影响，极端天气、气候事件增多，威胁到了粮食安全生产。为此，河南省气象局于2009年制订了《关于发展现代农业气象业务的实施意见》。"要面向大农业，紧密围绕国家粮食安全、农业防灾减灾，紧密结合各地实际，加强农业气象防灾减灾体系建设，积极探索和发展农业气象灾害风险服务的新业务，优化农业气象观测站点布局，科学调整观测项目，改进观测手段和观测方法，提升农业气象观测整体能力和水平。"省气象局局长王建国说。

目前，河南省气象局已凝练出 15 项技术、规程、发展模式，其中多项已在多地推广应用。独具特色、保障国家粮食安全、适应气候变化的现代农业气象服务体系已经逐渐完善，气象工作与农业特别是粮食的生产更好地结合起来，大力提升了粮食生产组织、领导、指挥、服务的层次和水平。全省气象部门已基本形成业务、服务、科研一体化的省、市、县三级农业气象业务体系和省、市、县、乡、村五级服务体系，并在农业生产中发挥了独特作用。

立足需求细节制胜

在河南，与安阳的腊梅、孟州的地黄、襄城的烟草、鄢陵的花卉栽培等地方特色农业密切相关的农业气象科技示范园，正一批批从纸上"规划"疾步走到"田间"。

气象现代化建设大幅度提高了农村气象灾害监测预报能力，但现代农业生产的特征决定了个体的需求不同，将服务与需求对接起来是一门大学问。在实践中，河南省气象局逐渐探索出"科技支撑、由点到面、内涵发展"的现代农业气象服务模式。

目前，全省共建 70 个气象科技示范园。如淇县在裕丰果业开展果品糖度观测，探索糖度与有机肥施用量的关系，发布果品糖度与施肥服务产品，保证了果品在收获采摘时达到糖度标准；焦作温县在多年"铁棍山药"与气象条件关系研究基础上，发布"铁棍山药"适宜播种、灌溉、施肥、收获等服务产品；新乡卫辉市发布万亩桃园管理农业气象服务产品。一套完善的"高产育种—适时播种—田间管理—收获储运"的作物生产全过程农业气象系列化服务，为鹤壁百亩粮食高产纪录创立直至整乡整县建制高产创建提供了有效服务。

精细化服务彰显成效

今春一场大旱，使河南粮食生产备受关注。在《2011 年河南省抗旱夺取夏粮丰收实施方案》中，河南省政府以"历史罕见"四个字评价 2011 年的旱情。

面对严峻旱情，气象科技人员利用已建成的河南省自动土壤水分监测网，每天监测干旱发生发展情况，结合最新的卫星资料进行墒情、苗情遥感监测；利用现代农业气象业务服务试点成果和以往农业气象科研成果积累，逐日制作发布冬小麦灌溉气象等级预报服务产品，逐旬进行冬小麦需水量估算，分析降水渗透深度及有效降水量；不断加强与涉农部门的会商，根据不同地区的墒情、苗情和未来天气趋势，对农业生产实施分类指导。此外，各级气象部门增加信息发布渠道和频次，将各种抗旱服务产品及时向社会公众发布，积极指导抗旱农业生产活动。全省气象部门适时开展抗旱保麦苗人工增雨（雪）作业，进行飞机人工增雨（雪）14架次（其中6架次的跨省飞行）、空中飞行25小时；全省18个地市的所有县（市）气象部门，利用高炮、火箭、高山烟炉开展人工增雨（雪）作业，为缓解和解除旱情、促进小麦生长起到了积极作用。

激情在胸、万千豪情的河南气象人，在绿色田野里"酿造"着金色的事业。"现代农业气象业务试点工作说到底就是积极转变发展方式！"王建国表示，发展现代农业气象业务是气象部门的新使命，是做好农业气象防灾减灾工作的重要途径，也是确保国家粮食安全和河南粮食生产核心区建设的必然选择。

（《中国气象报》，2011年3月18日，作者：王建忠　徐爱东）

为中原农民交上一份满意答卷

每个乡镇有气象信息服务站，村村有气象信息员；每个乡镇人口密集区建设一块气象信息电子显示屏，村村有气象预警大喇叭……记者从2011年4月19日召开的河南省乡村气象服务专项试点工作会议上获悉，河南将全面推开乡村气象服务项目实施点建设，建立较为完善的农村气象灾害防御体系和农业气象服务体系，显著提高农村气象灾害防御能力和农业气象服务能力。

政府主导　力争样板

作为全国重要的粮食核心区，《全国新增1000亿斤粮食生产能力规划》中赋予河南粮食增产任务155亿斤责任，占全国的1/7。"在新的形势下加强气象为农服务体系建设，事关粮食稳定增产、农业增效、农民增收和农村经济社会可持续发展，对切实提高农村防灾抗灾减灾能力，保障广大农民生命财产安全具有重大意义！"河南省政府副秘书长何平说，各乡村气象信息站要"有装备、有系统、有人员、有成果"，成为得民心、顺民意、惠民生的精品工程，力争成为全国样板省。

2009年，河南省政府与中国气象局签署《共同推进气象为河南农业发展服务的合作协议》，省政府办公厅先后下发《关于加强农村气象服务工作的通知》《关于加强气象为农服务体系建设的意见》等一系列重要文件，召开全省气象为农服务工作会议。各地按照省政府统一部署，"两个体系"建设扎实推进，促进了全省现代农业气象业务的发展。

河南乡村气象服务专项试点县有 11 个，专项县数和划拨资金均居全国第一。何平认为，此举说明河南气象为农服务工作基础好，在全国有影响、有地位。"河南气象为农服务工作取得了丰硕成果，具有高质量完成乡村专项建设任务的良好基础！"他要求，项目试点县（市）政府要加强对气象为农服务的组织领导、加大对气象为农服务的资金投入、出台有利于气象为农服务的政策措施、将气象为农服务纳入政府公共服务体系和政府目标管理体系，建立较为完善的农村气象灾害防御体系和农业气象服务体系，形成在全国推广的基层气象为农服务样板。

部门联动　精诚合作

"气象部门要采取'走出去、请进来'的方式，调查了解地方农业气象服务需求，根据地方特点开展特色服务产品研制和服务，提高服务的针对性、实用性。"中国气象局计划财务司司长王邦中指出，乡村气象服务项目只有真正融入地方"三农"工作，不断提升气象为农服务能力和水平，才能产生效益。

近两年，河南各级气象部门结合当地农村经济特点、农业发展布局，依托农业示范园区、邮政万亩示范方建设，因地制宜发展不同类型的农业气象科技示范园，积极开展精细化特色农业、设施农业专项气象服务。如淇县开展果品糖度观测，探索糖度与有机肥施用量的关系，发布果品糖度与施肥服务产品，保证了果品在收获采摘时达到糖度指标要求；焦作温县发布"铁棍山药"适宜播种、灌溉、施肥、收获等服务产品；新乡卫辉市发布万亩桃园管理农业气象服务产品；一套完善的"高产育种—适时播种—田间管理—收获储运"的作物生产全过程农业气象系列化服务，为鹤壁粮食高产创纪录乃至整乡整县建制高产创建提供了有效服务。

河南省农业厅总农艺师王军茂说，乡村气象服务不仅仅是气象部门的工作，也是农业部门的工作。

试点出彩　细节制胜

"发展乡村气象服务是确保国家粮食和保障河南粮食生产核心区建设的必然选择！"鹤壁市市长丁巍说。浚县是全国县级现代农业气象服务试点县，这里的小麦和玉米单产已连续 7 年保持全国领先，温家宝总理欣喜地为玉米种子起了新名叫"永优"；这里的农田在全国首家用上了国际先进的"星陆双基遥感农田信息协同反演技术"。

记者了解到，浚县所辖 9 个乡镇均建立乡镇气象信息服务站，252 个村建成了村级气象信息服务站。"农村生产、生活的每一步都用得到气象信息！"钜桥镇的大学生村官张莉萍是镇里的气象协理员，同时还兼任岗坡村的气象信息员，她说："全镇已经形成了乡—村有效联动、部门间有效配合的气象服务体系和气象灾害防御体系。"

据鹤壁市气象局副局长张睿光介绍，浚县钜桥镇建有气象防灾减灾与保障中心，配备有移动多普勒天气雷达车，并在中心内建设了地面气象观测站、农业气象观测站、生态观测站等设施，安装田间作物自动监测仪、土壤水分自动监测仪等先进仪器，可及时将浇水气象指数、施肥气象指数、喷药气象指数、收获气象指数等气象信息发布到乡镇和村委会，再通过气象大喇叭传输给广大农民，指导群众科学安排生产。

钜桥镇气象信息服务站仅仅是河南现代农业气象为农服务的一个缩影。诸如安阳的腊梅、许昌的蔬菜、孟州的地黄、襄城的烟草、鄢陵的花卉栽培等与地方特色农业密切相关的农业气象科技示范园，全省已建有 70 余个。

河南省气象局局长王建国说，做好乡村气象服务，除需要各级政府加大对气象为农服务工作的组织领导、资金投入和出台有利政策外，气象部门也要因地制宜，结合地方农业生产重点和气象灾害情况，开展具有地方特色和针对性的服务，力争每个县都出特色、出亮点，尤其从形式和内容上都要找到气象和农业的结合点。同时，要坚持统筹集约、资源共享的原则，充分利用已建、在建项目和其他部门的现有资源，争取试点专项建设效益的最大化，为农民朋友交上一份最为满意的答卷。

（《中国气象报》，2011 年 4 月 22 日，作者：王建忠 周爱春 高斌）

创新省部合建实验室模式

科技的每一次突破，都将打开一个新的"完美"空间。2009 年，为适应发展现代农业气象业务和服务中原粮仓农业生产的迫切需求，中国气象局和河南省政府合作共建农业气象保障与应用技术重点实验室。

仅仅两年，该实验室就先后承担全国公益性行业（气象）专项、国家自然科学基金等科研项目15项，开发自动土壤水分观测仪并在全国推广应用，成功研发现代农业气象业务服务平台，取得了多项耀眼成绩，在气象防灾减灾，粮食增产、农民增收、农业增效中发挥了重要作用。

为农服务　创新无限

农业气象保障与应用技术重点实验室的建设，堪称省部合作共建重点实验室的典范。该重点实验室先后通过河南省科技厅直接认证和中国气象局验收，开创了省重点实验室"当年建设、当年通过直接认证"的前所未有的佳绩，实现了中国气象局重点实验室"一年建设、次年通过验收"，创新了省部合作共建重点实验室的模式。

其运行机制体现为"集中"与"分散"相结合。省气象局将重点实验室各研究功能块分设于省气象台、省科研所、省气候中心、省人工影响天气中心等单位，组建了4个创新团队，将各创新团队的大部分成员作为实验室的固定人员和流动人员，并明确在实验室期间和原工作单位期间的责权。省气象局先后整合农气开放基金、年度科研经费、创新团队建设经费等多项科研经费，作为重点实验室立项管理的科研经费。为加强重点实验室的试验、示范能力，省气象局还将原隶属郑州市气象局的郑州农业试验站划归重点实验室管理；将鹤壁、信阳、黄泛区农场等3个农业气象试验站作为重点实验室的试验示范基地，并从实验室派出科研骨干担任各农试站的科技副站长。

实验室有着完善的制度，以确保有序运行。从实验室建设之初，河南省气象局先后制订并完善了《重点实验室运行管理办法》《重点实验室开放基金管理办法》和《重点实验室科研产品奖励办法》等系列化管理制度，创新了重点实验室"固定、流动、客座相结合"的人员聘任机制、"专项、基金、横向"等不同渠道经费的使用机制、正常岗位绩效工资与科技产品奖励相结合的待遇激励机制等。

在研究模式方面，有效利用了部门内外资源。省气象局对业务服务工作中急需解决的关键科学技术问题，以指令性计划下达给重点实验室各创新团队，并要求按时完成。以"农业气象保障与应用技术开放研究基金"的形式，围绕重点实验室的主要研究方向和前沿领域，充分利用部门内外人力资源，开展农业气象科学基础及应用研究。两年来，共资助基金项目16项。重点实验室还积极联合国家级业务科研单位、大专院校，共同申报国家级重大科研项目，连续获批两项公益性行业（气象）科研专项。

"躬耕"中原　硕果盈枝

依托该重点实验室，科技人员与中国电子科技集团公司第27研究所合作，研制出具有自主知识产权的GStar自动土壤水分观测仪，并获国家实用新型专利。目前，该仪器已在河南、安徽、河北、陕西、内蒙古、四川、重庆、贵州、新疆等省（自治区、直辖市）安装了500多套，在抗旱气象应急服务中发挥了显著的社会效益和经济效益。同时，该重点实验室利用技术和设备优势，组建了自动土壤水分观测仪器标校实验室。科研人员利用不同含水量的石英砂等材料和研发的专用设备，对厂家生产的自动土壤水分观测仪传感器进行一致性检验和参数标定，保证设备出厂质量检验的准确度，推动了全国农业气象观测自动化进程。

农业气象保障与应用技术重点实验室还推出了现代农业气象观测、预报、预警、评估及农业气象动态遥感监测等十余个现代农业气象业务服务流程和技术指导方案，新增了农业气象情报、预报、评估、预估等7类14种业务服务产品。凝练出的十多项现代农业气象技术规程、指标体系、服务手册、业务服务平台，可在全国或区域推广应用。其中，省级农业气象业务服务平台在2010年被中国气象局评为优秀专业气象服务平台，农用天气预报技术方案和业务流程被中国气象局认可并推广。

依托重点实验室，科研工作者围绕现代农业气象业务服务关键科学技术问题开展科研工作，大大提高了科技人员的科研业务能力和学术水平。两年来，重点实验室共发表科技论文60多篇，其中，被《科学引文索引》（SCI）及其网络版（SCIE）、《工程索引》（EI）、《科技会议录索引》（ISTP）收录和在核心期刊上发表40多篇；5人次参加在德国、印度、中国召开的国际学术交流会，20多人次参加全国学术会议交流。重点实验室骨干人员有4人被评为正研级高级工程师，1人被河南省委、省政府评为河南省优秀专家，2人被河南省政府评为河南省学术技术带头人等。

气象因科技而进步，服务因科技而精彩。在河南，作为现代农业气象业务试点技术支撑的重要承载者，农业气象保障与应用技术重点实验室正经历着一场蝶变，未来将在中原大地织就一张现代农业气象科技服务网。

（《中国气象报》，2011年5月5日，作者：王建忠）

田野欢歌迎丰收

记者日前从河南省政府获悉，在克服了 60 年不遇干旱带来的不利影响后，河南省夏粮生产再获丰收。记者 7 月 12 日从国家统计局河南调查总队获悉：2011 年，河南省夏粮总产量为 626.3 亿斤，比上年增产 8.2 亿斤，增长 1.3%。夏粮和小麦均实现连续 9 年增产，并创历史最高纪录。全省气象部门树立"防在灾害前面，救在第一时间，抗在关键时点"的新理念，减少了气象灾害给农业生产带来的不利影响。

现代农业气象科技动力强劲

"面向大农业，加强农业气象防灾减灾体系建设，优化农业气象观测站点布局，科学调整观测项目，改进观测手段和观测方法，大幅度提升了农业气象观测整体能力和水平，提升了气象服务农业的科技能力。"河南省气象局局长王建国介绍，为期 3 年的现代农业气象业务试点建设，使河南气象为农服务能力和水平得到大幅度提升。

目前，通过现代农业气象业务试点建设，河南省气象局已凝练出 15 项技术、规程、发展模式，其中，多项已在全国或黄淮海区域推广应用。

"'内外联合、专兼结合'的农业气象业务服务组织新体系基本建立。"河南省气象科学研究所所长陈怀亮博士说，业务、服务、科研一体化的省、市、县三级农业气象业务体系和省、市、县、乡、村五级服务体系已在河南建立，并在农业生产中发挥了独特作用。目前，全省已形成以自动化、立体化、规范化观测为基础，以"遥感、全球定位系统和地理信息系统（简称 3S）"技术、模拟模型、数值天气预报产品释用、客观定量分析评估、计算技术及现代通信技术为主要技术手段，与天气气候业务和农业生产紧密结合的现代农业气象技术体系；现代农业气象业务服务平台和农村气象信息服务平台已在业务中应用；农用天气预报制作发布流程在全国推广应用。

立体化增雨缓解大旱情

2010 年入冬后，河南夏粮主产区遭遇历史罕见的旱情，长达一百多天无有效降雨。到 2 月下旬盼来一场透雨之后，又开始了长达数月的持续干旱。

面对严峻旱情，气象科技人员利用已建成的河南省自动土壤水分监测网，每天监测干旱发生发展情况，结合最新的卫星资料进行墒情、苗情遥感监测；利用现代农业气象业务服务试点成果和以往农业气象科研成果，逐日制作发布冬小麦灌溉气象等级预报服务产品，逐旬进行冬小麦需水量估算，分析降水渗透深度及有效降水量；不断加强与涉农部门的会商，根据不同地区的墒情、苗情和未来天气趋势，对农业生产实施分类指导。

2月9日，飞机、高炮、火箭一起"发力"，唤来了2011年的首场雪。进入6月，省人工影响天气办公室又先后开展了4次地面立体化人工增雨作业，有效缓解了前期旱情。"今年这么旱的天气，小麦还能有这么好的收成，要在过去，真是不敢想。"夏收时节，河南省温县祥云镇留尚村村民范立军告诉记者。

"三夏"服务贴心细心又精心

2011年"三夏"期间，河南省各级气象部门密切监视天气变化，精心制作"三夏"期间滚动天气预报和农用天气预报，及时发布气象灾害预警信号。省气象台每天制作《"三夏"专题气象服务材料》，为领导决策提供科学依据；加强各类灾害性天气的跟踪监测，及时制作并发布气象灾害预警信息，指导农民采取有效防范和救灾措施；发布晾晒、喷药、施肥等农用天气预报，指导农民夏收夏种。

同时，河南省气象局还为在河南境内参加跨区作业的农机手免费提供天气预报、预警、机收市场信息等各类信息113.1万人次。

为更好地预估2011年小麦产量，省气象局还成立了小麦田间调查小组，深入各小麦主产区，采集原始数据，科技人员充分发挥部门技术优势，为小麦估产提供了科学、全面的数据。

"夏粮丰收为全年粮食丰收打赢了第一仗，今年粮食生产有了一个良好的开局。"王建国表示，在灾害性天气越来越频繁发生的气候条件下，实现全年粮食生产目标的任务仍然艰巨，气象部门仍须鼓足干劲，加倍努力，全程提供优质的农业气象服务。

（《中国气象报》，2011年7月18日，作者：王建忠）

"试验田"转为"丰收田"

作为全国重要的粮食核心区，河南粮食产量已连续5年稳定在1000亿斤以上，且连续11年居全国第一。现代农业气象业务服务试点的"试验田"也正逐步转化为"丰收田"。

"气象与农业生产密切相关，我们必须着眼大局，牢记责任，为了国家粮食安全，坚决把中国气象局交给我们的现代农业气象业务试点这项任务完成好。"河南省气象局局长王建国表示。近年来，河南省气象部门以健全农业气象服务体系和农村气象灾害防御体系为题，作为统领全省现代气象业务体系建设的"总抓手"，孜孜探索，不断实现新突破、新发展，书写出气象为农业生产和农村改革发展服务的新篇章。现代农业气象业务服务正逐步成为河南一张响亮的名片。

向农村倾斜　打造现代化农业气象观测格局

在老一代气象人眼里，普普通通的一把尺子和一杆秤曾是从事农村气象观测的主要工具。田间观测技术的严重滞后，成为制约河南省现代农业气象发展的瓶颈问题。

"工欲善其事，必先利其器。没有先进气象观测设施的向农村倾斜，提高气象为农服务效益只能是空中楼阁。"河南省气象科学研究所所长陈怀亮表示。

在现代农业气象业务试点工作的推动下，河南省气象部门大力发展定点监测与移动调查、地面观测与飞机卫星观测相结合的立体化观测系统，全面提升了农业气象自动化、现代化观测能力。

截至目前，由133套自动土壤水分观测仪、120套便携式土壤水分速测仪组成的河南省土壤墒情监测网投入业务化运行，每小时一次的观测数据和监测产品可实时共享；全省建设近百个地面固定作物观测点，定期上报观测信息；无人机、有人机、风云卫星工具被成功应用于作物长势、产量、农业气象灾害等宏观遥感观测试验。

在郑州市和鹤壁市，农业气象试验站安装了农业气象田间监视仪，农业气象专家足不出户便可观测作物生长状况及农田小气候状况；全国首个星陆双基遥感农田信息协同反演试验基地落户鹤壁市，向农业气象监测的自动化、遥测化、数字化及可视化迈出一大步，得到温家宝总理的肯定。

"以往的发展经验证明，光有硬件设施是远远不够的，适应现代农业气象观测业务发展的观测方法的制订至关重要。"陈怀亮说。为此，河南省气象局专门制订了《河南省现代农业气象观测方法》。

有需求就有服务 精细化农业气象服务彰显特色

在舞阳县九街乡扁担赵村，种了几十年田的老支书赵西坡告诉记者，以前种田"种不种在人，收不收在天"，基本上是"靠天吃饭"。而现在，他慢慢学会了"看天管田"，"啥时候灌溉，啥时候施肥或喷药，一看气象预报就都知道了。"

除了日常的天气信息外，每到农事活动时，村民都能提前几天收到气象部门发布的喷药（肥）、夏收夏种、秋收秋种、施肥、灌溉气象等级等农用天气预报信息。而诸如冬小麦干旱风险动态评估、晚霜冻及干热风等农业气象灾害动态监测、气候变化对农作物生产影响评估等精细化产品则凸显出局地农业气象服务特色。"这些服务真是想到了我们心坎里，现在种田变得简单多了！"赵西坡高兴地说。

"我们要做的就是将气象业务与农业生产实际相结合，制作出全程性、系列化、精细化、客观化的农业气象业务服务产品，形成独具自身特色技术服务体系，最大限度地满足现代农业发展需求。"陈怀亮说。

为将农业气象服务便捷地输送到乡村，河南省气象部门建立并完善了省、市、县、乡、村五级现代农业气象服务组织体系。同时，深入田园、深入农村、深入农民，建立起以省市农业气象专家为骨干的技术组织和由市县农业气象人员、农业科学院所教授、技术员、种田能手及乡村气象信息员组成的农业气象服务专家联盟。

此外，在河南，分工明晰的"农业气象重点实验室—农业气象试验站—现代农业气象科技示范园"农业气象技术服务链条逐步形成。面向全国的农业气象重点实验室，被用来研究如何解决现代农业气象业务服务发展中的关键技术问题；面向全省的农业气象试验站，发挥出试验示范、从实践中来到实践中去的带动作用；面向全县的现代农业气象科技示范园，在当地特色农业发展中起到了辐射与服务的作用。

有需求就有服务，这点也体现在特色农业气象服务上。在鹤壁市淇县，气象部门在裕丰果业开展果品糖度观测，发布果品糖度与施肥服务产品，保证了果品在收获采摘时达到糖度指标要求；在焦作市温县，农业气象专家在多年"铁棍山药"与气象条件关系研究的基础上，推出针对"铁棍山药"播种、灌溉、施肥、收获等的服务产品。

多措并举　提升农村气象灾害防御能力

2010年6月麦收时段，鹤壁市浚县善堂镇出现雷雨和冰雹强对流天气。当地气象部门及时发布气象预警信息，提醒村民抢打小麦。了堤头村信息员孙兰梅接到预警信息后，立即向村委会汇报，并通过大喇叭通知村民，全村3000多亩小麦及时收割，减少灾害损失80多万元。

2010年7月中旬，南阳市桐柏县、平顶山市宝丰县遭受了特大暴雨袭击，气象信息员积极传递气象灾害预警信息，两地分别安全转移并安置群众6920人和2100人，无一伤亡，避免了生命财产重大损失。

在乡村，加强气象信息员队伍建设和拓宽气象信息发布渠道，是解决防灾减灾信息"最后一公里"问题的必要举措。在现代农业气象业务试点工作的推动下，农村气象服务基础设施建设日新月异，这也为拓宽气象灾害预警信息覆盖面、提高农村气象灾害防御能力提供了机遇。

遵循这一思想，河南省气象部门采取多种举措发展气象信息员队伍和开发农村气象信息传播手段，努力实现"气象信息员到村、预警信息发布到户、灾害防御责任到人、灾情收集到人"。

除发展乡、镇、村领导及生产大户成为气象信息员外，气象部门创造出多种合作模式，大大充实了气象信息员队伍，被誉为发展气象信息员队伍的"河南模式"。例如，明确大学生村官气象信息员职责，并纳入组织部门绩效考核和管理培训，"大学生村官模式"脱颖而出；与邮政部门合作，将遍布乡村的"村邮站"工作人员发展成为气象信息员，探索气象信息服务"邮政模式"；与供销社系统合作，利用其遍布乡村的供销网点，创造出"农村超市模式"。同时，各地因地制宜，采用手机短信、"手机大喇叭"、电子显示屏、新农网多媒体交互系统、电视、广播和报纸等多种方式，大力扩大农村地区气象信息服务覆盖面。

截至目前，全省已有4.3万名气象信息员，18个省辖市、104个县（市）气象局都建立了手机短信MAS预警信息发布平台，全部省辖市均开展了"手机大喇叭"服务工作。

"近三年的试点工作实践证明，转变发展方式是加快建立现代农业气象业务服务体系的根本途径，是实现气象为农服务又好又快发展的重要保障，问题在转变中破解，思路在转变中明晰，瓶颈在转变中突破，难关在转变中攻克。"王建国总结道。

汩汩清流润大地，点点滴滴惠民生。河南省气象部门在现代农业气象业务服务试点中，面向民生、面向生产、面向决策，向以社会需求为导向转变，向自动化、信息化、可视化观测手段转变，在气象信息传递渠道上寻求突破，在提升服务满意度上下工夫，为地方现代农业生产和防灾减灾提供服务，为政府决策当好参谋。可以说，河南的经验为现代农业气象业务服务发展开辟了一条崭新的科技之路。

（《中国气象报》，2011 年 10 月 20 日，作者：李伟　王建忠　周爱春）

气象信息直达农民

河南省气象部门通过建立直达农民手中的"直通式"精细化气象信息服务体系，大大增强了农村气象灾害防御能力，在 2011 年河南省抗击干旱、干热风及服务"三夏"等工作中发挥了巨大作用。

共建乡村气象服务平台　保障粮食安全

目前，河南省 11 个试点县政府均印发了气象为农服务体系建设相关文件，成立了专项领导小组，将气象为农服务工作纳入政府目标管理，由县（市、区）政府定期督察。同时，试点县（市、区）还建立了直通式联系单位，开展了农业气象科技示范园建设，强化了保障粮食安全的气象防灾减灾服务以及农业适应气候变化的决策服务。

截至 2011 年 6 月底，河南省气象信息员队伍已达 43 119 人，其中，12 个市每个村均有气象信息员，由大学生村官或村干部兼任。气象部门还积极探索"邮政模式""农村超市模式""安监员模式""农机手模式""专业合作社模式"等多种模式，大力发展气象信息员队伍。

为提高服务的针对性，各县（市、区）气象局建立了与当地农业局、蔬菜中心、果业中心、畜牧中心、植保站、邮政公司的联动机制，组建"农业气象服务直通车"，在关键农时季节，每旬一次深入乡村和田间地头，了解农作物生长状况和存在的问题，与农民进行面对面交流。

提供精细化农用气象信息　让生产省心省力

河南省气象部门结合当地实际，专门制订了针对玉米、小麦、水稻等主要作物的《农业气象服务周年方案》，根据不同地区的农业生产特点，按月份将服务内容、服务方式、服务范围制成表格，以便提醒农业气象工作者开展精细化服务，让广大农民能够获得更具针对性、可操作性强的气象信息。

各县（市、区）气象部门在上级制订的服务方案的基础上，将其细化为更有针对性的、按旬划分的农作物气象工作历，并根据上一周的各项指标，分析作物发育期及相对常年偏早或偏晚日数，根据下一周天气情况和当前作物长势，提出符合当前作物生长状况的农用意见和建议。

对农民帮助很大的还有气象预警信息。2009年9月的一天，鹤壁裕丰果业合作社经理、气象信息员刘长河收到次日有大风的预警信息，他赶紧通过大喇叭号召大家抢收果子。农民连夜抢收，减少了30多万元的损失。

"直通式"精细化气象服务长期惠民

2010年11月至2011年2月，河南省遭遇了连续干旱，全省干旱面积最大达3430万亩。在这次抗旱过程中，"直通式"精细化农用气象服务更具针对性、有效性和科学性，成为2011年河南小麦再次获得丰收的重要因素之一。

在此期间，河南省气象局除发布农业气象周报、月报、土壤水分监测公报等常规定期服务产品外，还充分利用现代农业气象业务服务试点成果，逐日滚动发布格点化土壤墒情预报，逐旬进行冬小麦需水量估算，分析降水渗透深度及有效降水量，提供了精细到乡镇的气象要素预报和农用天气预报，提高了农业气象服务的科技内涵。

这些信息除提供给各级领导进行决策外，还不定时通过大喇叭、电子显示屏、手机短信等方式向农民发布，及时、有效地为抗旱工作提供有力保障。

（《中国气象报》，2011年11月11日，作者：王建忠）

一次以科技为导航的创新之旅

迈出创新之旅的第一步始于2009年的春天。

那一年，河南成为中国气象局批准的全国唯一的现代农业气象业务服务试点省。也是从那时起，面向现代农业气象业务体系发展，满足现代农业发展需求，积累经验、探索新道路，不断向科技要粮食，便成为河南气象工作者三年来始终如一的创新动力和追求方向。

河南 3 年的试点工作实践同时为这一理论提供了现实佐证：转变发展方式是加快建立现代农业气象业务服务体系的根本途径，是实现气象为农服务又好又快发展的重要保障，问题在转变中破解，思路在转变中明晰，瓶颈在转变中突破，难关在转变中攻克。对此，河南省气象局局长王建国与他的同仁们有着越来越深刻的感触。

如今，河南的现代农业气象业务已经闯出了响当当的名号，成为先进科技的代表。试点建设与"农业气象服务体系""农村气象灾害防御体系"两大体系建设结合起来的做法，更使得河南在气象为农服务方面成长为全国的典范。

御天灾，保丰收，一个"农"字引发深思考

河南作为全国第一农业大省，在我国粮食发展史上，既是第一个实现粮食总产突破 900 亿斤的省份，又是第一个实现 1000 亿斤的省份；也是它用占全国 1.74% 的土地养活了占全国 7.5% 的人口……粮食生产增长快，贡献大，河南农业在全国举足轻重的地位，使得任何可能影响粮食产量的因素都变得十分敏感。

然而，在气候变化导致极端天气事件提早、增多、加重的趋势下，河南的农业气象灾害也呈现种类多、频率高、范围广和危害重的特点，突如其来的暴雨、雷击等灾害时常撩拨着农业生产那根敏感的神经。该省平均每年因旱涝灾害造成粮食减产在 40 亿斤以上，农业气象灾害已成为制约粮食产量稳定增长的主要因素。

保农村经济发展、保农业生产丰收、保农民生命财产安全，在现代农业发展转型过程中抵御气象灾害影响，河南气象部门开始思索：是否该创造性地做些什么？

对此陷入深深思索的还有中国气象局的领导班子。党中央、国务院高度重视农业发展问题，社会主义新农村建设对农业气象业务发展的新要求，农业防灾减灾对农业气象业务发展的新要求，国家粮食安全保障对农业气象业务的新要求，应对气候变化对农业气象业务的新要求……面对种种新形势和新要求，2008 年 9 月，在河北小城涿州，全国农业气象业务发展研讨会应势召开，为"农业"与"气象"之间的关系理清了思路。

恰逢 2009 年中央"一号文件"以空前力度连续第六次锁定"三农"，中国气象局局长郑国光对全国气象部门提出要求，要充分发挥气象为农业生产服

务的职能和作用，要为农业生产提供有力的气象保障，提高气象对农业生产的贡献率。同时，气象部门也认定，只有坚持试点先行，推广试点示范形成的实践经验和运行模式，才能实现气象为农服务由点向面、从单项突破向整体推进的全面发展。

在此背景下，河南省气象局凭借其作为农业大省气象部门的特殊身份，及其在为农服务方面丰厚的历史积淀，被确定为 2009 年的现代农业气象业务服务试点，按照"立足于现代农业对气象服务的需求，突出重点、形成亮点，面向决策、面向农民，提高农业气象服务能力"的要求，开启了这一次为农服务的创新之旅。

重传承，运新意，一个"试"字带来大变革

河南在过去有着较为丰富的农业气象服务经验，为农服务是当地乃至全国开展最早、发展最成熟的专业气象业务。例如，它曾在全国率先开展土壤墒情与灌溉预报，科学指导防旱抗旱；自 20 世纪 80 年代末期始，便开始进行冬小麦苗情遥感监测服务，并在全国较早建立了极轨气象卫星接收处理系统……然而，积淀越丰厚、底子越坚实，想要转变也就越困难、越要谨慎。

作为 2009 年全国唯一的现代农业气象业务服务试点省，河南省气象局决意在传承中创新：改变农业气象限于老经验、老办法、老套路的落后观念，用新理念、新思路、新举措提升现有领域、开辟新领域。

在服务理念上，从"我有什么就服务什么"转变为"社会需要什么就服务什么"。过去的农业气象服务基本上只到县一级，但乡村却是服务需求最旺盛、服务力度最薄弱的地方。那么，现在就将气象服务送到农村去、送到田地里，尽量满足每一个用户的需求。"通过三年现代农业气象业务服务试点建设，基本建成布局合理、功能先进、响应及时的现代农业气象业务服务体系，在技术体系、组织体系、管理体系和科技支撑体系建设上创新发展，全面提升河南现代农业气象业务服务能力和科技内涵，实现了传统农业气象向现代农业气象转变，并产生显著的经济社会效益。"王建国说，目前，以省级农业气象中心为龙头、市级农业气象中心为骨干、县级固定农业气象人员为基础的现代农业气象三级组织体系已经形成；省至县以农业气象专业人员为主、县以下基层以信息员为主的省、市、县、乡、村五级农业气象服务组织体系也已建立，服务对象直接面向农民专业合作社、农村种养大户、普通农民、县乡政府及村委会。

如今在河南，一个以国家级气象观测站为基础、乡镇气象站和卫星遥感为辅助的农业气象灾害观测网逐渐搭建而成，并形成了一个以农业气象观测站为骨干、以现代农业气象科技示范园为补充的农业气象观测网，新的现代化、自动化观测手段替代了"一把尺子、一杆秤"。GStar-IFDR 型自动土壤水分观测仪的研制获得了国家实用新型专利，它的价值不仅仅在于彰显了科技创新的力量，更是解决了传统人工测墒周期长、难以满足服务需求的现实矛盾，已在全国 11 个省（区、市）推广，并出口古巴。同时，郑州、鹤壁、许昌、南阳等地布设了农业气象自动观测系统，开展了地面—飞机—卫星联合观测试验，农气观测初步实现自动化、网络化、可视化、立体化。

星陆双基遥感农田信息协同反演系统示范应用项目可谓是这方面的突破性成果，"安装在农田里的各种传感器，能够自动、实时、连续 24 小时不间断地监测大田土壤情况，以及小麦等农作物的各种生长参数。采用可视化技术，能够让各级领导、农业技术部门、气象部门足不出户地观测到大田农作物的墒情、苗情长势、作物病虫害发生以及发展情况。" 2011 年年初到田间调研旱情的温家宝在听了鹤壁市气象局张睿光的此番介绍后，连连称赞。

在科技支撑上，从科研业务结合不甚紧密向科研业务一体化发展模式转变。农业气象保障与应用技术研究开放基金的设立，激发了针对现代农业气象服务业务发展中的关键技术问题开展试验研发、项目攻关的动力；中国气象局还与河南省人民政府联合建立"农业气象保障与应用技术重点开放实验室"，并已初步建成"自动土壤水分观测仪标定实验室"，在自动土壤水分仪器考核、标定、规范制订等工作中发挥了重要作用。

"服务产品实现了由定性向定量、主观向客观、专业向通俗的转变。无论是在小麦适宜收获期、玉米适宜播种期等关键农时，还是在晾晒、灌溉、喷药、施肥等具体农事活动中，农民都可以借助农用天气预报产品的指导，科学安排生产。"河南省气象科学研究所所长陈怀亮博士说，目前河南气象部门已经新增或完善了 7 大类 18 种现代农业气象业务服务产品，特别是在全国率先提出了农用天气预报分级标准、业务用语、预报指标、发布流程，被多省借鉴采用。

根据农业生产的需求，气象部门向农民专业合作社、农村种养大户、县乡政府及村委会提供滚动专题农业气象服务，服务的针对性和时效性有了显著提高。例如，鹤壁市气象局根据玉米全生育期所需积温的气象指标，开展了针对高产玉米最佳收获期的积温预报服务；商丘市气象局开展了针对冬小麦储藏运输的储藏气象等级预报服务。各地气象局均积极开展农用天气预报的制作及发布工作，当好农事"参谋"，为粮食丰收打下坚实基础。

在气象信息传递载体上，过去只是把信息简单地印在几张纸上，现在渠道越来越丰富，正朝着多媒体化的方向发展。手机短信、大喇叭、电子显示屏、电视、广播、报纸、小黑板……各种"土洋结合"的气象信息发布网络日渐覆盖河南农村，且相得益彰。

商丘市气象局研发的新农网多媒体交互信息系统，采用触摸屏技术，具有双向信息传递功能，摆放地点选择余地较大，是对传统"兴农网"的开拓性发展，目前已在省内快速布设。另外，全省18个省辖市、104个县（市）气象局都建立了MAS预警信息发布平台；大部分县气象局大量布设了大喇叭，而乡镇和村庄的大喇叭功能不同，乡镇同时布设管理机，可以自行启动对所辖村庄的大喇叭进行广播，具有很大的灵活性和实用性，往往大喇叭一响，就能调动全村村民一齐行动。

在工作机制上，由部门推动向"政府主导、部门联动、社会参与"转变。中国气象局和河南省委、省政府领导多次专门听取现代农业气象业务服务试点工作汇报，并给予现场指导，特别是双方自2009年签署合作协议以来，极大地促进了各级政府、有关部门对此项工作的重视程度。农村气象服务被纳入省委、省政府《关于开展社会主义新农村示范村建设的意见》，在政策、管理、项目、资金等方面得到了强力支持。

河南省气象局还与省农业厅、供销合作社、安监局、农机局、水利厅、林业厅等省直单位建立了稳定的合作机制。"借梯上楼、借桥过河、借船出海"，统筹社会资源，"不求为我所有，但求为我所用"。思想统一后，为农业生产提供气象服务、防御农村气象灾害再也不是气象部门一家的事情了。

服务理念的转变也彻底改变了服务效果评价方式，以用户为中心的理念要求，仅仅有业务考核是远远不够的，还要更加重视服务对象、社会公众的满意度。

问需求、求反馈，把公众是否满意当作评价气象服务的最高标准。召开部门会商和座谈会，走进田间地头调查，在网站上开通留言板块，气象部门采取了多种形式来获取反馈信息，了解决策部门、大众百姓、种植和养殖大户等对农业气象服务的需求及服务效果评价，气象专家和农民的距离近了，感情深了，现代农业气象服务需求调查与信息反馈机制也随之建立起来了。根据用户需求反馈，现代农业气象信息服务内容和方式也在不断改进。

凝特色，显成效，一个"精"字赢得广赞誉

2011年3月31日，河南省气象局与河南省邮政公司签署合作协议。随后，围绕服务"三农"，双方合作开展了邮政万亩示范方创建工作；全省邮政乡镇支局（所）已布设的中邮传媒机上开始播报气象预报预警信息和农村综合经济信息，乡镇邮政支局、村邮站、邮政连锁超市建立起邮政农村气象信息服务站；把乡镇邮政支局、村邮站、邮政连锁超市工作人员发展为气象信息员……试点建设，不试不活。如此这般具有开创性意义的工作在三年内一次又一次给人耳目一新的感觉。

"以试点带试点、以试点促全局"，中国气象局把河南作为全国的试点，河南把鹤壁、漯河、商丘等地确定为全省的试点，上下互动，这些"点"围绕"精细化"和"针对性"做文章，一下子把全省气象部门的积极性、创新性都调动起来了，凝练出独具一格的为农气象服务特色。

以气象信息员队伍建设为例，除了发展乡、镇、村领导、生产大户为气象信息员，探索出气象信息服务"邮政模式"外，河南还明确了大学生村官气象信息员职责，将其纳入组织部门绩效考核和管理培训，建立长效管理机制，形成了非常有效的"大学生村官模式"；与供销社系统合作，利用其遍布乡村的供销网点，形成"农村超市模式"；与安监局、农机局合作，发展了大量气象信息员。目前，河南全省气象信息员队伍已有4.3万人，并利用农业部门"阳光培训"等社会资源开展大规模培训，形成了独具特色发展气象信息员的"河南经验"。

目前，全省已建102个现代农业气象科技示范园，开展特色农业、设施农业的农业气象指标试验验证及适用技术示范服务；建立了933个农村气象信息服务站；逐渐形成了一套完备的"高产育种—适时播种—田间管理—收获储运"的作物生产全过程农业气象系列化服务体系；河南农业气象保障与应用技术重点开放实验室，在农业气象灾害风险定量评估、格点化土壤水分与灌溉量预报、动态产量预报、农业气象指标试验鉴定等科研方面取得了多项重要成果；建立完善了与农业、统计、林业、邮政、供销、河南农大等多部门合作的农业气象服务联动机制和农业气象服务专家联盟，培养、锻炼出了一支高水平的农业气象人才队伍，为气象为农服务提供了强力的人才支撑。

鹤壁裕丰果业合作社的经理刘长河对农业气象服务发挥效益的案例可谓信

手拈来："没有农业气象服务，如果刚对果树喷完农药，就下起雨来，农药便失去了药效；而遇见干旱只能听天由命了！"与市气象局全面合作，成立了气象信息服务站后，工作人员每天把气象信息及时告知合作社管理人员，农民根据天气安排生产，一次科学的气象灾害防御就可减少损失数万元。

为农气象服务的成效不仅仅体现在经济价值上，"气象部门给农村带来的变化，是一种生产理念的革新！"商丘市梁园区闫庄新村华慧种业公司副总经理杜保玉说，气象科技为农服务的新理念，在发展特色农业、生态农业中发挥着不可替代的作用。闫庄新村作为市农业气象科技示范园，建有人工影响天气标准炮站、自动气象站、自动土壤水分监测站、手机预警大喇叭、兴农网站等。记者在鹤壁采访时，玉米育种专家、河南省鹤壁市农业科学院院长程相文说："气象是影响粮食产量的重要因素，我们创造的亩产超吨纪录都与气象条件息息相关，与气象服务密不可分！"这位75岁的老人激动地说，"浚单"系列玉米新品种就是依据气象部门提供的玉米全生育期所需积温的气象指标，严格控制采收时机，达到了高产。目前农业科学院先后选育出"浚单"系列等玉米新品种30多个，在河南省内外累计推广1亿多亩，新增社会经济效益30多亿元。

如今，走进一块块农业综合开发区，眼前是田成方、林成网、渠相通、路相连、旱能浇、涝能排……昔日的荒薄瘠地变成林茂粮丰的沃土，由于气象信息掌握不及时不全面而遭受惨痛损失的情况也越来越少。河南现代农业气象业务服务试点的"盆景"和"试验田"，正逐渐成长为大面积的"百花园"和"丰收田"。

在2011年年初北方遭遇罕见旱情之际，河南省气象局不但启用人工增雨、自动墒情监测等多种气象高科技手段开展抗旱保丰收工作，还向北方旱区气象部门赠送了18套便携式土壤水分速测仪，支援北方旱区各省气象部门开展抗旱气象服务工作，让气象为农服务的成果惠及他人。

温家宝两次在河南考察期间，都对河南气象为农服务工作给予了充分肯定。河南省委书记卢展工两次做出批示，对气象工作与农业生产紧密结合的好做法表示认可。

在2010年的河南省气象为农服务工作会议上，中国气象局副局长矫梅燕评价道："河南农业气象服务取得了一系列可以在全国推广借鉴的科技成果和业务服务的典型模式，也体现出了良好的效益，对全国的气象为农服务工作起到了很好的带动和示范作用。"

不久前，矫梅燕率领中国气象局调研组再次前往河南，就试点建设工作提出要求，要进一步梳理取得的成绩，系统总结好的发展方法和经验模式，充分体现现代农业气象发展水平的进步；要加强对试点成果转化成服务效益的分析，充分发挥政府主导作用和社会力量，做好乡、村农业气象信息服务，形成良好的服务效益，真正融入到农业生产活动和决策之中。

"我们将力争形成可在全国推广的基层气象为农服务的基础工作样板、特色服务样板和服务效益样板，力争成为中央财政支持的全国气象为农服务样板省，建立较为完善的气象为农服务体系，使全省气象为农服务能力得到显著提高，充分发挥好气象为'三农'服务的重要作用。"王建国认为，对气象工作者而言，气象为农服务的探索之路可谓是永无止境！

（《中国气象报》，2011 年 11 月 15 日，作者：王建忠）

豫北村里的新春大礼包

2012 年 1 月 30 日，大年初八，年味正浓。河南省滑县留固镇小营村科技示范户李雷青在家里背诵农事挂历："土地不深耕，麦根没处钻。深耕加一寸，顶上一袋粪。"在他眼里，过去的庄稼活不用学，现在是"庄稼活，必须学，气象专家叫咱咋着就咋着"。

这本农事挂历是滑县气象局局长黄先成初八那天专门送来的。"冬灌要趁早，大雪前浇水冬灌，能促进小麦下扎根、上长蘖，春节前每增加一个分蘖，春季就可能增加一个麦穗。"李雷青说，这些从挂历上学来的技术，让他家 2011 年的小麦增产了 5% 以上。

滑县是河南省第一产粮大县，是享誉全国的"豫北粮仓"。2011 年，滑县粮食生产再创新高，粮食总产量达 130 余万吨。

初八那天，在留固镇程新庄村委会办公室，记者遇见了村里的气象信息员程奉军。只见他熟练地打开电脑，开始和县气象局进行天气"会商"。

黄先成介绍，滑县气象局建成了现代化的大屏幕会商系统，成为"县—乡—村（户）"直通农户的天气与农情实时视频、音频交流平台。该系统使用户变被动接收为主动咨询，使农气服务内容实现了应时、应需，在技术上真正实现了"直通式、面对面"服务，为解决气象信息进村入户"最后一公里"问题提供了一条途径。

为提高气象服务的准确性，滑县气象局还编制完成了《气象灾害风险区划图》和《主要作物精细化农业气候区划》；新建了区域自动气象站13个，其中，土壤墒情监测站1个、土壤水分自动监测仪10个、农田小气候监测站两个。同时，该局还在留固镇农业开发区万亩高产示范田建设了多功能气象站，包括增雨炮站、四要素气象站、墒情站等。另外，该局还完善了现代农业气象业务服务平台，实时显示大田墒情、苗情、卫星遥感监测资料等，为政府和农业生产管理部门提供了丰富的气象服务产品。

在程新庄村委办公室墙外，气象电子显示屏格外引人注目。像这样的气象信息无线电子显示屏，全县已安装了40块。同时，还安装了气象预警信息接收机80台、多媒体气象信息机5部，新建了气象预警信息机和无线电子显示屏发布平台。

"现在，小麦还处在越冬期，暂时不用浇水。"黄先成叮嘱程奉军，只有日平均气温达到3℃以上才适合浇地，否则，对小麦生长不利。

"就比如说小麦浇返青水，浇早了，就像小孩子吃多了营养过剩，无效分蘖多；等小麦拔节时再浇水施肥，不仅省力、省钱，还有利于小麦增产。"程新庄村的老村支书程新文说，"气象科技带来的好处太多了，气象服务很及时、很准确。2011年，我们村小麦每亩地较往年多收100公斤呢。"

2011年6月11日夜间，该县突发强对流天气。县气象局及时预警，村里组织群众抢收，全村无一家受损。滑县县委副书记、县长董良鸿高度评价气象信息服务，"气象短信的服务方式，既经济又快捷，值得各单位学习借鉴。"

目前，滑县气象局为农服务网络已完成"骨架"搭建，全县共有乡村气象信息服务站59个，村村都有气象信息员，基本形成了"县有局、乡有站、村有信息员"的"县—乡—村"三级气象服务网络和"政府主导、部门联动、社会参与"的气象灾害防御联动机制。

"滑县被农业部誉为'全国稳定粮食生产的一面红旗'，粮食生产抓得好不好，不仅事关全县经济社会发展，也影响到全省的粮食核心区建设。"滑县县委书记李若鹏强调，"机构健全、职能明确、服务到位、保障有力、农民满意的基层农业气象服务体系，为粮食生产和连年丰产提供了科技支撑。"

在得知黄先成由于工作调动即将离开滑县时，程新文说："我们舍不得你走呀，过年一定要常回家看看。"老村支书握着黄先成的手，眼里竟有些朦胧。

（《中国气象报》，2012年2月13日，作者：王建忠　卜晓娜）

脚踏泥土传真情

从 2003 年至 2012 年 8 月，河南省夏粮总产量已经实现"十连增"。国家统计局河南调查总队日前发布的数据显示，2012 年河南省夏粮总产量再创新高，达 637.2 亿斤，比 2011 年的 626.3 亿斤增加 10.9 亿斤，居全国第一。

重点安排部署

河南省气象局高度重视"三夏"气象服务工作。据省气象局局长王建国介绍，省气象局及时召开"三夏"气象新闻发布会，向媒体通报了"三夏"期间的天气情况，提供墒情分析、农业生产对策与措施建议等，还通过气象应急短信平台，每天免费向全省农机手发送即时小麦机收市场信息和气象预报预警信息。

据统计，在"三夏"期间，河南气象部门为 11 330 位农机手免费发送农机信息、气象信息及预警信息 181 条。为更好地预估 2012 年小麦产量，省气象局成立小麦田间调查小组，深入各小麦主产区，采集原始数据，为小麦估产提供了科学数据。

提升服务科技含量

"以现代农业气象业务服务试点建设为工作总抓手，把试点建设和'两个体系'、'三农'气象服务专项建设结合起来，坚持'政府主导、部门联动、社会参与'的原则，积极转变发展方式，着力科技创新，全面提升了全省现代农业气象业务服务能力和水平。"王建国介绍说。

目前，河南已基本建立"内外结合、专兼并用"的现代农业气象业务组织体系，形成了以省级农业气象中心为龙头、市级农业气象中心为骨干和县级固定农业气象人员为基础的现代农业气象三级业务组织体系，以及省、市、县、乡、村五级现代农业气象服务组织体系；建立了"监测准确、传输及时"的现代农业气象观测体系，在全省布设了 140 套自动土壤水分观测仪，配发了 143 套便携式土壤水分观测设备，实现了每个市、县至少有 1 个自动土壤水分观测站和 1 套便携式土壤水分速测仪。

省级气象部门新增和完善农业气象预报、评估等 7 大类 18 种服务产品，预报服务更加精细化，主要农业气象灾害评估及气候变化影响评估迈向定量化；基层现代农业气象业务服务能力得到显著提升，并在农业生产中发挥独特作用。

服务精心细致

在服务"三夏"期间，河南省各级气象部门密切监视天气变化，精心制作滚动天气预报。5月21日至6月20日，全省各级气象部门每天制作"三夏"专题服务材料，为领导决策提供科学依据，并为广大农民朋友提供及时准确的气象预报信息和资讯服务。

同时，河南省气象部门不断完善农用天气预报业务服务流程，统一规范了服务产品的类型及格式。省级气象部门统一下发"三夏"期间农用天气预报，各市、县气象局细化、订正下发的农用天气预报产品，发布晾晒、喷药、施肥等农用天气预报；向农民专业合作社、农村种养大户、县（乡）政府及村委会提供滚动专题气象服务信息，提高了服务的针对性和时效性。

为扩大公众气象服务覆盖面，省气象局在中国天气网河南站和河南兴农网开辟农业气象服务专栏，加强对粮食安全和农业抗灾减灾等方面的宣传。

（《中国气象报》，2012年8月16日，作者：王建忠）

科技装备到乡镇　一人轻松管粮仓

一张旨在打造"国人大粮仓"的宏伟蓝图日前在河南展现。河南省政府印发的《关于建设高标准粮田的指导意见》明确提出，从2012年开始实施高标准粮田"百千万"工程，即到2020年，在全省95个县（市、区）的粮食核心区内，集中打造6000万亩平均亩产1吨以上的高标准粮田，建成2000个万亩方、2万个千亩方、20万个百亩方永久性粮田，确保粮食综合生产能力稳步提高到1300亿斤。

在遭遇自然灾害的情况下，河南省粮食总产量已实现8年连增，连续6年过千亿斤大关，赢得了"天下粮仓"的美誉。但是，中原地区气象灾害多发、频发，在一定程度上限制了粮食高产稳产，"靠天吃饭"的局面仍未得到根本改变。

与农业生产密切相关的气象服务如何做好保障？河南省委常委、副省长刘满仓指出，首先要提高粮食生产的抗灾减灾能力。

"要实现上述目标，必须充分利用有利的天气气候条件，推广先进的农业气象适用技术，进一步加强气象服务与防灾减灾气象保障服务能力建设，提升农业气象科技创新能力和服务水平。"河南省气象局副局长陈怀亮说。此外，气象部门还应充分发挥人才、技术和服务等方面的优势，促进农业生产稳定发展。

在河南省南阳市方城县泥岗村的气象科技园里，太阳能提水灌溉抗旱系统、自动气象站、"星陆双基"小气候监测系统和现代农业气象综合信息服务平台，使这里处处显现得与传统农业生产不一样。"科技设备'武装'到乡镇，这真正实现了一人轻松管粮仓！"南阳市气象局局长王军说。该气象科技园实现了气象信息天、地、空、网一体化，农作物监测数字化、可视化、标准化和智能化。

这仅仅是河南围绕高标准粮田建设而建成的一个农业气象适用技术示范带动与推广基地。"围绕高标准粮田'百千万'工程建设，河南气象部门将建立95个100亩以上农业气象适用技术示范带动与推广基地，并在95个粮食生产大县，组建起河南省现代农业气象灾害自动化监测网和农业气象移动观测网，实现土壤水分、农田小气候、病虫害和农作物长势的自动化观测。"陈怀亮介绍。而不断完善的精细化农用天气预报系统，将全程指导农民进行喷药、浇灌、施肥等生产管理。

记者了解到，这些护佑粮食生产的气象信息，将通过电子显示屏、气象预警大喇叭、手机、电视等渠道及时发布。同时，县级农业气象信息服务中心和标准化乡镇气象信息服务站的气象信息员，将保障气象信息"进村入户"，真正实现"零距离"服务农业生产。

河南粮食连年丰收，人工增雨防雹作业同样功不可没。"围绕粮食生产核心区建设，我们将建立人工增雨消雹观测系统、催化系统、实时监控指挥系统和效益评估系统，并完成豫鲁皖苏鄂作业区河南商丘飞机人工增雨基地建设。"河南省人工影响天气中心主任鲍向东说，整个工程将新建600个标准化高炮和火箭作业站，进一步增强粮食生产防御气象灾害能力。

"在高标准粮田'百千万'工程建设中，河南省农业气象保障与应用技术重点开放实验室将承担起提升气象科技创新能力的重担。"河南省气象科学研究所所长刘荣花表示，今后将扩大重点实验室的试验工作场地，购置大型专业化试验和分析仪器设备，打造一流的农业气象科技平台。

"中原熟，天下足。"河南担负着一个农业大省的艰巨使命。经过3年多的现代农业气象业务服务试点建设，河南省气象为农服务的效益得到进一步凸显。"通过高标准粮田'百千万'工程气象服务与保障体系建设，我们将努力使粮食生产由'靠天吃饭'向'看天管理'转变，确保高标准粮田高产稳产，保障国家粮食安全。"河南省气象局局长王建国说。

（《中国气象报》，2012年9月12日，作者：王建忠）

气象作牵引　铺就致富路

晨雾如纱，飘逸在河南省西平县二郎乡张尧村大片刚收割过的玉米大田里。原本喧闹的土地，此时正静静地孕育着又一场丰收盛典。西平县气象局通过开展"三农"气象服务专项建设，在田间地头为农民铺设了一张农村气象信息网。

2012年，在遭遇冬春干旱等自然灾害的情况下，西平县依靠科技支撑，夏粮总产量达53.8万吨，实现了夏粮生产九连增。河南省委农村工作领导小组副组长何东成来此调研后感慨地说，以前是"要想富、先修路"，现在是"要想致富、气象服务"。

以示范园为引领　树立为农服务典范

"以前我们种地光靠感觉，现在建了气象观测站点，每天都能看到各种气象信息，这些信息对指导俺种地、防病治虫帮了大忙。"农民张文平对记者说。

张文平所说的气象观测点，指的是西平县气象局在二郎乡张尧村建立的现代农业气象科技示范园。10月10日，记者穿过规划整齐的大片玉米地，来到园区一隅。只见路的一边是人工影响天气作业炮点，高高的院墙上悬挂的气象信息显示屏正滚动显示着当天的天气信息；另一边的地里是一个气象观测站，安装有全景观测仪、土壤测墒仪、四要素自动站、虫情测报仪等观测仪器。

"这些观测数据会自动传送到气象局的农业气象信息服务平台。"随行的西平县气象局局长焦国树介绍说，"工作人员根据监测数据和天气预报，及时制订相应的气象信息和农业生产建议，并把它们发送到气象观测站点的电子显示屏上。"

"为什么在下雨的时候施肥？"2012年3月15日，中央电视台记者走基层到西平县时，偶遇了正在田间施肥的一群农民朋友。大家向记者解释说："下雨的时候施肥效果好！村里有气象信息服务站，地头还有显示屏，啥时候下雨一清二楚，提前都把化肥准备好了。"

村支部书记单新民如今再说起这件事情时，依然很感慨："有一次我去北京，收到气象局发来的暴雨信息，立即通过村里的大喇叭向全村村民广播。如今种田也要讲科技呀！"

以项目为牵引　带动"两个体系"建设

从 2011 年年初开始，河南省先后有 20 个县（市）实施"三农"气象服务专项建设，西平县即是其中试点之一。县气象局以项目带动气象为农服务"两个体系"建设，积极争取地方资金和政策支持，有效保障了气象为农服务工作的顺利开展。

同时，西平县气象局加强与农业、水利等部门的合作，积极推进"多网合一、一网多用""多站合一、一站多用""多员合一、一员多用"模式，实现了气象为农服务融入式发展。

焦国树介绍说，目前全县共建设乡镇气象信息服务站 20 个，覆盖率达 100%；安装电子显示屏 38 块、预警大喇叭 40 套，有效解决了气象预警信息传递"最后一公里"的瓶颈问题；气象信息员达到 476 人，真正实现了气象信息在全县乡镇的全覆盖。

在西平，不仅粮食种植户享受到气象为农的"零距离"服务，蔬菜种植户也是受益者之一。"村里的蔬菜大棚内安装了温棚小气候观测系统，棚外设有电子显示屏，可以实时显示温棚内的温度、湿度等数据，这对蔬菜生产帮助很大。"西平县于营村支书张爱琳说。

3 月中下旬，正是蔬菜大棚育苗的关键时段，县气象局预报将有一次大风降温天气。气象信息员把该预报迅速向全村传播。菜农抓紧采取摊铺薄膜、加盖草苫的防风保温措施，避免了大棚损失。

"目前，全镇已初步形成了乡、村有效联动，部门有效配合的气象服务体系和气象灾害防御体系。"盆尧镇镇长于宏伟说。

2012 年以来，西平县气象局已将 70% 以上的农民专业合作社、种植大户等重点服务对象纳入信息库，并建立"直通式"联系，第一时间将气象信息传递至农户和种植户手中。

（《中国气象报》，2012 年 11 月 13 日，作者：王建忠　王永庆　林文全）

五站四合三直通

——郑州创新建设防灾减灾体系

"5" + "4" + "3" = ?

在河南郑州，当地气象部门转变发展方式给出的答案是：一套与省会城市经济社会发展相匹配的气象防灾减灾体系。即乡镇站、基层农业技术推广服务区域中心站、城市社区站、新型农村社区站和园区服务站等 5 类气象服务站；部门配合、项目组合、资源整合、服务融合等 4 项合力；部门间交互式直通、预警信息发布直通、服务产品直通等 3 种直通。近年来，在郑州，各类气象服务技术和气象信息产品实现"一个窗口、多渠道服务"。

"五站"气象服务全方位覆盖

薛店镇常刘社区是一个有 6000 多农户的新型城镇化试点社区。每天到社区服务大厅查看天气情况和气象服务信息，是 63 岁的孙老汉每天的"必修课"。他说："这些东西很有用，什么时候收麦、打药、浇地、种麦子，这里都有。"

在郑州，类似的气象服务站有 80 余个。这些服务站根据服务对象需求的不同划分为乡镇站、基层农业技术推广服务区域中心站、城市社区站、新型农村社区站和园区服务站。

乡镇气象服务站主要是提供决策气象服务、应急气象服务和科普宣传等，同时负责上报灾情、应急响应、气象信息员管理等。

在郑州市基层农业技术推广服务区域中心站内建设气象信息服务站，则是另一种服务形式的探索。中心站的主要职能是科普宣传、监测预警、部门会商、人工影响天气作业、气象信息传播和气象信息员管理等。郑州市委、市政府已发文将此项工作列入政府目标考核。

郑州是省会城市，市气象局针对城市居民建立城市社区气象服务站。该类服务站的主要功能是科普宣传、气象信息传播和应急服务。

新型农村社区气象信息服务站内建有自动雨量站、气象信息电子显示屏、手机大喇叭、气象科普宣传栏、气象图书柜、气象信息员工作台等。同时，服务站根据需求印制了气象服务手册、气象灾害防御明白卡、农业气象科普材料等，供社区居民取阅。每个新型农村社区设一名气象信息员，负责服务站的设备维护和气象科普宣传工作。

根据郑州都市农业特点，市气象局在农业生态园区建设园区气象信息服务站。农业生态园区服务站内建有自动气象站、土壤水分监测站、手机大喇叭、电子显示屏等设备，主要职能是科普宣传、监测预警、特色农业气象服务、应急气象服务等。

目前，郑州市已建成195个自动气象站、8个气象科技示范园、80个气象信息服务站，安装了113个电子显示屏、849个预警大喇叭、17台多媒体气象预警发布机、9套大气电场仪、3套闪电定位仪等。

"四合"聚力建立长效机制

在基层防灾减灾体系的建设中，政府主导和部门联动是重要环节。郑州市气象局从"部门配合、项目组合、资源整合、服务融合"入手，着力建设全社会防灾减灾的长效机制。

部门配合以地方政府为主导，各部门积极联动。郑州市气象部门先后与农业、邮政、供销、水利等多个部门开展合作，并发挥各部门自身优势，开展联合技术研究以及调查和服务，共享数据资料和研究成果。

市气象局与市植保站联合攻关"二点委夜蛾发生规律及综合防控技术"研究项目，与市蔬菜研究所联合开展设施农业生产技术服务，并联合开展研究项目"物联网技术在蔬菜大棚要素控制中的应用"。这些项目，均得到郑州市政府的支持。在区域气象服务中心站建设中，市气象局与市农工委共享资源配置，将多要素气象站、人工影响天气作业标准化固定炮站、自动土壤水分观测站等多个项目组合到一起，实现综合信息服务、人工影响天气和气象要素自动观测"三位一体、多站合一"的建设格局。

"统筹考虑资源配置及功能作用，将部门间的项目组合建设，减少了重复性工作，可节约成本、扩大效益。"郑州市气象局局长王运行说。惠济区花园口区域中心站就是在政府主导下，由农技、植保、畜牧等多部门融合形成的"八站合一"的综合农业服务中心。其中气象信息服务站功能定位为都市农业气象服务及防灾减灾、黄河防汛气象服务、特色农业（黄河优质水稻）气象服务。

服务融合则是针对同一服务对象，发挥各部门的优势，将服务措施和服务内容进行融合，最终提供给农民综合、全面的服务产品。王运行说："一个窗口对外，多种渠道服务，大大提高了服务质量。"

"三直通"气象服务不转角

如何解决气象信息进村入户"最后一公里"问题，郑州市气象部门也探索了一套完整的"三直通"服务体系。

部门间交互式直通。合作部门在仪器、设备、人员等方面进行融合，形成一个综合性的业务服务资源共享平台，使部门间的沟通渠道全面畅通，使各项工作开展起来无脱节、无疏漏、无缝隙，有效地保障了为农服务的综合性和全面性。

预警信息发布直通。建立直通式的气象信息发布系统，在广播电视、手机短信、报纸、固定电话等气象信息传播渠道的基础上，拓展电子显示屏、大喇叭、信息发布机等发布手段，减少信息发布的中间环节，使各类气象信息直接传送给公众，有效解决了气象信息传播的"最后一公里"问题。

服务产品直通。部门间高效协作，制作综合、全面的服务产品，通过预警信息发布直通平台直接送到农民手中。同时，加大对广大气象信息员的培训力度，使他们成为"气象专家"，在田间地头为农民解答农业生产问题。这种服务方式不仅深受农民也深受农业、林业等合作部门的欢迎。

"5—4—3 郑州模式"得到了郑州市政府的大力支持。据了解，以"两个体系"建设为抓手的集约多功能气象服务站等气象重点建设项目已被编入《郑州市国民经济和社会发展第十二个五年规划纲要》，总投资超过 1.7 亿元。由此可见，气象部门通过基层综合改革所带来的社会效益，已获得政府肯定。

（《中国气象报》，2013 年 5 月 28 日，作者：王建忠 王永庆 张遂菊）

高站位广合作　苦练内功促发展

——河南省气象现代化建设带来新气象

2014 年 6 月 20 日，一场夜雨后，河南省西平县凉爽惬意。在一望无际的高标准粮田里，风向、湿度、光照度等监测仪，正实时监测着农田里的温度、风向和土壤湿度等信息。

此时在几公里外的西平县气象局，值班员李绍丽在电脑上实时接收到了这些数据，"系统观测范围在 10 ~ 100 厘米，连植物叶面上的虫卵都可以看到"。而在省会城市——郑州，大型计算机正在以 16 万亿次每秒的速度演算着未来天气的模样。

这仅仅是河南省气象现代化建设带来新气象的缩影。

高站位树立顶层思维

布谷鸟的叫声催热又一个夏天。2012 年 5 月，河南省气象局"快速行动、自加压力"，加快推进气象现代化建设。一年后的 11 月，省政府正式印发《关于加快推进气象现代化的意见》，明确提出了全省气象现代化建设的努力方向、奋斗目标和建设任务。国务院副总理汪洋在该意见上批示："河南省重视气象这种基础性的公益事业是正确的政绩观的表现，也必将既利当前又利长远。"

接踵而来的喜讯，让气象现代化建设的步伐迈得更加有力。省政府先后印发《关于进一步加强人工影响天气工作的意见》《河南省气象科普发展规划（2013—2020 年）》《"十二五"应对气候变化规划》、部省联席会议纪要等政府文件。气象现代化工作首次被写入 2014 年省政府工作报告；"完善农业气象服务体系和农村气象灾害防御体系，推进国家中部区域人工影响天气能力建设工程，开展面向新型农业经营主体的直通式气象服务"被列入省委、省政府全面深化农村改革、加快推进农业现代化的实施意见中。

民之所望，政之所向。截至目前，河南已有 13 个省辖市政府出台了《全面推进气象现代化实施意见》。省气象局先后与 4 个省辖市政府签署了共同推进气象现代化的合作协议，气象现代化建设实现了省市"同步齐走"。全省共 58 个县气象局（台站）进行了基础设施综合改善，29 个台站已经达到中国气象局要求的基层气象机构基础设施建设标准。

部门广合作齐抓共管

乡镇区域自动气象站覆盖率达到99%以上，应急准备认证县级覆盖率达到95%，气象信息服务站乡镇覆盖率达到95%以上，气象信息员队伍乡村覆盖率达到100%……2014年3月，省气象局、发改委、财政厅、水利厅和农业厅等五部门联合出台《2014年全省气象现代化行动方案》，明确重点工作任务，为中原大地的气象现代化描绘了一幅未来愿景。

据统计，从2010年开始，中国气象局与河南省政府已连续4年召开联席会议。2010年，双方在省部联席会议上提出，将现代气象业务、科技作为发展现代农业的有力支撑；2012年，在此前两年探索的基础上，双方携手共商气象现代化建设大计；双方投资6.7亿余元的河南省气象灾害监测预警与防御工程经省政府同意已列入2014年省重点建设项目，并启动建设；编制完成了125个基层台站基础设施建设项目建议书，并上报省发改委立项；河南省空中云水资源二期项目建设按计划顺利执行。

2014年5月29日，省气象局与省交通运输厅签署合作协议，将在推进公路交通与气象信息共享、提升交通气象灾害监测预报预警能力等方面加强合作，共同把河南打造成为全国交通与气象部门合作的典范。省气象局已先后与农业、水利、林业、国土、旅游、环保等14个厅局签订合作协议，共同推进相关行业的气象现代化建设。许昌市气象局与水利部门合作推进水生态文明建设，鄢陵县气象局与政法部门合作共建平安大喇叭，西峡气象林业合作共筑春季森林安全防火墙……部门合作领域涵盖了社会方方面面。

强本固基增强发展能力

在辉县市吴村镇农村信息化综合服务中心，有一面墙大小的LED屏显示着全镇农业、交通以及农田里的湿度、温度、墒情等实时信息。"这里能随时获得远至北京的农业、气象等专家的指导意见。控制台还能与广场上的大型LED进行对接，随时发布农事建议、天气预报等信息。"副镇长郜海庆说，"我们走的是信息高速公路路线。"

通过改革开放与科技创新，河南气象现代化展现出新气象。

综合气象观测体系进一步完善。截至目前，河南共建成121套国家级自动气象站、2464个区域自动气象站、32套能见度自动观测仪，地面观测要素自动化率达74%，站网平均间距达8公里，覆盖全省98%的乡镇。

农业气象观测系统不断完善。河南建成 184 个自动土壤水分观测站，为基层台站配备了便携式水分速测仪、叶面积仪等专业化观测仪；建成 24 个农田小气候自动观测站和 FY-3 卫星遥感接收处理系统，建成省—市高清视频会议系统；省—市—县气象信息宽带网络升级到 8 M，实现农业气象和农情全天候、立体式、连续化自动监测。

预报预测业务体系建设深入推进。河南建立了专业化预报技术体系，重点开展短时临近预报预警、定量降水估测预报、精细化气象要素预报、中小河流洪水和山洪地质灾害监测预报预警等业务系统建设；建立了三级相衔接的集约化业务流程；建立了精细化预报业务，开展乡镇精细化要素预报业务、短时强降水等灾害性天气精细化落区预报业务；初步建立集约化气候业务基础平台，逐步推进定量化气候评估和气候影响评价业务。

气象现代化离不开科技软实力的提升。通过省部共建重点实验室，科技创新组织体系不断完善；建立了暴雨预报、强对流预报和农业气象灾害综合防御等 5 支科技创新团队。同时，建立完善人才激励保障机制，形成了领军人才、首席人才、青年人才组成的梯次人才体系。

"推进河南气象现代化建设，不仅造福当地，也有益于全国经济社会发展。"2014 年 5 月 23 日，在听取河南省气象局关于气象现代化工作情况汇报后，中国气象局党组副书记、副局长许小峰表示，将一如既往地支持河南推进气象现代化，促进提升气象服务保障中原经济区建设的能力和水平。

（《中国气象报》，2014 年 7 月 4 日，作者：王建忠 王永庆）

行走河南看气象创新之变

在河南省鹤壁市气象局，墙上大屏幕清晰地显示着农作物生长的实时画面。工作人员在电脑前轻点鼠标，就可以调整农田里监测设备探头的角度，连玉米的叶片情况都能看得清清楚楚。"利用这个平台，我们可以及时准确掌握苗情、生长环境和病虫害发生情况。"鹤壁市气象局局长张睿光说。科技让"一把尺子、一杆秤，牙一咬、眼一瞪"的传统农业气象工作方式成为历史。

如今，在河南将于 2017 年率先在中部地区基本实现气象现代化的大背景下，行走在河南的田间地头和街道社区，人们都可以看到，创新正为这里的气象服务注入新的活力与生命力。

潜力迸发 创新成为风尚

随着《河南气象科技创新工程实施方案》《河南省中长期人才发展规划纲要》等纲领性文件和数个配套文件的先后出台，河南气象部门逐步构建了以省级业务单位为主体、以创新团队为核心、以省部共建农业气象保障与应用技术重点实验室为平台的科研业务一体化、开放合作的科技创新组织体系，营造出让创新潜力迸发的"河南气场"。

在许昌市鄢陵县马坊乡谢岗村，这里的高标准粮田是集农田小气候观测、作物长势视频监控、自动土壤水分观测、农业气象适用技术示范推广和农村气象信息服务为一体的综合性现代农业气象示范田块，科技创新使"靠天吃饭"变成"看天管理"。随着现代农业气象向纵深推进，当地2016年年底将全面建成54个同样高规格的高标准粮田科技示范园。

中部区域人工影响天气能力建设工程是粮田建设的重要基础保障，与天争水、向天要雨成为气象为农服务的重中之重。目前，中国气象局飞机人工增雨和科学实验郑州基地项目建设资金、土地、编制已到位，观测场投入运行，项目规划等已完成。

此外，开放融合、提速创新的"河南舞台"已成功搭建。气象部门与中国海洋大学、中国农业大学、郑州大学等高校及中国电子科技集团公司27所、民航等部门在项目研究、人才培养、学术交流等方面开展了多领域合作；与郑州智慧城市研究院共商智慧气象建设，与南京中网卫星通信公司、中国兵器科学研究院等签订战略合作协议。以农业气象重点实验室为平台，通过开放基金等形式，吸引国内外优秀科研人员开展科研工作。

人员抱团 业务全面提升

由河南省气象科学研究所参与研制的自动土壤水分观测仪，彻底改变了农业气象对土壤水分观测的方式，解决了土壤水分观测由人工转为自动的难点问题。目前，这款仪器已在全国一半以上的省份安装和业务运行，极大提升了全国现代农业气象自动化观测能力。

在河南，这样的例子还有很多。鹤壁市建成全国首个星陆双基遥感农田信息协同反演技术试验基地项目，实现了农田生态环境、苗情、灾情的可视化、数字化，把预警信号、防范措施及时传递到农业生产第一线；在豫北，粮食生产先后创下 25 项全国高产纪录；在南阳，气象工作创新融入"美丽乡村"项目，气象科技有力助推了当地统筹解决粮袋子、钱袋子和房子问题……

此外，以首席预报员为领队的暴雨预报技术、强对流预报技术科技创新团队的建立，正着力解决现代气象预报核心业务中的关键技术问题。2016 年汛期，河南先后出现 8 次明显降水过程，多地降水突破历史极值。面对异常汛情，天气预报"早、准、快"，气象服务"不缺位、不失语"，多次获得省级领导重要批示和充分肯定。在河南，5 个创新团队有力推进国家级、省部级重大科研专项的立项实施。

种下梧桐树，引来金凤凰。省气象局提出人才梯次培养计划，努力打造人才高地。"强化气象科技奖励政策，完善分配机制，使科研人员收入与岗位职责、工作业绩、实际贡献紧密联系，从而激发科研人员积极性、主动性和创造性。"河南省气象局负责人说。

激情畅想　期待更大飞跃

2017 年率先在中部地区基本实现气象现代化、河南省突发事件预警信息发布系统、中部区域人工影响天气基地建设、高标准粮田气象保障工程及大气污染防治气象环境工程等重要载体，正承载着河南气象创新发展更高远的目标。

借助这些载体，河南省气象部门将坚持科技引领，创新驱动，确保实现目标任务。在河南省气象科技创新会议上，省气象局又确定了优化气象科技创新体系布局、强化气象科技创新支撑现代气象业务的发展能力、培育符合创新发展的科技人才队伍、加强协同创新和开放合作、促进气象科技成果转化应用及完善科技创新政策和制度环境等多项创新重点任务。

"河南作为中部气象现代化试点，必须在 2017 年率先基本实现气象现代化，创造出可复制、可借鉴、可推广的经验。"河南省气象局负责人说，虽然时间节点提前、完成周期缩短，但目标不能打折。必须牢牢抓住全面推进气象现代化这个"牛鼻子"，突出"先"，工作要走在前，早行一步、先人一招；突出"试"，积极探索、大胆创新，发挥好示范作用；突出"全"，硬件过得硬，软件跟得上。

画卷已展开，蓝图已描绘。在河南的大地上，随着科技创新能力的不断提升，河南气象正迎来崭新的发展篇章。

（《中国气象报》，2016 年 11 月 14 日，作者：王建忠）

引领农业强省跨越的制胜法宝

当前，随着气温的回升，中原大地 8000 多万亩冬小麦陆续进入抽穗扬花期，万顷良田写满绿意。

河南省委书记谢伏瞻在省第十次党代会上提出，河南未来五年要实现"农业现代化全国领先""建设现代农业强省"的目标。

在发展现代农业的过程中，智慧气象又将如何扮演重要角色？

气象保障工程保粮食产能底气足

中原大地的粮食产量，一次次让河南自豪：用全国六分之一的耕地，生产了全国四分之一的小麦、十分之一的粮食，创造了"十二连增"的奇迹，成为名副其实的国家粮食生产核心区。

这一切，离不开河南省多年持续建设高标准粮田。近年来，河南省气象局高度关注高标准粮田气象保障能力建设。

2015 年 10 月，河南省人大常委会正式颁布实施《河南省高标准粮田保护条例》。这是全国首部高标准粮田法规，对高标准粮田应具备的气象配套设施及气象服务进行了规定。自 2012 年开始，气象为农服务的相关内容依次被纳入《河南省人民政府关于建设高标准良田的指导意见》《河南省"十三五"高标准农田建设规划》《河南省高标准粮田建设标准》《河南高标准粮田保护条例》，气象保障依法纳入了良性发展轨道。

在河南鹤壁农业产业化龙头企业中鹤集团的现代农业气象科技示范园区里，万亩高标准粮田示范区用上了大型智能喷灌设备，可根据气象观测数据、墒情随时调整水肥参数，三个农业工人几十分钟就能喷灌千亩农田。

在不远处的钜桥镇刘寨村万亩高标准粮田示范区里，气象部门安装了农田信息监视系统。这套系统利用 360 度旋转摄像头，能够对农作物进行 24 小时监测，并利用星陆双基监测平台，对大田里的土壤水分、温度、湿度和风速等气象要素进行数据传输和分析。

目前，河南省共建成 126 个现代农业气象科技示范园、254 个自动土壤水分观测站、2464 个区域自动气象站、4420 个气象信息服务站、22 976 个气象预警大喇叭，省、市、县三级气象观测、预报、预警业务系统逐步完善。省部合作共同建成的"农业气象保障与应用技术重点实验室"，每年资助支持农业气象和灾害防御技术研发，近年来累计推广十余项科技成果。创新探索形成了"三级业务五级服务布局、六大体系支撑、服务业务科研一体化发展"的为农服务"河南实践"，在全国推广。

人工增雨技术的发展为粮食高产提供了不竭水源。据统计，全省建成296个各类标准化炮站、432部火箭发射架、71台高山烟炉、2架人工增雨（雪）作业飞机；人工影响天气作业控制面积占全省总面积的51.8%。近5年来，全省累计增加降水70多亿立方米，防雹保护面积约1万平方公里。

服务新业态积聚新动能能量大

绿禾农业科技开发有限公司是平顶山市农业产业化龙头企业，由全国粮食生产先进个人、郏县长桥镇东长桥村的郭亚培成立。"气象科技虽然不能直接创造物质财富，但在农业生产中却是个不可以缺少的'哨兵'，是防灾减灾、趋利避害的重要手段，特别是人工增雨防雹作业，使农业生产风险大大降低。"郭亚培说。

现代气象元素，在河南农业实践探索中不断涌现。最抢眼的，是河南省气象部门率先在全国气象部门推出的农用天气预报周报，又逐步推出了格点化农用天气预报、灌溉量预报和"机收指数"等农业气象服务产品，为智慧农业气象服务提供产品支撑。通过创新发展为农服务社会化多渠道融入模式，河南省气象部门将气象信息服务站融入基层80个农业技术推广站、200个村级农村电商信息站，推进气象部门与多个涉农部门专家联盟等深度融合。

（《中国气象报》，2017年5月4日，作者：王建忠　查菲娜）

智慧气象的商丘样本

——助农从"望天收"到种"智慧地"

在河南省商丘市虞城县阿健生态养殖专业合作社的现代化鸡舍里，薛丽一人照看4万只蛋鸡。"各个角落都安装了温度、湿度、光照等5种电子监测设备，采集的数据会和气象、畜牧等信息一起进入大数据分析程序，服务产品更贴近生产基地的需求。"薛丽说，通过手机上的一体化管理平台，就可轻松实现自动添水、上饲料，查看生产信息和气象信息。

这是商丘市气象局建设的智慧圈舍样板。"鸡舍里监测的数据会自动上传到智慧气象服务平台，畜牧气象数据库和服务资料库将自动给出鸡舍内的适宜温度、湿度等参考数据，使蛋鸡能在适宜的条件下正常生长、产蛋。"该合作社理事长卢常建说，他离不开天气预报，只有及时掌握天气变化，才能避免损失。

卢常建所说的智慧气象服务平台，是《商丘市新型智慧城市建设总体规划》中建设的四个项目之一。在商丘市气象台，记者轻点鼠标，便在大屏幕上直观地看到了精准短时、智能短期、智慧三农、普惠公服、县级业务、遥感自动化、保障支持等九大模块内容。

"以物联网技术、云存储计算、大数据应用精细的模型算法、多源异构的遥感信息、可信可靠的网络架构体系为技术支撑，该平台基本实现了信息智能获取、智能分析决策、产品自动生成、流程自动管理、阈值自动报警、一键发布、任务跟踪管理、大数据可视化等功能。"商丘市气象局副局长黄玉超介绍，这个平台促进了传统预报向气象影响预报和气象灾害风险预警转变，引导工作人员从业务型向专家型转变。

智慧气象服务平台实现了气象业务管理运行的集约高效。"市气象台每天的工作量已从 12 项整合到 5 项，提高了工作效率。"商丘市气象台预报员朱世红说，"以前做气象灾害预评估时，最头疼的就是向各部门要数据，费时费力效果差。现在数据共享了，评估做起来得心应手。"

在睢县云腾生态农业科技园，通过气象物联网智能控制系统，现代科技与传统农业实现了"联姻"。通过气象要素感知元件，菜农王国营轻松获取了大棚里二氧化碳浓度、温度、湿度等数据。"大棚里小小的传感器作用可大了！"王国营说，大棚内温度高了它会发出警告，土壤湿度低了它会提示，并能准确地"说出需求"。在豆角种植区，记者找到了一个标有"大棚采集系统"的仪器，上中下三层的铁盒里装有不同的感应器，在其顶端的支架上，有一个白色圆球状的监测仪，通过远程操控可监控大棚里的"一举一动"。

当地气象部门不断加强物联网技术在气象为农服务中的应用，让智慧气象真正在农业生产中发挥效益。在距离云腾生态农业科技园 5 公里的睢县气象局内，值班人员关久旭通过智慧气象服务平台，熟练地调出了园区的实时观测数据。他说："这个服务平台可以通过自动分析并且与历史数据、大棚外的气象数据进行对比处理，反演出大棚内小环境的气象数据。农业气象信息及特殊天气预警信号会通过电子显示屏、网站和手机短信等途径反馈给农户。"

梁园区气象局则在智慧气象服务平台上建立了规模化农业种养大户、种粮大户、家庭农场、农民合作社、农业企业等新型农业经营主体服务数据库，加强面向新型农业经营主体的服务。"气象服务在闫庄新村科技示范园区的发展中起到了关键作用。"全国粮食生产大户标兵闫世民说，利用天气预报、农业生产建议等气象信息服务，可以有计划地安排农业生产工作，在节约资源、人力的同时也有效减少了气象灾害造成的损失。

"在数据集约化基础上，我们尝试开展气象大数据业务，如市长气象台、专业气象台、民生气象台、市场气象台等新型气象业务，为后续开展各类气象服务提供支撑。"商丘市气象台台长康邵钧举例说，基于平台上的自动化遥感监测模块，在农作物灾害预报、评估、估产、干旱灾害预报等方面开展智能化遥感监测，形成了新型的特色农业气象服务体系。厚厚一本《基于商丘市农业气候资源现状的农业产业结构调整意见》，就是以农业气候区划成果和气象高科技成果为基础，提出的合理调整农业产业结构建议。宁陵县建成的万顷酥梨基地、虞城县的红富士苹果基地现在已经远近闻名；民权县万亩绿化苗木基地和万亩紫穗槐基地也为大地留下了绿意。"远看像林场，近看是村庄"——这是商丘村镇规划取得的最新成果。

智能监控种地、触屏配方施肥、卫星遥感监测产量……眼下，一系列先进科学技术正越来越多地运用到农业生产中，从"望天收"到种"智慧地"，农民也尝到了科学技术带来的甜头。黄玉超说，智慧气象的"智慧"，在于充分利用迅速发展的科学技术，实现气象资料采集、预报、服务方式的转型，给大地插上信息化的翅膀。

（《中国气象报》，2017 年 7 月 18 日，作者：王建忠　杨淑萍）

解密粮食高产的密码

创新高！2017 年河南夏粮总产量 710.8 亿斤，比 2016 年增产 15.5 亿斤，再创历史新高。近日，国家统计局河南调查总队公布了这一喜讯。

十年九旱的河南，能够创造连年增产奇迹，气象支撑功不可没。

站点密集　体系完备

洪范八政，食为政首。按照国家粮食生产核心区规划，到 2020 年，河南省规划在全省粮食生产核心区的 95 个县（市、区）建成 6369 万亩高标准粮田。

浚县是全国粮食生产先进县，县农业局高级农艺师胡振方谈起气象服务赞不绝口："县里 2010 年开始高产创建活动，活动开展到哪里，气象服务就跟进到哪里，气象设施就建设到哪里。如今，气象和农业部门资源共享，优势互补，我们足不出户就能掌握各种气象信息。"

在鹤壁农业产业化龙头企业中鹤集团的现代农业气象科技示范园区里，万亩高标准粮田示范方用上了大型智能喷灌设备，并可根据气象观测数据、墒情随时调整水肥参数，3 个农业工人几十分钟就能喷灌 1000 亩农田。在不远处的钜桥镇刘寨村万亩高标准粮田示范方里，气象部门安装了农田信息监视系统。这套系统中的 360°旋转摄像头，可对农作物生长进行 24 小时监测，并利用星陆双基监测平台，对大田里的土壤水分、温度、湿度和风速等气象要素进行数据传输和分析。

"气象信息站与农技推广站合作共建，气象与农情监测设施共同选址，人工影响天气作业站与之配套。"河南省气象局副局长陈怀亮介绍，目前河南省共建成 126 个现代农业气象科技示范园、254 个自动土壤水分观测站、2464 个区域自动气象站、4420 个气象信息服务站。

"以农业气象精细化观测为基础，我们自主研发了土壤水分观测系统，从原来的人工观测变成自动观测，每旬观测也变成了每小时观测。"河南省气象科学研究所所长刘荣花介绍，为农服务的气象现代化，除了需要重视基层科技支撑，还需再造扁平集约的业务体系。通过创新探索，河南已形成"三级业务五级服务布局、六大体系支撑、服务业务科研一体化发展"的为农服务体系，省级承担全省分县粮食作物业务服务产品制作，省辖市重点承担特色作物气象业务，县级以服务为主。

转型发展　智慧领先

夏收时节，行走河南，应运而生的智慧农业，正以清新亮丽的姿态走入乡村生活。

在西平县的麦田里，竖着一块块白底红字的牌子，标注着麦种名称、管理方法。在麦田一角的现代农业气象科技示范园中，风向、湿度、光照度等监测仪各司其职；高清彩色大屏幕上，及时更新的农情信息一目了然。据当地农技人员介绍，这套系统叫作小麦苗情数字化远程监控系统。简而言之，就是利用安装在大田里的摄像头，将大田实景实时传送到平台，并自行建立数据库。无论身在何处，只要登录物联网平台，进入系统后就能清晰地"看"到大田，"对症下药"了。

基于"互联网+"，河南气象部门打造多元融合服务链条，先后开发了河南现代农业气象网、省市县一体化现代农业气象服务平台、手机软件、河南气象微农等多种气象为农服务渠道，打造直通式气象为农服务模式。

"什么时候种麦，什么时候浇水，什么时候喷药防虫，以前手机短信都会按时提醒，现在又有了微信，说的都是种地的事儿。"舞阳县种粮大户包天亮说。

益农社是国家信息进村入户工程，在鹤壁设有500余个网点。气象部门把一个个网点变成了一个个气象服务站。浚县益农社中心站经理杨清彬说，通过手机"摇一摇"，就可及时查看附近最新的天气实况和农业气象服务信息，方便社员及时获取天气信息，在生产管理上得心应手。

2017年河南全省8200多万亩小麦近99%都实现了机械化收割。这些穿梭在广袤田野里的农机手，是河南气象部门精准服务的"大客户"。

刘昆是农机手中的"老手"，在麦收黄金期，他每天的工作都排得满满的，从湖北一直收到河南，收完这一处又开着收割机往下一处麦地赶。时间宝贵，他的收割路线可不是随意安排的。"依靠气象局给我们发的调度短信，哪儿有要收的地，我们就往哪儿赶，省了不少时间。"刘昆说。

给农田装上"千里眼"、手机"摇一摇"就可看到农田生产信息，施肥浇水全由专家实时网络指导……上一代农民想都不敢想的事情，如今正逐渐走近农民身边。从"我有什么就服务什么"向"社会需要什么就服务什么"转变，从部门服务为主，向广泛利用社会力量、推进气象服务社会化转变……为打造"国人粮仓"这张金灿灿的"王牌"，河南气象科技伴随着现代农业强省前进的步伐，走出了一条宽阔的发展之路。

（《中国气象报》，2017年8月7日，作者：王建忠　周爱春）

科技"打头阵" 春管气象新

——河南发挥气象现代化建设效益服务春季农业生产

时至 4 月，河南天气变化剧烈。而眼下又是中原大地麦田管理关键时期，各地农民积极投入到田间生产管理中。比起以前，现在的农民更加注重天气信息与农业种养间的关系，对气象服务的需求愈加强烈，必须让气象为农服务更为精细化。

提前预警 看天管田

河南小麦产量占全国的四分之一，要保障小麦生产，做好病虫害防治尤为重要。河南气象部门预报，2018 年 4 月 3—6 日，河南先后受两股较强冷空气影响，出现大风、强降温天气；并提醒种植户注意防范灾害性天气给小麦、果蔬生产带来的影响，黄河以南地区可能出现小麦赤霉病。

在接到重要天气报告后，4 月 2 日，河南省副省长武国定要求农业、林业部门，迅速安排好极端天气的应对工作。在漯河市 30 万亩高标准粮田临颍项目区里，20 多台无人植保机同时作业喷洒药液，争取在强降温天气来临之前完成所有麦田的病虫害防治工作。河南省植保站研究院的吕国强说："加强监测预警，掌握防治主动权，'中原粮仓'才能越筑越牢。"

在豫南的方城县赵河镇现代农业科技示范园，当地气象部门利用集数字化、网络化、远程可视化于一体的"星陆双基"农田小气候监测系统，为农户提供精细化数字农情、农用天气预报、农业气象灾害预警等综合信息服务。豫东的虞城县气象局及时发布春耕春播专题气象服务系列产品，组织科技人员走进田间地头，了解春耕春播气象服务需求，提供有针对性的气象服务信息，并充分利用乡村气象预警设施、手机短信、大喇叭、显示屏等渠道，发布春耕春播气象服务信息。

创新形式 科技种田

随着河南气象现代化效益的发挥，越来越多的农民尝到了科学种田的甜头，生产过程中更加注重科学种植和田间管理。

在鹤壁市淇滨区钜桥镇，种粮大户唐全合从几年前就开始尝试运用物联网大数据开展春耕春管。"种田依靠星陆双基监测系统，通过手机客户端，每天足不出户就能获取大田的大数据信息。"唐全合对这套系统称赞有加。

随着"互联网+农业"进村入户，豫南项城传统的农产品生产、运输和销售模式正在悄然生变。在项城红旗农资专业合作社的万亩麦田里，一套由墒情传感器、虫情测报灯、摄像机和气象监测设备组成的大田"四情"（虫情、苗情、墒情、灾情）监测系统格外引人注意。记者了解到，利用这套系统，工作人员只需点击鼠标，查看视频画面和监测数据，就可进行精细化的田间管理。

在"80后"小伙儿吴迪创办的"开心农场"里，依靠互联网技术已实现种植和管理智能化——仅靠一部手机就能打理500亩果园。农场安装了气象仪器，这些仪器每10秒钟采集一次大棚内的数据并上传至服务器，供后台进行分析。随着农村互联网的普及和互联网技术在农业上的应用推广，"新农人"日益成为农业生产的主力军。

微信平台成为为农服务快速新通道。平顶山市鲁山县林丰庄园是以名优果树种植、绿化林木种植为主的国家级观光农业示范区。4月10日，庄园开展大型生产活动，园区工作人员通过微信平台向市气象台提出服务需求，预报员迅速展开专题会商，为其提供近期降雨、降温及大风情况的详细服务信息。庄园总经理王玉萍说："根据气象信息，及时调整生产计划，节约了生产经营成本。"当地种粮大户王超也对这种服务形式赞不绝口："农业气象服务微信平台发布的信息，对农民安排农事非常有帮助，而且非常便捷。"

（《中国气象报》，2018年4月27日，作者：王建忠）

中原粮仓捷报再传　护卫得力气象出彩

火热盛夏，中原大地再次传来夏粮丰产喜讯：据国家统计局河南调查总队7月19日公布的数据显示，2018年该省夏粮总产量722.74亿斤，继续居全国之冠，属收成较好年份。

气象信息覆盖每寸土地

夏粮丰收实属不易。去年秋冬播期阴雨连绵导致播种普遍推迟，部分麦田播期推迟15～20天；小麦冬前积温不足，不利于形成冬前壮苗和安全越冬；开春后以及小麦生长进入后成熟期时，全省分别遭遇大范围寒潮天气和大到暴雨，致使局部地区小麦生长受到严重影响。

小满节气一过，中原大地从南到北的"机收会战"依次展开。与以往相比，2018 年有更多的收割机在麦田飞奔。从 5 月 28 日开镰，到 6 月 8 日基本结束，全省 8600 多万亩小麦，仅用 12 天就全部收获完毕，创造了麦收历史最快的纪录。麦收期间，1.6 万户农机手收到气象信息。

早在"中原粮仓"开镰收麦之际，河南省气象局就提前发布"三夏"期间天气气候趋势；省气象台准确把握天气形势，针对可能影响夏收夏种的各类天气过程，及时制作专题服务材料；同时，通过手机短信、"12121"电话等向公众发布。气象业务人员深入田间地头开展现场服务，结合实际科学指导"三夏"生产，并向农户发放气象服务资料，指导农户利用晴好天气及时抢收。

新媒体在气象服务中也发挥了独特作用。气象部门利用微博、微信和手机客户端进行"三夏"气象服务和干热风等天气知识的科普，发布气象服务信息；微信公众号开设"夏收夏种天气专送"专栏，对"三夏"期间天气信息进行分析。

河南省副省长武国定在省气象局上报的汇报材料上批示："近期气候异常，给 2018 年的'三夏'工作带来不利影响。望各地抓住当前天气晴好的有利时机，抢收抢种，打好主动仗，争取主动权"。

气象科技晕染金色麦浪

夏收时节，行走河南，有路的地方就有麦田。从高空俯瞰中原大地，成片的高标准粮田像威武雄壮的方阵，展示着中原粮食生产的底气和决心。

夯实粮食之基，方能筑牢百业之根。自 2012 年起，河南省开始在粮食生产核心区集中打造 6300 余万亩平均亩产超吨粮的高标准粮田，涵盖全省 95 个粮食生产高产县（市），力求通过现代农业生产方式和规模化经营提高农业收益，以高标准、高质量超额完成国家千亿斤粮食增产目标。

近年来，河南省气象灾害多发、频发、重发趋势日益明显，在一定程度上限制了河南粮食高产稳产，对气象保障提出了高要求。2015 年 10 月，河南省人大正式实施《河南省高标准粮田保护条例》，这是全国首部高标准粮田法规，规定了高标准粮田应具备的气象配套设施及气象服务。河南省气象局转方式、提能力，全面融入高标准粮田建设，积极探索具有河南特色的发展方式，逐步形成完备的高标准粮田气象保障政策法规支撑体系及统一的高标准粮田气象保障能力建设标准，实现气象保障服务与高标准粮田同步建设、同步发展，确保了高标准粮田高产稳产。

河南粮食连获丰收，气象服务起到重要作用。目前，全省共建成126个现代农业气象科技示范园、242个自动土壤水分观测站、2464个区域自动气象站、4420个气象信息服务站、22 976个气象预警大喇叭。96%的县开展了气象灾害应急准备认证，气象信息服务站乡镇覆盖率达到98%，发展气象信息员近6万人。全省建成296个各类标准化炮站、432部火箭发射架、71台高山烟炉、2架人工增雨（雪）作业飞机，完成1架运-8C飞机改装，人工影响天气作业控制面积占全省总面积的51.8%。

万顷田畴唱响绿色发展曲

河南省委十届六次全会提出：推动高质量发展，要算好"绿色账"，走好"绿色路"，打好"绿色牌"，做好"绿色发展"这篇大文章。作为全国小麦主产区，从备耕培训，到春耕生产，再到春季田间管理，绿色农业理念越来越深入人心，无人机作业、物联网监测、测土配方施肥、绿色防控……绿色生产逐渐成为河南省夏粮生产中亮丽的底色。

张甲庚是唐河县禾健植保合作社负责人，他会根据天气信息实施病虫害防治。"适宜的天气，无人植保机一亩地只需500毫升农药，比人工打药农药利用率提高25%～30%，用的全是低毒高效农药，减量增效控害效果非常明显。"封丘县黄陵镇庄呼村农民赵振强家种植的5亩多小麦，在2017年秋播期间因阴雨天气造成晚播，春季又遇倒春寒等不利影响。但经过气象科技人员的指导和相关天气信息提示，通过测土配方减少化肥增施有机肥，亩产不但没有降低，反而增加100多斤。

"十三五"期间，河南省气象部门将不断完善高标准粮田气象保障工程，完成全省95个粮食生产大县的高标准粮田标准化现代农业气象科技园、农业气象适用技术示范基地、人工增雨标准化炮站和气象信息服务站建设，综合提升河南省高标准粮田农业气象自动化监测能力，建成业务集约、服务分级的河南省高标准粮田气象保障服务业务体系，实现万亩及以上高标准粮田气象服务全覆盖。在从农业大省迈向现代农业强省的征途上，气象部门将不断提高服务质量和效率，为实现新时代中原的目标提供优质服务保障。

（《中国气象报》，2018年8月23日，作者：王建忠）

第四章
汛情紧迫

与洪水"过招"

黑夜如墨，浓得没有一丝淡化的迹象。2010年7月19日子夜0时，河南省气象台依然灯火通明，值班员紧盯每张天气图，捕捉着暴雨来临前的蛛丝马迹。

0时20分，河南省气象台和郑州市气象台发布暴雨蓝色预警信号：预计未来12小时内郑州市区降雨量将达50毫米以上。此后，暴雨预警信号接连不断，直至19日4时35分，全省大部分地区暴雨信号升级为红色。

这是当夜第四个暴雨预警信号。

19日1时许，瓢泼大雨突然从天而降，此后一阵猛过一阵。郑州国家基准气候站的观察员王艳红打开值班室的门看看外面，漆黑的夜里只听得见雨水"哗哗"的声音。她穿上雨披，把观测本小心地放在雨披里以免被雨淋到，冲进黑夜里，开始各项气象数据的观测。等她回到值班室时，全身已湿透，可记录气象数据的本子却没有沾上一滴水。根据观测站提供的监测数据，郑州仅2时至6时四个小时的降雨量就达到87毫米，达到大暴雨量级。

暴雨袭来，郑州市区步行街变成"步行河"，低洼地段汪洋一片。记者5时许走到街上，只见市区顺河路和东路口积水已有膝盖深，几辆试图强行冲过的车，最终无奈地窝在水中等待救援。而作为市区景观河的金水河，此时已是波涛汹涌，洪水漫过了人行道。

自15日河南省进入汛期降雨集中期以来，雨带由南至北先后横扫信阳、南阳、驻马店、商丘、周口、漯河、平顶山等地，这些地区普降大到暴雨，局部大暴雨。根据雨量统计，全省有67个测站降水量在50～99.9毫米之间，29个测站在100～244.9毫米之间，南召县成为此次降水过程的中心，雨量达到342毫米。

对此次降雨过程，河南省气象台于7月15日8时发布了"我省将进入汛期降雨集中期"的《重要天气预报》，预计15—20日全省将进入主汛期降雨集中时段，预计此次降水过程对该省淮河流域有较大影响。

7月17日9时，省气象台再次发布"豫南已出现大到暴雨，未来三天我省仍有强降水"的《重要气象信息》。为此，河南省气象局于7月17日10时启动重大气象灾害（暴雨）Ⅳ级应急响应，相关单位立即进入Ⅳ级应急响应状态，并按照规定做好应急响应工作。

省气象局及时做好气象服务工作，在第一时间派专人将预报意见报送至河南省委、省政府、省人大、省政协、省防汛抗旱指挥部、应急办及省直有关单位，同时，通过报纸、广播、电视、网络等渠道发布重要天气消息，特别提示公众：一是山区或地质灾害易发区需防范强降水可能引发的山洪、滑坡、泥石流等次生灾害；二是豫北、豫东等地区需关注城市内涝、农田渍涝，农村要预防可能因房屋倒塌而造成的人员伤亡；三是要注意防范雷电、短时雷雨大风等强对流天气引发的灾害。

7月19日，省气象局局长王建国召开紧急会议，要求全省气象部门要全力以赴做好汛期气象服务，确保全省安全度汛。一是要集中全部精力，加强上下联系；二是要重点关注副热带高压、台风带来的影响，及时发布气象灾害警报，要关注城市积涝，要关注黄河、淮河汛情；三是要充分发挥黄河流域气象中心的作用，积极做好黄河流域汛期气象服务，做好流域联防工作。

（《中国气象报》，2010年7月22日，作者：王建忠）

雨夜大撤离

对河南省宝丰县观音堂村32岁的村民王军现来说，2010年7月19日凌晨的一场山洪冲垮了他家的欢乐。现在，他那张憨厚的脸庞依然流露着恐惧和忧伤。7月22日，记者来到小山村里，了解到4天前那场咆哮的山洪，冲毁了王军现家的房屋，冲走了屋里的电视机、床等所有家当。

"万幸的是，在那场山洪中全乡连夜转移了2100名村民，没有发生一例人员伤亡！"观音堂乡副乡长李公文说，一条气象预警信息改变了这些村民的命运。

这场暴雨早在7月16日就被平顶山市气象局提前捕捉到。市气象局局长魏纪滨迅速向市委、市政府有关领导进行了汇报，并通知各县气象局要严密监视天气变化，积极做好气象服务。7月18日下午，宝丰县气象局局长李军虎向各乡镇发出预警信息："预计今天夜里到明天白天将出现强降水天气过程，雨量偏大，请各乡镇及有关部门加强值班，提前做好防汛准备。"

一条条预警短信，一个个报警电话，以最快的速度传到了全县每一个乡镇领导的手中。"那天晚上的气象预警信息一直不停，几乎是每个小时一次。"李公文回忆说，晚上8时，淅淅沥沥开始下雨，不到10时，雨水突然加大，迅猛无比。

观音堂乡党委书记王校杰立即部署所有乡干部上岗。县气象局的乡镇自动雨量站监视器就安装在乡政府办公楼的值班室里。"雨量计数在不停地跳动，还从来没见过数字变化这么快的。我跑到楼顶检查了几次，还好，设备在正常工作。"李公文说，接到大雨还将继续的信息后，乡里立即组织所有干部冒雨到沿河各乡村进行排查，随时准备撤离低洼处的村民。

"那一夜谁也不敢睡呀！"观音堂村支部书记崔英茂是县气象局的一名气象信息员，他说，咆哮的山洪来势凶猛，不一会就漫过了桥面。他把看到的雨情和水情报告了乡政府，乡政府及时报告了县气象局的值班人员。

乡里的兴龙寺水库也开始告急，不断积聚的雨水使水库水位快速上涨。"那水涨得可不小呀！"北水峪村支部书记叶金水说，这时，全村停电，瓢泼大雨"轰隆隆"作响，声音大得连互相说话也要靠吼。

雨越下越大，山洪迅速涌向低洼地带。7月19日1时30分，观音堂降水达60毫米。宝丰县气象局局长李军虎在深夜里向县委书记王宏景、县长刘书峰报告：大雨没有停歇的征兆，必须及时撤离山区沿河低洼地段的村民。

一场撤离大行动在雨夜里开始。南石河河道两侧的漓水崖村、宋沟村、马塘村、观音堂村建在拦河造地的大堰里。在洪水冲毁河堤前，村民已集体撤离到了半山腰。7月19日凌晨4时30分，李军虎再次发短信提示，观音堂降水量达到106毫米，雨势开始减弱并将逐渐变小。

所有村民都躲过了这场洪水劫难。当夜汹涌而至的山洪造成观音堂乡倒塌房屋49间，受损121间，4座桥涵被冲垮，4740亩庄稼将颗粒无收，水利、电力、通讯等基础设施全部中断。然而，由于气象预警及时，尽管受灾最严重，但观音堂乡及时撤离出2100名村民，无一人死亡。

"要不是气象局提前知道要下大雨，并且及时地组织撤离，我们恐怕早被洪水卷走了！"王军现说，"有人在，就会有一切。"

（《中国气象报》，2010年7月27日，作者：王建忠 景俊国）

百次预警追踪特大暴雨

中断了近 10 个小时的铁路干线终于恢复通车了。记者从郑州铁路局了解到，2010 年 7 月 24 日下午，强降雨导致陇海线河南省新安县境内出现险情，经过铁路工作人员全力抢修，陇海线上下行已于 25 日 7 时恢复正常运行。

"此次抗洪救灾的一条成功经验就是天气预报准确，预报信息传递及时。"7 月 25 日，南阳市委书记黄兴维在西峡县现场听取防汛抗洪汇报后说。

强降雨掏空铁路路基

此次在河南新安县境内出现的险情，是由 7 月 24 日境内发生的强降雨引发的。强降雨造成陇海铁路下行线铁门至南岗村间路基被掏空，部分轨枕悬空，致使陇海铁路下行线中断。

在 7 月 22—24 日期间，河南南阳、洛阳、平顶山等市大部分地区出现暴雨、局地大暴雨，强降水主要集中在南阳的西峡、淅川、镇平以及洛阳嵩县、新安等地。其中，7 月 23 日 21 时至 24 日 20 时，淅川、西峡、灵宝、栾川降雨量均超过历史同期最高值。

据不完全统计，南阳市受灾人口有 12 万人，紧急转移安置人口 1 万多人，主要受灾农作物面积达 2 万公顷，成灾面积 1 万公顷，西峡、淅川县城积水严重，通信、电力一度中断。伊河河道洛阳栾川县城段流量达到 930 立方米每秒，县城通信、电力也一度中断。针对此次强降雨过程，河南省气象局及时启动了重大气象灾害应急响应，据统计，7 月 20—24 日，省气象台发布暴雨、雷电、冰雹预警信号共 140 次。南阳、洛阳、平顶山市局也纷纷启动了重大气象灾害应急响应，发布暴雨预警信号，并加强监测，为政府决策和社会公众提供及时的气象服务。

气象信息"变身"抗洪发令枪

"在 7 月 22 日 13 时，我们就启动了重大气象灾害Ⅲ级应急响应。"7 月 25 日，南阳市气象局局长李海彬说。已经 58 岁的他连续两个通宵在一线指挥，嗓子已经变得沙哑，眼睛里布满血丝。

7 月 23—25 日，南阳大部分县市出现了强降雨，部分地区出现了大暴雨。早在 7 月 18 日，南阳市委书记黄兴维在南召县检查防汛抗洪工作时，就专门听取了市气象局局长李海彬关于近期天气情况的汇报，果断要求市防汛指挥部立即启动全市防汛应急Ⅲ级响应，并于28日升级为Ⅱ级。

"楼房被洪水卷走，这下我们损失惨重啊……"7月23日晚的特大暴雨使西峡县遭受重大损失。大量洪水下泄困难，造成沪陕高速公路、312国道西峡段因山体滑坡受阻，全县多个乡镇电力、通信中断。根据县气象局报送的紧急信息，西峡县政府将西城区的群众紧急转移到了东城区。

在此次过程中，南阳市气象局共发布暴雨预警信息34次，并通过手机短信平台，及时将预警信息发送给各级领导、气象信息员、村组干部、水库负责人等4万余人。同时，还给防汛办等相关单位及时提供雨情、水情等信息，为防洪和及时转移群众争取了时间。

"乡镇自动站在防汛抗洪中发挥了重要作用！"南阳市市长穆为民说，"准确及时的雨情信息为政府决策提供了重要的决策依据。"从7月22日开始，穆为民每天至少收到两条来自李海彬发送的雨情短信。

县防汛指挥部紧急搬到气象局

7月23日夜里至24日，豫西洛阳市栾川县普降暴雨到大暴雨，局部地区出现特大暴雨，造成全县通信及部分地区电力中断。14时起，县气象局的天气预报只能通过固定电话报给省气象局。而县防汛指挥部，也紧急搬到了县气象局。

针对此次天气过程，洛阳市气象局于7月22日17时发布全市将有一次强降雨天气过程的重要天气预报，23日15时50分，发布暴雨蓝色预警信号。24日15时30分，启动气象灾害（暴雨）Ⅳ级应急响应。

栾川县气象局于7月23日23时56分发布暴雨蓝色预警信号。24日10时25分，县局发布地质灾害预警信号，并于13时10分发布暴雨红色预警信号。一条条预警信息，第一时间传到乡村干部、大学生村官、气象信息员的手中。

暴雨来临前，县委、县政府根据气象部门的预测信息，要求各单位、企业严阵以待，做好危险地段群众撤离工作，并派出由县领导带队的小组，深入各乡镇指导督查防汛减灾工作。在强降雨发生过程中，县委书记、县长带领相关部门负责人深入防汛一线指挥防汛减灾工作，并安全撤离了3600名群众。

（《中国气象报》，2010年7月30日，作者：王建忠 周爱春）

矗立在生命前沿的"消息树"

"村干部接到气象预警信息后组织大家撤离，救了俺！"2010年7月29日，在豫西卢氏县狮子坪乡花园寺村，一位被转移到村小学安置点的六旬老人对记者说。记者在采访中了解到，7月23日晚到24日，一场大暴雨袭击了这个山清水秀的小县城，洪水、泥石流造成3人死亡、1人失踪，紧急转移群众55 736人。

"2007年7月30日，卢氏遭遇洪灾，确认死亡、失踪的人员有79人。"卢氏县防汛办主任陈建东说，2010年7月24日卢氏的降雨量比3年前大得多，但伤亡人数却控制在了个位数。究其原因，就是预警工作做得好。

气象预警抢在前

卢氏县位于伏牛山腹地，山高谷深。尽管洪水已经过去了6天，但从县城到该县汤河乡、五里川等重灾区，记者看到的仍是"伤痕累累"。公路两侧随处可见泥石流肆虐过的痕迹，河道里可见碗口粗的大树被连根拔起，半截的电线杆斜在路边……

"7月23日20时到24日8时全县降水量在50～100毫米之间的达11个站点，超过100毫米的有7个站点，卢氏庙台甚至达到137毫米。"说起那天雨量的监测情况，卢氏县气象局主持工作的副局长杜晓民记得很清楚。他说，7月22日县气象局就发布了强降水重要天气预报，及时向地方领导进行了汇报。23日，雨时疏时密，县气象局及时通过手机短信平台发布预警信号，并将雨量信息随时发送给各乡镇领导以及气象信息员。县气象局副局长胡韶华不放心，还专门给雨量较大的几个乡值班室打去电话，提醒注意可能发生山洪。

"那两天，各种气象信息、雨量信息和预警信息就发送了11万多条！"县防汛办的值班员冯焕芳说，预警信息为及时撤离群众起到了关键作用。

铜锣哨子传信息

7月23日23时，狮子坪乡花园寺村党支部书记陈新生正要睡觉，屋外的雨由小变大，继而如瓢泼。陈新生正担心着，电话响了。电话是乡党委书记卢俊杰打来的。卢俊杰告诉他："气象局的杜局长提醒有可能发生山洪。"放下电话，陈新生赶紧与各居民组长通话，要求注意天气动向，密切监视山洪暴发。

陈新生第二次出门看雨时，电话又响了，还是乡里的，再一次催他落实防汛措施。这时，他隐隐听见院外公路边的河道"隆隆"作响，河水已经上涨。他赶紧再给村干部们打电话，提醒大家不要睡觉，密切注意水情。雨更大了，洪水也越涨越高，水声和着滚石声，像鼓槌敲击。24日2时多，突然断电，手机也没有了信号。他正要披雨衣出门时，只听一声巨响，屋后的山体轰然滑了下来。他对妻子说："我得去村部。"只一会儿，铜锣震响全村。一个多小时后，全村危险住户全部转移到了村里小学。"这次村里没有发生人员伤亡，多亏气象局提前发布预警，谢谢呀！"陈新生说。

7月24日0时28分，卢氏县气象局发布暴雨黄色预警。汤河乡的气象信息员吴志刚收到预警信息后，迅速向乡党委副书记薛红军报告。薛红军叫醒了乡里所有干部，安排大家到各村做好撤离准备。凌晨3时，乡里发出了撤离命令。"河水飞快上涨，街上全是齐腰深的水。"薛红军说，他赶到乡政府附近的汤河村时，值班的村支书刘新峰、村主任李作民正敲响铜锣、吹起哨子，把全村村民都喊了起来，"水好大呀，村干部只好将麻绳系在大树上，让村民拉住绳子避免被水冲走。"

山洪造成汤河乡倒塌房屋79户180间、损毁房屋1049间，但全乡没有出现一例伤亡！"2007年7月30日的暴雨造成汤河乡死亡42人。"薛红军说，"有了气象信息的提前预警，我们早准备，做到了灾难来临时心中有数。"

出奇招胜山洪

流经汤河乡的老灌河是卢氏县的第二大河。现在，河水安静地流淌着。在汤河乡的大桥头，能看到县气象局建设的乡镇雨量站。像这样的乡镇雨量自动站，县气象局先后在全县建设了38个，分布在各村。

汤河乡防汛办主任杜海涛说，乡里的电脑上可以随时看到全县38个乡镇雨量站的雨量监测情况。在乡政府院内，记者还看到一只简易雨量桶。"每逢雨天，要把这只桶放在周围4米无任何遮挡的空旷地带进行监测。"卢氏县防汛办主任陈建东说，目前全县每个村都有这样一个简易雨量监测站。汤河乡的戴金拴就是一位雨量监测员，7月24日7时，他用雨量杯测得村里降雨量达到190毫米，并将此报告了乡政府。

在汤河乡汤河村，记者看到每个路口的民房外墙上，都喷有一条醒目的红色漆线，线条旁边写着"7·30洪水水位线"；线条附近，一个1米见方的白色方框里用红色油漆画着有箭头标志的转移路线和明确的转移地点。

"每个村都绘有这样的标识。"薛红军说，山洪预案里对此有严格要求。乡里编制的《山洪灾害防御预案》，具体列出了洪灾防御措施、责任人名单等九大项，每一项内容都非常详细。"各个村都有一个这样的预案，并且多次演练过。"薛红军说，每个村里还配有"五员大将"，分别是雨量监测员、水位监测员、手摇报警器报警员、鸣锣员和口哨员。

汤河村的高建生是村里的鸣锣员。"一旦接到汛情通知，就必须立即出门，到街道上一边敲锣一边喊话，让大家做好撤离准备。第一遍锣，声音长、节奏慢，提醒人们准备撤离。如果暴雨越来越大，紧接着就要开始敲第二遍锣，锣声短而急促，告诉人们立即撤退。"除了锣声之外，手摇报警器报警员的警报声、口哨员的哨声，都会同时响起来，不怕人们听不见。

"卢氏经验"招招可学。7月27日，在河南省防汛抗洪工作视频会议上，卢氏县委书记王振清介绍了本县抗击山洪灾害工作中的经验：雨量监测站为科学抗灾提供了依据；转移联络人通过吹口哨、敲门、邻居互相呼叫等方式，组织群众有序转移；加强宣传培训和演练，提高群众防灾避灾意识和自救互救能力……"卢氏预警做得好，雨下得比'7·30'那场大，伤亡情况减少了，这是经验。"7月27日，河南省副省长刘满仓对卢氏县的做法给予了高度评价。

（《中国气象报》，2010年8月3日，作者：王建忠 黄诚敏）

警报在凌晨拉响

4天前的那场大暴雨，让坐落在河南省鲁山县县城西5里地外的鲁山县气象局成了抢险救灾的"明星"。2010年8月15日，记者走进县气象局，干净、整洁的小院里，几株凤仙花开得正浓烈。

高悬的暴雨红色预警信号，浑浊湍急的洪水，开闸泄洪的水库，还有自己疼得无法直起来的腰……在鲁山县气象局副局长周娟娟的印象中，8月11日凌晨鲁山县遭遇的那场暴雨可以用这几个关键词来形容。当日凌晨，鲁山县遭受暴雨袭击，短短3个小时就有4个乡镇降水量超过100毫米，5个乡镇达到了50毫米。

"8月10日那天下午，阴霾的天空开始变得天昏地暗。"周娟娟说，16时，县气象局发布了雷电橙色预警。8月11日2时，雷达监测到降水云团正接近鲁山县。"立即启动气象服务响应程序！"鲁山县气象局局长林坤碧下达了指令。大暴雨要来的消息，迅速通过手机短信平台发送到了县、乡（镇）各级领导以及450余名气象信息员的手中。

雨开始狂暴而来。不一会，雨水就在山谷中越聚越多，"轰隆隆"在山涧里乱窜。昭平台水库会面临溃坝危险吗？林坤碧立即拨打了水库管理局局长张向泉的电话。昭平台水库是一个库容为7.13亿立方米的中型水库。

"气象预警对水库防汛至关重要。"昭平台水库管理局防汛办主任杨文胜说，当天夜里在接到预警后，立即加强值班人员守班，安排水库调运备足沙石、草袋、器械等防汛物资，组织巡防人员进行不间断巡堤查险、除险加固。

雨势趁着夜色不断加大，丝毫没有停歇的迹象。处在昭平台水库下游的库区乡是此次暴雨的中心。乡里的气象信息员蒋春光收到气象预警信息后，迅速向乡长齐瑞峰报告。短短10分钟，乡里就召集了50余名防汛抢险应急队员，分为5个小组，冒雨到沿河各乡村进行排查，并转移撤离沿河农户到安全地带。

"乡干部说气象局发了暴雨预警，要我们赶快跑到岗上去。"库区乡黑虎石村60多岁的李玉花说，4时左右，洪水"轰隆隆"进到村里，冲塌了她家的房子，"幸好走得早，才没有被砸伤。"

"要不是及时收到预警信息，我们村连夜组织群众挖通排水沟，这次村子里不知道要被冲塌多少间房子。"库区乡西沟村的大学生村官段少波说，"村子处于水库下游，地势较低。收到气象预警信息后，村里组织青壮年冒雨把村子周围的排水道全部进行了清理。全村仅有部分农户院子里有积水，没有发生大损失。"

6时，暴雨加剧，县气象局发布暴雨红色预警："库区乡降水已超过100毫米，董周乡和团城乡已超过50毫米。"

8时整，全县实时雨量信息通过手机短信平台发到了县、乡（镇）各级领导和乡（村）信息员的手中。

8时10分，昭平台水库开始泄洪。此后，根据县气象局每小时提供的雨量资料和上游来水量及时调整泄洪流量。"这次水库没有出现险情，气象局立了头功！"杨文胜说，因为气象部门的预警准确及时，为水库科学调度提供了科学依据，赢得了抢险的宝贵时间。

（《中国气象报》，2010年8月24日，作者：王建忠 周娟娟）

成功避险背后的故事

2010 年 9 月 7 日 8 时许，记者在位于豫东柘城县北关的龙湖看到，连日来的强降雨致使龙湖的水位明显增高，相关部门正在加紧向外抽水。在柘城县牛城乡杨楼村，一些村民正在村支书的组织下冒雨挖排水道。"全村都是水，再不排出去就没法弄了。"大学生村官姬自成介绍，杨楼村 300 多户村民，100多户房屋积水，有的村民家屋内积水达 1 米深。

自 9 月 5 日开始，河南省连降 3 天大雨。商丘部分地区 24 小时降雨 233毫米，37 小时降水量高达 362 毫米。河南省政府依据气象部门提前发布的预警信息下发明传电报，要求有山洪防御任务的地区、县、乡、村要坚持 24 小时对易发滑坡、泥石流等地质灾害的部位进行监测和巡查，适时启动防御山洪灾害预案，最大限度减轻灾害损失。

来自河南省国土资源厅的最新消息表明，自 6 月 1 日至今，河南气象和国土资源部门已发布 20 余次地质灾害预报预警。自 7 月 23 日至今，河南已发生520 多起地质灾害。

合作，紧盯地质灾害隐患点

早在 2004 年 6 月，河南省气象局和国土资源厅签署了在天气预报节目中增加汛期地质灾害气象预报预警内容的协议。6 月 21 日，设立在河南省地质环境监测总站的"河南省汛期地质灾害气象预报预警中心"正式运行，河南各地均可以通过河南卫视《天气预报》节目收看汛期地质灾害气象预警信息。

"一般来说，地质灾害分崩塌、滑坡、泥石流、地面塌陷、地裂缝及地面沉降 6 个类型，这些灾害在河南都有发生。"中化地质矿山总局河南环境地质勘察院总工程师张荣波说。

截至目前，经对全省 14 个地市、65 个县（市、区）摸底调查，河南省已查明各类地质灾害隐患点 5220 处，其中大中型地质灾害隐患点 392 处，威胁到居民 64 万多人。豫西灵宝、卢氏、洛宁三县（市）存在的滑坡体总数达1336 个，约占全省的 85.5%。

河南省国土资源厅环境处处长张荣军说，地质灾害预警达到 3 级的区域，监测人应查看隐患点情况，附近的居民以及厂矿、学校、企事业等单位要密切关注天气预报。

科技，捕捉暴雨赢先机

"从 6 月 1 日至 8 月 23 日，河南省连续发出了 20 多期地质灾害预报预警，这对地质灾害群测群防起到了很大作用，效果很明显。"张荣军说。

"气象台密切关注强降水天气过程，及时与国土资源部门联系，积极做好地质灾害气象预报预警。"河南省气象台副台长吴蓁说，气象现代化建设的成果提升了预报的准确率。

据统计，河南已经建成 6 部新一代天气雷达、3 部数字化天气雷达、1 部 L 波段探空雷达，1 个新一代极轨气象卫星资料接收站、4 个静止卫星中规模利用站等大型气象装备。

"这些现代化的气象装备，进一步提升了气象监测体系建设水平，为暴雨预报准确率的稳步提高提供了技术保障。"吴蓁说，2010 年汛期河南出现了 8 次暴雨天气过程，气象部门均提前作出了准确预报。

样本，不胜枚举

2007 年 7 月末，豫西山区遭遇暴雨袭击，一条预警短信挽救了栾川县叫河乡瓦石村 400 多户村民。

"2010 年 7 月 25 日下午 1 点多，俺村发生山体滑坡，因发现及时，住在山坡下的 17 户群众全部提前转移，84 人无一受伤。"在登封市告成镇苇园沟第一村民组，村民李校宗告诉记者。

记者看到，村民正按照专家的意见，把山上的土层挖掉，然后做成三级台阶，来减缓山体滑动速度。另外，在居民房屋的后山墙外 4 米远处砌一道 120 米长、3 米高的石墙，阻止山石滑落砸到房子。

在河南，这样的例子不胜枚举。

"我省列入监控范围的地质灾害隐患点有 5000 多个，都实施了全天候实时预报预警。截至目前，在这些隐患点发生了 12 起地质灾害，均被成功避让，没有一个人伤亡。"张荣军说。

（《中国气象报》，2010 年 9 月 17 日，作者：王建忠 周爱春）

创造"零伤亡"的气象站

在距河南省宝丰县城西南两公里处，有一个宝丰国家基准气候站。从1956年建站至今，一代代气象观测员在这里观万千气象，记录每日风雨。

2012年7月20日8时10分，51岁的气象观测员李广杰准时走进值班室，与前一班的同事交接工作，检查对方的观测记录。

8时20分，李广杰来到观测场，开始巡视观测场内的仪器设备。8时50分，观测时间到了。李广杰拿着铅笔和观测簿站到观测场中央，向四周远望，又抬头看了看天，然后用铅笔在观测簿天气现象栏上写下了数字"10"。

"10代表轻雾。"李广杰边记边对记者说，"天气报每3小时发一次，一天共8次；航空报每小时发一次，这次要发的就是航危报……"

结束观测任务后，他快速跑回值班室，开始在电脑上编报和发报。

气象观测员的工作看似简单，每天看看天，记记数字，然而，真正的压力只有他们自己知道：工作精确到分钟；每次编发报必须在几分钟内完成，迟报、漏报、错报都是不允许的；测量时哪怕只有0.1的误差，都可能影响最终的预报结果。

宝丰国家基准气候站是河南省三个国家基准气候站之一。该站承担全天航危报任务，观测员需要24小时值班。"我们的监测数据不仅是天气预报的基础数据，而且参与亚洲乃至全球区域的数据交换。"李广杰说。

从值班室到观测场共74米，这条鹅卵石甬道，李广杰一走就是30多年。而接着李广杰的路继续走下去的是王向丹和陈艳果两位年轻观测员。

对于这两个名字，河南省气象部门的观测员耳熟能详。因为她们在省气象观测技能竞赛中曾获得佳绩，均创造了连续250班无错情的纪录，被评为"全国质量优秀测报员"。据了解，目前宝丰国家基准气候站观测岗位上的六位同志都有过连续250班无错情的纪录。

"不能早报，也不能迟报，规定什么时间进行观测就要严格执行。"陈艳果说，为了保证观测时间准确无误，气象观测员的手表和自动站计算机时间要每天对时。

"气象观测员对时间要求非常严格，不允许迟到。过了那个点，就意味着那一次的数据没有了，补都补不回来。"李广杰说。

"气象观测员不能出丝毫差错，一个小数点或者一个符号错了，都可能导致结果出现偏差，我们要对每一个数据进行反复核对。"王向丹说，"在下雨的时候，人们都躲在屋里，而我们要往室外跑，还要认真看老天爷的'脸色'。"

在采访中，气象站站长李军虎向记者讲述了该站创造"零伤亡"奇迹的事情。

2010 年 7 月 18 日 18 时许，李军虎向各乡镇发出预警信息："预计今天夜里到明天白天将出现强降雨天气过程，请各乡镇及有关部门提前做好防汛准备。"

19 日 1 时 30 分，观音堂乡降雨量达 60 毫米。李军虎及时向县委、县政府领导进行了汇报，并提醒相关部门及时组织撤离处于低洼地段的村民。

一场撤离行动在雨夜开始了，观音堂乡的村民在洪水来临前被及时转移到安全地带。汹涌而至的洪水导致观音堂乡 49 间房屋倒塌，4 座桥梁被冲垮，4740 亩庄稼颗粒无收，水利、电力等基础设施全部中断。但由于气象部门预警及时，相关部门及时组织撤离了 2100 名村民，无一人伤亡。

由于在此次气象服务中做出了贡献，宝丰国家基准气候站被国家、省、市、县分别通令嘉奖或通报表彰。"这些成绩激励着气象站全体观测员更加努力地做好本职工作。"李军虎说。

(《中国气象报》，2012 年 9 月 10 日，作者：王建忠 张金萍)

河南准确捕捉暴雨迹象

2016 年 6 月 30 日到 7 月 1 日，河南省信阳出现区域暴雨、局部特大暴雨天气，强降水主要集中在罗山、新县、光山、商城，过程累积降水超过 50 毫米的乡镇站点 94 个，超过 100 毫米的乡镇站点 36 个，超过 250 毫米的乡镇站点 8 个。新县国家自动气象站雨量为 225.7 毫米，突破了 1957 年建站以来的历史极值。当地居民称，自 1998 年发生洪灾以后，没见过这么大的雨。

虽然河南省气象台提前 48 小时准确预报出此次强降雨过程，但由于降水具有局地性强、降水落区集中、降水强度大等特征，引发了新县、商城两县严重的山洪地质灾害，部分道路桥梁、沟塘堰坝和电力通信等基础设施被冲毁、损坏。

6 月 28 日，刚露出一丝踪迹的大暴雨便被河南省气象台的值班人员准确捕捉到。当天的天气预报指出，信阳将出现暴雨、大暴雨过程。一场与暴雨的赛跑，就此开始。

6月29—30日，河南省气象台连续制作《重要天气报告》。

6月30日，河南省政府人工影响天气及气象灾害防御工作领导小组办公室紧急下发《关于做好强降雨天气防范应对工作的通知》。在黑云压城的信阳，市政府收到通知后，立即部署全市强降雨防范应对工作。

随着大暴雨脚步的临近，6月30日16时50分，省气象局启动重大气象灾害（暴雨）Ⅳ级应急响应；18时30分，又提升为Ⅲ级，各相关单位和部门实行24小时应急值守和领导带班制度。

暴雨如期而至。当夜，省气象局主要领导在一线靠前指挥、组织协调。业务骨干密切监视天气变化、及时提供预报预警及服务产品。省气象台增加会商频次，加大对下级业务单位指导力度，加强相关灾情信息的收集。

7月1日1时，暴雨中心新县城关东风岭山头大雨倾盆。新县气象局局长周虞和值班员紧盯着雷达回波图，不时刷新和记录着最新的数据，并每隔3小时制作发送一次雨情及预报信息，与乡镇领导、气象信息员保持密切联系。早晨7时25分，县气象局发布暴雨红色预警，提醒发生中小河流或山洪地质灾害的风险很大，注意加强防范。

在预警信息指导下，一场惊心动魄的防灾救灾行动也迅速展开。在新县，政府启动自然灾害救助Ⅲ级应急响应，对全县所有小型水库、塘堰坝险工险段、山洪地质灾害重点区域、城乡防汛排涝薄弱环节和暴雨致损的民房、道路桥涵、电力通信等建筑和设施进行拉网式排查，各应急救援队伍随时待命；紧急转移安置人口1288人。

蓝色、黄色、橙色、红色……随着强降水持续，预警信号不断升级。6月30日16时50分至7月2日9时15分应急响应期间，全省气象部门通过短信平台发布灾害性预警信号45次，其中红色暴雨预警信号达到4次，通信部门进行了全网发布；同时，还通过电视、手机短信、"12121"电话、乡村大喇叭等向社会公众及时发布信息。

（《中国气象报》，2016年7月5日，作者：王建忠 刘森）

气象不缺位不失语

2016年7月18日晚，一场特大暴雨影响河南。截至20日7时，河南省先后发布344次预警信号，仅红色预警就达67次。安阳市林州市东马鞍村日降雨量629.5毫米，当地年平均降雨量不过648.9毫米。由于部分山区山洪暴发，河道河水猛涨，水库水位陡升，省防汛抗旱指挥部紧急启用林州崔家桥滞洪区，转移群众4.2万人。

这是河南2016年入汛以来最大范围的一场强降雨。全省384个站测得超100毫米降雨。面对桥梁冲毁、道路中断、农田受淹、城市内涝……人们用行动守卫自己的家园。

带动决策者与暴雨赛跑

7月17日下午，河南省气象台在《重要天气报告》中再次指出，"18日夜间到20日，我省将出现今年入汛以来最大范围强降水，降水过程具有累计雨量大、降水强度强等特征"。

17日19时25分，省气象局启动暴雨IV级应急响应，并在次日早晨将应急响应提升为III级。

接到预报预警信息后，河南省政府第一时间启动应急预案，要求全面强化监测预警调度，防汛、气象、水文等部门要坚持24小时防汛带班值班制度，密切监视天气和雨情、水情、汛情变化，及时会商，滚动预报，提前预警，努力做到地域全覆盖、人员无遗漏。

"气象部门是防汛工作的'消息树'，当'消息树'没有任何消息时，怎么去指挥当地的防汛工作？"河南省气象局负责人对一线预报员说，"如果预报能报出得早一点，预警发出得早一点，老百姓的损失就会少一点。"

18日下午，强降雨的脚步临近。记者在郑州市紫荆山立交桥附近看到，在以往容易积水的路段，疏水井盖已打开，"市里已启动城市防汛II级应急响应。"正在设置警示牌的市政工作人员说。

在开封市，市委书记吉炳伟、市长侯红接到市气象局报送的重大天气报告后，调整工作计划，立即组织相关部门部署应对工作；许昌市市长胡五岳、副市长赵振宏连夜检查防汛值班情况，现场对部分市县的防汛值班工作进行电话抽查；在三门峡，市政府第一时间启动重大气象灾害应急响应；在安阳市，市防汛办要求防汛人员全部到岗到位……在暴雨来临之前，人们已携手以待。

预警传递搭上"互联网+"

大暴雨！特大暴雨！7月18日9时许，河南省气象局发布的新闻通稿出现在媒体联系QQ群里。全省传统媒体和新媒体应声而动，开始一场信息传播的比拼。河南各大知名微信公众号转发暴雨预警权威信息的文章，均在半天时间内阅读量轻松破10万。气象预警信息借助"互联网+"翅膀，得到更快速传播。

"此次气象部门与新媒体深度合作，丰富气象预警及科普信息的传播方式，扩大了覆盖面，有利于各单位、行业及时采取措施，避免打无准备之仗。"大河新媒体客户端记者刘瑞朝表示，"而互联网发布模式的另一大优势在于信息的交互性，我们能很快掌握各地雨情影响及应对情况，评估信息传播效益。从目前来看，各地各部门针对这次降雨都提前有所准备。"

"在这样一场暴雨中，安阳电网平稳运行，很大程度上得益于及时获取气象信息。"国家电网安阳供电公司总经理程乐园告诉记者，"好几个部门的官方新媒体都第一时间转发了气象预警信息，公司上下都做足准备，抢修人员、车辆及物资调配全部进入了应急状态。"

与此同时，传统信息发布渠道也没有缺位。省气象局迅速通过手机短信、广播、电视、传真、电子显示屏等渠道发布预报预警信息。遍布中原大地各乡村的大喇叭，也在提醒农户及时采取措施，预防降雨影响农业生产。郑州电台新闻广播启动突发天气应急预案，从19日6时开始不间断直播"关注大雨"节目，为公众提供最全面的天气信息、暴雨科普知识及灾害防御常识。

坚守第一线开展气象服务

"这是20年来林州第一次下这么大的雨。山上都是黄汤滚滚，一直往下流水。"林州市民李先生告诉记者。

19日13时，安阳林州降雨最大的河顺镇雨量已达370毫米。"不能再等了，立即组织调查小组去了解灾情！"林州市气象局局长秦立宪说。

就在此时，强降雨导致林州主要区域通信网络一度中断。那么，雨情及预报信息如何及时传送出去呢？市气象局立即派人去市政府、市防汛办，靠人力传递消息，并紧急启动一切备用设施。

16时，弓上水库告急，出现险情。在了解周边山西平顺、壶关等地的降雨量后，秦立宪建议市政府暂缓泄洪，为群众疏散争取更多时间。这一建议得到了采纳。

19日17时，安阳市防汛抗旱指挥部紧急启动防汛Ⅰ级应急响应。19时30分，赶往安阳一线指挥的河南省气象局相关负责人等，因道路积水严重、车辆无法通过被困在路上，在向国家防总工作组及省领导电话汇报雨情实况后，他们决定弃车涉水前往当地防指。当晚，汛情越来越严重，水库水位陡升，省防汛抗旱指挥部紧急启用林州崔家桥滞洪区，并转移区内群众。

在新乡辉县，7月8—9日那场特大暴雨留下的痕迹仍在，新一轮暴雨又让全县陷入"汪洋"之中。19日8时，石门水库告急，严重威胁水库大坝及下游群众生命财产安全。新乡市气象局在调取雷达回波图、与省气象台紧急会商后，迅速向辉县市委、市政府提供包括降雨强度、位置和移动方向等内容的服务材料，建议做好泄洪准备。10时，石门水库开闸放水泄洪。水库管理处工作人员徐福堂说："气象预警及时准确，这让泄洪决策更有说服力。"

在南阳气象观测站，工作人员朱文武几乎快要绝望了。从19日19时15分开始施放探空气球起，超强对流云放电，已先后三次击坏探空仪，迫使观测任务中断。失败，再放；失败，再放。同事们无惧头顶的响雷和闪电，全都跑到观测场帮忙。20时21分，第四次施放气球终于成功，开始正常采集数据。21时29分45秒，一份完整、准确的高空报文及时发出！而这些数据，正是做好强降雨气象服务的基石。

（《中国气象报》，2016年7月22日，作者：王建忠 王永庆 卜晓娜）

关键之时显身手　危难之处见担当

"温比亚"的到来，打乱了孕妇蒋蒙蒙的一切规划，好在有惊无险，迎来了新生命。

2018年8月18日，受台风"温比亚"影响，一场突破商丘自1953年建站以来历史极值的大暴雨席卷整个豫东平原。家园顿成泽国，困住了郊区王楼乡即将临产的孕妇蒋蒙蒙。接到求救信息后，消防官兵经过1个半小时的营救，终于将她安全送达医院，平安产下一名女婴。

"温比亚"滞留河南长达40小时。8站日降水量突破建站以来历史极值；

3 站降水量超 500 毫米；首次启动暴雨 II 级应急响应；首次发布暴雨红色预警……

精细监测、精准预报、精确预警、精心服务，河南气象部门主动担责担难担险，为各地各部门防汛抗灾提供了有力保障。

提前研判　及时服务

半夜入境，来势汹汹。但"温比亚"的行踪，一开始就没能逃过河南气象人的监视。

早在 8 月 16 日，河南省气象局向省防办通报：台风"温比亚"将给河南带来明显影响。

17 日清晨，省气象台弥漫着紧张的气氛。8 时整，全国天气会商的重点正是"温比亚"。"'温比亚'将于今天后半夜逐渐靠近河南信阳，之后向北偏东方向移动，经商丘移出我省。"河南省气象台首席预报员苏爱芳指出，"温比亚"在河南期间移速可能较为缓慢，将给京广线以东地区带来强降水，应提早做好防御准备。汛情如军令，河南全省迅速进入应急响应状态。8 时 30 分，省气象台发布《重要天气报告》，指出台风"温比亚"17 日夜里将进入豫东南，东部北部将迎较强风雨。10 时 27 分，省人民广播电台紧急对外播发"温比亚"即将来临的消息。11 时，省防指紧急召开防台风视频会商会议，启动防汛应急响应，要求重点行业派出督查组督导检查。省政府气象灾害防御及人工影响天气指挥部及时发出通知，要求各地积极做好防御准备。

17 日 22 时 50 分，应急响应状态调整为 III 级。

气象现代化建设成果在监测台风动向时齐齐上阵——河南省市县一体化平台高效稳定运行、快速同化更新系统准确预报风雨影响、黄淮中西部台风暴雨预报系统较好把握住台风移动路径；全省 8 部新一代多普勒雷达和各类气象观测设备稳定运行……各级气象部门从探测、监测到预测、预报、预警，"全方位、无死角"紧盯"温比亚"，全力做好服务工作，为政府决策提供科学依据。

全员上岗　群策群力

8 月 18 日凌晨 3 时，"温比亚"进入河南信阳。

受其影响，信阳、驻马店和商丘等地先后出现暴雨，部分地区出现大暴雨。面对汛情，9 时 20 分，河南省气象局将重大气象灾害（暴雨）III 级应急响应状态升级为 II 级。

应急响应状态升级后，气象部门开始逐 3 小时滚动制作《台风"温比亚"影响快报》，及时通报台风最新动向及影响；安排专家待岗，做好设备保障工作；及时服务铁路、交通、高速交警、电力等行业，并根据用户关注重点，提出具体措施建议；迅速组织灾情调查小组，深入灾区收集第一手资料，为农业生产自救提供服务。

截至 8 月 19 日 20 时，河南省气象部门通过国家突发事件预警信息发布系统及时发布各类预警信号 589 条，通过短信平台发送预警信息 1913 万人次；启动地方媒体联动机制，"统一平台、统一渠道、统一稿源"，滚动播发最权威的气象信息；河南气象微博开设"台风温比亚影响河南"话题，及时传播台风防御科普知识。倾心服务，换公众安然，旅游部门及时关闭景区 17 处；陇海、航海铁路部分路段提前封闭或降速运行，消除了安全隐患。

处在暴雨中心的商丘，气象部门职工全员上岗、彻夜不眠，每小时向市政府报告一次降水情况；柘城县气象工作人员来到暴雨中心远襄镇开展现场服务，协助受灾村民撤离；驻马店市汝南县气象工作人员冒雨到乡镇抢修区域自动站，保障数据正常传输，正阳县农气服务人员深入花生生产核心区调查受灾情况；许昌市气象局向全市新闻媒体通报雨情和天气趋势，提醒公众提前防范强降雨带来的安全隐患。

18 日 20 时，河南省防指再次召开紧急工作会议，省气象局在会上做汇报发言，指出"温比亚"是近 40 年来登陆台风在河南降雨最强的一次。省民政厅相关负责人表示，目前全省民政、农业、气象等部门有效联动，正组织广大干部和受灾群众排水排涝，有序开展生产自救工作。

关键之时显身手，危难之处见担当。"建立与省防办的预研判机制，提前 3 天会商分析，做好动员部署一切准备；提前两天启动内部应急响应，提高预报精准度，做好向省委、省政府领导汇报准备；提前 1 天向省委、省政府主要领导汇报，迅速动员各地投入防灾工作。"河南省气象局局长王鹏祥说，台风"温比亚"气象服务坚持"321"工作步骤，一环套一环，环环相衔接，确保防灾减灾忙而不乱、有序高效。

（《中国气象报》，2018 年 8 月 22 日，作者：王建忠）

第五章
特色服务

药材清香溢古都

河南省禹州市中药材种植历史悠久，享有"药都"的美誉。

近年来，禹州市已初步形成了山货、古城等15个种植基地，中药材种植面积达到了40万亩，年产值约5亿元，为河南省"十大中药材种植基地"之一。在发展这一支柱产业过程中，禹州市气象部门发挥了重要作用。

禹州市气象局以药材产业发展的服务需求为牵引，在认真分析、深入研究当地中药材种植品种对气象条件要求的基础上，与市药材办等部门合作，制订禹州中药材种植周年服务方案。科技人员根据药材生长对气象条件的需求，制订不同的气象服务标准，为中药材的产前、产中、产后等提供全程化服务。

2008年5月，为配合全市中药产业战略的实施，禹州市气象局购置了一部车载式雷达，并在中药材种植基地建设了15个乡镇雨量站和两个多要素气象观测点。2008年11月以来，禹州市降水严重偏少，各地药田出现了严重旱情，药农盼雨心切。截至2009年2月20日，市气象局抓住有利天气时机，成功实施了3次人工增雨作业，作业效果明显，累计增雨量达到10毫米，有效缓解了药田的燃眉之急。"中药材种植、采收、加工、销售等一系列环节受时令、天气条件的影响很大。尤其气象灾害造成的药材减产，更是造成药材价格大幅度上升的重要原因。"禹州市药材办主任南林坡对记者说。

禹州市气象局还利用手机短信和兴农网站，及时发布各种天气预报预警、生产建议以及药材供求信息，为药材生产种植提供气象保障服务。

禹州市梁北镇是远近闻名的药材之乡，这里土壤肥沃、交通便利，盛产的丹参、金银花享誉国内外。药农郭天喜老人喜笑颜开地说："药材比庄稼还娇贵呢。种药材要常看天，科学管理才有好收成。"2008年春季多雨，药田积水多，一些药材出现烂根现象。镇上的药农根据气象部门提供的防治建议，及时清沟排水，加强了中耕松土，病害很快就消除了。而2009年春季却干旱少雨，一些药材植株叶片颜色变浅，植株生长缓慢。药农们根据气象部门提供的防治建议，追肥的同时进行浇水，这些症状很快就消失了。

"我们根据当地气候背景资料，建议政府合理进行布局，因地制宜地进行药材种植规划；根据天气预报，及时指导药农施肥、除病、育苗、采收等劳作。"禹州市气象局副局长刘玉巧告诉记者。

（《中国气象报》，2009年3月2日，作者：王建忠 何海旗）

泡桐奏出"天籁音"

　　水墨壁画前，几株碧绿翠竹掩映弯弯小桥。古装少女依栏而坐，纤手轻拨琴弦，音乐声顿时如山泉水从指尖流出，沁人心扉。在日前举办的"辉煌60年——河南省庆祝中华人民共和国成立60周年成就展"上，悠扬的古筝声吸引了众多参观者驻足倾听。

　　美女现场演奏的古筝是用兰考的泡桐做的。很多人知道兰考是"泡桐之乡"，却不知道泡桐是做乐器的好材料。"俺兰考盛产泡桐，泡桐木板不仅透气，而且透音性好，做乐器最动听。"中原乐器公司总经理戴胜民告诉大家，兰考独特的地理条件，使生长的泡桐木质疏松度适中，不易变形、透气、透音性能好，被称为"会呼吸的木材"，具有良好的声学品质，经专家鉴定为制作民族乐器的最佳材料。"能奏出这么美妙的音乐，也有气象部门的功劳呢！"戴胜民说。

　　这家民族乐器生产公司所在的兰考县，是"焦裕禄精神"的发源地。历史上由于黄河多次在其境内决口改道，兰考生态环境恶劣，形成风沙、盐碱、内涝等"三害"。20世纪60年代初，焦裕禄在此做县委书记期间，带领全县人民大量栽种泡桐以改造生态，最终探索出了一条平原沙区"农桐间作"的治理模式，兰考人民还把焦裕禄当年栽种的一棵泡桐树亲切地称为"焦桐"。

　　而当年的"焦桐"已经变成了"焦林"。不但是可以遮风挡沙的"保护伞"，还成为兰考人民的"绿色银行"：从20世纪70年代末开始，当地群众利用泡桐开展木材加工，生产乐器和高档家具，逐渐形成产业化。在兰考，目前有32家民族乐器生产厂家，产品销往全国各地，并出口到日本、新加坡、加拿大、美国等20多个国家和地区，年产值超过亿元。

　　中原民族乐器有限公司技术人员刘书堂介绍，他们目前生产的民族乐器有古筝、琵琶、二胡、柳琴等10多种。"受气象因素限制的主要是拼板和油漆两个生产环节。"刘书堂介绍说，高温高湿条件对乐器生产有影响。乐器拼板使用的是动物胶，吸潮后容易开胶；而且湿度大也影响到板材的质量，从而影响乐器的音质。高温、高湿天气还影响乐器油漆的质量，致使光泽度差，乐器成品后存在外观瑕疵。

　　兰考县气象局针对高温、高湿天气对乐器生产工艺的影响，制订了详细的服务预案，给生产厂家发送天气周报、月报和季报，并在关键季节登门开展气象服务。2009年6月24—27日,兰考连续4天出现高温、高湿天气,最高气温达到40.6℃,人们如生活在蒸笼里一样,给乐器生产也带来了很大影响。"根据天气预报,我们及时调整生产流程,避免了损失。"刘书堂说,农业生产要看气象,和气象似乎不搭边的乐器生产也要根据气象条件科学安排。兰考县委书记魏治功说:"焦裕禄当年带领大家栽泡桐、治风沙,也许并没想到会给兰考人民留下一座'绿色银行',但是从一棵树到一种精神再到一个产业,其间的变迁看似偶然,却是兰考人民坚持生态和经济并重、坚持科学发展的必然,这其中气象局功不可没。"

(《中国气象报》,2009年11月3日,作者:王建忠 陈素风)

盛世菊香溢汴京

　　一株直径5米的大立菊,花开有5000余朵,金黄花瓣层层叠叠宛如小丘。记者日前在河南开封龙亭公园菊花基地采访时,眼前的一株傲雪菊花令人叹为观止。

　　开封已保存、引进和培育菊花品种达1000多个,种植面积2000亩。每年10月18日至11月18日,为期一个月的开封菊花会上总是花海人潮,五彩缤纷,可谓"九月花潮人影乱,香风十里动菊城"。

　　"菊花生长与天气气候条件密不可分,天气气候条件直接影响着菊花各个生长发育阶段。"开封龙亭公园菊花基地绿化队潘玉民队长说,公园每年都根据天气预报来合理安排生产和采取有效措施,控制菊花的生长发育。

　　位于黄河南岸豫东冲积平原中上部的开封,地理优势和自然条件非常适合菊花耐旱的生长习性。在气候上,这里也是冬寒春暖,秋天日照充足,能够提供菊花生长所需要的日照条件。潘玉民介绍,菊花生长分采芽扦插、上盆、培育管理、花芽分化、现蕾开花几个过程。扦插即把菊芽嫁接到砧木黄蒿上,此阶段耐潮湿、怕积水。上盆即是将培育的菊花定植到盆中,此阶段适宜阴雨天气,尤其5～10天的阴天最好。培育管理期要控温、控湿、控光照、施肥、打药,而施肥需阴雨天,打药需晴天。

　　开封市气象台李姝霞台长说,市气象台常年向开封龙亭公园菊花基地提供《农气周报》,内容包括上周农业气象概况、农情与墒情、未来天气趋势、农事生产建议。遇有特殊天气时候，还及时通过电话、手机短信等通知到人。每年一度的菊会期间，还提前 5 天开始提供专题预报。

为做好菊花服务工作，开封市气象局 2009 年与龙亭公园管理处联合建成开封市菊花气象科技示范园，开展菊花生长发育的观测、服务工作。"今年 11 月 7 日，市气象台预报受西伯利亚南下强冷空气影响，三天后将有可能出现大风降温、暴雪天气过程。"李殊霞说，市气象局领导提前三天将预报送到开封龙亭公园菊花基地，提醒绿化队依据天气预报安排菊花生产。"我们接到天气警报后，提前对菊花采取保护措施，或进棚或进暖房防风保温，避免了菊花受到冻害。"潘玉民说，此前 11 月 1—2 日开封也出现了大幅降温天气，且出现初霜冻，其他地方的很多菊花都受到不同程度的冻害，但公园根据天气预报及时采取有效措施，菊花基地的菊花均未受到冻害，保障了菊花花会每天都有各色鲜菊参展。

一年一度霜风劲，今岁黄花分外香。有了气象科技的保障，如今开封菊花已远远走出了开封的地界，名扬海内外，展示着开封深厚的文化底蕴。

（《中国气象报》，2009 年 12 月 1 日，作者：王建忠 陈素风）

高铁"贴地飞行" 气象助力提速

越过中原大地，穿行百里秦川，全程 505 公里仅用 1 小时 45 分跑完，一条横跨豫、陕黄土高坡的高速铁路——郑州至西安铁路客运专线将掀开红盖头。2010 年 1 月 29 日，记者先期登上郑西高铁试运行列车尝鲜体验，体验了一次完美的"贴地飞行"：1 秒钟跑出 97 米，比飓风还快两倍；运行的列车上，一元硬币能站立 10 秒不倒，杯子里九分满的水全程未溢出一滴……

2010 年 2 月 6 日，郑西高铁正式运行。2005 年开工建设的郑州至西安高速铁路是"四纵四横"徐州至兰州高速铁路的重要组成部分，该线全长 505 公里，工程概算 353.1 亿元。列车成功试运行前，中铁大桥局十五客运专线项目部安全经理李海宏专程来到鹤壁淇县气象局，对气象部门积极主动提供专业气象服务，保障工程按期完成深表感谢。

郑西高铁亦是世界上首条修建在大面积湿陷性黄土地区的高速铁路，全线百分之八十地段处于湿陷性黄土地区，工程施工难度可见一斑。中铁一局集团副总经理、教授级高工崔科宇说，在建设中，他们创新施工方式，用高架桥的形式最大限度地消除了黄土湿陷性，最大限度地提高了地基土强度，确保了路基工程质量。据介绍，郑西高铁有桥梁137座，达312公里，百分之七十都是高架桥。

"高架桥的施工和气象条件密切相关，尤其是暴雨、风速、风向。"中铁大桥局十五客运专线项目部安全经理李海宏说。高架桥施工时，每一个构件都是在高空中吊装而成。吊装过程中，必须考虑暴雨、风速、风向的问题。"按照施工单位的要求，风力达到3级以上就必须及时通报，以便采取必要防范措施。"淇县气象局副局长邵岩鹏说。气象部门给中铁大桥局提供的气象服务包括重大天气过程预警、极端最高、最低气温预警；短时临近天气过程预警，如大风、雷电、暴雨等。2009年8月2日13时，气象部门通过手机短信通知施工方：未来3小时将有雷雨大风天气。"中铁大桥局及时撤销了下午的高吊安装计划，并在13时30分要求所有施工人员下桥避风。"项目部安全经理李海宏说，由于提前预防，避免了因雷雨大风造成的设备安装及人员安全事故。

在郑西高铁建设过程中，中铁大桥局在淇县配备了水泥混装生产设备。"水泥混装生产设备最害怕遇到低温冻害，小到会影响混凝土质量，大到甚至损害机器设备。"李海宏介绍，2009年11月9日，气象部门发布了大雪及低温预警信号，并提醒对项目工程采取防冻措施。11月12日，气象部门再次电话通知"气温将降至-10℃以下，地面温度可能低于-18℃，提醒采取有效措施应对超低温冻害。"中铁大桥局提前对水泥混装生产设备和已经建成的高架桥墩及桥体采取了保温措施，保证了水泥生产设备不受冻害，也保证了新建桥墩和桥体构件的质量没有受低温影响。

在试运行时，中铁一局副总经理崔科宇指着沿线的通讯塔一样的东西告诉记者，那些都是专门为郑西高铁铺设的网络，就像雷达一样，能监控到郑西高铁运行中的每一个细节；还像"千里眼"，能帮郑西高铁的司机看到6公里以外的地方，就连路上有个小石子，都看得清清楚楚。

其实，在郑西高铁上，还有好多肉眼看不见的高科技和气象有关呢！据了解，高铁列车采用了高速列车故障导向安全技术，万一发生意外，列车将根据程序自动判断是减速运行还是停止运行。车内的车载雷达能实时接收运行数据和指令，传递给车载计算机，"雷、雨、风、雪"等恶劣天气对列车运行构成危险时，将自动减速或停车。例如当车外风速高于35米每秒时，动车组列车会自动停止运行。

时速 350 公里的高速动车组舒适载客量为 556 名，比世界上最大的客机载客量还要多，时速最高时车头掀起的大风将超过 13 级台风的风速。积雪超出轨道 80 毫米，仍然可以安全运行；遭遇六、七级大风，列车仍然可以保持设计时速运行；大雾或沙尘天气，机车完全有能力控制车距，防止列车追尾。

郑西高铁，让豫陕两省从此跨入高速互动的亲密时代。这条客运专线，带来的改变不仅仅是出行便捷，更重要的是让"黄河中游经济区"轮廓初现，成为一列开往幸福春天的高铁。

（《中国气象报》，2010 年 2 月 9 日，作者：王建忠 杜长菁）

护佑"天地之中"成就绝响

位于河南省登封市城东南 15 公里处的观星台，为元代著名天文学家郭守敬所建，是中国现存最古老、也是世界上著名的天文学建筑。2010 年 8 月 1 日，包括观星台等 8 处 11 项嵩山"天地之中"历史建筑群，在第 34 届世界遗产大会上，经联合国教科文组织世界遗产委员会批准，正式列入《世界遗产名录》，成为我国第 39 处世界遗产。

嵩山"天地之中"历史建筑群凝聚了中华古老文明的精髓，成为东方传统文化的典型物化代表。但随着全球气候变暖，极端天气气候事件明显增多，古文物保护任重道远。

"'天地之中'历史建筑群的保护规划，在申遗成功前就已编制好了。"登封市文物局副局长宫嵩涛说，"今后的工作重点主要有两方面，一是如何加强文物的保护，二是如何合理利用，并使二者协调统一。"宫嵩涛说："安防方面，一是安装了避雷设备，二是在 8 处 11 项建筑群安装了 24 小时工作的监控探头，一旦发现有损毁现象，我们将会及时制止，并进行修复。"宫嵩涛还透露，登封已经布设一批气象监测仪器，监测气候变化，并提出有针对性的保护措施。

记者了解到，河南省气象部门于 2008 年 6 月开始建设登封"天地之中"历史建筑群气象监测系统和防雷工程项目，为登封"天地之中"历史建筑群申遗以及今后更好地保护古建筑提供科学保障。

"文物保护与气象条件密切相关，受到温度、湿度、辐射、水侵蚀、酸雨、大风等自然因素的影响，文物会发生粉化、变色、生霉、起甲、凝浆、崩塌、倾覆等破坏形态。"河南省文物局研究员杨焕成介绍，随着极端天气气候事件明显增多，古文物损失日益严重，急需提高区域性气象监测能力。

在嵩山"天地之中"历史建筑群申遗前，登封辖区只有市区和太室山上有两个气象观测站，"气象观测业务和观测项目少，内容单一，远不能满足古建筑保护的需求。"登封市气象局局长周幸福介绍，根据嵩山文物气象环境保护的特色需求和登封气候特征，结合嵩山文物群所处的地形地貌，科技人员科学合理地布设了6个自动气象站、3个土壤水分自动监测仪以及太阳紫外线仪等气象监测设备，建成来了"天地之中"历史建筑群申遗项目气象监测系统。

同时，气象部门还在嵩山申遗信息管理中心建设气象数据接收处理系统。嵩山遗产管理信息中心与气象数据处理中心实现数据共享，并能够实现所有气象要素实时显示。室外气象信息显示屏的建设与自动气象站的联网，为"天地之中"历史建筑群各景区游客提供了实时气象信息、景区天气预报、重要灾害性天气预警。

嵩山古建筑群大多位于嵩山的半山腰，四周多为山体，易遭受雷电侵袭。历史资料记载，四大古书院之一的嵩阳书院和已有数千年历史的古柏"二将军柏"就曾多次遭过雷击，中岳庙的天中阁、少林寺的钟鼓楼等也曾遭过雷击。为此，气象科技人员先后在少林寺、嵩阳书院、观星台等古建筑上安装了避雷设施。

为保持古建筑物原貌和艺术特点，接闪器还尽可能采用与古建筑融为一体的造型避雷带与短避雷针，使防雷设施融入古建筑中，与古建筑及其周围环境和谐统一。

河南省气象局负责人介绍说，气象部门打破传统的用县（市）一个气象站的气象信息资料代替全县气候全貌的模式，创新工作思路，综合考虑文物保护受气象条件影响的因素，合理布设和建设"天地之中"历史建筑群申遗项目气象监测系统，改变了"天地之中"历史建筑群无气象监测的现状，使气象监测信息更准确地反映历史建筑群的气候特点，为保护嵩山历史文化遗产积累了宝贵的气象信息资料，也为实现"天地之中"历史建筑群发展的良性循环提供了科学依据。

（《中国气象报》，2010 年 8 月 19 日，作者：王建忠 范宏伟）

金色大地迎盛会

欢快的舞龙舞狮、健身秧歌，以及趣味无限的风筝、钓鱼、插秧比赛，这些看起来泥土味儿十足的项目——亮相……2012年9月22日晚，河南南阳市体育中心座无虚席，为期7天的第七届全国农民运动会（以下简称农运会）在这里顺利闭幕。

从2008年南阳成功申办农运会那一天开始，气象人便以需求为己任，积极主动做好服务。

现场服务力求更精更细

2012年9月15日，南阳市气象台的预报人员和河南省气象台首席预报员经过会商认为：16日，开幕式现场以多云到阴天天气为主，不排除局地出现短时弱降水的可能。

9月16日7时许，两辆农运会现场气象保障应急服务车到达体育场。8时许，第一份开幕式现场精细化天气预报送到组委会。上午10时许，南阳西北方向的三门峡境内出现零星小雨；东北方向距离南阳不足50公里的方城县也出现了弱降水。

下午开幕式时天气如何，是否会出现降雨……这些问题成了组委会、运动员、媒体和观众关注的焦点。河南省气象局局长王建国、副局长陈怀亮先后来到应急服务现场坐镇指挥。

与开幕式现场内的彩旗翻飞、万人沸腾不同，在南阳市的各个人工影响天气作业点，作业人员正严阵以待。

随着开幕式时间的临近，天气时阴时晴。"受东移低槽影响，本地云层逐步加厚，但结合各种天气资料，开幕式时天气维持多云天气，"在现场的移动气象台里，河南省气象台首席预报员苏爱芳确定地说，"开幕式期间，不会出现降水。"

"这里曾点燃文明的曙光，这里曾见证岁月的沧桑……"伴随着农运会主题曲《中原担当》优美的旋律，整个开幕式被推向了高潮。

"悬了一个多月的心终于踏实了！"开幕式结束后，南阳市气象局副局长贾成刚说。

举全省之力精心筹备

为做好本届农运会的气象保障服务工作，河南省气象局、南阳市气象局提前半年制订了《第七届全国农民运动会气象保障服务方案》，成立了由省、市气象局领导牵头的服务领导小组及预报服务部、信息保障部、应急保障部、综合宣传部和开闭幕式人工影响天气部，多次召开专题会议研究部署气象保障工作，力求将服务做得更全、更精、更细。

农运会气象服务包括决策气象服务、大型活动（农运会开闭幕式）气象服务、体育赛事气象服务、城市运行气象服务和公众气象服务五大类。在农运会开幕式（室外）和闭幕式（室内）等重大活动时，气象部门及时提供相应时段内南阳市的天气实况、预报和预警服务，并根据需要提供现场气象保障服务。农运会比赛期间，农运会气象服务中心负责发布各比赛场馆的天气实况、预报、预警，同时还在农运会竞赛指挥中心和重点场馆提供现场气象服务。

风筝比赛是农运会提前举行的特色项目之一，又是对气象条件要求最高的项目。2012 年 7 月 28 日，市气象台预报"7 月 31 日至 8 月 2 日，有小到中阵雨或雷阵雨"，建议比赛提前一天举行。组委会采纳了此建议。7 月 31 日 15 时许，大雨如期而至，但风筝比赛进程已基本完成，没有造成太大影响。

高精尖装备全程护航

2012 年年初，河南省气象台与南阳市气象局联合开展"农运会气象预报技术和服务平台"项目研发，内容包括南阳各站气象要素的精细化预报，以及影响比赛的短时强降水、大风、连阴雨、暴雨等各种灾害性天气的客观预报方法等。

根据农运会组委会对气象服务提出的"七天趋势、三天预报、次日精报"的要求，南阳市气象局引进了区域集合天气信息服务系统，辅助预报员进行天气预报制作，有效提高了天气预报的准确率和气象服务水平。

为做好比赛主体育场等六大主要赛场的现场气象保障，南阳市气象局还在场馆周围建设了气象观测场，安装了大气探测仪器。比赛期间，市气象台每天发布精细到比赛场馆的定点预报，并利用场馆安装的多个电子显示屏实时显示多种气象要素。

盛会花开中原，气象一路护航！

（《中国气象报》，2012 年 9 月 28 日，作者：王建忠 王利轩 杨晓平）

港澳直供蔬菜的"大棚保镖"

阳光下，在大片绿色蔬菜田地里，菜农正忙着采摘菜心。他们熟练地将菜心采摘下来，割齐码好。经过包装、冷冻和运输等环节，这些菜心在 24 小时之内就能变成香港、澳门市民餐桌上的美味佳肴。

位于河南省许昌县将官池镇的天和蔬菜种植基地每天运送到香港、澳门的蔬菜有 30 吨左右，年产值上亿元，是河南省最大的无公害供港澳蔬菜基地。从蔬菜基地选址到大棚育苗，从移栽大田到收割装箱，许昌市气象部门准确、精细、贴心的气象服务为港澳蔬菜供应"直通车"提供了全方位护航。

悉心呵护 "有形"胜"无形"

天和蔬菜种植基地董事长徐建敏说，蔬菜基地的选址有着严格的标准，除了要对"预选"土地的土壤、水样、农药残留、重金属等进行全方位检测外，最重要的是要查阅当地近十年的气象资料。

直供港澳蔬菜基地对气象条件的依赖不仅是对"出生地"的挑剔，在蔬菜育苗、移栽、收获等生长阶段也需要气象这双"有形"的手悉心呵护。"这些大棚相当于新生儿的温箱，是用来育苗的。经过 15 天，小菜苗育成后，由人工移栽到人田里生长。而育苗阶段对温度、湿度、阳光辐射等有严格要求。"徐建敏说，"我们公司高管每天根据气象预报安排生产。比如预报明天或后天有雨，我们就加大今天的采摘量。遇到大风、冰雹、大雪等恶劣天气时，气象局会提前发给我们预警短信，我们会及时做好预防准备。"

2010 年 12 月 6—7 日，许昌出现大风寒潮强降温天气，市气象局提前两天向园区提供做好蔬菜防寒防冻的服务专报。由于服务及时，抢收措施得力，减少损失 100 多万元。

以点带面 "有声"更"有色"

就在笔者结束采访时，巧遇许昌市气象局副局长李群山带领农业气象专家在大棚里忙碌。交谈中得知，他们正在进行雾霾天气对大棚蔬菜影响的农业气象实验。一位戴着墨镜的农业气象专家被徐建敏戏称"大棚保镖"。徐建敏说："气象局的人经常到田间地头和我们沟通交流，气象为农服务'有声'更'有色'。"

　　近年来，许昌市气象局加快推进农村气象灾害防御体系建设，市、县气象部门立足农业、农村，在乡（镇）政府和农业生产基地共建设气象信息服务站22个。市气象局与市移动公司联合构建农村信息化服务平台，将气象预报预警通过大喇叭、电子显示屏等传递到农村，有效解决了信息传播的"最后一公里"问题。

　　市政府先后印发《许昌市气象灾害防御管理办法》《关于加强气象为农服务体系建设的实施意见》等文件，各县（市）政府相继出台相关文件，使基层气象防灾减灾和气象为农服务工作取得长足进展。"我们始终围绕许昌蔬菜现代农业发展需求，发挥气象信息服务站的作用，深化现代农业气象服务内涵，力争提供一流的气象服务。"许昌市气象局局长刘勇军说。

　　（《中国气象报》，2013 年 4 月 18 日，作者：王建忠 王永庆 王明学）

窑变之美放异彩

　　"入窑一色，出窑万彩"。在 2014 年亚太经合组织会议上，具有浓厚中国传统文化特色的禹州钧瓷成为赠予贵宾的官方纪念品。11 月 14 日，记者专程来到河南省禹州市，探秘钧瓷生产背后的"秘密"。

　　为此次会议烧制礼品的是禹州大宋官窑。据企业负责人苗峰伟介绍，此次作为纪念品的《清静和雅》系列茶壶，寓意有朋自远方来，清静和雅之中，礼敬有嘉自出。"钧瓷烧制技术难度高，气象条件极为关键，室外温度与窑温高低直接影响烧制质量与成品率，钧瓷珍品的问世离不开气象工作者的辛勤付出。"苗峰伟说。

　　钧瓷的烧制是一种高难度技术，窑温的高低直接影响到钧瓷烧成的质量与成品率。烧制钧瓷的窑温应控制在一定的范围内且要达到均衡，如果窑温控制不好，95% 以上的产品会报废，有时甚至一件成品也没有。"现在有了气象科技的保障，钧瓷烧制的质量与成品率大大提高了。"禹州市钧瓷研究所所长张金伟说。

　　外部气象条件的变化是影响窑温的因素之一。如果没有根据天气预报而点燃窑炉，一旦遇到大风、降雨等天气，外界气温、气压、风、相对湿度等因素骤然变化，窑温就会随之变化。一旦窑温超过恒定范围或者窑温不均衡，窑主就只能"望窑兴叹"了。

张金伟介绍说，钧瓷烧成后首先要拉开窑炉闸门，使之自然冷却。如果遇到天气突然降温，刚出窑的钧瓷就会因窑内外温差大出现"炸片""迸裂"而成为残品。

"提起市气象局的服务，我得点个'赞'。每次遭遇突发天气状况，气象服务真如雪中送炭一般，价值千金呀！"钧瓷企业负责人孔相卿感慨道。2013年12月上旬，禹州遭遇寒潮，气温骤降，他所在企业的钧瓷正要出窑。此时，窑内窑外温差特别大。开窑前，孔相卿接到了两条气象预警信息以及市气象局工作人员及时的电话提醒。随后，他们采取缓开窑、晚开窑等措施，避免了损失。

禹州市气象局还制订了《钧瓷生产气象服务方案》。"这是我们经过认真分析、深入研究钧瓷烧制对气象条件的需求后精心制订的服务方案。"市气象局局长刘玉巧介绍，"针对钧瓷生产的前、中、后不同时段全程提供服务，力求精细、准确、及时，确保气温条件符合钧瓷生产的特定需要。"

为配合全市钧瓷文化产业战略的实施，早在2007年，市气象部门就在钧瓷文化发源地神垕镇安装了一部多要素自动气象站，24小时准确监测气温、气压、相对湿度、风向、风速等影响钧瓷生产的气象因素。2008年，市气象局再次购置了一部天气雷达，用于监测天气变化。

根据当地气候背景资料，禹州市气象局还建议政府合理进行钧瓷产业布局，因地制宜对钧瓷产业园区进行规划；根据不同区域制订了个性化服务产品，利用手机短信平台，每天两次向所有钧瓷生产企业负责人、一线技术骨干发送气象服务信息，为钧瓷生产提供分时段气象趋势变化参考数据和生产建议。

（《中国气象报》，2014年11月25日，作者：王建忠 梁丽君）

花开中国　香邀世界

相约千年古都，共享国色天香。2015年4月10日，第33届中国洛阳牡丹文化节正式开启帷幕。气象科技为"盛世盛会盛情、国花国色国韵"的牡丹花会提供精细化气象服务，保障牡丹"盛宴"完美绽放。

花期预测　如约守候待芳华

花开花落二十日，一城之人皆若狂。牡丹虽美，花期却短，精确"掌控"牡丹的花期成为河南省洛阳市气象部门每年开春后的"头等大事"。"牡丹花在哪一天盛开，这对气象工作者来说是一次考验。准确及时的气象预报直接关系到花会召开的日期，以及游客出行和旅游质量，更是加强资源保护、有效防灾减灾的前提。"洛阳市气象局局长荆自谋说。因地形海拔差异，牡丹花期自然会出现早、中、晚阶梯式开花的状况，为延长洛阳牡丹花观赏期提供了良好的条件。但每年气候条件的不同，使早、中、晚品种的花期也年年有差异，经常出现游客来了花未开或游客来了花已败的窘况。

为此，市气象局组织技术人员进驻一线，每天定点定时观测、记录植株生长情况，进行牡丹物候监测和气象监测，积累花期预报经验。此外，市气象局还先后在洛阳牡丹研究院、国家牡丹园、王城公园和神州牡丹园布设了四要素自动气象站，专门为研究牡丹生长小气候以及积累牡丹各物候期气象资料服务。"要统计冬季平均气温，与历年同期对照；要统计分析每一旬的气候平均值，还要统计降水量、日照等气象数据。"洛阳市气象台副台长郭铭博说。关于牡丹生长的气象数据分析工作很繁琐，经过分析后会及时提供给市园林局的牡丹专家。

牡丹花期的最终预测结果，由气象专家与牡丹专家组成的市牡丹文化节花期预测预报小组对外发布。洛阳市王城公园高级工程师范崇霞对记者说："园区里的牡丹早品种、中品种和部分晚品种依次盛放，比如洛阳红、二乔还有映日红等，花期预测都非常准确。气象科技为牡丹的盛开提供了精确的预报！"

保障服务　细致入微守圆满

2015年牡丹文化节伊始，洛阳市政府原定于4月1日上午9时在中国国花园举行第33届中国洛阳牡丹文化节赏花启动、《丝路花都》邮票发行暨"万人拍牡丹"开镜式。然而，在 3 月 27 日洛阳市气象台向市政府提供的决策材料中指出，预计 3 月 31 日阴天有小雨，4 月 1 日阴天有中雨，局部地区有大雨，建议活动改期。根据洛阳市气象局的预报和建议，活动改期为 4 月 3 日上午举行。结果，天气预报与实况一致，从而保障了启动仪式的顺利进行。

除此之外，市气象局滚动式为市园林局、市各大牡丹园等单位提供气候资料和短期气候预测、中期天气预报等；为市委、市政府、花会办等单位提供气象预报、气象情报等花会专题气象服务，并重点做好开幕、演唱会等大型活动天气预报服务工作。

"人在花中游，凌波步香尘"。牡丹花会期间，报纸、广播、电视天气预报、气象微博、气象网站上的气象信息、花情花讯成为游客观花、出游前的首要参考。在整个花期近 40 天时间里，洛阳市气象局将实行 24 小时值班制，对牡丹文化节实行全过程、全方位气象服务，保障花会期总共 34 项活动的顺利进行。

"不断强化服务的针对性、提高服务精准度，主动融入多样化的社会需求，不断提高牡丹花会专题气象服务质量，这是牡丹文化节对气象部门提出的要求，也是我们的职业追求。"荆自谋说。

（《中国气象报》，2015 年 4 月 27 日，作者：王建忠　袁鹏飞　姬宏丽）

河南探索农业保险新模式

袁方力是河南省新蔡县黄楼镇鲁庄村的种粮大户，前几年经营得顺风顺水。没想到 2016 年，他种植的小麦因赤霉病赔掉 6 万多元。

有了这次教训，他找到保险公司给自己的 160 多亩玉米投了保。后来，玉米抽穗时来了一场暴风雨，80 多亩玉米面临绝收。但这次有保险理赔垫底，袁方力得到了 4.9 万元的赔款。

袁方力投保的是平安产险推出的玉米种植天气指数保险，曾获第十一届中国保险创新大奖最佳农村保险产品奖。"这个险种就是将天气指数保险与传统农业保险相结合，将气象数据嵌入平安的保险网络平台后，实现无人工查勘自动核算理赔，是保险惠农的重要实践。"平安产险河南分公司部门经理于晓楠介绍，在经过前期充分的市场调研、考察河南气象设施条件及征求农业专家和农户意见后，于 2015 年 5 月开发了针对 13 个县（区）的玉米气象指数保险产品。"与气象部门联合推出天气指数保险产品，保险的赔付只需要根据客观发布的气象数据来确定，减少了现场查勘和二次定损，解决了理赔定损标准不一的问题。"于晓楠说。

天气指数保险是通过计量气象数据与受灾农作物损失关系的标准化合约产品。该产品极大地加快了理赔速度，能够及时减少农户在生产中的灾损。理赔时涉及气象指数时，保险公司会通过气象指数保险将理赔系统与河南省气象部门的系统对接，根据实时气象监测数据，在保险期内设定满足赔付条件自动核算理赔金额，快速将理赔款转账给农户。

在河南，气象携手保险，不断创新农险产品，实现与"三农"保险需求的精准对接。除玉米种植天气指数保险外，平安产险还选定三门峡苹果、荥阳石榴两个种植面积较大的果树项目进行试点，创新性设计了融果树、果实为一体的保险条款，保险责任涵盖了影响果树的暴雨、洪水、内涝、冻灾，以及影响果实的风灾、雹灾等主要自然灾害，弥补了目前市场上只保果树或果实的单一条款缺陷。中国太平洋财产保险股份有限公司河南分公司还先后在封丘开发了树莓种植保险，在灵宝开发了果树（水果收获）保险，在信阳开发了茶叶低温霜冻指数保险等多款具有地方特色农业保险产品。

作为农业大省，2015年5月，河南组建了中原农业保险股份有限公司。中原农险公司与气象部门合作，建立农业保险气象服务联合实验室，积极探索建立科学的农业保险气象灾害预测预警机制，有效开展农业防灾减灾工作。

保险业内人士指出，目前农业保险的保障范围较窄，主要包括暴雨、洪水、内涝、风灾、雹灾、冻灾等，难以适应现代农业发展中的新需求，缺乏针对性。为此，中原农业保险股份有限公司常务副总裁王成刚表示："新型农业经营主体是现代农业的载体，农业保险只有从保障能力上满足新型农业经营主体的需求，才能更好地解决这个问题。"该公司推出了新型农业经营主体专属的高保障保险，扩展了保险责任范围，在传统保险责任基础上增加三项针对性强的保险责任，即火灾、降雨量过低造成灌溉费用增加和倒伏导致收获费用增加责任。

农业保险理赔的基础数据，大部分来自于气象大数据。据了解，通过近几年的气象现代化建设，目前河南省共建成126个现代农业气象科技示范园、254个自动土壤水分观测站、2464个区域自动气象站、4420个气象信息服务站。基于"互联网+"，气象部门打造多元融合服务链条，先后开发了河南现代农业气象网、省市县一体化现代农业气象服务平台、手机软件、河南气象微农等多种气象为农服务渠道，打造直通式气象为农服务模式，有效服务于各地的农业经营主体。

2017年5月22日，河南出现入汛以来最强降水，对豫南地区小麦收割造成了不利影响，伴随而来的大风天气导致豫中、豫北部分地区小麦倒伏。气象部门充分利用现代化建设成果，提前4天准确发布预警信息。太平洋财产保险股份有限公司河南分公司第一时间启动农险大灾应急预案，大大缩短了查勘、定损的时间，提高了理赔效率。

气象联姻保险助力河南农村经济发展的步伐，正在加快。2017年7月11日，河南省气象局与中国人民财产保险股份有限公司河南分公司签订战略合作框架协议。双方将联合推进保险气象服务技术创新，构建气象保险模型，形成科学规范的保险服务指标、标准、规范；共同开发农业、林业、养殖、渔业、旅游、物流、期货等领域的气象保险产品，开展气象保险用户定制服务等，实现保险与气象的"融合式"发展。

"气象、保险在服务社会、服务地方经济发展有着共同目标，迫切需要双方进一步加强合作，更好地服务社会防灾减灾，减轻公众财产损失，也为双方合作提供了广阔的合作前景。"河南省气象局负责人表示，双方将联合攻关，推进气象保险服务技术创新，打造全国气象与保险合作的典范。

中国人民财产保险股份有限公司河南省分公司总经理刘新十分看好保险与气象的合作前景。他表示，随着社会经济发展以及公众日益增长的需求，保险服务领域不断拓宽，保险覆盖面不断扩大，保险和气象建立常态化、制度化的合作机制，将有利于充分发挥各自资源优势，不断提升服务水平。

"以前不知道有农业保险，后来知道了，但是担心不好理赔。"家里有16亩地的杨青生是村里最早尝鲜买保险的种植户之一。2016年，杨青生抱着试试看的心态，每亩地一年交10.8元的保费。"没想到去年正好碰上小麦赤霉病，减产三成以上，最后保险公司按每亩50多元的标准，给我赔偿了900多元。"尝到甜头的他，2017年继续投保。

"不能光埋头种地，也要学会规避风险。"新蔡县长杨庄村全村764户村民在2017年都给自己地里的庄稼买了保险，成了"整保村"。中原农业保险股份有限公司新蔡支公司农业部经理娄舰介绍，为方便农民投保，公司经常送保险上门，如今像长杨庄村一样的"整保村"越来越多。村支书杨青山的话道出了变化："以前催着都不买，现在争着买，你说稀罕不稀罕？"

（《中国气象报》，2017年8月23日，作者：王建忠）

第六章
播雨消雹

年夜饭端进会商室

大年三十，抛下生意从郑州赶回老家的河南省太康县农民王飞，在自家的6亩多麦田里架起水泵，抗旱浇麦。而在郑州，看天识天气的河南省气象干部职工把年夜饭的餐桌搬到了省气象台的会商室，共同迎战这场旷日持久的特大干旱。

由于持续无降水，河南旱情不断扩大，受旱程度日益加重。截至2009年2月1日，全省小麦受旱面积已达4150多万亩，其中严重受旱面积达700万亩，50万亩麦田出现麦苗枯死现象；部分山丘地区出现了临时性饮水困难。

2月3日，河南省气象局召开全省抗旱保麦气象服务电视电话会议，对做好当前抗旱气象服务工作进行再动员、再部署。自旱情发生以来，省气象局多次召开紧急工作会议，强调要对全省气象部门做好抗旱保麦气象服务工作进行再动员；要认真会商，提高天气预报准确率；要主动开展气候变化对小麦生育及病虫害发生发展的影响分析评估工作；要严密监视天气变化，适时开展人工影响天气作业；要加强加密监测和小麦田间调查工作。次日，两个联合调查组深入豫南、豫北等地，对冬小麦苗情长势进行实地抽样调查，并指导当地农民科学浇水。

早在2008年12月3日，河南省气象局就向河南省委、省政府上报服务材料，提示部分地区旱象开始抬头。旱情如命令，气象部门跟踪天气趋势，积极做好气象服务。12月30日，省气象局加发《全省持续降水偏少气温偏高，冬小麦干旱面积进一步扩大》服务材料。省政府依此决策材料，于次日专门召开了冬季麦田管理工作电视电话会议。副省长刘满仓要求，面对严重旱情，各地要采取一切必要的措施，把抗旱浇麦和麦田管理工作做好，把旱灾和天气气候对粮食产量造成的影响降到最低限度。

面对日趋严重的旱情，2009年1月7日，河南省气象局发布干旱橙色预警信号，并下发紧急通知，要求各级气象部门积极响应省防汛抗旱指挥部启动的Ⅲ级抗旱应急响应，及时提供抗旱气象服务。从1月5日驻马店率先实施人工增雪作业起，三门峡、洛阳、济源、焦作、安阳等地也适时开展了地面高炮、火箭人工增雨（雪）作业，作业影响区普降小雨（雪），一定程度缓解了旱情。

春节期间，河南气象干部职工连续坚守在预报服务一线；1月29日，根据天气会商结果，将干旱橙色预警信号提升为干旱红色预警信号，并加强了与各地抗旱指挥部和农业部门的协作和联动。

"降水少、温度高、空气干、气温变幅大，这是河南省 2008 年 11 月份以来的四大天气气候特点。"2 月 1 日，河南省委、省政府召开抗旱浇麦紧急会议，省气象局局长王建国在会上发言，指出全省小麦干旱面积扩大快、干旱程度日益加重，加上气温变幅大，旱寒交加，小麦苗情迅速下降，抗旱保丰收任务迫在眉睫。

翔实的科学数据、针对性强的建议，引起省委书记徐光春、省委副书记陈全国、副省长刘满仓等领导的关注，省领导对气象服务工作表示肯定。徐光春指出，要充分重视抗旱浇麦工作在全局性工作中的重要性，气象部门要密切监视天气变化，积极做好气象服务，把抗旱气象服务作为检验学习实践科学发展观的"试金石"。

大旱之年，科学应对，勇夺丰产。河南气象人，已疾步行走在抗旱队伍之中。

（《中国气象报》，2009 年 2 月 5 日，作者：王建忠）

上天入地揽水"解渴"

春分已过，往年已是绿油油的麦苗，2009 年却变成满地黄澄澄的柴草；不少养鱼、养藕坑塘因长期无水，几近干涸。产粮大省河南，自 2008 年 10 月下旬至今已连续 100 多天无有效降雨，全省遭受了自 1951 年以来的特大旱情，受旱面积达 4150 万亩，其中严重受旱 700 万亩，有 50 万亩出现麦苗枯死现象。

土壤水分监测仪田间测旱情

中原"渴声"一片。早在 2008 年 12 月 3 日，河南省气象局根据墒情监测情况，及时向省委、省政府报送了《麦播以来河南省冬小麦生产形势分析》的服务材料，提醒各地注意旱情可能发生，提前发出了干旱预警。

在干旱天气应急观测中，气象部门利用最多的是卫星遥感技术。河南省气象局充分发挥卫星探测技术及时、客观、全面的特点，全程跟踪监测旱情发展。同时，轻巧便携的自动测墒仪也为抗旱保苗争取了宝贵时间。2009 年 1 月 7 日，河南省委副书记陈全国在检查工作时，利用气象部门提供的便携式自动测墒仪，查看土壤墒情，了解旱情。他盛赞气象部门现代化的"武器"为抗旱提供了科技保障。

由中电集团第 27 研究所与河南省气象科学研究所联合研制的便携式土壤水分监测仪，可轻松获取不同地段的土壤水分值，旱情当头，科技人员加班加点生产了一批，并及时配发给 120 个基层台站，及时监测土壤墒情，为抗旱保苗提供最新监测数据，科学指导防旱抗旱。

同时，河南省气象局利用在全省布设的 10 部自动土壤水分监测仪站，24 小时连续监测墒情变化。科技人员通过收集到的监测数据，结合 GPS 仪定位信息，进行连续性的土壤墒情调查，并绘制水分变化趋势图，及时将旱情提供给有关领导决策。

模式、遥感、预警、防御集成应用

近年来，气象部门不断发挥气象现代化建设效益，积极开展黄淮平原干旱的监测、预警和综合防御对策等研究，提高减灾综合能力，保持黄淮平原农业可持续发展。

科研人员开发了"黄淮平原农业干旱遥感监测系统"，利用极轨气象卫星资料，定期发布黄淮平原农业干旱遥感监测系列化服务产品，监测准确率平均值达到 81% 以上。同时，利用遥感技术，并结合黄淮平原地理信息资料，科研人员建立了"黄淮平原农业干旱遥感监测与引黄灌溉需水量估算系统"，实现了墒情遥感监测、气象干旱分析、作物需水量分析、引黄灌溉效果评估、农业干旱综合监测评估等自动化业务。

当干旱灾害出现后，科技人员自行开发研制的"黄淮平原农田节水灌溉决策服务系统"派上了大用场。该系统将土壤墒情监测、预报结果与不同土壤类型、不同作物发育期的干旱指标和适宜水分指标相比较，实时提供灌与不灌、灌溉期、灌溉量等节水灌溉决策建议。

通过努力，河南省气象局目前已实现以遥感监测或台站的实测土壤水分资料为基础，结合数值天气预报产品或中长期天气预报产品，准确预测未来 7～10 天的土壤水分状况，并参考作物需水指标和干旱指标，进行干旱预警，实现了"区域气候数值预报模式—遥感监测—土壤水分预报模式—干旱预警"的集成应用。

同时，气象科技人员非常重视科研成果转化，经过两年多的田间试验，建立了一套集"深耕、秸秆翻压还田、充足底墒水、秸秆覆盖、有限灌溉、喷施多功能防旱剂"等于一体的黄淮平原主要农作物农业干旱综合防御技术体系，使防旱抗旱贯穿小麦等农作物全发育期，达到了降低生产成本、提高水分利用效率、节约水资源的目的。

启动水资源重大科技攻关项目

河南地处中原，自然灾害频繁，尤以干旱发生的频率高，影响范围广。为此，气象科技人员一直在研究人工增雨防御干旱的作用。2003年，河南省气象局完成"人工影响天气优化技术研究"，研制开发了具有国内领先、国际先进水平的人工增雨综合技术系统。但是，由于当时各方面条件有限，尚有许多科学问题没有真正解决。2005年3月，省气象局再次启动"河南省云水资源开发利用技术研究与示范"重大科技攻关项目。

同时，"十一五"期间，河南省还投资1亿多元建设空中云水资源开发工程，打造中原"空中水库"。"河南省空中云水资源开发工程"建设内容包括5处地面作业示范基地和13处市级人工影响天气指挥中心，全省人工增雨初步实现从单纯农业应急抗旱型增雨向防旱、抗旱、增蓄型增雨全天候作业转变，最大限度地缓解河南水资源短缺状况。

2009年2月7—8日，在旱情严峻时期，河南省各级气象部门抓住有利天气，积极实施地面、高空立体化人工增雨作业。作业后受自然降水和人工增雨的共同影响，河南全省普降甘霖。

农业气象专家介绍，本次降水对小麦生长发育带来了有利影响，尤其是豫西地区的小麦旱情得到了一定缓解。河南省副省长刘满仓在听取汇报后，盛赞气象部门利用科技力量在中原大地降下了一场小麦"救命水"。

（《中国气象报》，2009年2月12日，作者：王建忠 徐爱东）

牡丹倾城邮连万邦

4月9日晚，2009世界集邮展览暨河南省第27届洛阳牡丹花会开幕式文艺晚会在洛阳举行。当人们陶醉在梦幻般的开幕式时，洛阳市气象局内正在进行一场惊心动魄的保卫战——利用大规模人工干预手段把雨水拦截在洛阳城外。

早在3月底，洛阳市气象局开始为世界邮展暨牡丹花会提供专题气象保障服务。4月1日，种种气象资料显示，4月9—10日将有一次自西向东的明显降水天气过程。河南省委常委、洛阳市委书记连维良指示，要全力进行消雨作业，确保开幕式文艺晚会和次日开馆仪式不受天气影响。

4月6日下午，河南省气象局局长王建国主持召开了消云减雨协调会，成立了人工消雨工作协调机构。技术人员连夜研究作业方案，拟定了针对不同情况的三套作业方案。省气象局还紧急调配了两架作业飞机，部署了23门高炮和49套火箭发射架。

同时，洛阳周边的南阳、三门峡、平顶山、焦作、郑州等市气象局联动加密观测，5部新一代天气雷达、148个雨量站和自动站、1颗气象卫星密切监视着移动的云系。

4月8日下午，洛阳市气象局所有人工影响天气作业人员进入消雨阵地。4月9日晚，邮展开幕式晚会顺利举行。

10日5时许，洛阳西部的三门峡市首先向天开炮拦截雨水。6时许，位于第一道防线的栾川、嵩县、洛宁按照既定方案，向各作业点上空云层连续发射增雨火箭弹、37毫米高射炮炮弹，促使其提前降水。7时10分和7时50分，两架人工影响天气作业飞机分别从郑州、运城起飞，进行高空催化作业以驱散洛阳上空云团。

据雷达资料显示，9时许，在距邮展场馆西南方半径50公里上空出现了一条"晴空走廊"，气象人员的作业成功阻截了暴雨前行的脚步。开馆仪式顺利举行，牡丹花城的天空出现了一抹抹阳光。"科学的消雨方案、有特色的联动合作机制是确保此次成功实现人工消雨的两大'秘密武器'"。王建国这样说。而全程指导此次作业的奥运会人工消雨专家组组长张纪淮教授说："这次消雨作业是我国人工消雨方面准备时间最短的一次，也是为数不多的、资料齐全的成功范例之一。"

（《中国气象报》，2009年4月23日，作者：王建忠 郭萍）

播雨消雹的大手笔

距红旗渠两公里处，河南省安阳市林州任村的人工增雨防雹炮站依山傍水，两库两室（炮库、弹药库、值班室、休息室）、一卫一伙（卫生间、伙房）崭新整齐，炮台、多要素自动站、自动土壤测墒仪一应俱全，俨然一个气象"小康之家"。

人工增雨防雹炮站建设是河南省空中云水资源开发工程项目实施中的大手笔。2009 年，在安阳，像任村这样的高标准炮站共有 24 个。在河南，像安阳这样用一年时间高标准建成人工增雨防雹站网尚属首例。

"质量最优、速度最快，归结于省气象局和市、县两级政府的大力支持！"安阳市气象局局长申安喜说，"由于近几年人工增雨发挥的显著效用，当地政府十分支持炮站建设。"

在建设初期，安阳市副市长葛爱美就明确批示，要严格按要求配套，力争一次性高质量建成。当年，每个基地投入均在 15 万元以上，全区共投入资金达 327 万元，为建好基地打下了坚实基础。

安阳市气象局将 2009 年定为标准化人工增雨防雹炮站建设年。针对拟建的 24 个标准化固定炮站，统一制订项目方案，结合地形地貌和当地农业特点，科学布局。在建设中，注重整合资源，与多要素自动气象站、土壤水分自动监测仪等业务建设项目"三站合一"，为特色农业提供最大化服务。全市 24 个增雨防雹炮站中，有 18 个是"三站合一"的乡镇综合气象站，有 15 个是与四要素区域自动气象站合二为一的。

安阳市气象局还创新研制出自动拖炮系统，实现高炮出入库机械自动化。只要一个人就可以轻松地将重达 2.7 吨的大炮随意拉进、拉出炮库，一举改变了每次作业都要 5 ～ 10 人来拖的历史，节约了大量的人力、物力、财力。目前，全市各炮站都在普及推广。同时，炮站建在农业示范基地、风景区、水库等对气象服务有特别需求的地方。全市炮站在现代农业示范园区 6 个、景区 4 个、水库两个，为地方特色农业提供最大化服务。建在景区的炮站还成为园内一景，为景区增色，受到当地政府和群众欢迎。

申安喜说，人工增雨防雹站网建成后，将为"十年九旱"的古都安阳"播雨消雹"，更好地服务当地新农村建设和粮食核心区等重点工程。

（《中国气象报》，2009 年 11 月 27 日，作者：王建忠 卜晓娜）

向天"借"水润中原

从 2010 年 10 月以来,河南省 27 县、市无有效降水日数已超过 116 天。来自气象部门的统计显示,截至 2 月 7 日,全省平均降水量为 13.5 毫米,比常年偏少 86.8%。"如何应对这场关乎夏粮生产的旱情,对全省气象工作者来说是一个考验。每一个基层党组织都要发挥战斗堡垒作用,每一个党员都要充分发挥先锋模范作用,每一个职工都要充分发挥主观能动性,充分发挥气象现代化建设效益,创造性开展工作,为抗旱保苗尽最大努力。"河南省气象局局长王建国说。

提早进入抗旱状态

3350 万亩农作物受旱,其中有 245 万亩是重旱,15 万人饮水困难。记者从省防汛抗旱指挥部办公室获悉,严重的旱情给全省夏粮生产带来了较大的影响,抗旱形势非常严峻。

2011 年 2 月 5 日,河南省副省长刘满仓主持召开抗旱工作会议,安排部署全省抗旱工作。他强调,气象部门要做好气象保障工作的方案,加强天气预报预测工作,通过各种渠道及时向领导和基层群众发布天气预报,指导群众根据天时抗旱浇麦,为群众提供优质服务。

在这场抗旱保麦苗的"战斗"中,河南气象部门干部职工已早早进入"阵地"。早在 2010 年 11 月 22 日,省气象局向省委、省政府提供了干旱决策服务材料,指出豫西北、豫西南等地出现旱情,旱情将维持并有进一步发展的趋势,建议各地及时做好抗旱工作。12 月 31 日,省气象局召开全省抗旱气象服务电视电话会议,进一步安排部署抗旱气象服务工作。2011 年 1 月 22 日,省气象局紧急下发《关于做好抗旱气象服务工作的通知》。1 月 30 日,春节临近,省气象局召开局务会议,对抗旱气象服务工作进行再落实。

为抗旱提供科技支撑

河南省气象局强化了监测预报预警业务,将现代天气预报业务试点、现代农业气象业务试点成果如精细化要素预报、自动土壤水分监测仪、灌溉指数等充分应用到抗旱气象服务中去,不断提高气象服务的针对性、有效性、科学性。组织开展土壤墒情加密观测、田间调查,加强卫星遥感监测、土壤水分自动观测及移动观测资料的应用，开展旱情实时监测分析。及时组织开展专题会商，加强雨雪天气和强冷空气过程监测预报工作，切实做好气象干旱发展趋势的预报预测及影响评估。加强与农业、水利等部门的沟通和信息共享，了解服务需求，及时向政府及有关部门报送气象干旱监测、预报预测等决策气象服务材料。

河南省气象局每天向河南省委、省政府及有关部门提供一期旱情分析决策服务材料。省气象局主要领导和分管领导多次当面向有关领导汇报全省旱情发展情况及未来发展趋势，并在全省干旱会商会、省委农村工作会上发言，介绍旱情和天气情况。增加气象信息发布渠道和频次，为基层部门和广大农民做好抗旱工作提供准确及时的气象信息。

向天"借"水润中原

在春节期间，河南气温节节攀升，让本已"喊渴"的冬小麦更加干渴。

2月9日，河南人工影响天气工作者抓住有利天气时机，利用飞机、高炮、火箭开展人工增雨（雪）工作。当天，省人工影响天气指挥中心和增雨机组密切配合、科学谋划、捕捉时机，克服了机场能见度差、跑道积雪、空中剧烈颠簸和结冰等重重困难后，两次起飞在全省开展空中作业。同时，全省18个市、105个县抓住时机，积极实施高炮、火箭、高山烟炉人工增雨（雪）作业。在自然降雪和人工增雨雪共同作用下，河南全省当天普降瑞雪。

气象工作者的艰辛付出，得到了河南省委、省政府领导的肯定。省长郭庚茂、副省长刘满仓表示要亲自到气象部门慰问干部职工。中国气象局局长郑国光在获悉人工增雨（雪）成功后，致电表示祝贺，并慰问增雨机组人员和一线值班人员。

（《中国气象报》，2011年2月17日，作者：王建忠）

人工影响天气飞机跨省作业缓解河南旱情

2011年2月25日14时44分，河南省郑州市新郑机场，人工增雨飞机冲向天空开展作业。与此同时，河南各地气象部门抓住有利天气时机，积极开展高炮、火箭作业。气象数据显示，在人工催化和自然降水的共同作用下，截至

27 日 6 时，河南平均降水量为 13 毫米，其中大部分地区降水量在 5～15 毫米之间，有 30 个站超过 15 毫米，5 个站超过 30 毫米。

2 月 26 日，中国气象局副局长矫梅燕、河南省副省长刘满仓先后给河南省气象局发来短信，向战斗在人工影响天气作业一线的同志们表示慰问。受省政府委托，河南省气象局局长王建国到登封市气象局人工影响天气作业现场看望慰问一线增雨作业人员。

2 月 24 日，河南省政府连续发布《2011 年河南省抗旱夺取夏粮丰收实施方案》和《河南省抗旱应急灌溉工程实施方案》，要求全面做好抗旱保丰收工作。河南省政府文件中指出，自 2010 年 10 月以来，河南省遭遇严重的气象干旱，全省大部分地区 130 多天基本无有效降雨，为 1951 年以来同期最少值。目前，河南省麦田受旱面积已达 3430 万亩。

2 月 25 日，河南、山东、安徽、江苏等省人工影响天气办公室视频会商豫鲁皖苏人工影响天气事宜，制订协同开展飞机跨省联合作业方案。25—27 日，在豫执行人工影响天气作业的增雨飞机共作业 3 架次，飞行 6 小时，作业区域包括河南省西部、西南部、中部、东部。在河南省进行作业的飞机 1 架次飞入山东西南部、安徽北部、江苏西北部进行增雨作业；在山东作业的飞机也有 1 架次飞入河南省东部、安徽北部开展跨省联合作业。据统计，2 月 25—27 日，河南省 18 个地、市共作业 618 点次，发射炮弹 9810 发，火箭弹 1471 枚。

与此同时，平顶山市气象局组织抗旱气象服务小组，将《麦田管理建议》发放到正在抗旱浇麦的农民手中；驻马店市气象局农气人员选取具有代表性的高、中、低产麦田进行返青期调查；安阳市气象局组织农业气象技术人员及时向政府提供调查数据；鹤壁市气象局与市人民广播电台《政风行风热线》栏目组合作，来到位于淇滨区钜桥镇岗坡村万亩小麦示范田里进行现场服务直播，指导农民科学抗旱浇灌……此外，各级气象部门增加信息发布渠道和频次，充分发挥电视、广播、"12121"电话、手机短信、农业气象信息服务网站、乡镇气象信息服务站、大喇叭等信息传播渠道的作用，将各种抗旱服务产品及时向社会公众发布，积极指导抗旱农业生产活动。

此外，2 月 26 日，河南省气象局向北方旱区气象部门赠送 18 套便携式土壤水分速测仪，支援北方旱区各省气象部门开展抗旱气象服务工作。

（《中国气象报》，2011 年 2 月 28 日，作者：王建忠）

力助中原实现"国人粮仓"梦想

2012 年 5 月 1 日凌晨，豫西山区宜阳县城，随着"隆隆"的几声炮响划破宁静，豆大的雨点掉了下来，润泽了干渴已久的麦苗。1958 年，就在这块土地上，河南发射出第一枚人工影响天气作业炮弹。

"那时都是土炮土火箭，发射时就像现在的放烟火。而现在，人工影响天气更有科技含量，成为保障河南高标准粮田'百千万'建设工程重要的科技支撑！"河南省气象局局长王建国说，人工影响天气工作造福百姓，赢得了政府部门的充分认可，还促进了气象部门自身发展。

强化政府主导　加大财政投入打基础

"政府主导、财政支持"是近些年河南人工影响天气工作快速发展的关键词。

河南降水时空分布不均，自古以来旱灾较为频繁。同时，河南又是农业大省，粮食产量直接关系到国家的粮食安全。如何破解这一难题？实践证明，人工影响天气科技是粮食生产强有力的"保护伞"，是打开夏粮连年丰收之门的"金钥匙"。

记者了解到，50 多年来，河南人工影响天气工作一步一个足印，进入"十一五"以来更是走向跨越式发展。据统计，近 8 年来全省共投入人工影响天气经费 2.7 亿元，每年增长率均在 20% 以上，是"九五"期间投资的 2 倍。尤其是 2007 年 4 月，省政府常务会议正式批准了总投资 1.8 亿元的"十一五"省重点工程"河南省空中云水资源开发工程"，为全省人工影响天气基础设施建设提供了有力支撑。

目前，河南省政府及全省 124 个作业单位都成立了以政府分管领导为组长的人工影响天气工作领导小组。省政府先后制订下发了《河南省人工影响天气管理条例》《人工影响天气安全管理规定》，出台人工影响天气业务管理和经费管理的各项规章制度 18 项；各地政府也都相继出台了支持人工影响天气事业发展的文件，或将人工影响天气工作纳入了市县政府目标考核。全省已规划建成三门峡防雹、焦作林区生态、鹤壁水库增蓄、郑州城市环境改善、周口平原抗旱型等 5 个示范基地；建成了省人工影响天气指挥中心、飞机增雨外场指挥中心，完成了 18 个市级人工影响天气指挥中心建设和 339 个标准化固定炮站建设任务；全省共有 37 毫米高射炮 282 门、火箭发射架 380 部、高山烟炉 43 台，地面作业控制面积占全省总面积的 48.5%。

2012 年年初，河南省委一号文件提出"争取建立国家中部人工影响天气跨区联合作业指挥中心和基地，强化人工影响天气基础设施和科技能力建设"；《河南省建设中原经济区纲要（草案）》提出"积极开展人工影响天气作业，开发利用空中云水资源"；《河南省人民政府关于建设高标准良田的指导意见》提出"加强农业气象灾害自动化监测网和人工增雨防雹作业网建设"。

加强科技创新　创立跨区作业新机制

国内首架改装专门用于人工影响天气作业的飞机于 2011 年 11 月 16 日在郑州投入使用。随着河南人工影响天气技术的不断发展，传统的人工播撒盐粉、人工搬运和使用干冰，已被机载碘化银燃烧炉、飞机焰弹、碘化银末端燃烧器等多种现代化催化系统所取代，作业效率得到明显提高。

多年来，河南气象部门始终坚持科技创新，不断提升人工影响天气业务服务的科技内涵。近 8 年来，他们参加国家级科研项目 1 项、省部级科研项目 1 项、地厅级科研项目 12 项。其中，"河南省云水资源开发技术研究及示范攻关项目"获得 2008 年河南省科技进步二等奖。他们开发并逐步完善了集多功能于一体的综合业务技术指挥系统和空域审批系统，荣获 2010 年全国优秀人工影响天气业务系统。从 2007 年开始，河南省气象局向全省发布作业条件潜势预报产品，进一步提高了人工影响天气作业科技水平。

为充分发挥部门优势，河南省气象局积极探索建立规模化的跨区联合作业新机制。省人工影响天气工作领导小组各成员单位加强合作，加大资源信息共享，形成了推动人工影响天气事业发展的强大合力。2008 年，由三门峡、洛阳、南阳、平顶山、许昌及山西运城组成的跨省区联合防雹协作组织在河南省气象局成立，开始了上下游结合的联合防雹作业。

2009 年 8 月，河南省气象局倡议成立了豫鲁皖苏四省以及空军、民航等部门协助组。同年，发起了由豫北 6 市和山西长治、河北邯郸、山东聊城参加的泛太行山区域人工增雨防雹协作组织。近 3 年来，各协作组织共实施飞机联合跨区作业 20 余架次，作为典范在全国推广。

强化多元服务　趋利避害大智大勇

近年来，河南省气象局紧紧围绕增雨防雹减灾、缓解水资源短缺、改善生态环境等方面开展人工影响天气工作，并坚持人工影响天气工作"四个转变、四个提高"的发展思路，即由季节性作业向常年性作业转变，由应急抗旱型作业向防旱型、蓄水型、生态型作业转变，由注重作业规模向注重提高科技水平和总体效益转变，由独立作业向区域联合作业转变；不断提高作业能力、作业效益、科技水平、区域协作能力，最大限度地减轻了干旱、冰雹、林火等灾害损失。据统计，8年来全省累计开展飞机人工增雨（雪）作业121架次，出动高炮5994门次、火箭3182架次。

特别是在2009年和2011年全省大范围、长时间特大干旱期间，省气象局及时启动应急抗旱作业，作业持续时间、作业规模均大大超过历史同期。2009年，全省粮食总产量达1078亿斤，增长2.5亿斤；2011年，全省粮食总产量达1108.5亿斤，增长21.1亿斤。

副省长刘满仓多次到机场看望机组人员，并赞其"为小麦生长带来了及时雨、救命水"。各市、县领导纷纷赶赴地面作业现场，慰问作业人员。作业区老百姓曾拿着熟鸡蛋和热馒头对作业人员说："你们增的不是雨水，是白白的面粉！"

省气象局还紧密结合特色农业、万亩粮田、有机蔬菜基地等建设需求，多方协作，开展人工增雨（雪）、防雹配套设施建设，累计防雹保护面积约4万平方公里，减少经济损失6亿元；气象部门积极拓宽服务领域，为2007年4月第二届中国中部投资贸易博览会、2009年4月洛阳世界邮展暨河南省第27届洛阳牡丹花会的顺利举办，成功实施了消云减雨作业。

目前，根据《河南省政府关于建设高标准良田的指导意见》，省气象局正加强人工增雨防雹作业网建设，建设人工增雨消雹观测系统、催化系统、实时监控指挥系统、效益评估系统；建设豫鲁皖苏鄂作业区河南商丘飞机人工增雨基地；新建600个标准化高炮、火箭作业站，增强粮食生产抗御气象灾害的能力。

河南小麦在大灾之年连续增产，"要紧紧围绕中原经济区、粮食生产核心区和国家新增千亿斤粮食工程建设需求，以效益为中心，以安全为命脉，把实现跨越式发展作为第一要务，进一步加强人工影响天气基础设施和现代化建设。"王建国说。

（《中国气象报》，2012年5月16日，作者：王建忠 黄宪刚）

捕捉天时气象为花都添彩

2016 年 9 月 26 日，素有"花都"之称的河南省许昌市鄢陵县国家花木博览园内繁花似锦、宾客满堂，第 16 届中国中原花木交易博览会（以下简称花博会）在这里开幕。面对花博会期间复杂的天气形势，气象部门超前谋划、精准预报，圆满完成各项服务保障任务，获得河南省委副书记、省长陈润儿"气象部门天气预报很准确，人工影响天气很有效"的赞誉。

由国家林业局和河南省政府主办的花博会是国内规格最高的花木交易盛会，通过花博会搭建招商引资平台，鄢陵县已由默默无闻的小县城变成广为人知的"中国花木之乡"和"全国花卉生产示范基地"。为确保花博会顺利开幕，许昌市气象局早已在一个月前成立了专门的气象服务保障组，制订周密的气象保障方案和人工影响天气作业预案。

开幕式当天是否会出现降雨？什么时间会降雨？降雨会带来哪些影响？围绕组委会最关心的 3 个问题，气象部门制订专项服务方案和应急预案，开展省、市、县三级联合天气会商。河南省气象台联合许昌市气象台首次发布包含天气现象、降水量、风向风速、温度等气象要素的花博会逐时预报产品。气象台指出，2019 年 9 月 26 日 9—10 时，花博会开幕式时段有阵雨，将视情况开展人工影响天气作业。在开幕式前 3 天，移动气象台进驻花博会现场，每日提供逐 3 小时天气预报。

"这下我心里就有底了！"看到手中的逐小时预报产品和人工影响天气方案，许昌市委书记武国定高兴地说。

9 月 25 日 17 时，按照统一部署，许昌、南阳、平顶山、驻马店、漯河、郑州等 6 个地市组成人工影响天气网，根据有利作业的天气形势，协同开展作业。26 日 5 时，当地小时降水量由 4—5 时的 3.4 毫米逐渐下降至开幕式关键时段的 0.2 毫米，开幕式各项活动没有受到天气影响。

"此次人工影响天气作业成效显著，保障了花博会开幕式成功举办。"26 日 18 时，武国定再次对气象部门的工作给予肯定。

（《中国气象报》，2016 年 9 月 29 日，作者：王建忠 王明学 尹彬）

第七章
精准扶贫

让留守者变成幸福的守望者

寂静无声的河南省信阳市新县郭家河乡湾店村，在鸡鸣声中迎来新的一天。52 岁的农妇周晶匆忙起床，安顿好家里老少，就匆忙奔向村外的蘑菇种植基地。和周晶同样早早走出村口的，还有吴骞，河南省气象局派驻该村的"第一书记"。

提前规划　局村联动一盘棋

吴骞来到这个村子已有一年多时间。"去年 9 月，我第一次进村，山路拐了多少个弯都记不清了。村里只见老人和儿童，村头破败的土房甚至长出了野茅草。"面对如此景象，吴骞心里很难受，也担忧自己能否扎根于此。

帮扶工作的首要任务是摸清底子。湾店村属省级重点贫困村，全村辖 18 个村民组，32 个自然村，525 户，总人口 2310 人，其中贫困户 81 户 203 人。这些数字，是吴骞在村里逐户走访统计出来的。这是一个典型的留守村落，外面的世界很精彩，浓浓乡愁已然留不住外出的村民。

吴骞有写日记的习惯。日记本上密密麻麻的字，记录了诸如走访张大爷家、换蘑菇料、结算工钱、修村里水塘、翻修刘家的屋子等琐事，却来不及记录心情和冷暖。"时间太短，做事要争分夺秒。"农业气象专业毕业的吴骞，深知"授人以鱼不如授人以渔"的道理，凭着自己多年在气象为农服务一线的工作经验，决定开发当地气候资源，发展特色产业，探索一条"人不出村，村头脱贫"之路，解决"出不了村，就不了业"的留守贫困群体脱贫问题。

小小的湾店村，仅有一条乡村公路与外部连接。通过这条路，河南省气象局负责人三次到村里实地调查，最终综合考量河南气象部门实际和定点扶贫村的特点，形成"挖掘气候资源，找准特色产业；借力社会力量，争取政府投入；科技引智造血，打赢脱贫攻坚"的气象精准扶贫工作思路。"帮助全村 81 户、203 人脱贫致富，义不容辞、责无旁贷。"河南省气象局负责人说，不让一个困难老乡掉队，全部如期实现小康，这是气象工作者的郑重承诺。2016 年 5 月，省气象局为加强帮扶人员力量，新选派人事处副处长孟祥杰驻村负责扶贫工作的协调衔接工作。

科技扶贫　对症下药拔穷根

周晶赶到蘑菇种植基地时还不到7时，她的工作是采摘大棚里的蘑菇。"我得赶快采，不然蘑菇就长得太大，没有卖相了。"周晶说，采蘑菇也是个技术活，她是受过培训的。

这便是吴骞依据当地气候资源引进的"四菇连种"项目。"湾店村年平均气温约15.3℃，较郑州高1.1℃，年均降水量约1200毫米，是郑州的两倍，气候温和湿润。"他说，这里独特的气候资源优势特别适合特色菌类种植。

职业习惯使刚到村里的吴骞就琢磨起了气候资源的开发利用问题。经多方打听，他获悉"四菇连种"项目与这里的气候条件十分匹配，立即北上，邀请负责该项目公司的技术人员到村里考察。专业的气候评估报告和翔实的发展规划，最终赢得企业投资1500万元，建设占地110亩的蘑菇种植基地，生产草菇、双孢菇、杏鲍菇、平菇等绿色食用菌。

基地的建成使得守家的村妇能够上班挣工资了。2016年5月10日开始，一期80个大棚陆续出菇，平均日产鲜菇3000余公斤，其中80%的草菇储存为盐水菇，外运加工出口。吴骞说，一个棚一年保守能赚3万元，"企业＋基地＋贫困户"的模式，让村中81户贫困户全部有工可干。他算了一笔细账：81户贫困户入股"四菇连种"项目，可获得不低于20%的分红，一年有800元左右的收入；安排劳力贫困户优先到基地就业，留守妇女、甚至老弱病残全部在基地就业，每天收入70～200元不等，全村150多人实现了就业。等年底120个标准化菇棚全部建成后，能提供300余个就业岗位，预计年产值近3000万元。

"我身子有病没法出去打工，每天来基地采摘蘑菇，小孩的学费就不愁了，也基本解决了家里的日常开销。"第一批来基地务工的贫困户周晶，如今已是一个技术熟练的老职工了。"给钱，只能解决眼前的问题。而利用科技产业扶贫，把工厂开到村口，让我们看到了实实在在脱贫的希望。"村委会主任杨吉清说，省气象局的帮扶让村里人第一次看到科技的力量，脱贫有了盼头。

信阳市扶贫办主任郑海春告诉记者，"企业＋基地＋贫困户"是帮助群众脱贫的好模式，把贫困户组织起来，既促进整体脱贫，又降低个人投资风险，"通过产业扶贫，建立长效机制，才能使贫困户从脱贫到富裕，到小康。"

蘑菇种植基地的门口，建有一套六要素自动气象站，3块多媒体LED显示屏，滚动播出天气信息和农事生产建议。这套由河南省气象局自筹资金45万元建设的气象智能保障系统，利用传感器、互联网、计算机、手机、LED显示屏等构建起蘑菇大棚物联网，种植户、研究人员、气象环境数据与网络无缝对接，实现了蘑菇生产智能化监控及管理。

"每当灾害天气来临前，工作组都通过短信向村干部、村民发送预警和防灾建议，有效减少了灾害损失。"湾店村村委会主任杨吉清说，2016 年 7 月，信阳遭遇了一场罕见的大暴雨。幸亏驻村工作组提前发出信息，并及时转移群众 300 多人，才避免了村里的人员和财产损失。

稳步发展　留住历史唱新歌

64 岁的杜章国是河南省气象局人事处党支部的帮扶户，"我家吃的米、面、油还是赵局长送来的！"2016 年 6 月 5 日，河南省气象局组织 21 个基层党支部与 81 户贫困户一一结对，各支部书记深入贫困户家中认门结亲。帮扶结对后，各支部经常主动联系贫困户，力所能及地提供资金帮助、致富信息。部分党支部根据贫困户生产需求，组织干部职工为其提供紫云英、油菜种子和化肥等物资，帮助增收增效。

正是有了全省气象部门干部职工的支持，吴骞在湾店村的扶贫事业一天一个样：争取省派第一书记专项资金 45 万元，用于农田基础设施和水毁工程建设；修通了上、下胡畈村组的道路，使近在咫尺的两个村子连在一起；整修了 6 口大塘、8 条堰，修建了两座便民桥，避免村民因洪涝灾害而返贫。

16 时，蘑菇基地的工作基本结束。吴骞说，他每天一上班就来蘑菇基地，一般都得待 8 个小时左右。在一旁的杨吉清忍不住告诉记者，除了蘑菇基地，村里还有一堆事在等着吴骞。前段时间，一家电视台的记者来采访，还没进入主题，吴骞就被十万火急地叫回村里，两家村民为了水塘抽水的事都快要打起来了。吴骞火速赶到冲突现场，及时化解了一场纠纷。

村子里有一条洁净的街道叫桂花大道，这是扶贫工作组筹资建成的，寓意"八月桂花香满地，百里金稻灿映天"。吴骞说，现在每次走过这条街道，总有一种恍如隔世的感觉。吴骞开始将眼光投向乡村旅游资源的整合与开发，并争取资金 280 万元，用于停车场、登山步道等旅游产业配套设施建设。可以预见，当美丽的古村落抖落出历史印记，土特产出落成魅力产品，老土屋弥漫出乡愁氛围，小石板路招引来八方游客……城里人来村头消费，留守农民不出村就能增收，"第一书记"的脱贫致富计划，就这样逐步使村里的留守者转变成了幸福的守望者。

（《中国气象报》，2016 年 12 月 6 日，作者：王建忠　何勇）

小蘑菇撑起幸福"伞"

作为河南省气象部门唯一一名驻村第一书记，吴骞发挥专业优势，帮助贫困村找出一条特色菌类种植脱贫路。然而，这条路却并不平坦。

湾店村，位于革命老区新县，青山、绿水、湿地、农田，构成了美丽的生态自然景观。在这个偏远山村，有一条洁净的街道叫桂花大道。这是河南省气象部门扶贫工作组筹资建成的，寓意"八月桂花香满地，百里金稻灿映天"。吴骞每次走在这条路上时，心里总是充满对未来美好生活的憧憬。

2015 年 8 月，河南选派 1.2 万余名优秀干部驻村任第一书记，专职承担扶贫脱困工作。吴骞，作为河南省气象局选派的唯一的驻村第一书记，带着组织的嘱托于当年 8 月 31 日来到这个小山村。

"驻村干部得有婆婆的嘴、毛驴的腿、橡皮的肚，我来之前就做好了充分的思想准备。当时就想，来了就不能怕'摊上事儿'。"吴骞说。

安顿下来后，吴骞就开始拿着记录本和照相机，沿着蜿蜒的山路，逐户摸底走访调查。他走访了全村 18 个村民组，32 个自然村，525 户村民，摸清了"家底"，搞清楚了 81 个贫困户的致贫原因。

吴骞大学学的是农业气象。凭借多年气象工作经验，他敏锐地发现，当地气候条件非常适宜发展特色菌类种植。

按照河南省气象局制定的"挖掘气候资源，找准特色产业；借助社会力量，争取政府投入；科技引智造血，打赢脱贫攻坚"的气象精准扶贫工作思路，吴骞开始四处寻找投资公司，终于得到郑州一家公司的支持。

此后，历时两个多月，5 次实地考察，该公司在 2015 年 12 月与湾店村签约建设"四菇连种"项目，首期意向投资 1500 万元，计划在村里建设 120 个标准化蘑菇大棚。

有了项目，就要流转土地，吴骞发现自己真的"摊上事儿"了。原来，过去有人在村里流转土地搞养殖，可不到两年便"毁约退地"，让村民吃了大亏。这次，无论吴骞说啥，村民都将信将疑。有些村民白天不在家，吴骞就半夜去，去一次不成就多去几次，说不通就托村民的亲戚朋友去"做工作"；有的村民前一天同意了，第二天又反悔；还有的村民半夜去拆蘑菇大棚。为此，那段时间，吴骞没有睡好觉，甚至累出了病。

"有村民顾虑这些土地会被挪作房地产开发，我们就在合同里专门加上了一句话'如果不发展蘑菇种植就收回土地',彻底打消了他们的疑虑。"吴骞说。

仅解释工作,吴骞前后用了半年时间。2016 年春天,湾店村委会旁的 110 亩土地上陆续建成了 80 个标准化蘑菇大棚。

当年 5 月 10 日,这些大棚开始出菇,平均日产鲜菇 3000 多公斤,并全部通过外销进行深加工。一些贫困户还在蘑菇大棚里打工,真正尝到发展蘑菇种植的"甜头"。

谈到蘑菇种植项目,47 岁的贫困户陈良红感触颇深。她因小儿麻痹症左腿残疾,而丈夫郭忠福也有二级残疾,家里还有一个儿子在上高中。过去,全家靠郭忠福在建筑工地打工的收入苦苦支撑。"去年半年时间,我在蘑菇大棚里打工,挣了 6000 多元钱,相当于家里之前 10 个月的开销。"陈良红说。

吴骞给记者算了一笔脱贫账:村里 81 户贫困户靠到户增收资金入股"四菇连种"项目,每年可分红 800 元左右;贫困户无论老弱病残都可以在蘑菇基地打工,每天收入 70 元至 200 元不等,干得好一年能收入两万多元。到 2017 年年底,全村 120 个蘑菇大棚将全部建成,能提供 300 多个就业岗位,预计年产值近 3000 万元。仅靠这个项目,全村 81 户贫困户便有望全部脱贫。

现在,陈良红每天就巴望着蘑菇大棚早点出菇。而吴骞仍围绕脱贫攻坚干得热火朝天,帮村子找更多"出路"。

在吴骞看来,如果能让那些无法外出务工的"留守村民"在村里赚到钱,美丽乡村梦便能早日实现。

(《中国气象报》,2017 年 4 月 12 日,作者:王建忠 孙清清)

"南果北种"打造扶贫"新引擎"

"前段时间连阴雨,天气放晴后,大棚里湿度不断增大,火龙果出现腐败病苗头,得赶快想办法防止大面积蔓延!"2017 年 10 月 24 日,在河南省开封市通许县邸阁乡娄庄村扶贫产业园区里,开封市气象局"驻村工作队长"王广胜对火龙果种植大户潘清刚叮嘱道。2016 年 4 月,王广胜和两个同事组成扶贫驻村工作队,入驻该村开展扶贫工作。

娄庄村属典型的中原农村,由于农业自然条件恶劣,基础设施落后,严重制约了该村的发展。然而作为热带、亚热带水果的火龙果,却在 2017 年通过气象科技的助力，在娄庄村实现"南果北种"。"这些经济价值极高的南方水果，将成为村民脱贫致富奔小康的新希望。"王广胜说。

在娄庄村扶贫产业园区，已经建成 18 个标准化大棚。在其中一个大棚里，新种一月有余的火龙果已经开始萌出新芽。"有个战友在山东，向我介绍了火龙果大棚种植技术。我和村干部去考察后，觉得这个项目特别适合引进。"王广胜说，火龙果种植除对气象要素要求高以外，特别易于管理，成活后一年多就可挂果，收果期长达 20～30 年，在北方经济价值又高，可保障村民稳步脱贫致富。

为保障项目顺利进行，王广胜与村干部采取合作社的形式，以潘清刚作为致富带头人、工作队及村委干部协助的模式建设。在扶贫工作队的帮助下，娄庄村"南果北种"扶贫产业园和生态农庄基地初步建成。潘清刚说，"南果北种"扶贫产业园以种植火龙果、柠檬、软籽石榴、草莓等为主，而生态农庄则是种植绿色无公害蔬菜，以订单农业的创新合作方式，与河南广播电视台民生频道《民生大联动》栏目组合作，将放心蔬菜直接送到城市居民家中。

"一人富，不是富。"对扶贫产业园和生态农庄的建设，王广胜倾注了全部心血。产业园采取"合作社＋基地＋农户"模式，优先吸纳贫困户加入合作社，积极引导贫困户就业，同时还鼓励部分贫困户以到户增收资金入股，实现贫困户"零投入"分红获利助力脱贫。

娄庄村阳光充足，土壤肥沃，村民有种麦子、西瓜的传统。王广胜利用已掌握的农业气象技术，优化"麦-瓜-椒-米"套种技术。"庄稼地里一年四熟，最大限度利用了土地资源。"村支书金宝庭说，"收麦前种下西瓜和辣椒；收西瓜、辣椒之前又可以种下玉米，采用这样的套种技术，每亩地要比原来多收入好几千元。"在去年的生产中，王广胜发现农户普遍存在种植西瓜产量低、嫁接后西瓜不甜等问题，严重影响瓜农经济收入。2017 年 5 月，开封市气象局邀请市农林科学研究院西瓜研究所所长程志强来到村里，专门举办"西瓜病毒病发生的原因与防治"的专项技术培训讲座，给 30 余位瓜农答疑解惑。这样的专项技术培训讲座，隔一段时间就举办一次，"需要什么技术，就邀请什么样的专家来村里授课。"金宝庭说。

心中有感情，脚下有印迹。经过一年多的努力，娄庄村原来的 163 户贫困户 543 人，现在只剩下 13 户 40 人没有脱贫。"争取提前两年实现贫困人口全部脱贫！"王广胜说，"我们要坚持精准扶贫、精准脱贫，充分发挥气象科技的优势，如期完成脱贫任务！"

（《中国气象报》，2017 年 11 月 20 日，作者：王建忠 刘红雨）

推窗见绿　出门见园

"是新乡市气象局驻村工作队和河南金利华农业发展有限公司给了我希望，并改变了我的人生。"在河南郑州读大二的任菲凡，2017年暑假结束后又回到了熟悉的校园。禁不住心中激动，她给市气象局写了一封感谢信。

原来，2017年年初的一场车祸，花光了任菲凡家所有积蓄，还欠下许多外债。任菲凡的父亲便动了让女儿辍学打工偿还外债的念头。

任菲凡所在的上乐村，是新乡下辖卫辉市的一个小乡村。虽然距县城较近，土壤肥沃，但苦于发展无方，仍是该地典型的贫困村。新乡市气象局派驻该村的"第一书记"任洪宾得知这个消息后，年都没过完，就匆匆回到村里。通过协商，他帮助任菲凡把家里的4.5亩耕地流转给了河南金利华农业发展有限公司，并安排任菲凡的妈妈到公司打工。通过任洪宾的努力，这个贫困家庭的燃眉之急解决了，任菲凡的学费也有了着落。

任洪宾是河南选派1.2万优秀干部驻村任"第一书记"中的一员。2014年10月，他带着组织的嘱托，来到这个小乡村，在破旧的村办公室里安下了家。第二天鸡鸣声起，他就拿着记录本，踏着泥泞土路，开始逐户走访调查。不到一个月，他就摸清了全村的"家底"，确保精准扶贫"不漏一户、不落一人"。

"再穷也要把脸洗干净！"任洪宾到村里的第一件事，就是向"脏乱差"开刀。在新乡市气象局的大力支持下，他带领村两委多方筹措扶贫资金200多万元，实施上乐村"家家通""户户绿"工程。一年过去了，村里道路平坦了，水泥路修到了各家各户门口，村民再也不担心下雨天走泥路；夜晚路明了，69盏太阳能路灯覆盖全村，村民不再担心夜晚出行；村里绿了，四季花木装扮村庄每个角落。

"扶上马，还要送一程！"任洪宾的理想，是要让上乐村彻底脱贫，走稳致富路。他凭借气象专业知识，发现当地气候条件非常适宜种植葡萄。按照省气象局制定的"挖掘气候资源，找准特色产业；借力社会力量，争取政府投入；科技引智造血，打赢脱贫攻坚"的气象精准扶贫工作思路，他开始四处寻找投资公司。下山东，跑河北，他终于打听到山东金利华农业发展有限公司（后在河南新成立河南金利华农业发展有限公司）种植的紫玉葡萄品种与当地气候条件非常适合。当看到颗粒饱满的紫玉葡萄时，任洪宾仿佛一下子看到了脱贫的出路。"难得村里有这么好的气候条件，葡萄又是附加值极高的经济果木，这个产业值得引进开发。"任洪宾说。他满满的诚意和气象专业知识打动了该公司领导，该公司便与上乐村签署了建设高标准葡萄种植基地的协议。

为保障葡萄的科学种植，新乡市气象局在村里建设了四要素自动气象站，通过村头的电子显示屏，就能看到显眼的气象信息，农业气象服务有效、快捷。

村支书杜连学算了一笔账：农户每亩土地每年可得 1000 元补偿金，外加1000 元流转土地金。流转土地的农户，可优先被安排到葡萄种植基地打工，每人每月可得 1500 元。葡萄种植基地总经理张喜忠说："1500 亩的葡萄基地接纳了 280 户贫困户，再由技术人员指导他们，给葡萄浇水、剪枝、采摘等。考虑村民大多是留守妇女，工作时间由农户自己确定，不耽误接送孩子上学及照顾家中老人。"

如今，乡村里的日子越过越红火。2017 年五一劳动节，新乡市气象局开展气象文化下乡活动，在村里新建的戏曲大舞台上连唱三场大戏。这番热闹的情景，村里已是二十多年未见。

"群众的心气儿顺了，脱贫致富的劲头更足了。"杜连学说，"五年来，上乐村变化巨大，群众的幸福指数不断提升。党的十九大继续对农村、农业、农民给予了更多的关注和支持，相信乡村人民的生活会越来越幸福。"

推窗见绿，出门见园。记得住乡愁，留得了幸福。习近平总书记的十九大报告，吹响了脱贫攻坚的集结号，发起了总攻令，也给扶贫一线的干部群众注入了一剂强心针。任洪宾相信，有了好政策，一定能通过科技产业的精准扶贫实现整村脱贫致富，让村民的日子越过越甜蜜。

（《中国气象报》，2017 年 11 月 22 日，作者：王建忠 葛红梅）

人生轨迹因气象科技而改变

一

48 岁的陈良红，是河南省信阳市新县郭家河乡湾店村人，小时候因小儿麻痹症左腿残疾，基本丧失劳动力。

在湾店村，乡亲们过的都是"候鸟"式的生活——春节前回村，春节后结伴外出务工。因为身有残疾，陈良红每当看着身边人陆续离乡就很伤心，尤其是听村邻过年期间聚在一起分享一年收获时，她甚至会难过得落泪——无论多少，人家过年总能拿回家一些钱。

湾店村青山绿水，阡陌纵横，构成一幅美丽的生态自然景观。但这里的贫困，却是省里都了解的。

陈良红的生活，让河南省气象局选派的"驻村第一书记"吴骞心里很是牵挂。农业气象专业出身的吴骞，深知"授人以鱼不如授人以渔"的道理。凭着自己多年在气象为农服务第一线的工作经验，他积极开发当地气候资源，发展特色产业，探索了一条"人不出村，村头脱贫"的路子，解决了"出不了村，就不了业"的留守贫困群体脱贫问题。

"湾店村年平均气温约 15.3℃，年均降水 1200 毫米左右，气候温和湿润。"说到和气象有关的话题，吴骞的表述十分专业，"这里独特的气候资源优势特别适合种植特色菌类。"经多方打听，他获悉郑州汉方畜牧科技公司的四菇连种项目与这里的气候条件十分匹配，就立即邀请公司技术人员到村里考察。

专业的气候评估报告和发展规划，最终赢得了 1500 万元投资，在村里分批建设了 120 个标准化菇棚。

靠在蘑菇棚里打工，陈良红挣到了生平第一份工资——600 块，正好是她一个月的生活费。半年时间里，她挣了 6000 多块钱。"一辈子都没想过自己能挣这么多钱。"她说。

二

在湾店村，有一条洁净的街道叫桂花大道。这是河南省气象部门扶贫工作组筹资建成的，寓意"八月桂花香满地，百里金稻灿映天"。这条路，连接着中原气象工作者扶贫攻坚的铿锵步伐。

气象部门在 64 个贫困村派驻的"第一书记"，按照省气象局制定的工作思路——挖掘气候资源，发展特色产业；借力社会力量，争取多元投入；通过"五扶三抓"，即产业扶贫、项目扶贫、气象扶贫、资金扶贫、结对扶贫，抓特色扶贫产业发展，抓防灾减灾体系建设，抓民生基础设施建设。打赢脱贫攻坚战，积极践行气象精准扶贫，使村民在家门口实现就业，获得稳定收入，过上幸福生活。

在豫北卫辉市上乐村，"驻村第一书记"任洪宾是新乡市气象局选派的优秀干部。通过研究，他发现当地气候适宜种植葡萄，就想尽办法将金利华农业有限公司种植的紫玉葡萄品种引种到村里。葡萄种植基地总经理张喜忠说："基地可以为 280 户贫困家庭提供就业岗位，通过技术人员指导农户为葡萄浇水、剪枝。考虑村民大多是留守妇女，工作时间也可以由农户自己确定，不耽误接送孩子上学及照顾家中老人。""是新乡市气象局驻村工作队和金利华农业发展有限公司给了我希望，改变了我的人生。"在郑州读大二的任菲凡，暑假结束后又回到了熟悉的校园。禁不住心中激动，她给新乡市气象局写了一封感谢信，感激气象科技精准扶贫改写了她的人生路。2017 年年初，一场突如其来的车祸，耗光了她家所有积蓄，任菲凡差点因此辍学。后来，葡萄种植基地优先安排任菲凡的妈妈去打工，一年下来有了两万多元收入，全家摘掉了贫困户的帽子。而在豫西通许县邸阁乡娄庄村，"驻村第一书记"王广胜是村里的"科学家"——他利用气象科技，成功在当地引种亚热带水果火龙果，使"南果北种"在娄庄村成为现实。这一经济价值极高的南方水果，成为村民脱贫致富奔小康的新希望；在洛宁县底张乡苏村，"驻村第一书记"李丹在深入考察本地气候、土壤等情况后，发现紧缺的中药材连翘特别适合种植在这里的山坡地上。在他的建议下，当地政府已经将 2000 亩集中连片丘陵山区划作连翘基地，成为苏村生态建设、产业扶贫、农民增收"三位一体"的致富新途径。

三

气象科技改变的不仅是陈良红、任菲凡的生活轨迹，也不仅仅是湾店村、上乐村的面貌。"给钱，只能解决眼前问题。以往扶贫项目一结束，我们又变穷了。而利用科技产业扶贫，把工厂开到村口，让我们看到了实实在在脱贫的希望。"湾店村主任杨吉清说，气象部门的帮扶，向村里人证明了气象科技的力量。"在脱贫攻坚战中，气象部门优势明显，作为空间大。一是体现在挖掘气候资源上，助力贫困地区变资源为资本，发展特色优势产业；二是体现在气象防灾减灾上，助力地方政府撑起防护伞，减轻气象灾害损失。"河南省气象局负责人指出，"要一手抓脱贫攻坚气象保障，一手抓定点扶贫，以气象保障指导定点扶贫工作，以定点扶贫成效检验气象保障措施，力求点上开花，面上铺开。"如今，每个扶贫村的田间村头都建起了多要素自动气象站，多媒体显示屏滚动播出天气信息和农时生产建议。在湾店村蘑菇种植基地，气象科技人员建起了气象智能保障系统，利用传感器、互联网、计算机、手机、LED显示屏等构建起蘑菇大棚物联网，种植户、研究人员、气象环境数据与网络无缝对接，实现了蘑菇种植智能化监控及管理。"咱的蘑菇浑身上下都散发着气象科技元素，能不好吃吗！"公司驻基地的庄经理自豪地说。信阳市扶贫办主任郑海春告诉记者，"企业＋基地＋贫困户"是帮助群众脱贫的好模式，把贫困户组织起来，既促进了整体脱贫，又降低了个人投资风险，通过产业扶贫，建立长效机制，才能使贫困户从脱贫到富裕，到小康。脱贫攻坚气象保障工程作为十大工程之一，现已被列入《河南省气象现代化"十三五"发展规划》。在规划中，以趋利避害为指导，气象部门将开展全省贫困县太阳能精细化普查和光伏发电资源分析评估工作，为国家实施光伏发电扶贫工作提供基础支撑，并为风电场、太阳能电站的建设和稳定运行提供气象保障，开启气象科技精准扶贫的新模式。可以预期，在2020年全面建成小康社会的征程中，又会有成千上万的贫困户被改变曾经积贫积弱的生活轨迹。

（《中国气象报》，2017年12月25日，作者：王建忠）

第八章
科普天地

气象科普发展进行时

——关注《河南省气象科普发展规划（2013—2020年）》

　　和过去相比，人们生活的时间和空间范围都在不断扩大，气象对个人生活、工作的"介入"也越来越深，多学点气象知识"武装"自己，显得更为迫切。2013年8月26日，《河南省气象科普发展规划（2013—2020年）》正式发布。

　　以省政府名义出台气象科普发展规划，在全国尚属首次。该规划旨在进一步加强气象科普能力建设，提高全社会参与应对气候变化行动能力、进一步提升气象防灾减灾和公众防灾避灾水平，深入推进气象科普工作服务于经济社会发展和中原经济区建设。

　　气象科普的发展不可能一蹴而就，必须循序渐进。我们无法保证短时期内能达到怎样的成效，但我们至少知道，河南气象科普事业是一个进行时，正踏实地往前走。

绽放力量　气象科普规划描绘美景

着力提高全民气象科学素质

　　帮助和引导公众正确理解气象科学和气象预报信息；提升全民防灾避灾和自救互救意识和能力；提高全民参与应对气候变化意识和能力。

　　针对未成年人、农民、城镇劳动人口、领导干部与公务员等重点人群的不同特点，分别制定相应方案，有序推进气象科普工作。加大对山区边远地区、灾害易发多发区群众的气象科普工作力度。

　　结合强化社会管理对气象科普的需求，开展气象法律法规、极端天气灾害、预测预报、公共气象服务、气象探测环境保护等科普宣传，促进公共气象服务和气象社会管理综合效益提升。

发展气象科普场馆（所）

　　将气象科普融入地方博物馆、科技馆、展览馆和文化活动中心等，建设气象科普展区；利用乡村信息服务站、文化长廊建设一批气象科普专栏；进一步发挥各级气象台站在气象科普中的作用，加强对全省重点气象台站遗址的保护和科普资源开发；依托天气雷达站、基层气象台站、乡镇气象信息服务站和气象科技示范园建设气象科普场馆（所）和气象科普宣传站（点）；加强移动气象科普设施建设，开发搭载于移动科普设施的展品，深入基层开展气象科普工作；强化网络气象科普资源开发，建设省级数字气象科普馆。建成涵盖省 - 市 - 县三级以及延伸至乡镇、社区和行政村的气象科普基础设施。

繁荣气象科普作品创作

吸纳文学、艺术、教育、传媒等社会各方面力量设计开发适用于气象科普场馆及相关行业各类展览与科普教育活动的科普产品及配套产品，挖掘、整理和传承河南省气象科普文化遗产，繁荣气象科普作品创作，探索气象科普资源开发方法，推动气象科技资源科普化进程。

实施示范项目　推进气象科普社会化发展

实施气象科普进校园示范项目。联合教育部门，科学制定中小学校园气象站建设标准和内容，完善校园气象科普运行机制。支持鼓励"红领巾气象站"等形式的校园气象站建设，开展校园气象站辅导员培训工作，有步骤地推进气象科普教育读本进课堂。

实施气象科普进农村示范项目。制定气象科普示范县、示范乡镇建设标准，开展试点建设。联合科协、农业等相关部门把气象科普融入国家"基层科普行动服务计划"，河南省"三创一带"活动，科技、文化、卫生"三下乡"活动。利用农村信息化平台广泛传播气象科普知识。开展万名乡村干部气象科普素质培训工作。

实施气象科普进社区示范项目。联合街道（社区）共建社区气象科普服务站，配备社区气象科普宣传员，建立相应的选拔、培训、考评激励机制。建立气象专家进社区科普授课制度。

打造气象科普品牌

充分发挥各级气象学会、相关协会作用，持续开展气象科普进基层活动。将"3·23"世界气象日科普宣传活动、气象科普进乡村系列活动、大学生志愿者河南行、河南省中小学生气象灾害防御安全常识系列科普图书、气象为农服务系列科普作品等科普载体逐步打造成全省气象科普的知名品牌。

加快推进气象科普业务现代化

建设省级气象科普资源共享与服务平台，推动气象科普产品库、项目库、专家库建设，实现全省气象科普资源共享共用和集约化管理；充分利用现有电视、广播、网络、手机、电话、电子显示屏和农村预警喇叭等媒介，搭建气象科普多元化传播平台；组建以省级为核心的气象科普微博群，加强各级各类门户网站和专题气象服务栏目中气象科普专栏建设；开发气象科普信息管理系统，提升气象科普业务现代化水平。

创新发展河南气象科普产业

依靠社会力量，按照市场机制，发展气象科普产业，实现气象科普资源的流动和科普投入的多元化，扶持气象科普动漫、影视，科普会展，数字科普等新兴科普产业发展，以气象科普产业支撑气象科普事业发展。

五大重点工程

（一）气象科普场馆（所）建设工程

省级气象科普馆。推进河南省科技馆中气象科普展区建设。支持郑州市气象科普苑建成全国一流的省级气象科普馆和全国科普教育基地。积极推进河南省数字气象科普馆建设。

省辖市气象科普场馆场所。依托天气雷达站、地方科技馆或公共文化场所，建成具有气象特色、科技特色、地域特色和人文特色的气象科普场馆或展区。

县级气象科普活动站。依托县级气象局（观测站）、科技馆等公共服务设施，建成县级气象科普活动站或相关展区。

乡镇气象科普宣传站。以乡镇气象信息综合服务站和农业气象科技示范园区为基础，建成气象科普宣传站。

移动气象科普设施。依托气象应急服务指挥车，全省配置气象科普大篷车3辆。开发移动气象科普系列展品及配套展品。

（二）气象科普展教资源建设工程

气象科普丛书和知识读本。编写气象防灾减灾、气候变化及其应对等方面的科普书籍和中小学生气象灾害防御知识读本等。

气象科普挂图。设计制作二十四节气与健康、农业气象灾害及其防御等科普挂图，印制气象科普挂历、气象知识台历等科普宣传材料。

气象科普彩页。编印气象防灾减灾明白卡、气象信息员明白卡、气象科技知识彩页等。

气象科普视频。编辑制作气象灾害预警信号、雷电灾害防御、气象为农服务、气候资源开发利用等科普视频光盘。编写多媒体气象科普课件。

气象科普动漫。开发制作暴雨、雷电气象灾害防御措施动漫节目。

气象科普展品。以省级气象科普开发团队和气象科普企业为核心，联合市县气象部门科技力量和社会科普力量，设计开发气象科普场馆场所展品。

（三）气象科普网络共享服务工程

气象科普资源库。以动漫、3D模型、视频、图片、文本等多种表现形式，建立气象科普数据库。

数字气象科普馆。积极推进河南省数字气象科普馆建设，实现与中国数字气象科普馆及其他数字科技馆的链接和共享。

气象科普网络服务系统。加强各级各类门户网站和专题气象服务栏目中气象科普专栏建设，开发河南省气象科普网络服务系统。

气象科普多元化传播平台。充分利用现有电视、广播、网络、电子显示屏、农村预警喇叭等媒介开展气象科普宣传。利用中国气象频道，制作插播气象服务节目和气象科普节目。增加电台、电视台、乡村大喇叭气象服务节目和气象科普节目播出时间。撰写具有地域特色的气象科普文章或论文，扩大报刊宣传气象服务和气象科普的力度。

（四）气象科普示范工程

校园气象示范站。每个县至少建成1个标准化的校园气象站，省辖市建成2个标准化校园气象站，省会郑州市建成3个以上（含3个）标准化校园气象站。在校园气象站建设和推广"校园气象网"。校园气象示范站配备兼职气象科普宣传员、气象科普图书、气象科技光盘、中小学生气象灾害防御安全常识科普挂图等。

气象科普示范社区。每省辖市建设5个气象科普示范社区，社区里设立气象科普服务站。定期或不定期举办专家科普授课等活动。

气象科普示范乡镇。每个省辖市建设1个气象科普示范乡镇。气象科普示范乡镇有专人负责气象科普工作。气象科普示范乡镇的所有自然村、集贸市场等都建立气象科普宣传栏。

气象科普示范县。气象科普示范县成立相应工作机构，将气象科普工作纳入年度工作计划并组织实施，将气象科普专项经费纳入地方预算。地方科技场馆中建有气象科普展区。所有自然村、农场、林场、集贸市场等都建立气象科普宣传栏。

（五）气象科普教育培训工程

加强面向各级党政领导干部的气象防灾减灾科普培训。联合高等院校、科普研究机构和科技、文化企业培养、培训气象科普创意研发设计人才和科普管理、业务人员。联合农民技术协会，面向农民技术员，农村专业户，农业合作组织，种植、养殖大户进行气象科普知识培训。结合气象为农服务体系建设，开展农村气象信息员科普素质培训。

润物无声　河南气象科普事业长足发展

　　一说气象科普，很多人脑子里蹦出的就是"3·23"世界气象日、"5·12"科技活动周。的确，世界气象日、科技活动周如今已是河南气象部门规模最大、参与人数最多也是最重要的气象科普活动。近年来，河南省全面贯彻落实科学发展观，广泛普及气象科学知识，气象科普在提高全民科学素质和公共服务效益中发挥了积极作用。

气象科普馆"遍地开花"

　　在河南许多地方，气象科普馆（所）广受欢迎，已经像博物馆、海洋馆一样，成为学生和家长的"新宠"。

　　截至2012年底，河南省气象局已建成濮阳、开封两个国家级科普教育基地，拥有漯河等12个省部级科普教育基地。依托乡镇气象信息综合服务站、气象科技示范园区，建成1200个气象科普宣传站和102个气象科普示范点。全省向公众开放的气象科普场馆（所）面积超过2万平方米，每年接待中小学生和社会公众20万人次。气象科普场馆（所）已经成为传播气象科技知识、展示气象部门科技形象的重要窗口。

气象科普作品丰富多彩

　　科普馆再好，毕竟不够便捷。通过科普书籍和作品学习气象知识，是一条更方便、更实用的途径。近年来，河南省气象局编辑出版《河南省气象信息员手册》《云天探秘》等气象科普书籍8本，印刷发行5万余册。制作《抗旱保苗夺丰收》《农业气象灾害及其防御》《气象科普挂历》等科普挂图和展板13万张，印制《气象防灾减灾明白卡》5万余张。在各类报刊、网站、学术会议上发表科普文章6800多篇。河南省气象局网站、河南兴农网、河南天气网均开办了气象科普专栏。全省气象部门与报纸、电台、电视台广泛合作，开办多种形式的服务栏目，科普内容丰富多彩。

气象科普活动形式多样

　　河南气象科普工作走进社区，走近群众，把气象知识真正送到群众手里。科普工作人员充分利用世界气象日、防灾减灾日、全国科技活动周、全国科普日、大学生气象科普志愿者河南行等活动，推进气象科普进学校、进乡村、进社区、进企业，走进生产，走进生活。近五年来，累计举办专家咨询服务活动和气象灾害防御讲座700多次；发放气象科普知识彩页、挂图、书籍和光盘

300 万张，据统计，气象科普活动受众超过 200 万人次。

气象科普社会化格局初步显现

气象工作和很多部门都有联系。因此，除了科普场馆（所）和产品，气象科普工作离不开其他部门的协调与配合，离不开制度建设。河南省气象局积极参与全民科学素质行动计划纲要实施工作，被列为"河南省全民科学素质工作领导小组"成员单位，气象科普工作被纳入年度河南省全民科学素质工作要点。多部门联合推动气象科普工作，"政府推动、部门协作、全民参与"的气象科普工作机制初步建立。

（《中国气象报》，2013 年 9 月 17 日，作者：王建忠 王永庆）

科普之光惠中原

"霾是什么？""应该怎么应对霾？"2013 年 12 月 20 日，河南卫视天气主播严雪走进郑州市纬三路小学，带给孩子们一堂生动的气象科普课。这是河南省气象局"10+1 气象课堂"在校园活动的一个缩影。

经过几年来的探索和实践，河南省气象科普工作逐步形成"政府推动、政策支持、公共投入、项目带动、部门协作、整合资源、融入发展、共建共赢"的新机制。

截至目前，全省建成两个国家级科普教育基地和 12 个省部级科普教育基地，建成 1200 个气象科普宣传站和 102 个气象科普示范点；60% 的气象台站建有科普宣传场所，向公众开放的气象科普场馆（所）面积超过 2 万平方米，每年接待中小学生和社会公众 20 万人次；全省累计开展各类气象科普宣传活动 700 多次，发放气象科普知识彩页、挂图、书籍和光盘 300 万张（本），气象科普活动受众人数超过 200 万人次。

政府推动，气象科普进入"快车道"

2013 年 8 月，河南省政府下发《河南省气象科普发展规划（2013—2020 年）》，明确了全省气象科普发展的重要任务和重点工程。此次以省政府名义出台气象科普发展规划，在全国尚属首例。

一直以来，河南各级党委、政府和有关部门高度重视气象科普工作，先后将气象防灾减灾、应对气候变化和气象为农服务科普宣传工作纳入了当地的发展规划和工作计划。多部门联合制定并下发气象科普工作意见等，营造了气象科普工作发展的良好环境。

"要把气象科普馆抓好，让更多的民众受教育、提素质、强意识，初步具备防灾避灾的常识。" 2012年8月，在河南省气象工作会议上，时任副省长刘满仓对加强气象科普工作提出了具体要求。当年，河南省政府和中国气象局将推进郑州气象科普苑项目建设列入2013年省部合作的重点工作之一。同年12月，河南省科协、省气象局、省科技厅联合印发《关于进一步加强气象科普工作的意见》，共同推进气象科普的社会化工作。2013年11月，省政府印发《关于加快推进气象现代化的意见》，明确要求把气象科普工作纳入全民科学素质行动计划纲要，列入领导干部教育培训计划。

"通过政府推动、政策支持，气象科普工作发展环境得到了进一步优化。" 河南省气象局副局长孙景兰说。

部门协作，气象科普"融入发展"

2014年1月18日，郑州市科技馆气象分馆迎来寒假第一批小观众。"从1月18日至2月28日，我们将开展面向中小学生的春节大型科普探秘体验活动，并免费向中小学生发放3万余张参观券。" 郑州市科技馆气象分馆馆长王齐强说。为普及气象知识，科技馆还设计了专门针对家庭的公益参观活动。

郑州市科技馆气象分馆是市政府"十二五"发展重点项目，是全省规模最大、科技含量最高的现代化气象科普场馆。"从'以我为主'到'融入发展'，气象科普场馆建设模式正悄然转型。" 河南省气象局局长王建国说。按照部门合作、融入发展的工作思路，全省各市气象局都将科普场馆建设主动融入到地方科技文化场所。

濮阳市由政府投资，将气象科技馆扩建为濮阳科技馆。该科技馆整合地震、联通、电信、移动、邮政、消防等资源，成为当地唯一的以气象科普为主的综合性科普场馆。三门峡市气象局与市林业局合作在当地天鹅湖国家城市湿地公园建设气象科普宣传站和气象科普长廊。许昌市气象局争取市科协支持，推进市科技馆中的气象科普展区建设，已设计了1200平方米的气象科普展区。

进村入户，气象科普创新"新模式"

方城县赵河镇的镇政府办公楼里安装有新型农业现代化气象服务平台，对农作物和蔬菜墒情、苗情、病虫害防治进行实时监测。此外，这里还是镇里的气象科普宣传站。

科技人员通过开展内容丰富、形式多样、群众喜闻乐见、互动性强的科普活动，引导当地群众"防灾减灾从我做起"，真正实现利用气象信息趋利避害，合理安排生产、生活目标，使气象服务、气象知识为促进农村发展、农民增收、农业增效做出贡献。

近年来，河南气象科普工作依托乡村气象信息综合服务站和气象科技示范园，创新气象科普宣传站（点）辐射乡村、惠及农民的新模式。地方各级政府加大投入，落实配套资金，在1200个乡村气象信息服务站和102个气象科技示范园区建设气象科普宣传站（点），并将宣传站（点）的管理和维护纳入到当地乡镇政府的工作职责，明确1名气象信息员负责气象信息传播和气象科普宣传工作。

"我们坚持以农业气象服务体系和农村气象灾害防御体系建设为抓手，依托乡村气象信息综合服务站和气象科技示范园区，增加和完善气象科普功能，及时传播气象科学知识及农业气象灾害防御指南。"河南省气象局副局长陈怀亮说，把气象科普融入气象为农服务之中，使气象科普知识真正进村入户。

整合资源，气象科普"规模作战"

2013年12月21日，郑州市纬三路小学赵泽豪、楚东昀等四位同学"拒绝雾霾"的行为艺术登上了河南省会各大媒体的版面。这一画面是省气象局在学校开展"10+1气象课堂"的一个互动环节。"10+1气象课堂"科普活动由省气象影视和宣传中心承办，每月走进一所小学开展气象科普知识进校园活动，同时由《教育时报》、河南人民广播电台、《大河报》等媒体参与支持。

为增强气象科普宣传能力，河南省气象局还组建了省气象影视和宣传中心，通过人才资源的整合不断提高气象科普能力；在科研计划中设立科普专项，鼓励科研人员将科研成果转化为科普作品，积极培育气象科普创新团队；在省气象局科学和技术工作奖中增设科普成果奖，将原创性优秀气象科普作品纳入全省气象科技工作奖励范围。

（《中国气象报》，2014年2月13日，作者：王建忠）

网络时代　更要接地气

　　一滴露珠滴落到绿叶上，幻化出"10+1气象课堂"的字样。当这个标志出现在课堂上时，意味着一场气象科普盛宴即将开始。近年来，河南省气象局不断创新气象科普活动载体，精心打造"QQ家庭探秘气象""10+1气象课堂""豫见气象"等富有特色的气象科普品牌。

引进来　QQ家庭学气象

　　腾讯·大豫网社区里的"妈妈帮"栏目是个热闹的地方。最近，"QQ家庭探秘气象"活动成了这里的热门话题之一。"我们不到9点就到达气象馆，没想到还有比我们更早到的。签到时人山人海，排起了好长的队伍。"网友"桐桐妈妈"在论坛里秀活动现场的帖子，引来众多网友围观。

　　2014年的世界气象日，河南省气象局与腾讯·大豫网联合举办"QQ家庭探秘气象"活动。3万多个家庭在线进行气象知识抢答，100个符合条件的家庭脱颖而出，成为线下活动参与者。活动当天，100个家庭佩戴统一标志，参观了天气预报制作中心、气象科普体验馆，观看气象科普4D电影。

　　5月18日，作为河南省科技周活动的重头戏之一，"QQ家庭探秘气象"再次成为网友家庭的科技盛宴。"在家庭中营造学习科学知识的氛围，是提高小学生科普素质的重要一环。"腾讯·大豫网总裁杨永生表示，会把这个活动一直做下去。

走出去　气象课堂播天气

　　6月20日，《中小学气象防灾减灾知识读本》作者现场签名赠书、校园防灾减灾图书室开馆等一系列活动，在豫西山区的伊川县西场学校刮起了一股气象科普"龙卷风"。这是河南省气象局"10+1气象课堂"校园活动的一个缩影。

　　"10+1气象课堂"科普活动是河南省气象局精心打造的科普项目之一。该活动每月挑选一所小学，开展一次气象科普知识进校园活动。该活动通过科普讲座、参观气象科普馆、气象台以及与气象专家、气象主持人互动等形式，在小学生中普及气象知识，培养小学生的科学素养。

　　"10+1气象课堂"在科普工作业务化、可持续性上做了积极有益的探索。目前，该活动实现了"有教案、有课件、有教材、有老师"，已初步形成完备的教学体系，具备了在全省中小学校中推广的基础。

在科普进校园的活动中，河南省气象局还积极利用社会资源。伊川县西场学校"10+1气象课堂"活动与海燕出版社联办，共同将"一堂气象课、一个图书室"直接送到了基层小学。"通过这样的科普课，让孩子近距离接触气象科学，激发了孩子们对气象科技知识的热情和兴趣，强化培养了他们的气象灾害防御意识。"西场学校校长韦殿立欣喜地说，学校准备将气象防灾减灾课程纳入"校本工程"，让更多的孩子掌握气象知识。

相伴行 "豫见气象"高大上

龙卷风把汽车像玩具一样抛到半空，大海啸无情地吞没了城市和建筑……幸好，这只是郑州市气象科普体验馆超大屏幕4D电影院里展示的场景。6月13日，"豫见气象"科普讲堂别出心裁的开幕形式，让近百名嘉宾连声惊呼：科普也能这么玩。

"豫见气象"是河南省气象局推出的一档大型现场互动式科普访谈活动。活动面向公众征集话题，并通过网络等平台招募活动嘉宾。活动当天，主持人与气象领域的知名专家和学者一起聊天气，解疑惑。借助视频、图片、科研数据以及巧妙有趣的互动，让嘉宾身临其境，充分感受到气象的魅力。

首期"豫见气象"的主题是气候变化。活动公告发出仅两天，就吸引了74家省级报刊新闻单位和中央驻豫部分新闻单位的记者报名参与。

"'豫见气象'是河南省气象局面向高端人群精心打造的气象科普品牌，将着力于搭建起一个气象部门与政府部门、新闻媒体以及社会各个行业管理人员之间沟通和交流的平台，普及气象知识，为气象事业的发展营造良好的氛围。"河南省气象局副局长孙景兰说。

(《中国气象报》，2014年8月5日，作者：王建忠 王永庆 张革新)

走进神秘的气象科普馆

"75·8"特大洪水灾害是震惊世界的灾难。2017年1月，依托此段历史建设的河南省驻马店市气象科普馆，被中国气象局、中国气象学会联合认定为"全国气象科普教育基地"。这个气象业务平台与科普场所完美结合的场馆，已成为展现驻马店新发展、新面貌的城市"新名片"。

驻马店市气象科普馆建设于 2016 年初写入该市政府工作报告。市气象局高度重视此项工作，在河南省气象局，驻马店市委、市政府的关心和支持下，当年 9 月 1 日正式启动建设。如今已面向公众免费开放，全面系统地展现气象科学知识，为人们了解气象和科学避灾提供了有益帮助。

创新引领　全省一流科普品牌

位于河南省驻马店市天气雷达楼一楼的市气象科普馆，占地面积 3000 平方米，集气象科普、防灾减灾、公共服务、科学教育、知识推广、学术研究等功能于一体，主要包括序厅、博览气象万千、防御气象灾害、应对气候变化、回望"75·8"、风云春秋、气象防灾减灾行动及尾厅等八大展区。

该气象科普馆充分利用展示空间，通过独具匠心的设计，浓缩展示了气象现代化发展和气象服务，运用目前先进的技术，建设了 4D 影院、270° 环幕 AR 气象防灾减灾体验平台、VR 环保小屋、小球大世界等特色展项，并设置有多种趣味互动问答，力求突出趣味性、新颖性、地方性、直观性、实用性和互动体验性。

省市合作　资源共享实现双赢

驻马店市气象科普馆是河南省气象局和驻马店市政府共建项目，被列入 2015 年驻马店中心城区六项惠民实事，2016 年写入政府工作报告。各级领导多次共商建设事宜，亲临一线调研指导。

气象部门充分发挥专业技术优势，在展陈内容和形式上严格把控，力求科学严谨，充分因地制宜，全面展示驻马店气象历史和现代化发展成果。省市合作实现了资源共享，达到了双赢的目的。

活动助力　科普惠民由我先行

作为民生公益项目，气象科普馆积极联合各大中小学校和科技、农业、司法等相关部门，广泛组织开展全国科普日、世界粮食日、法制宣传日等具有针对性的主题日活动，普及节约资源、保护环境、防灾应急等知识。

同时，工作人员设计了各类趣味知识电子竞答，分布在各个展厅，在运营过程中通过设置竞答环节，激发广大参观者特别是青少年的参与兴趣，达到寓教于乐的目的。

（《中国气象报》，2017 年 3 月 18 日，作者：王建忠　李奕洁）

第九章
黄河安澜

"母亲河"能否安康依旧

"河流所经之处，生灵跳跃、万物丰茂，呈现出一片生机……"水利部黄河水利委员会侯全亮研究员，其简历中最先吸引记者眼球的是他中国作家协会会员的身份，他用诗一般的语言描述了黄河在他心目中作为一条健康之河应有的情形。

而眼下，在气候变化和人类活动双重影响下，黄河流域水资源系统正发生深刻变化。

在日前召开的第四届黄河国际论坛上，中外专家呼吁：为应对气候变化情况下黄河水资源量再生能力的变化，保持水资源的可持续利用，有必要对气候变化情况下黄河干流水资源变化情况进行研究。

冰川消融冻土融化佐证黄河流域气候变暖

冰川消融成为气候变暖的证据之一。黄河水利委员会水文局王玲教授说，最近 35 年（1966—2000 年）来，气候变暖导致黄河源区阿尼玛卿山冰川总面积减少了 17%，高山雪线上升近 30 米。

气温升高还导致黄河源区冻土融化。观测资料显示，季节冻土温度升高了 0.3～0.7℃，永久冻土温度升高了 0.1～0.4℃。同时，区域内许多湖泊萎缩甚至消失，草场退化，生态环境恶化。研究资料表明，黄河源区 2000 年沼泽湿地及湖泊面积比 1976 年减少了近 3000 平方公里。

气候变化导致来水量减少，干旱缺水日趋成为黄河的主要问题。20 世纪 90 年代以来，黄河暴雨洪水频次和量级在变小。气象统计资料显示，黄河流域从 1965 年起连续干旱，并不断加剧，干旱范围逐渐扩大。"气候变化导致的来水量减少是流域干旱的重要原因。"王玲表示，最明显的是黄河流域径流量的变化，天然径流量与降水均呈减少的趋势，径流减幅大于降水减幅。黄河源区 20 世纪 90 年代天然径流量为 176 亿立方米，比多年平均值（205 亿立方米）减少了 15%。黄河入海水量减少导致黄河下游河道萎缩严重，二级悬河迅速发展，这不仅使堤防"冲决"和"溃决"的可能性增大，还导致下游河道内湿地萎缩，水质恶化，生物多样性受到破坏。

"气候变化与人类活动的共同影响导致河川径流量逐年减少。"王玲指出，这使黄河流域水资源发生了明显变化。这种影响是广泛而深刻的，涉及到流域水循环的各个环节，气候变化和人类活动对水资源的影响是交织在一起的。

气候变化带来黄河水资源管理难题

美国得克萨斯大学的于尔根·施曼特（Jurgen Schmandt）博士指出，流域水资源问题是从一系列复杂的全球性及地区性问题中衍生出来的。气候变化与其他流域因素，如人口增长、城市化、环境退化等都是相互作用、相互影响的。

"在干旱的黄河流域进一步减少供水或增加用水需求将严重影响黄河和所有依赖它而存在的一切。"荷兰水循环研究所的罗纳德·勒夫（Ronald Loeve）博士在研究中指出，黄河中下游断流逐步有频率和周期地增加，严重影响了黄河下游灌溉用水。导致黄河频繁干涸最重要的是人为因素。然而，天然径流、降水和气温的趋势显示，气候变化是用水发生危机的另一个重要因素。即使是在黄河源区，即使人力干预被限制，黄河流量依然显示出稳步下降的趋势。

黄河是我国西北和华北地区的重要水源，但黄河天然径流量仅占全国的2.2%，水资源总量仅占全国的2.5%；黄河承担着全国12%的人口和15%的耕地的供水任务，同时还承担着向流域外部分地区远距离调水的任务。"水少沙多、水沙异源、水沙关系不协调是黄河水资源的突出特点。"王玲说，从黄河水资源的可持续发展来看，洪水威胁、水资源供需矛盾、水土流失和生态环境恶化等是黄河长期面临的三大问题。

"随着经济社会的发展，在气候变暖大背景下黄河水资源供需矛盾将愈来愈尖锐，流域水资源管理成为流域管理的首要问题。"从事黄河水资源研究的黄河水利委员会西峰水土保持科学试验站的刘平乐说，必须以黄河水资源的可持续利用保障流域社会、经济、生态的可持续发展，促进和谐社会的建设。

当前，黄河水资源利用存在诸如水资源供需矛盾日趋尖锐、水污染程度日益严重、水资源浪费现象严重等诸多问题。为此，作为中国-欧盟流域管理项目组专家、北京大学教授杨小柳指出，近年来，黄河工程建设取得了巨大成就，工程规划、建设、管理走在了世界前列，这属于硬性措施的范畴。在目前的黄河流域综合规划修编中，应在继承传统工程措施的基础上，更加重视流域综合管理，加强体制、手段、法制、队伍、政策等软性措施的研究。

中外专家开出黄河水资源管理良方

参加第四届黄河国际论坛的中外专家为黄河水资源的管理开出了一套切实

可行、行之有效的良方：

一是不断完善流域水资源保护与利用的法规体系。水资源保护与利用首先要完善相关的法规体系，健全执法机构，加大执法力度，切实使水资源保护与利用纳入正规化、法制化轨道。

二是加强流域水资源统一管理。加强对引水计量设施的监督管理。充分利用现有水库，实施丰蓄枯调，确保黄河河道不断流。

三是大力加强流域水资源保护工作。

四是提高治黄科技含量，实现水资源科学化管理。

五是制订流域水资源可持续利用中长期规划。

六是合理配置水资源，维持黄河健康生命。在黄河水资源的配置中，首先要优先保障城乡居民生活用水，其次是协调生态用水与工农业生产用水之间的关系。

七是增强全民节水意识，推动流域经济社会和谐发展。

而最重要的是，人们必须正视现实，直面黄河水危机，尊重自然、经济和社会规律，正确处理人与人、人与社会、人与自然的各种关系。

研究气候变化对黄河流域影响意义重大

荷兰未来水资源研究所的沃尔特·伊默兹尔（Walter Immerzeel）博士正采用冰雪融化径流模型，即用遥感降水和积雪估计总径流和汇入黄河的降雨和融水来模拟气候变化对黄河流域的影响。研究结果表明：冰川和积雪覆盖的地区对温度的变化高度敏感；预测这一地区温度将会上升；一些模型研究表明，未来黄河的流量将有明显下降趋势。

和沃尔特·伊默兹尔博士一样，世界各国的相关机构和组织，以及相关行业的科学家把研究重点投向了黄河。"气候变化是否已经对黄河流域水资源产生了趋势性的影响？未来气候变化对黄河流域水资源产生何种影响？这些都是目前亟需进一步研究的重大问题。"王玲说。

国家气候中心早在20世纪90年代初就开始研究气候变化对黄河流域的影响，并开展了大量的气候变化对黄河流域影响评估与对策的研究。2008年4月，"水利部应对气候变化研究中心"在南京成立，标志着中国水利在应对气候变化的科学研究和技术支持领域迈出了实质性的一步。

与此同时，中国－欧盟流域管理项目也开始了气候变化对水资源影响研究，项目将会给出在气候和社会经济综合情景下，黄河流域未来水资源供需瓶颈及其相应适应性管理对策等一系列成果。

专家强调，要从黄河流域管理的实际需求出发，科学识别气候变化和人类活动对流域水资源系统的影响，评估未来气候变化情景下黄河流域水资源变化趋势，有针对性地提出流域水资源管理体系应对气候变化的对策，为黄河流域综合规划和"维持黄河健康生命"提供科学依据。

（《中国气象报》，2009 年 11 月 24 日，作者：王建忠 罗雪林）

小浪底水库蓄水生态效益凸显

冬日，偏于小浪底水库一隅的孟津黄河湿地水禽云集、天鹅曼舞、鹤声阵阵。在辽阔的黄河滩涂上，构成一幅万羽竞翔、鸟唱水吟的天然图画。随着黄河小浪底水库的蓄水，库区小气候发生了变化，周边湿地生态状况大为改观，呈现一派生机勃勃的景象，生态效益凸显。

由河南省气象部门新近完成的一项科研课题显示，黄河小浪底水库蓄水后，水域面积的变化形成一方"小气候"，库区及周边环境气候也随之发生变化，其中年降水量及暴雨日数呈明显增加趋势。专家称随着水库蓄水时间增加和对地下水的有效补充，这里将会恢复往日的山泉清水、河川溪流，促进植被生长，生态环境会越来越好，同时农业生产和作物栽培管理也将发生大的改变。

这项名为"小浪底库区蓄水对库区及周边气候变化评估研究"的科研项目始于 2006 年 7 月，由河南省济源市气象局主持完成，并在日前通过了河南省科技厅、济源市科技局组织的专家鉴定。

小浪底水利枢纽位于黄河中游豫、晋两省交界，是治理开发黄河的关键性工程。水库大坝于 1997 年 10 月截流，1999 年 10 月正式下闸蓄水。自库区蓄水以来，水库水域面积达 272 平方公里，水面在沟谷中延伸，造就了众多的水湾、岛屿。

气象科技人员通过对小浪底水库及周边（80 公里范围内）14 个气象站蓄水前后 10 年（1998—2007 年）的降水、气温、日照等 8 个气象要素变化特征进行综合评估，并对暴雨形成机理进行分析，初步提出了小浪底水库蓄水气候变化对生态环境、农业生产的影响与应对措施。

课题研究监测数据显示：水域面积扩大后，小浪底水库蓄水后库区及周边50公里左右的范围内年降水量及暴雨日数明显增加。夏秋两季降水增幅显著，库区内夏季平均暴雨日净增加率达62.5%；平均气温和平均最高、最低气温都呈上升趋势；夏秋季节日照时数下降，春季增加，冬季无明显变化；轻雾日明显增加；雷暴日数为增加趋势，增长率为2.44%～11.27%。

通过对上述变化进行分析，课题组得出结论：在水库影响下，库区及周边范围辐射平衡及蒸发量增加；气候的大陆性减弱；风速增大，出现海陆风；温度变化过程变得较为平缓；气温日较差降低；空气湿度增大；春寒终止期提前，秋寒开始期推后；大型水库降水量及降水频数增加。

小浪底水库总库容达126.5亿立方米。这样大型的水库对周边气候和环境无疑具有较大影响。气象专家称，虽然对更大范围的气候环境的影响暂时还未明确显现，但对局部的环境和农业生产的影响已露端倪。

小浪底水库建在自然环境相对较差的浅山丘陵地区，植被稀少，岩层裸露，沟壑纵横。蓄水后，水面在沟谷中延伸，造就了众多的水湾、岛屿、半岛，使原本干旱贫瘠的浅山丘陵区，有了高峡平湖的江南景象，自然环境发生了根本的变化，出现了诸如黄河小浪底风景区、黄河三峡风景区和新安县的万山湖风景区。生态环境的变化，壮大了当地旅游业的发展。

小浪底水库蓄水后，广阔的水面蒸发增加了周边的空气湿度，降低干燥度，减轻了蒸发量和植物的蒸腾量，作物的抗旱性能有所提高。库区蓄水后使周边的雨量增多，促进了植被的生长，加速了生态环境的好转。水库具有较强热容量，形同巨大的空气调节器，白天吸收热量，夜间释放热量，日较差减少。水库周边夏无酷暑，冬无严寒，无霜期日数增加，使农作物生长期延长。水库广阔的水面，有了发展渔业的可能，多了一个产业的兴起，农业生产呈现了多样性发展。总而言之，小浪底水库的蓄水使该地区整个生态环境明显改善。

"对农业生产而言，水库蓄水后，光热水等主要的气象因素发生了改变，主要表现在气温升高，降雨量增加，使光温生产潜力有了大的提高。"课题主要负责人济源市气象局高级工程师介玉娥说，尤其是冬春气温的升高，使作物生长季延长。降雨量的增加，满足了农作物的生长需要，减轻了干旱的危害，促进了农业产量的提高，降低了种田的成本投入，对发展农业生产十分有利，"尤其利于小麦稳产高产和夏玉米丰产丰收。同时，冬春气温高，使果树花期提前，由于倒春寒天气的减少，使果树坐果率提高，有利于当地林果业的发展。"

小浪底水库的蓄水，也有利于太行猕猴的繁衍生息。太行猕猴是目前世界猕猴类群分布的最北界，由于它与人类有着特殊的亲缘关系，成为许多人类疾病动物模型的重要来源之一，具有极高的科研价值和医学价值。济源冬季偏高的气温使寒冷的冬季缩短，不致因漫长的冬季天寒地冻、食物短缺而影响母猴体内胎儿的健康发育。初春3月正值母猴产仔期，较早回暖的气候和植被的复苏，保证了幼猕成活率。

不过，专家也提出了多项小浪底水库蓄水后需要注意的事项：一是水库蓄水后，使周边降雨量增加，特别是夏季增加幅度多达一个暴雨的量级，相对雨日增多，要注意防汛和地质灾害的发生。二是水库蓄水后冬春季的降雨相对较少、湿度小、风速大、气候干燥，要注意森林火灾的发生以及做好春灌准备。三是库区外的宜阳、伊川等地，降雨量呈下降趋势，要注意抓好农田水利设施建设，做好抗旱准备，以免耽误农时。四是冬季气温高，使潜伏在田间的病虫害能够渡过越冬期，病虫害基数增大，待天气回暖，容易引发病虫危害，需要及早准备药物器具，做好灭杀防治准备。五是水库蓄水后，雾日增多，如遇有害气体滞留，不易扩散稀释，增加了污染的概率；同时库区冬季大雾日的增多，影响高速路的通行，极易引发交通事故。

该课题鉴定委员会副主任委员、河南省社会科学院工业经济研究所所长樊万选研究员表示，研究小浪底水库蓄水以来对周边气候产生的影响，有利于提高天气气候预报预测准确率，增强预防气象灾害的能力，同时对于充分利用气候资源，合理调整农、林、果业产业结构等，具有较大的现实意义。

（《中国气象报》，2010年1月14日，作者：王建忠 郭丽敏）

护佑母亲河岁岁安澜

在日前举行的河南黄河防汛新闻通气会上，河南黄河河务局有关负责人表示，2011年黄河防洪形势依然严峻。

"鉴于黄河的特殊情况，在当前极端天气气候事件多发与频发的背景下，流域内中小河流出现汛情、中常洪水引发灾害、发生山洪地质灾害以及干旱的可能性依然存在。同时，按照水文周期规律来看，黄河流域自1982年以来没有发生过大水，发生大洪水的概率在不断增大。"黄河流域气象业务服务协调委员会主任、河南省气象局局长王建国说。

集众多水利疑难问题于一身

"黄河自然条件复杂,河情特殊,有着不同于其他江河的突出特点。"黄河水利委员会防汛办公室副主任张永指出,黄河集众多疑难问题于一身,是一条世界公认的最难治理的大河,"水多了不行,少了不行,脏了不行,泥沙多了也不行。"

洪水组成复杂,调度处理难度大。黄河下游洪水主要来源于黄河中游,按洪水来源组成分为"上大洪水""下大洪水"和"上下较大洪水"。黄河输沙量之大与含沙量之高在国内外大江大河中绝无仅有,使洪水调度十分复杂,既要考虑河道的防洪安全,减轻洪水灾害,又要考虑减少水库和河道的泥沙淤积,保持其防洪能力。

河道特性独特,防守抢险十分困难。黄河下游河道是著名的"槽高、滩低、堤根洼、背河更洼"的"二级悬河",如遇中常洪水即可能发生高水位、大漫滩,甚至造成"横河""斜河"和顺堤行洪的严峻局面,严重危及大堤安全。

滩区人口众多,迁安救护任务艰巨。黄河下游河道涉及河南、山东两省15个市43个县(区),滩内居住有189.5万人,有340.1万亩耕地和48.1万亩林地。目前,影响迁安的不利因素呈现增多的趋势。

由此可见,黄河防汛面临十分严峻的形势,防洪保安澜任务艰巨。

气象预报为防汛提供情报

黄河流域气象中心相关负责人在接受记者采访时说:"气象部门不仅仅是黄河'哨兵',更扮演着'侦察兵'的角色,在防汛中发挥着重要的支撑作用。"

气象部门可以利用先进的预报技术,预见强降水的发生,从而为防洪抢险赢得宝贵的时间;还可以利用先进的预报技术,大大提高水资源调度的提前量,提高水资源调度和水资源利用的科学性。

据悉,黄河流域气象中心每年汛前都会与黄河水利委员会有关部门进行座谈,确保准确把握黄河流域防汛抗旱需求;着力做好流域主汛期、秋汛期、凌汛期等关键时段的天气会商及流域气候趋势会商,加强对流域内局地暴雨、山洪灾害等局地强天气过程的监测、预警。汛期,黄河流域气象中心每天制作《黄河流域天气预报》,出现重大天气过程时发布《黄河流域重要气象信息》,

适时发布《黄河流域短期气候预测》。

2010 年，黄河流域气象中心还牵头启动了流域气候变化分析评估和流域短期气候预测平台建设等工作。"该项工作集合了流域各省的人才和技术优势，以气候变化对水资源影响为主线，开展流域气候变化事实方面的研究。"据河南省气象局副局长孙景兰介绍，目前，气象部门在防汛关键时期已经可以提供空间分辨率到乡镇、时间分辨率到一个小时的要素预报。该中心还利用各省现有的雷达定量降水估测等技术方法，开展了流域定量降水估测业务；建立了流域面雨量预报检验系统，进行了流域暴雨洪涝风险预报预估业务尝试；初步建立了流域内的信息共享系统平台，从灾情、雨情、水情和预警信息入手，逐步实现全流域的信息共享。

岁岁安澜需各方齐努力

多年来，中国气象局高度重视黄河流域防汛抗旱气象服务工作。2006 年，中国气象局正式批准成立了黄河流域气象中心。"经过几年的发展，黄河流域气象中心以需求为引领，由原来的防汛服务为主转变为防汛、抗旱、防凌并举，由汛期服务为主转变为全流域、全年服务。"王建国说，水文设施的科技含量在逐年提高，治黄工作也对流域气象预报服务工作提出了更高的要求。

当前气象服务也不免有难以满足新形势下治黄工作需要的"瑕疵"，主要体现在预报精度和预见期等方面。因此，今后将进一步做好短期、中期降雨预报，提高预报精度；加强局地强降雨预报，积极做好山洪灾害防御和小型水库的防洪；在现有工作的基础上，进一步面向流域气象服务需求，将暴雨预报分区与流域分区统一起来，进一步开展中小流域致洪暴雨的精细化预报技术开发，为流域各区之间、重点水库的防洪调度提供更具针对性的预报服务产品，使流域气象服务更加贴近用户需求。

"黄河防汛抗旱与流域各省经济发展、社会和谐、人民幸福休戚相关。"王建国说，流域各省气象部门要上下联动，共同做好流域气象服务工作，围绕防汛、抗旱、防凌、水资源调度等需求，转变发展方式，努力提升黄河流域气象业务服务能力，力保黄河年年安澜，岁岁平安。

（《中国气象报》，2011 年 7 月 19 日，作者：王建忠）

防汛前线的气象科技尖兵

自 7 月 26 日开始,黄河干流 2012 年 1、2、3 号洪峰接踵而至,沿着黄河的脉络,由西向东,一路走来,叩响了黄河防汛的大门。

"气象预报对黄河防汛的重要性是举足轻重的,它可提前预见强降水的发生,还可以大大提高水资源调度的提前量,提高水资源调度和水资源利用的科学性。"黄河流域气象业务服务协调委员会主任、河南省气象局局长王建国指出。

黄河流域气象业务服务协调委员会自 2006 年 9 月成立以来,建立了务实、创新的协调会议机制,流域协作机制和体制不断完善,促进了黄河流域气象中心流域业务服务体系逐步健全。

2012 年入汛以来,黄河流域气象中心 24 小时密切监视黄河雨情,实行预报"日报制"。设立专职流域预报岗位,着手构建流域水文气象业务服务团队。同时,流域气象中心依靠项目带动,提升业务能力。目前,黄河流域气象中心承担的"黄河流域短期气候预测业务平台项目"建设任务已基本完成,并投入业务试运行;所承担的中国气象局气候变化专项"黄河流域气候变化评估报告项目"已于 2012 年 5 月下旬启动。黄河流域气象中心还注重将科研成果积极转化为服务产品,从单一的天气预报扩展到了地质灾害、水文预报、水库调度等气象预报。

早在 2012 年 5 月,黄河防总发布消息称,相关预测表明,2012 年黄河中下游发生大洪水的可能性较大。与此同时,由于黄河河情特殊,流域防汛抗旱工作始终处于"两面作战"局面:既要有效防御洪水,又要妥善处置泥沙;既要保大堤安全,又要保滩区群众安全;既要防汛,又要抗旱。

黄河防总常务副总指挥、水利部黄委会主任陈小江介绍,当前黄河防汛抗旱工作还存在薄弱环节。第一,主河槽淤积萎缩仍是黄河防汛的突出制约,易引发横河、斜河,壅高水位,危及堤防安全。第二,工程措施和非工程措施不完善仍是黄河防汛的明显短板,还存在中小河流、中小水库防洪标准低,预报预警设施不完善等问题。第三,群众迁安救护仍是黄河防汛面临的较大难题。

当前,黄河防汛抗旱的主要任务是坚持稳字当头,以防御历史大洪水为目标,把确保人民生命安全放在首位,立足防大汛、抗大旱、抢大险、救大灾,确保黄河干流堤防防御标准内洪水不决堤,确保黄河大型和重点中型水库、大中城市防洪安全，努力保证中小河流、一般中型和小型水库安全度汛。

记者了解到，黄河防总办公室经统筹考虑上、中、下游河段汛情，提出了"上控、中防、下调"的洪水处理及应对原则。"上控"即统筹兼顾上游水库和水库下游河道防洪安全，适度控制龙羊峡水库水位上涨速度，严格控制刘家峡水库水位，在留足防洪库容的同时，通过龙羊峡、刘家峡水库联合调度，控制进入宁夏、内蒙古河道洪水流量，使其平稳变化，在确保防洪安全的前提下，努力实现洪水资源利用。"中防"就是采取主动防御措施，提前转移黄河小北干流滩区人民群众，确保人员安全。"下调"就是利用三门峡、小浪底、西霞院3座水库联合调度，调控进入黄河下游的水沙过程，实现水库河道减淤、滩区不漫滩的目标。

（《中国气象报》，2012年8月6日，作者：王建忠）

汛来问黄河 安澜自可待

——黄河流域气象中心护卫母亲河平安度汛

黄河兰州水文站流量从2700立方米每秒上涨到3600立方米每秒，仅用了3个多小时。受刘家峡至兰州区间强降雨影响，黄河兰州水文站2018年7月23日4时54分流量达2700立方米每秒，形成黄河2018年第2号洪水。黄河防总发布黄河上游汛情蓝色预警，并启动黄河上游防汛Ⅳ级应急响应。

高涨的水位时刻警醒世人：黄河洪水忧思仍在。

进入6月以来，黄河上中游降水偏多，暴雨过程频繁。截至7月23日，黄河流域累积面雨量215.3毫米，比常年同期偏多51%，为1961年以来第3位。黄河安危历来是事关国家全局的大事要事，防汛、气象、水文等部门时刻密切监视雨情、水情、工情，力保黄河安澜。

气象服务责任重大

黄河是世界上最为复杂难治的河流。

"受到人类活动和气候条件变化的双重影响，黄河水沙情势发生了较大变化。"水利部黄河水利委员会水文局副局长霍世青告诉记者，自1982年以来，黄河流域已经35年没有出现流域大洪水。虽然流域性洪水发生频次减少、量级有所降低，但局地强降雨呈多发态势，引发的灾害不可估量。

2013年7月，陕西延安遭遇多轮强降雨天气，其中甘谷一个月内降水量达到662毫米，超过当地年平均降水量。"当时黄河支流云岩河洪峰达到1780立方米每秒，超过了警戒水位。浑黄的河水漫进城区，水位超过街面两米，大量淤泥涌入居民的房屋店铺。"霍世青对这次局地强降雨记忆犹新，该区地处黄土高原，属于典型的超渗产流区，出现强降雨极易引发洪水。

黄河又是一条河情特殊的河流。黄河下游沿河滩区居住着大量群众，在小浪底至花园口区间还有1.8万平方公里无工程控制区，一旦发生漫滩洪水，迁安救护任务十分繁重。"防洪形势依然十分严峻。当前，解决这个问题需要进一步延长暴雨预报预见期，提高预报精度。"霍世青说。

黄河流域还面临着严重的水资源短缺。黄河以全国2%的水资源，承载了全国12%的人口和15%的耕地用水。同时，随着流域经济社会的快速发展，资源开发与环境保护的矛盾日益突出。霍世青认为，黄河流域抗旱和生态用水需求较大，黄河水量统一调度显得尤为重要，有效地做好这项工作，中长期天气预报的结果是重要的决策依据。

统筹做好黄河流域防汛抗旱气象服务工作，任务艰巨，责任重大。黄河流域气象业务服务协调委员会主任、河南省气象局局长王鹏祥深深感到，绿色发展和生态文明建设对流域气象服务提出了新的更高的要求。

依托科技利器防御洪水

自2006年7月2日10时第一份《黄河流域天气预报》对外发布至今，黄河流域气象中心护卫母亲河安澜已走过11年。从无到有，如今黄河流域气象业务体系基本形成。

黄河流域目前布设了48部新一代天气雷达、9部风廓线雷达，有效探测范围基本实现黄河沿岸地区全覆盖；布设国家级自动气象站727个、区域自动站8442个、国家地面天气站（骨干站）2114个，综合气象观测保障能力基本形成。雷电、大气成分、农业气象、环境气象（紫外线、酸雨、能见度）等专业气象观测站网初具规模。地面观测数据传输时间频次达到分钟级，数据质量控制和观测运行监控系统初步建立。沿黄河流域共部署风云系列卫星接收处理系统14套，遥感资料得到全面应用。

通过科研人员科技攻关，基于各类观测数据的综合气象观测业务集成平台初步建成：建立了涵盖产品制作、预报会商、服务分发、信息共享等方面的流域气象业务流程；开发了流域降水监测、预报、服务等3大类20余种气象服务产品；建立了黄河流域灾害性天气联防、技术研究、预报方法探讨等常态化技术交流机制；建成黄河流域气象信息共享系统，实现流域内综合数据信息在流域中心的拼图、显示以及数据检索、查询、共享和应用；建成黄河中下游流域气象实时数据库，实现了流域历史数据的数字化查询分析；建成黄河流域定量降水预报系统，进一步完善流域面雨量预报业务，实现流域内面雨量的实时监测计算；开展流域干旱遥感及实时监测……

流域各省（自治区）气象局根据当地特点和资源优势，开展各具特色的流域气象业务服务——青海省气象局制作发布三江源气候变化评估决策咨询报告；甘肃省气象局与水利部门合作，开展干旱监测预警服务；内蒙古自治区气象局主动开展灾害性天气区域联动联防；山西省气象局加强风险预警产品联合开发；陕西建成渭河流域气象预警服务业务平台，在保障渭河防洪和下游安全方面发挥重要作用；山东省气象局实现黄河流域水文、气象、灾害风险数据的实时共享和拼图，更加有效地开展针对性服务。

凝聚合力共同守卫

受降水影响，7月8日，黄河上游形成黄河第1号洪水，中游渭河发生超警洪水。上游唐乃亥站最大流量达到3440立方米每秒，为1955年建站以来第6位；唐克水文站最大流量达到607立方米每秒，为建站以来最大洪水。渭河流域洪水过程中，魏家堡水文站最大流量达到4290立方米每秒，为1981年以来最大流量；华县水文站最高水位一度超警戒水位0.72米。

基于智能网格预报构建的黄河流域预报"一张网"在这次气象服务中发挥了重要作用。黄河流域气象中心的技术人员利用该系统，提前准确做出了基于河段的精细化预报，利用黄河流域气象信息共享及服务系统及时开展了服务。

根据预报，黄河防总发布黄河上游汛情蓝色预警，启动黄河上游防汛Ⅳ级应急响应，保证2018年黄河第1号洪水顺利通过。黄河防总常务副总指挥、黄河水利委员会主任岳中明表示，2018年以来，黄河流域气象中心高度重视黄河防汛气象服务，及时主动提供了详细准确的天气雨情信息，为黄河防洪决策提供了良好的技术支撑。

为适应黄河流域防灾减灾和综合开发利用对气象保障服务精细化、专业化、个性化提出的更高要求，2018年5月，黄河流域气象中心将原来的信息汇集、联防服务两大职能调整为信息汇集、业务建设、气象服务、科研交流、部门合作五大职能，大大扩展了流域气象工作领域。

现代信息技术的发展和应用，正在为流域气象保障服务能力提升提供新动能。2018年6月编制的《黄河流域气象保障服务能力提升行动计划》提出，力争到2020年流域气象保障服务能力大幅提升，科技竞争力和社会影响力显著增强，水文气象核心关键技术取得重大突破，"功能明确、结构合理、业务健全、运行高效"的黄河流域气象防灾减灾中心、专业气象服务中心基本建成。

"从2017年起，流域气象服务的重点从大江大河气象服务扩展到支流及中小河流域并举，从关注流域性灾害性天气到关注局地性气象灾害并重，将流域气象服务进一步做深做细。"王鹏祥指出，服务全流域生态文明建设和绿色发展，流域气象工作应当更好地发挥好基础性、前瞻性和保障性作用。

精细监测、精准预报、精确预警、精心服务——合力守卫，祈黄河安澜。

（《中国气象报》，2018年8月7日，作者：王建忠 周爱春）

第十章
文化育人

以文"化"人　流光溢彩

走进河南省安阳市气象局，200 米的平坦通道却常常让初到者十余分钟还没有走完——近 20 块样式新颖、内容丰富的宣传展板，构成了这里独具特色的文化长廊，吸引来人驻足观望。

以文化凝聚人，以文化引导人，以文化感化人——长廊背后的故事，让我们一起倾听。

以文"化"人　凝聚精神

2005 年，安阳市气象局搬迁到现在的地址。新址初定，百废待兴。当时的安阳市气象局工作上已是硕果累累，但是安阳气象人却感到了另一方面的压力，那就是如何继续营造出的一种文化氛围，让气象部门长期形成的团结协作、拼搏向上、争先创优的精神传承下去。文化建设的重任摆在了安阳市气象局领导的面前。

安阳市气象局提出了建设文化长廊的设想。2007 年下半年，一场文化建设的帷幕在安阳市气象局悄然拉开。

"我们的这个长廊就像舞台一样，节目开始了，大家都想有一个好的表演。"市气象局局长申安喜说。长廊面前，每个人都在寻找自己的位置；长廊背后，每个人都在躬身自照，以此为鉴。

文化长廊像一台"助推器"，把安阳气象人推向了全面展示自己的舞台，查漏补缺，不断提高；像一个"孵化器"，把安阳气象人的精神不断深化、升华，羽化成蝶；像一个"绿色通道"，给安阳气象部门的广大干部职工源源不断地输送精神食粮。

文化"窗口"　展现亮点

长廊建成只是第一步，该如何利用好它，使它最大程度地发挥作用才是长廊建设的初衷。

共计 45 块展板，从局内通道向业务楼走廊延续。领导关心支持、业务建设亮点、气象服务事迹、台站沧桑变迁、文明创建成果、人才培养教育……安阳市气象局所属的各县（市）气象局都有展示工作的一方"阵地"。各单位也在相互学习、取长补短中，形成了比、学、赶、帮、超的工作氛围。中央纪委驻中国气象局纪检组组长孙先健在"廊"中参观时说："走过全国许多地方，气象文化长廊这种形式很有创意！"

为管理好文化长廊，安阳市气象局制订了《文化长廊管理办法》，要求每个单位根据工作情况每季度更新一次内容。河南省气象局局长王建国在参观完文化长廊后评价说，每个单位的工作情况都在文化长廊中有所反映，这是一种无形的激励，对全局的工作起到了很好的推动作用。

"为工作你争我夺，为荣誉逢旗必扛。"在文化长廊的助推下，安阳市气象局的各项工作开花结果、荣誉满载，"全国气象部门文明台站标兵""廉政文化进机关示范点"等表彰接踵而来。

桃李不言　下自成蹊

"桃李不言，下自成蹊。"安阳市气象局的文化创建工作因其取得的出色成绩早已声名远播。河南省气象局纪检组组长王万田称赞它是"安阳气象人展示风采的窗口、各单位交流工作的平台、干部职工的教育基地和文化创建的一道景观"。

自 2008 年年初文化长廊建成以来，来自河北、湖北、海南等近 10 个省（区、市）的兄弟单位纷纷慕名而来，满意而去。

近年来，安阳市气象局又被认定为"河南省青少年科技教育基地"和"三理"（伦理、心理、生理）教育基地，每年前来参观的人数达上千人之多。特别是青少年们来到这里参观学习，不仅亲眼看到了现代化的气象设施，长廊文化所展现的独特的气象信息也让他们耳目一新，流连忘返。

为了使每一位来到文化长廊参观的同志更多地了解气象文化和气象事业的发展，安阳市气象局还聘请专业播音员为解说员，让这里的气象文化精神淋漓尽致地展现。

安阳市气象局在成绩面前并没有止步不前。申安喜告诉记者，文化创建工作如何进一步拓宽思路，如何更好地反映新气象、服务新时代——他们要继续思考。

（《中国气象报》，2009 年 1 月 19 日，作者：王建忠 卜晓娜）

创新的源泉

"没有坚强的基层党组织，党的路线方针就难以很好地贯彻执行！"河南省气象局党组书记、局长王建国说。在学习十七届四中全会关于加强基层党组织建设精神时，全省气象部门把全会精神的学习作为一项长期任务，全面提升广大党员思想政治水平，锻造一支"能干事、会干事、敢干事、干成事"的新型党员干部队伍，充分发挥基层党组织战斗堡垒作用，为经济强省建设、文化强省建设、和谐中原建设和绿色中原建设提供气象科技力量。

开展"保持共产党员先进性教育活动"、举行"讲党性修养、树良好作风、促科学发展"、举办迎接新中国 60 华诞摄影比赛……河南省气象局通过开展一系列活动，把基层党建工作引向深入，赢得了群众广泛赞誉。

新思维——"虚"功如何"实"做

新形势下党建工作如何定位，"虚"功如何做"实"？面对这一全新课题，河南省气象局紧紧围绕气象现代化发展这个第一要务，把党建、精神文明和气象文化建设与大力拓展气象服务领域，尤其是加快气象基础设施建设结合起来。

"'三位一体'，不断赋予党建工作新内容、新载体和新活力。"河南省气象局纪检组长王万田说，各级气象部门党组织坚持围绕气象事业发展抓党建，做到四个相结合：与气象服务经济社会发展和人民安全福祉需求相结合，与气象业务技能竞赛相结合，与精神文明建设和气象文化建设相结合，与廉政文化建设相结合。

新载体——五彩斑斓拓展路

"创新"是党务工作方式方法的灵魂。"学党章、比贡献""讲正气、树新风""新解放、新跨越、新崛起"解放思想大讨论及"讲党性修养、树良好作风、促科学发展"等系列主题教育活动，不断增强了全省气象部门党组织的向心力和凝聚力。三门峡市气象局把创建"学习型机关"和党建工作密切结合，一起纳入综合目标管理；焦作市气象局切实抓好学习阵地建设，设立学习室、阅览室。同时每年规定有必读书目，每周保证半天以上学习时间；信阳市气象局加强党员电教化工作，要求党员同志定期登录"河南信阳党建网""信阳先锋网"，及时了解当前党建工作信息。

新制度——党建工作落实处

河南省气象局党组制订了《关于加强基层党建工作的指导意见》，明确加强基层党建工作的指导思想、工作目标、主要任务及组织保障措施等。建立健全党的民主生活会、组织生活、学习教育、党务公开和建设学习型党组织等制度，并狠抓落实。

坚持开展"争先创优"活动。将活动列入对基层党组织的目标考核进行管理，结合组织生活会和民主评议党员活动进行评选。每年对涌现出的先进基层党组织、优秀党员和优秀党务工作者进行表彰。

强力推进"两转两提"，树立良好机关作风。将创建工作列入年度目标考核，实行量化管理，并与气象服务、业务建设等工作同部署、同检查、同考核、同奖惩。由虚到实的作风建设有力地促进了机关工作求真务实、廉洁高效、服务基层、无私奉献良好氛围的形成。

新模范——激活动力豪情冲天

"平常时日看出来，关键时刻站出来，危险时刻豁出来，乐把一生献出来。"一批优秀党员在业务、服务、科研等各自岗位上，诠释着"科技兴业、服务中原、为民管天、敬业奉献"的河南气象人精神，激活了干部干事创业的原动力。2007年豫西栾川县发生山洪，及时的气象服务避免了400余名村民伤亡。2008年初的雨雪冰冻灾害，由于气象服务及时，领导决策有力，使河南成为灾区唯一道路畅通的省份。2009年河南大旱，气象预警提前发布，人工增雨保护了粮食安全生产。省委书记徐光春同志在2008年年底做客央视《对话》节目时，盛赞河南气象工作为"天下粮仓"贡献了科技力量。

（《中国气象报》，2009年9月28日，作者：王建忠）

三门峡市气象局：创新基层党建工作

党总支常务书记轮值，"一个窗口""两项服务"……河南省三门峡市气象局用这些新鲜的名词，在基层党建领域进行了诸多探索，在进一步提升基层党建整体水平的同时，使党组织和党员在群众中的根更深、叶更茂，切实推动了气象事业实现跨越式发展。

这个创新不仅使三门峡市气象局获得了"2009年河南省气象部门创新工作奖"，在3月8日三门峡市召开的2010年市直机关党的工作会议上，也荣获了全市党建工作创新大奖。

"112"工程破解党建管理难题

自2009年新年开始，三门峡市气象局党总支就结合本部门党员情况，率先在全市市直机关实施"112"党员管理模式，深入推进气象部门党的基层组织建设。

"112"管理模式即"擦亮一个窗口，完善一套体系，提升两项服务"的党员管理工作机制，强化对党员的日常管理和宗旨意识。

"一个窗口"即党建工作窗口。全局在职党员分布在行政、业务、气象科技服务各个岗位，在各个岗位上设立"党员示范岗"。"一套体系"即党员管理体系。党员参加学习活动情况、缴纳党费情况、承担工作完成情况均实行季度通报制，通报结果作为年终评先评优的重要依据。"两项服务"即常规气象服务和应急气象服务。

"112"党员管理模式的建立，促使广大党员的先锋模范带头作用明显增强，有力地促进了各项工作的开展。

常务书记轮值制度建阵地搭舞台

"火车跑得快，全靠头来带。"近年来，三门峡市气象局实行"三推两选一票决"和公推直选等办法，选出了群众心目中的"当家人"。

如何进一步激发党总支委员的主观能动性和积极性？经市气象局党总支委员会认真研究，决定每季度分别由一名总支委员担任轮值副书记，行使常务书记职责，主持党组织的日常工作。

常务书记在轮值期间，通过工作思路、工作机制、工作方式的创新，着力建设高素质基层党组织、高素质党员干部队伍，使党组织的战斗堡垒作用和党员先锋模范作用在现代气象业务服务、事业发展中发挥更加突出的作用，努力营造高效廉明的和谐机关文化氛围。

三门峡市气象局党总支委员会积极开展气象业务学术交流、气象法律法规知识竞赛、我为科学发展建一言献一策、"清洁家园"志愿者活动等9项主题活动，以及体育健身、文艺汇演等活动。2009年9月，该局党总支委员会选送节目歌伴舞《为了谁》参加了省级文明单位广场文艺汇演。节目以震撼全国的支建煤矿淹井事件成功救援中气象部门出色的应急气象服务和人工消雨典型事例为背景，将气象业务服务工作以文艺的形式奉献给广大观众，赢得了观众一致好评，不但让气象融入了社会，更让民众了解气象、支持气象。

一名党员一盏灯全力以赴创事业

"以气象防灾减灾和应对气候变化为主题，将党建工作融入到气象工作各个方面，努力通过党建工作促进气象服务及时、主动、优质。"三门峡市气象局党组书记、局长武小明说。三门峡市气象局的探索，归根结底是提升人员素质，大力提升气象服务水平，更好地为经济社会发展服务。

2009年初冬，一场20年罕见的大雪突袭。地处陕县张汴乡山上的三门峡新一代天气雷达站变压器在子夜前后突然损坏。为保证气象服务工作的科学性和及时性，雷达站站长李珂迅速发动柴油发电机，保持雷达正常工作。随后，他不顾天寒地冻，道路结冰，连夜赶到陕县县城，敲开了电工的门。三门峡市气象局的吉志红等人在一次风力资源考察时，由于进山的道路被暴雨冲毁，他们沿着陡峭泥泞的山路，跋涉3个多小时赶到观测点，按要求采得了第一手风力资料。

他们，只是三门峡市气象局广大党员干部中的几个缩影。如今，三门峡市气象局党员干部正战斗在业务服务第一线的各个岗位，发扬身先士卒、勇挑重担、刻苦攻关、无私奉献的精神，为气象事业又好又快发展发挥着重要作用。

（《中国气象报》，2010年3月18日，作者：王建忠 袁文胜）

筑牢气象事业科学发展的"防火墙"

——基层党风廉政建设看河南

在河南，省气象局、商丘市气象局是省纪委、省委宣传部等4个厅局联合命名的"全省第一批省级廉政文化建设示范点"。在党风廉政宣传教育月里，河南省气象局在继承中创新、在创新中发展，筑牢气象事业科学发展的"防火墙"。

"重视"二字挂帅　干部主动上台

在活动初期，省气象局领导干部主动走上"前台"。在全省气象部门宣传教育月动员会上，省局党组书记、局长王建国亲自动员部署，掷地有声地提出"六抓好"：抓好学习，奠定思想基础；抓好制度，促进惩防体系建设；抓好宣传，强化效果；抓好廉政文化建设，打造品牌；抓好对照检查，深挖思想根源；抓好监督检查，强化制度执行力。

各级领导干部积极走上教育与自我教育的"舞台"，围绕教育主题，以专题民主生活、座谈会等形式，开展自我批评、自我教育。同时，还发挥表率作用，走上宣传教育月的"讲台"："一把手"讲廉政上党课、作专题辅导。各单位主要领导干部还带头撰写了32篇心得体会。

"新"字突出主题　地方特色彰显

河南省气象局积极创新具有地方特色的廉政教育新"动作"。

创新形式。省气象局积极探索"十个一"廉政教育新"动作"：举办一次知识竞赛、组织观看一次警示教育片、主要领导干部上一次廉政党课、每周发一次廉政短信、制作一期宣传展板、参观一次警示教育基地、处以上领导干部撰写一篇心得体会、各支部开展一次《廉政准则》集中学习对照检查、开展一次党员干部学习《廉政准则》讨论会等，使廉政教育开展得有声有色。

广泛参与。在省局组织的反腐倡廉知识竞赛中，全省共有2450人参加，其中在职党员干部1163名，参赛率达99%；河南省直纪工委正副书记、省纪委宣教室主任及纪委其他人员、地方其他部门的领导共计118人参加了竞赛。

营造廉政氛围。在省气象局门户网站开设"党风廉政宣传教育月"专栏，宣传交流全省气象部门活动开展的情况。省气象局纪检组每周向处级以上干部发送一次"廉政准则"短信，并制作廉政电子屏保。

各市气象局活动形式更是让人耳目一新：济源市气象局开展了廉政文化作品征集活动；三门峡市气象局举办了廉政文化作品和心得体会展评活动；周口市气象局将《廉政准则》印成口袋书发放到每位党员干部手中；商丘市气象局以廉政为内容组织了廉政文艺演出，把廉政文化融入到气象文化、精神文明建设中等。

从规范制度着手 提升执行力度

宣传月内，河南省气象局廉政宣传教育从细处着眼、从制度着手，春风化雨、润物无声，促使各项工作万象更新。

一本《实用手册》成为规范财务管理制度的"法宝"；一本《廉政手册》吹响落实廉政建设制度的"号角"。"廉政手册作为全省气象部门领导干部的行动指南、行为规范、廉政标尺，是规范全省气象部门党员干部行为的标尺，是一面镜子。"王建国说，"廉政手册是一本促进全省气象部门廉政建设、提升执政能力的工具书。"

在廉政教育月中，面对即将到来的汛期，河南省气象局纪检组对领导干部和纪检监察干部提出了要认识到位、职责到位、监督到位的要求，促使广大党员干部切实增强使命感、责任感，确保河南安全稳定度过汛期。

荷花多植塘不浊，廉风劲吹气象新。河南省气象局廉政宣传教育的扎实开展，极大地激发了河南气象干部职工爱岗敬业、无私奉献、积极进取的热情，营造了以廉为荣、以贪为耻的良好氛围，成为河南气象事业科学发展的重要"防火墙"。

(《中国气象报》，2010 年 8 月 27 日，作者：王建忠 卜晓娜)

清风拂面来 廉花朵朵开

"爱小家，为大家，洁身自好；遵纪律，守国法，清白为政""不求你官当多大，不求你地位多高，只求你每天能平安回家"，一句句质朴的话语饱含着妻子对丈夫的关爱及儿女对父母的衷心期盼。这是平顶山市气象局纪检组面向全市气象部门干部职工家属征集到的廉政亲情寄语。

近年来，该局通过文化的启迪、教育的引导、制度的约束，促进党员领导干部将廉洁勤政的理念转化为一种强大的精神力量。

"立体式"气象廉政文化有渗透力

围绕"教育倡廉，提高了廉政文化的吸引力；典型导廉，提高了廉政文化的感染力；活动兴廉，提高了廉政文化的渗透力；家庭助廉，提高了廉政文化的辐射力"四个环节，建设"立体式"的气象廉政文化，是平顶山市气象局的工作特色，为此被河南省气象局评为"全省气象部门首批廉政文化示范点"也就顺理成章。"局领导及家属每年在全体职工的见证下签《家庭助廉责任书》，不仅是领导干部及家属廉政自律的一份庄重承诺，更表明大家作表率、接受群众监督的决心。"平顶山市气象局党组书记、局长魏纪滨说。每年，该局都向党员干部家属发出倡议，倡导每位党员干部的家属自觉做家庭助廉的支持者和参与者，筑牢拒腐防变的家庭防线。"落实中央'八项规定'，切实改进工作作风，从每一个人做起，从每一天做起，从每一件小事做起，从一点一滴做起。"这是该局纪检组向全市气象干部职工发出的"每周廉政短信"内容之一。如今，在局里，不仅图文并茂的廉政文化墙十分醒目，廉政文化标牌也随处可见。办公楼的墙面上悬挂着气象特色廉政宣传画、廉政警句板面，会议室经常播放反腐倡廉警示片……风清气正的氛围蔚然形成。

"五化"风险防控模式有创新点

打开平顶山市气象局廉政风险防控管理平台，大额资金管理与使用风险防控图、办公费支出管理风险防控图及各岗位廉政风险登记表等风险事项的风险点、风险等级、防控措施一目了然。

"我局利用内部办公网络探索构建了廉政风险防控管理系统，初步实现网络化实时廉政风险防控，做到决策事项网上申报，财务支付网络审批，廉政风险防控网络监管。"该局纪检组长王翔介绍，这是廉政风险防控"五化"模式中的"网络化"环节。

自2011年以来，平顶山市气象局以"勤廉气象"建设为目标，以廉政风险事项"实时防控网络化、权力监督立体化、工作规程标准化、制度机制规范化、检查落实常态化"为突破口，以健全预防腐败工作长效机制为重点，达到以"防"除"险"，化"险"为"安"的防范效果，从源头上预防腐败，取得了很好的成效。这一工作模式还被评为"2012年度河南省气象部门创新工作奖"。

"正气实干"的清风有引领性

"问渠哪得清如许？为有源头活水来。"正是有了文化精神和制度机制的综合"发力"，该局廉政建设不断创新，有效落实了党风廉政建设责任制，对领导干部和权力运行的监督效能进一步强化，反腐倡廉制度建设不断加强，在全市气象部门形成了勤政廉政、干事创业的良好氛围。2012 年，平顶山市气象局被河南省气象局确立为率先实现"气象现代化建设、一流台站建设、基层机构改革"的试点市局，还连续三届成功创建省级文明单位。气象服务、应急管理、人工影响天气、安全生产、目标管理、行政审批等多项工作受到省气象局和市政府的表彰。

清风拂面来，廉花朵朵开。这阵"清风"、这朵"廉花"已悄然无声潜化于广大群众的心田。"讲正气、重实干"已成为平顶山市气象局干部职工的自觉行动。

（《中国气象报》，2013 年 9 月 30 日，作者：王建忠　张金平）

接地气增底气　以真心换民心

因为焦裕禄，河南兰考这个普通的县城让人肃然起敬。50 多年前，这个地方正遭受严重的内涝、风沙、盐碱"三害"。焦裕禄坚持实事求是、群众路线的领导方法，同全县干部群众一起，与自然灾害顽强斗争，努力改变着兰考面貌。时令夏至，记者来到兰考县气象局，探寻气象部门如何将党的群众路线教育实践活动与焦裕禄精神结合起来，诠释新时期的气象人精神。

兰考县气象局局长赵新礼站在路口等着我们，路过的村民跟他亲切打招呼。当了 8 年的县气象局局长，他很熟悉当地的百姓，百姓也习惯了实时问他天气。

8 年里，赵新礼几乎跑遍全县各个乡镇。"我们经常到田间地头，利用气象信息指导农民生产生活。"他说，"别看这些是小事，老百姓就是从小事中看我们干部的！"

和很多兰考人一样，赵新礼也是听着焦裕禄的故事成长的。在这个豪爽的汉子看来，自己离焦裕禄精神这个标杆还差得很远。

用焦裕禄这样的典范作标尺"丈量"不容易。几十年来，一步步缩短距离、向标尺靠拢的过程，是对兰考县气象局每个党员干部先进性、纯洁性和公仆意识的严格锻造。

兰考县气象局建于 1957 年年初，当时条件极为简陋，负责建站的党员王德生和他的同事曾与焦裕禄一起，奋战在风里、雨里、沙窝里，摸清了全县大小风口 84 个，绘制出了全县第一张风向玫瑰图，为治理"三害"提供科技支持。1968 年，兰考县气象局第一次迁站，时任站长李福顺主动担起了站里的炊事工作，并用自己的口粮贴补困难的同事，自己却饿昏在工作岗位上。

2003 年，黄河流域发生了罕见的秋汛，县气象局副局长孟宪臣不顾安危，坚持坐冲锋舟渡河把卫星遥感监测到的灾情资料送到抢险前线指挥部。2007 年，兰考县气象局要搬到现在的站址，赵新礼搬到空荡的站里开展对比观测，3 个月才回一趟家。如今的兰考县气象局经过搬迁改造，工作环境有了很大改善，现代气象业务平台的投入使用，使气象事业如虎添翼。

心中有为民情怀，行动才有公仆本色。"还记得焦裕禄治理内涝、风沙、盐碱'三害'的故事吗？当年焦裕禄治理'三害'的办法，就是通过找农民群众了解情况、实地考察试验总结出来的。焦裕禄亲民爱民的一个集中体现，是依靠群众、坚持走群众路线。"赵新礼介绍，在党的群众路线教育实践活动中，县气象局将解决"四风"突出问题、解决关系群众切身利益的问题、解决气象服务群众"最后一公里"问题作为重点任务。通过开展"知民意、聚民心、进农家"活动，县气象局党员干部先后走访了全县 22 家单位，共收集到评价 28 条、意见建议 17 条，成为改进工作的重要依据。

随着党的群众路线教育实践活动不断深入，兰考县气象局把党的群众路线教育实践活动和学习焦裕禄精神结合起来，把教育实践活动的主题与焦裕禄精神高度结合起来，把学习弘扬焦裕禄精神作为一条红线贯穿活动始终，做到"深学、细照、笃行"——通过讲党史、听党课、学《党章》，拜谒焦陵、观看《焦裕禄》影片等实实在在的活动，从焦裕禄同志的感人事迹中领悟共产党人的崇高品质；把焦裕禄精神当作一面镜子，从里到外、从上到下进行反复对照，通过"寻找兰考最美气象人"活动，营造立足岗位、争先创优的工作氛围；走出去，把"走进群众听"与"组织群众评"结合起来……

"焦裕禄精神与气象人精神是相通的、融合的，就是要讲科学、讲实干、讲奉献。"赵新礼说，其根本就是要始终坚持把服务群众放在第一位。

兰考土生土长的农民育种专家沈天民，从播下第一粒小麦种子到亩产达812.8 公斤、最终创办公司，整整花了 42 年。这期间，兰考县气象局提供的气象数据为这粒"金色种子"的成长提供了科学支持。在教育实践活动中，县气象局把天民种业公司列为重点服务单位，为该公司提供全方位气象服务。现在，沈天民可以随时取得精细化的气象资料。

2014 年 5 月初，兰考县气象局与县农业局联合成立了农业气象专家联盟，再次对全县新型农业主体进行调查。记者看到，一张张调查表上，密密麻麻登记有 20 多家专业种植大户、农民合作社、家庭农场、农业企业的不同情况。根据客户对气象服务的不同需求，县气象局制作了直通式气象服务情况汇总表，列清服务对象的基本情况、联系方式、服务内容、服务方式。

"比如红庙镇万家食用菌类专业合作社的经营范围是凉棚香菇栽培，年产值 500 万元。该合作社需要的气象服务包括中短期天气预报、极端天气预报预警、农业科技咨询，特别需要的是温度、湿度的精确监测和预报以及凉棚小气候观测。"从事农业气象服务的焦仁庆说，按照既定的服务方式，技术人员会通过发送手机信息、LED 显示屏、气象信息服务平台等方式及时提供气象信息服务。

现如今，贴心、尽心、用心做好气象服务工作，已成为兰考县气象局每名党员干部践行党的群众路线，在服务群众中显身手、争作为的重要载体。记者也感受到焦裕禄精神在当地气象部门的落脚、传承和发扬：用实干精神努力探索服务群众的好办法，用公仆意识牢记始终把民生放在第一位，用艰苦朴素作风时刻警醒自己不过度追求个人享受、杜绝贪污腐败的思想和行为。

（《中国气象报》，2014 年 7 月 15 日，作者：王建忠 栾菲）

创新打造充满活力的"职工之家"

——河南省气象部门推进行业工会建设成效显著

激发基层活力、畅通联系渠道服务职工，一直是河南省气象工会的重点工作。如今，该项工作喜结硕果，河南省气象工会工作委员会被中华全国总工会授予"全国模范职工之家"称号。

近年来，河南省气象工会坚持创新精神，始终以职工为本，不断建机制、强功能、增实效，建设充满活力的"职工之家"，建立了与气象部门行政管理体制匹配的气象工会组织管理体系和经费管理体制，形成了市县全面覆盖、机构建设规范、经费体制顺畅的良好格局。

中国农林水利气象工会副主席刘季英表示，在全国气象部门中，河南省气象工会是"省气象局党组最重视、工会建设最规范、经费体制最完善、建设成效最显著"的省级气象工会。

强化基层规范　建设工会组织"有根基"

过去，由于气象基层站点分布广、职工队伍规模小，河南省气象行业基层工会普遍组织不健全。这使气象系统垂直管理的优势难以充分发挥，职工积极性、主动性、创造性没有被完全激发出来。工会的缺位，一度成为制约河南气象事业快速发展的瓶颈。

破壁之行，始于河南省气象局将探索工会组织体制、运行机制和工作方式改革创新列入重点工作。经过深入调研，省气象局清晰地认识到，成立行业工会可有效消除基层工会组织"空白点"，形成上下协调一致、资源统筹利用的工作体系，为切实落实党的根本方针提供保障。

以此为契机，河南省气象局持之以恒地推进工会建设，最大限度将全省气象职工组织到工会中来。2014年10月9日，河南省总工会授权河南省气象工会工作委员会垂直领导全省气象系统工会工作，将气象行业工会工作纳入创新试点。2015年初，省气象局党组决定建设覆盖全省气象部门的气象行业工会，建立健全基层气象工会组织——河南省气象行业工会建设自此拉开帷幕。

建立伊始，省气象局就把建立完备的工会组织机构和工作制度作为重点任务，确立了省、市、县三级组织体系，出台了涉及干部职责、工作规则等方面的18个规章制度。随后，《河南省气象系统基层工会建设实施意见》出台，明确目标要求、组织建设、经费管理体制等6个方面工作。该意见得到河南省总工会和中国气象局的肯定，作为样板推广至河南其他产业工会及其他省份气象局。

然而，工会建设的过程并非一帆风顺。由于民主管理、民主监督和维权意识不强，个别同志认为工会组织就是给单位"找麻烦"，反而影响正常业务工作。对此，河南省气象工会大力开展宣传，为干部职工答疑解惑、消除顾虑，增进大家对工会组织的认同感、信任感、归属感。经过不懈努力，全省气象部门上下逐渐形成共识，工会组建工作稳步推进。截至2016年底，18个市气象局及112个县（市、区）气象局全部建立工会。

2017年，河南省气象工会经费管理体制进一步理顺，为今后开展各项工会活动提供了政策依据。在充分吸纳前期成果的基础上，《河南省气象工会组织体制改革方案》出台，进一步增强了工会的广泛性和代表性。

2018年3月27日，河南省气象工会第一次会员代表大会召开。大会选举产生了第一届委员会、常务委员会、经费审查委员会和女职工委员会，建立健全了与气象部门管理体制相适应，覆盖省、市、县（区）三级的气象工会组织与管理体系。气象基层工会实现了全覆盖，服务广大气象职工能力明显提高，工会组织的吸引力和凝聚力大大增强。

创新培训载体 提升职工素质"有门道"

自河南省气象工会成立以来，随着一系列创新活动的开展，全省气象干部职工素质不断提升，焕发出蓬勃的生机和活力。

创新培训方式，是其中的关键一招。在河南省总工会的支持下，气象行业竞赛活动纳入全省职工职业技能竞赛项目，涉及气象探测、预报、通信等8个专业，为气象业务技术人员创造了展示技能、实现梦想的机遇。

尤其令人鼓舞的是，各项全省气象行业技能竞赛冠军，可直接申请河南省五一劳动奖章。目前，全省气象部门已有26人获得河南省五一劳动奖章，3人获省直机关五一劳动奖章，两个单位被授予"河南省工人先锋号"，1人被评为中国气象局重大气象服务先进个人，这些荣誉进一步激发了大家学先进、比技术、踊跃投身气象现代化建设的热情。此外，省气象局还积极争取支持，为优秀气象职工授予"河南省技术标兵"荣誉称号。

工会还通过举办全省气象工会干部培训班，开展"中国梦·劳动美——永远跟党走"主题教育活动，深入研究新常态下气象工会工作的特点和规律，做好改革过程中职工的思想政治工作，引导职工正确对待利益关系调整，积极理解、支持、参与气象改革；推进职工职业道德教育，以构建职业道德建设体系为抓手，以职业素养和诚信建设为重点，组织开展全省气象职工职业道德建设标兵单位和标兵个人评选活动。

此外，工会还通过举办征文、演讲比赛和评选"文明职工""最美气象人"等活动，大力弘扬"准确、及时、创新、奉献"的气象精神。特别是寻找全省"最美气象人"活动，以身边人的先进典型事迹作为教育党员干部的生动教材，引起社会各界关注。

完善维权帮扶机制 服务职工实效"看得见"

为干部职工提供高质量服务，是工会组织的重要使命。

在河南省气象局推动下，全省各级气象部门建立了职工代表大会制度，规定工会为职代会的日常工作机构，明确了职权和议事规则。近年来，各级气象工会建立推行"三必访"制度，在职工最需要的时候把关怀送到身边，慰问职工约 230 人次。

2017 年，河南省气象科学研究所一名职工被诊断为肾癌，高昂的治疗费用让其家庭不堪重负。在工会倡议下，省局广大气象职工纷纷伸出援助之手，共捐款 4.8 万余元，增强了该患病职工战胜困难的勇气和信心。

此外，工会还积极开展"冬送温暖、夏送清凉"活动，为 500 余名困难职工发放困难补助金。在春节、端午、中秋等传统节日及职工生日时，工会还会送去蛋糕，发送祝福短信。"气象一家亲"的人文关怀，赢得了职工的信赖和好评。

河南省气象工会高度关注职工的身心健康，聘请专业教练对职工进行太极拳培训，举办全省气象系统篮球、乒乓球、羽毛球比赛等活动，充分展示气象人昂扬向上、顽强拼搏的精神风貌；创新提出建设"学习之家、文化之家、民主之家、温暖之家、和谐之家"的"五家"模式，得到基层工会组织的广泛响应。

截至目前，在全省气象部门基层工会中，有两个被命名为"全国模范职工小家"，1 个被命名为"河南省模范职工之家红旗单位"，3 个被命名为"河南省模范职工之家"，两个被命名为"河南省模范职工小家"，6 个被所在地市总工会授予"全市模范职工之家"荣誉称号；省华云公司工会被评为"全省和谐企业"；先后有 7 名职工被授予全国、省、市级工会积极分子和优秀工会工作者称号。

（《中国气象报》，2018 年 12 月 4 日，作者：王建忠 王永庆）

第十一章
多彩人生

乘风破浪会有时

"我已经记不清这是多少次到气象局了，是气象科学引导了育种事业，能取得今日的成绩，我从心底里感谢气象局的同志们。"

在 2009 年年初召开的国家科学技术大会上，小麦育种专家沈天民主持的优质、高产、广适、多抗国审小麦新品种"豫麦 66""兰考矮早八"项目，荣获国家科学技术进步二等奖。消息传到河南省兰考县气象局，大家都由衷地感到高兴和自豪，因为老沈成功的背后，处处有兰考气象人的身影。

沈天民，现任河南省高新技术企业——河南天民种业有限公司董事长、总经理，河南省超级小麦遗传育种国际合作研究试验站站长，早年毅然放弃了在城市当医生的机会，回到农村搞起了良种选育与开发。

摆脱老天爷的"刁难"

1970 年，他引进的"北京 8 号"等优良品种使小麦亩产量有了大幅度的提高，沈天民感到了成功的喜悦，可没过几年他就高兴不起来了，他所引进的品种开始大面积倒伏，在生长期内也不太适应当地的气候，老天爷也似乎故意和他唱"对台戏"，不是在小麦扬花时出现连阴雨，就是在小麦灌浆时出现干热风，这让沈天民逐渐意识到，要想真正培育出适合本地的新品种，就必须克服气象灾害对小麦造成的不良影响，对小麦品种进行改良，增强其对气候的适应能力。

为了更好地掌握小麦生长和气象要素之间的关系，他跑到兰考县气象局借来技术资料，如饥似渴地学习，了解当地气候，查找失败的原因。气象局的领导也专门指派一名农气工程师帮助他一起查阅气象资料，指导他学习气象理论。不久后，他便把一个试验基地搬到了气象局的旁边，他的弟弟沈天友也主动做了气象局的一名义务气象信息员，就这样，沈天民和县气象局攀上了"亲戚"，处上了"邻居"。每当在小麦播种、扬花、孕穗等育种关键时期，县气象局的同志都会及时把中短期天气预报送到沈天民手中，从此，他摆脱了老天爷的"刁难"。

1985 年的冬季天气实在有点"怪"，春节前人们还享受在暖冬的惬意中，节后的天气却来个大变脸。兰考县气象局准确预报出倒春寒的出现将不可避免，大家脑子里都不约而同想到了沈天民的育种基地，可当时正赶上老沈出差在外，那时通信不像现在这样发达，人在外地很难联系上，十万火急的事情，怎么办？听现在气象局里的老同志讲，当时局里为此专门召开了一个小麦防寒措施研究会，最后决定为试验田里的小麦提前浇灌，达到防寒保暖的目的。半个月后，全县大部分小麦都不同程度受到了倒春寒的影响，相比之下，试验田里的小麦却生机盎然，老沈出差回来后逢人就说气象局的人本事大，要搞育种，不懂气象还真不行。

选种育种先过"气象关"

搞育种的人都知道，要想品种类型有突破，亲本资源材料非常重要，但是，再好的亲本资源材料都要首先受到当地气候环境的影响。为此，沈天民几乎翻阅了所有气象资料，走遍了世界各小麦产区，终于从不同的小麦生态类型区中寻找、发现了新的小麦资源材料上万份，并首先通过"气象关"从中筛选出了适合本地的最佳亲本资源材料。每每遇到气象难题，他都到气象局去请教技术人员，无论年龄大小，他总是习惯称呼他们为"老师"，虚心向他们请教。育种专家这种谦虚谨慎、刻苦钻研的精神感动了气象局的每一位同志，大家都心甘情愿地帮助这个"邻居"，在小麦生育关键期，顶着酷暑在大田里测量小麦叶温，冒着严寒查苗情是常有的事。

在长期的育种工作中，沈天民总结出了一套独特且行之有效的育种体系。他提出了黄淮麦区超级小麦三个阶段的产量指标：2008 年实现每公顷 12 吨的产量潜力指标，生产上大面积稳产在每公顷 8 吨；2015 年实现每公顷 13.5 吨的产量潜力指标，生产上大面积稳产在每公顷 9 吨；2020 年实现每公顷 15 吨的产量潜力指标，生产上大面积稳产在每公顷 10 吨。目前，他已顺利完成了第一阶段的产量目标，但沈天民知道，良种培育是个"露天工厂"，随着下一步研究的深入，必须拥有气象精细化资料的配合和气象专业人员的合作，为此，他多次到气象局申请能否从"邻居"这里调入一名农业气象专业人员协助他进行下一步小麦光合研究。为了帮助育种专家早日实现他的每亩一吨粮的梦想，县气象局经河南省气象局同意，将当时正在从事农业气象工作的大学生周帮伟调到了天民种业公司，于是，小周成了沈天民的得力助手。前段时间，我们见到了小周，问他从一个事业单位调到种业公司工作后悔吗？小周的回答很干脆，他说作为一名气象工作者，能为沈老师的育种事业出一份力感到很荣幸，他要尽最大努力为小麦新品的繁育做出贡献。

2009 年，中国气象局将河南省列为全国现代农业气象业务服务试点省份，兰考县气象局把天民种业公司列为重点服务单位，为育种事业提供全方位气象服务。现在，老沈可以随时取得精细化的气象资料，就像在大海航行的舵手有了卫星导航，再也不用担心"触礁"了。

在小麦播种时节，沈天民又来到县气象局和技术人员一起研究小麦播种时间问题，我们再次见到了他，他说："我已经记不清这是多少次来气象局了，是气象科学引导了育种事业，能取得今日的成绩，我从心底里感谢气象局的同志们。"说到这里，老专家那憨厚朴实的脸上流露出了对气象事业的无限感激之情……

（《中国气象报》，2010 年 1 月 20 日，作者：王建忠 焦仁庆）

在雪域高原书写天地豪情

他，从天中到高原，不远千里的跨越，只因对气象事业的忠诚；从中原到藏北，不惜与家人分离，缘于对气象事业的追求。

"梦里那曲，雪域高原，天中气象人，缺氧不缺志，这是共产党员，中原汉子的豪言，看格桑花花开花落，观哈达云卷云舒，人生有几次援藏，超越极限，执着奉献，只为心中不灭的风云理念。"这是"感动天中"十大人物组委会送给黄元的颁奖词。

作为驻马店市气象局一名普通的气象科技工作者，黄元两度进藏，以大地赤子的满腔热情，在藏北谱写了一曲壮丽的奉献之歌。

"在有生之年到一个最需要我的地方去"

2007 年 7 月，中国气象局给河南省气象局一个为期一年半的援藏名额，没有人想到黄元会主动请缨。曾经，他在出差途中出过车祸，导致重度脑震荡，身体一直没有完全康复。领导对黄元说："你是业务骨干，很多工作离不开你，再说，你的身体不好，还是再考虑考虑吧。"黄元的妻子说："我工作这么忙，孩子马上要上初中了，你去援藏了，我们怎么办？""我的专业对口，我不怕吃苦，我就想在自己的有生之年到一个最需要我的地方去，干一番事业。"他用铿锵有力的话语和斩钉截铁的态度说服了领导和家人。

走的那天，13 岁的儿子跟着汽车跑，大声喊着"爸爸"。那一声如重锤，击到了他心里最柔软的地方。他隔着车窗对儿子说了一句话："爸爸去援藏了，你就是家里的男子汉，要听妈妈的话！"黄元的声音哽咽了，流下了男儿的热泪。

在去往西藏的飞机上，从舷窗上望去，雪峰、冰川、高山、深谷，美丽而又陌生的风景一一浮现，他的心中有一个声音在呼喊："那曲，我来了！"

"越是这样，我越要在这里扎根"

刚到拉萨，黄元就出现了胸闷、咳嗽的严重高原反应，吐的痰里带着血丝。前来接他的那曲气象局工作人员担心他打退堂鼓，黄元费力地笑着说："刚来就给我来了个下马威，不知道我的犟劲儿，越是这样，我越要在这里扎根！"

到那曲后，还没有开展工作，生活问题就来了。由于海拔高、气压低，水烧不到100℃就开了，面条煮了三个小时仍是半生不熟；三天接了半桶水，水混浊得像黄泥汤；因为吃不上蔬菜和水果，缺乏维生素，黄元的嘴角和口腔经常溃疡。这样的困难在他看来都不算什么，他被一种激情和责任驱使着，全身心投入到工作中。他协助雷达机务人员进行雷达维护；他不断钻研，努力开拓气象服务的方法和领域；他发挥自己的特长，做好气象网络的保障工作……

有一次，黄元和同事到县局进行网络布线，几百里的土路坎坷不平，荒无人烟。在行至半路时，可怕的事情发生了，他们的车子抛锚了。高原温差很大，刚才还晴朗炎热的天气，突然下起了冰雹，他们挤在车上冻得瑟瑟发抖，此时的黄元出现了头痛、胸闷的高原反应。他大口地喘着气，第一次感觉到自己离死亡是那样近，"如果那次我真'报销'了，我最遗憾的事就是没有把工作做完……"也许是他的真诚感动了上天，他们终于找到了一个兵站，和单位取得了联系。救援车辆赶到后，要把他们接回去，已经喘得说不出话的黄元竟然指向了前进的方向。他的手势如此坚定，他的眼神如此坚毅，还是陪同他的藏族气象工作人员最了解他，"黄工干起活来和我们藏族人一样拼命，我们就听他的吧。"最后，他和同事们终于赶到了县气象局，在短暂的休整后，他们马上投入到了工作中。

"用奉献划出人生最亮的轨迹"

一年半的援藏时间很快就到了，也许命中注定了他与西藏难分难解的情缘，当那曲气象局领导要求他再留一年半时，黄元犹豫了。一边是"第二故乡"的挽留，一边是亲人的期盼，事业与家庭，他只能舍弃一端。

最终，他选择了事业，毅然踏上了二次进藏的路。如果说，第一次进藏靠的是共产党员不怕牺牲的勇气，那么二次进藏需要的就是超越凡人的决心。一向支持他的妻子开始不理解他了，人生去一次西藏足矣，他到底是中了什么邪？

在那曲气象局领导的盛情邀请下，黄元的妻子踏上了寻找答案的探亲之旅。当黄元带她看自己精心整改的网络布线时，当黄元骄傲地向她介绍自己研制开发的宽带网络检测与气象报文转发系统时，当黄元调试由自己维修好的新一代天气雷达时，她在丈夫的眼里看到了忠诚与责任；当那曲气象局全体工作人员在门口迎接她的到来时，当闻讯而至的当地藏族同胞为她献上洁白的哈达时，当气象局的藏族职工用翘起的大拇指表示对黄元的赞许时，她在他们的眼里看到了信任与感激。晚上，她辗转难眠，身边的丈夫却在黑暗中猛地坐起来，迷迷糊糊地说："雷达出问题了，我得去看看！"这时候，妻子终于理解了他，就像黄元说过的："人生只是一个过程，无论在什么地方，都应该用奉献划出人生最亮的轨迹，这才是最重要的。"

2010年8月，黄元的援藏工作圆满结束，回到了魂牵梦绕的故乡。从天中到高原，不远千里的跨越，只因对气象事业的忠诚；从中原到藏北，不惜与家人分离，缘于对气象事业的追求。正如驻马店市委书记化有勋在颁奖典礼上对黄元所说："你用援藏的实际行动践行了社会主义核心价值观，弘扬了气象人的执着奉献精神，树立了可亲、可敬、可信、可学的时代标杆！"

（《中国气象报》，2011年5月6日，作者：王建忠 陈松）

老百姓的贴心人

在河南省舞阳县孟寨镇，通过气象服务得到实惠的老乡们，一提起李伟的名字，个个伸出大拇指说，李协理真是咱们老百姓的贴心人。每当李伟到田间地头调研农业生产时，老乡们都会拉住他的手，非要让他吃过饭再走，为的是想让他多逗留一会儿，好更多地了解气象信息，以便更好地安排农业生产，争取来年有个好收成。

作为一名基层气象协理员，李伟深知气象与农业息息相关，农业生产离不开气象信息的服务。李伟始终把气象信息服务与农业生产紧密结合起来，创造性地开展气象服务工作，多次有效减少或消除了恶劣天气对农业生产造成的不利影响，为广大农民挽回经济损失数百万元。

2009年9月的一天，当李伟通过上级气象部门得知第二天将有大风、冰雹等强对流天气时，他便在第一时间通过镇气象信息服务站向各行政村发布了大风、冰雹气象灾害预警信息，同时还迅速与本镇蔬菜大棚种植户取得了联系，为他们及早着手、科学防范、有效降低灾害损失赢得了宝贵时间。2010年，虽然秋冬两季冷空气频繁入侵，但在李伟及乡镇气象服务站的积极服务下，村里的预警大喇叭及时广播，村民采取有效措施，2000多亩有机蔬菜基本没有因冻害造成损失，仅此一项就为当地增收500多万元。事后，几个蔬菜种植大户逢人便说："要不是咱们镇李协理员及时通知，还不知道我们的蔬菜大棚会成什么样儿呢！"

在李伟担任气象协理员初期，气象信息网络不健全，造成气象信息不能及时进村入户，给群众带来了很大不便。这个问题使李伟寝食难安。为切实解决各行政村气象信息渠道不畅、农业技术匮乏这一难题，李伟积极向镇党委、镇政府汇报气象工作的重要性，赢得了镇领导对气象工作的关注和支持。2008年孟寨镇全镇34个行政村率先建成了手机大喇叭工作站，成为全省首个信息化乡镇。据不完全统计，截至目前，手机大喇叭工作站已发送气象灾害预警信息、短期气候预测、墒情苗情信息等1万余条，服务群众4万多人。尤其是在2011年春季抗旱浇麦的关键时期，李伟坚持每天3次通过手机大喇叭工作站为村民提供天气预报、抗旱保苗应对措施、旱情动态等信息，动员群众赢得了农时，为实现该镇夏粮单产超千斤作出了积极贡献。

2009年孟寨镇被市县气象部门确定为现代农业气象建设试点乡镇，李伟积极协调有关单位和村庄，为现代农业气象建设工作大开绿灯。在不到3天的时间内，就把多功能乡镇气象站建设用地问题解决了。而如今，孟寨镇气象信息服务站业已建成并投入了业务运行，在农业防灾减灾中发挥了积极作用，为孟寨镇的农业生产插上了腾飞的翅膀。2010年，他主持完成了全县首个乡镇级气象灾害应急预案的制订，年底《孟寨镇气象灾害应急预案》正式颁布实施。

在谈到下一步的工作打算时，李伟信心满怀地说："作为一名气象协理员，我感到无上光荣，我将进一步扎实做好气象协理员工作，全力服务于气象为农服务'两个体系'建设和社会主义新农村建设。"

（《中国气象报》，2011年11月4日，作者：王建忠 张运国）

花甲老人亦有梦

在河南舞阳县九街乡澧河南岸，有位花甲老人，放弃了晚年清闲的生活，担起气象预警信息"最后一公里"传递的重担，一干就是四年，成为远近闻名的气象"土专家"。他就是被中国气象局授予"2011年全国气象服务贡献奖"的舞阳县九街乡气象信息员赵西坡。

"耕云播雨"排头兵

2009年，赵西坡开始肩任九街乡人工影响天气作业炮站站长。每次作业，他既是指挥员，又是战斗员和勤务员。2011年春季，九街乡遇到多年不遇的严重春旱，看到地里麦苗黄了，百姓们着急，他更是焦虑万分。在春季的几次人工抗旱增雨（雪）作业中，他不顾年龄大、身体弱等诸多不便，全程参与人工增雨（雪）作业。夜晚实施作业期间，野外寒风刺骨，看到作业人员冻得发抖，他就把自己家的被褥抱来给大家御寒，并为作业人员送来可口的饭菜。作业结束后，他还把珍藏多年连自己也舍不得喝的好酒拿出来，犒劳大家。旱情解除后，百姓纷纷到炮站表示感谢，赵西坡也为此感到无比欣慰。

为农服务先锋官

2010年，九街乡气象信息服务站建成后，赵西坡又当起了信息服务站站长、专职气象信息员，同时还担任区域自动气象站站长职务，承担起基层气象为农服务工作的重任。在气象信息服务站选址和建站期间，赵西坡积极协调服务站建设用地、用电和建设施工单位，为服务站的顺利开工建设创造便利条件。服务站建成后，他以站为家，吃住在站里，不仅有效地开展了区域站仪器设备的清洁维护工作，还精心做好仪器设备和服务站的安全保障工作，从没出过差错。

"服务站就是为咱老百姓服务的，我的精力就是要放在为百姓做实事上。"对于这项工作，赵西坡格外卖力。每天，百叶箱总是洁白如新；每月，数据情报传输率总是名列全市前茅；每年，周围百姓总是送予他诸多赞许。他日复一日、年复一年，每天都按时维护气象设施，早早地将接收到的重要天气预报和农业气象信息，传送到乡镇气象协理员及各村级气象信息员手中，必要时还将预警信息直接转发到各个村庄的大喇叭终端，播送到村里的每个角落。在灾害性天气发生时，他还经常跑到田里调查收集灾情，上报县气象局。在漯河市气象局组织的全市气象信息服务站工作检查中，九街乡气象信息站综合业务成绩多次排名第一，受到漯河市气象局的表彰。

科普知识传播者

气象业务专业性很强，老赵年龄大了，要想干好，难度可想而知。为了能上网浏览各类气象信息，赵西坡经常向晚辈们请教电脑和网络知识。他还积极参加市、县气象部门组织的气象信息员培训，即使家里农活再忙，老赵也没有缺席过一次。尽管他是培训班中最年长的一位，但成绩从不落后。他还经常学习农业气象、防雷减灾避险，气象灾害及其预防等知识，并向身边群众宣传讲解，成了小有名气的气象能人。

获得全国气象服务贡献奖，对于赵西坡来说，更多的是一种鞭策和激励。关于今后的工作，他也有自己的想法："向周围学校的老师发邀请，争取让孩子们在课余活动期间来服务站里参观，让孩子从小学习气象科普知识，这样兴许能启蒙出一个气象大学生。"

（《中国气象报》，2012年3月1日，作者：王建忠 张运国）

架起气象信息服务的桥梁

2004年2月，黎艳杰从学校毕业后，来到河南省鲁山县辛集乡程东村，成为众多大学生村官中的一员，同时还兼任气象信息员。

加强业务学习 认真履行职责

熟悉气象信息员的基本业务，是服务农民、指导农业生产的前提条件。为此，黎艳杰每天登录气象网站，认真查阅有关气象预报，特别是重要气象信息预报，同时在村务公开栏进行张贴，并利用气象短信平台及时将天气情况传至各自然村及部分种植、养殖大户手中，为他们科学安排生产提供参考和依据。近年来，他利用简报、短信、大喇叭等多个平台，广泛开展信息服务，仅气象周报、三夏专题气象服务材料等就转发了近800期。

工作之余，他不断加强气象知识的学习，了解不同天气对农业生产的影响，学习气象灾害防御知识，为当地农民做好生产、经营、生活的气象信息服务工作，受到广大群众的欢迎。2012年，黎艳杰在平顶山市气象信息员岗位比武中获得优秀奖，在河南省气象信息员岗位比武中与其他信息员并肩作战获得团体第六名。

加强科技支持　带领村民致富

"今年的葡萄色泽光鲜，甜度适宜，比去年的要好吃，市场反响很不错。感谢你提供的服务，请你一定要尝尝。"这是葡萄种植户程鸿飞见到黎艳杰的第一句话。近年来，程东村农民根据本地土壤、气候等条件，种植葡萄，形成了具有特色的优势产业——葡萄种植业。从葡萄萌芽期开始，黎艳杰及时把气象局的实地物候观测资料，修剪、水肥管理、病虫害防治措施等专题服务材料送到农民手中。随着葡萄种植面积的不断扩大，种植户对气象服务产品的需求也越来越高，要求更加多样化。为此，黎艳杰翻阅大量葡萄生产技术书籍，和气象局技术人员一起，为葡萄种植户提供了更加科学贴心的服务。据统计，2013年以来已提供21期专题气象服务，转发农用天气预报手机短信45条，服务覆盖该村数十个大小葡萄种植园，赢得了政府部门以及葡萄种植户的好评。"准确及时的天气预报为我们施药、施肥带来了极大方便，节约了生产成本。"5月26日，程鸿飞对正在进行葡萄生长观测的黎艳杰和气象局的技术人员表示感谢。

保证信息通畅　做好汛期服务

只要收到暴雨等重要天气预报，黎艳杰就及时上报给乡、村领导，为防汛决策提供依据。同时，又及时将相关信息传给村民，让他们做好防灾准备，为农民生产生活保驾护航。灾后，他将收集到的灾情反馈给气象部门，并根据村民的需求，向气象部门建言献策，以促进气象部门提供更有针对性的服务。

2010年汛期，鲁山县出现连续强降水天气，河流暴涨，坑塘水满，土壤含水量饱和。但天不作美，7月8日，辛集乡又出现了一次暴雨天气过程，6—12时降水量达120毫米。县气象局7时发布暴雨蓝色预警，接到预警信息后，黎艳杰第一时间报知乡党委、政府领导，提醒其做好应对山洪的准备。随后，他不停地在程东村大喇叭中广播，提醒种植、养殖大户和广大村民做好预防准备。暴雨过程中，为确保村民安全，黎艳杰对孤寡老人家庭和山坞临河等易灾家庭进行逐一摸排，及时救下了大水中被困房顶的乔玉芝祖孙三人。回想当时的情景，乔玉芝老人仍心有余悸："要是没有黎艳杰找到我们，我们祖孙三人说不定就被冲走了。"

据统计，这次强降水导致中和村 10 余间房屋倒塌。但因预警及时，乡党委和村干部提前部署，措施得力，全乡无一人伤亡。灾后，黎艳杰又及时把暴雨灾情图片和相关信息上传至鲁山县气象局、县民政局和县政府。

（《中国气象报》，2013 年 9 月 25 日，作者：王建忠 张金平）

耄耋老人的气象情缘

有树，有菜，有花。这是中原地区最常见的农家小院。不同的是，一架有些陈旧的百叶箱突兀地立在院子里。

一个瘦小的老人，裹在一片绿色中闯进了视野：稀疏白发，黑红脸庞布满深深浅浅的皱纹；微驼的背、蹒跚的步，看起来与普通老农没有什么不同。小院的主人正是他，河南省新乡市洪门镇原堤村的原学盟老人，一名普通的气象爱好者。他心系气象 60 余年，并尽己所能用气象知识为村民服务，在赢得人们尊重和爱戴的同时，也积累整理了弥足珍贵的气象资料。

60 余年记载千万组气象数据

1951 年，河南省新乡地区开始兴建引黄济卫（河）工程——人民胜利渠。两年后，19 岁的原学盟，因为在村里上过四年小学，被抽调到人民胜利渠灌溉管理局工作并兼任农田灌溉试验场的气象观测员。"要观测气温，要测定土壤墒情，还要进行作物地下水利用量观测。有时候夜里两点还要起来观测。那时候年轻，不知道累。"在试验场的几年里，忙碌的原学盟爱上了气象。在试验场工作期间，他整理了当地 1953 年到 1964 年的所有气象资料。后来，因为工作调动离开了观测场，但他没停止气象观测和资料记录，还向接管气象观测工作的同事要来了 1965 年至 1980 年的气象资料，与自己的记录进行对比。

1994 年，原学盟退休回到了乡村。他用修缮老屋余下的木条，请木工师傅做了一个标准的百叶箱，并亲自涂上白漆。在古稀之年，他又开始了气象观测。

"我会观测数据，老原可没少教我。他就是怕观测记录中断！"相依大半辈子的老伴说，"如果是半夜下暴雨，我还帮着他换雨量筒的水，再称重算成降水量。"在长达20年的时间里，原学盟老人生病或者有事外出时，他的老伴、儿女甚至女婿都成了临时气象观测员。老人编写了《观记分析天气变化六十年》(1953—2012年气象资料集)。在规整的图表里，一行行满是小数点的精确数字，一个个圈点，一段段标记，一条条高低起伏的曲线，密密麻麻地记录着每一个年份的霜期、日照、风力、雨量、地温、地下水位……"就喜欢干这个，积累了这么多东西，不整理一下有些可惜啊。但愿对社会能有一点贡献。"原学盟老人抚摸着本子说。

"不让资料在纸上睡觉，随时应时分析应用、服务民生，供求生产生活所需。"泛黄的纸张，以及老人手写在资料集封面上的话，连同他手绘在封面上的百叶箱、量雨器、风向标等图案，浓缩了老人对气象的深深挚爱。

20年不间断的乡村气象广播

走出原学盟老人的院子，步行不过10分钟，就是原堤村村委会。第三个房间是村广播室，一桌、一话筒、一扩音器就是全部"家当"。

回到乡村后，原学盟拿到了广播站的钥匙。每隔两三天，他都要进行一次气象广播："一年会播60到100次吧。"这条村中小路，老人走了20年，至今未间断。

如今，在原堤村，无论是作物收种，施肥灌溉，还是谁家经商、嫁娶选日子，都要过来问问原学盟。

"他施化肥没有'约摸'两字，预报明天要下大雨了，他今天下午就提前把化肥送到地里，比下着雨去地里施肥强多了。"村民原守信说起原学盟赞不绝口。不过原学盟老人说，他知道气象部门是唯一的天气预报发布部门，他给村民提供的气象服务，都是在气象部门发布的天气预报基础上，根据自己的经验进一步补充完善的。"我只是通过这么多年的观测，掌握了一些天气方面的规律。"原学盟老人笑着说，"天气有变化，都会提前过去广播一下，让大家及时应对。村民信我，我很满足。"

"他真是在做好事。平时给我们播天气预报，农忙时候收割晾晒啥的，都要去问问他天气怎么样。"村民原守其说，"俺村3000多口人，都沾了他的光，就连邻村的人都羡慕我们有自己的气象专家呢。"

为村民义务播报天气预报，原学盟也有生气的时候。"预报准了，大家都高兴，见面就夸我。"预报不准了，有些村民就开始说闲话，"听原学盟做预报，不如回家睡大觉""天天播天气预报，不浪费电？"

对这些议论，原学盟说，他从不泄气，也不图啥。"生会儿气，下次该去广播还得去。"

耄耋老人的气象心愿

在老人家的院落里，放置着气象部门赠送的百叶箱、量雨器。"看这里就能知道雨量有多大，看这里就能知道温度了……"老人在院子里津津乐道，介绍着每一样仪器。

老人观记气象，不但受到了村民的认可和爱戴，气象部门也给予了他很多支持。在老人退休回家做义务气象服务员后，新乡市气象局给老人送去了气象书籍和简便的气象仪器。

"旬报、月报气象局都寄给我，20年从未间断过，光邮票也得花上千元了，我常感动在心。"原学盟老人的日记里这样写道。老人保留着每一个信封，厚厚的一摞，昭示着过往的流光岁月。

"历年气温月旬情况""2014年阴雨较多日日历表"……在原学盟老人家的墙壁上、门板上，甚至厨房的灶台前，到处都涂绘、粘贴着各式各样、分门别类的气象图表。

2014年3月，老人在给中国气象局局长郑国光的信中，道出了自己的生活体悟："一个共产党员，一生能为人民利益所想所行，有点贡献，才能得到真正的愉快和幸福。"

郑国光收到信后批示：向原学盟老人致敬！他特地委托河南省气象局局长王建国专门看望慰问老人。"没想到中国气象局领导能看到我写的信，更没想到咱省气象局局长还来看我，这是对我最大的肯定啊……"话到此，原学盟老人的眼角已蓄满泪水。

采访结束后，老人执意要送记者出门。他悄悄说了余下的心愿：用自己多年来积攒的气象资料办一场展览，让村里的年轻人能对气象感兴趣、喜欢气象，也为自己找个合适的"接班人"。

（《中国气象报》，2014年5月16日，作者：王建忠 王永庆 李庆锋）

二线"乡官"忙在气象一线

55岁的石万胜是河南省孟津县麻屯镇一位退居二线的"乡官",但至今还在一线岗位工作。通过自学,他掌握了基本的气象常识,能对气象设施进行维护,用气象信息服务群众,让更多人了解气象、认识气象。2014年,石万胜被评为"全国优秀气象信息员"。同年,孟津县委、县政府在全县发起"远学焦裕禄,近学石万胜"的主题教育活动。

巡检仪器讲究"细"

8月4日夜里,孟津县电闪雷鸣。第二天一早,石万胜就张罗着要去常袋镇的红提庄园里看看,因为园区有县气象局安装的自动气象站。

这个自动站的雨量筒一个月前清洗过,现在还不到再次清洗的时间,但石万胜不放心。他说近几天下了几场雨,担心雨水里的杂质或者落下的脏东西堵住雨量筒的流水眼,造成测量不准。走到雨量筒前,他将筒从固定的卡槽上取下来,取出筒中间约铅笔芯般粗细的滤网,将水杯里差不多三分之一的水慢慢倒在滤网上冲洗了起来。之后,他又将水杯里剩余的水分两次倒进了筒里。第一次倒入后,从筒的排水眼里流出的水不太直。石万胜拿起细铁丝插进去轻轻捣了几下后,第二次将水倒进筒里,这一次流出来的水呈很细的直线状。

石万胜说,流出来的水呈直线且不断,才说明筒是干净的,测出的各项数据才是正常的。

收集灾情讲究"快"

"20时15分,洛阳市气象台发布雷电黄色预警信号;20时54分,发布冰雹红色预警信号。"5月6日晚,石万胜收到雷电和冰雹的预警信息没多久,电闪雷鸣,冰雹从天而降。在家里的石万胜坐不住了,他头顶着脸盆,深一脚、浅一脚地朝着镇政府办公室走去。冰雹砸在脸盆上发出"咣咣"的声音,狂风吹断了电线,街上漆黑一片。他打开办公室的门,点亮蜡烛后,开始挨个拨打村里的值班电话,询问下冰雹后的情况。

对还没下冰雹的村,他叮嘱村干部要加强防范,及时通知村民做好蔬菜大棚的保护工作。已经出现冰雹的村,他嘱咐村干部及时采取措施,开展生产自救，并多次叮嘱村干部把冰雹收集起来放在冰箱里，做好冰雹的测量工作。而他自己则借着蜡烛的微弱亮光，逐一记录所有村的情况，并在第二天一早及时上报灾情，成为全县第一个上报灾情的气象信息员。

排除故障讲究"真"

在石万胜办公桌的右上方，有一个无线自动气象观测仪，连着外面的一个雨量筒。雨量筒安装在办公楼楼顶的一个高台上，下雨时，每降雨0.1毫米，雨量筒里收集雨水的装置就会翻转一下，观测仪上的数字就会跟着增加0.1个数值。雨季，一旦降雨量达到一定的数值，自动观测仪就会通过话筒向各村播报防汛信息，提醒村民做好预防工作。

从担任气象信息员那天起，石万胜就肩负着对这套设备的维护和数据的监测、上报工作。他带着记者走到三楼的楼梯口。从这里垂直攀爬3米多后，就可以上到屋顶。

记得他做气象信息员的第一年夏天，在一次大雨中，县气象局工作人员打来电话询问情况，说是仪器上显示的雨量，麻屯镇的数据和常袋镇的数据差距较大，而这两个地方距离又不远。石万胜冒着大雨，立即爬了上去，排除了故障。结果，因为房顶湿滑，他下梯子时从梯子上滑了下来，摔倒在地上，手也被硬物划破，流了很多血。

石万胜心里也明白，没人要求他冒险爬到楼顶，"但既然承担了这样一份工作，要干就得干好"。

（《中国气象报》，2015年9月1日，作者：王建忠 焦国辉）

守嵩山之巅　观莫测风雨

在海拔 1178.4 米的嵩山跑马岭上，嵩山国家基准气候站已存在 60 余年。它是河南省唯一的高山国家基准气候站，也是河南省唯一的国家三类高山艰苦台站。这里极端最低气温能达到 -25℃，冬春风大寒冷，夏秋雾多潮湿。从 1956 年竖起第一只百叶箱开始，气象工作者扎根于此，见证风云变化。

攀爬　蜿蜒山路一爬就是几十年

嵩山气象站站长王彦涛沿着崎岖陡峭的上山小道走了 30 余年。

上山的路，至今也只能徒手攀爬。其实气象站距离山脚的直线距离不过两公里，蜿蜒的山路加在一起也只有 6 公里左右。但就是这样一条道路，普通人一般要走将近 4 个小时。

这是一条看似容易、实则难走的山路。陡峭的嵩山，道路全由山石堆砌而成。为了走得稳当，上山的人不得不频繁走"之"字，往往已经走得腰酸腿疼了，却发现也才抬升了几十米。

王彦涛，是嵩山气象站现任站长。1985 年 8 月的一天，19 岁的他从气象学校毕业，独自一人背着行李，爬上了气象站。没有大门的院落，破旧的房屋，煤油灯照明……这一切让刚上山的王彦涛心里发慌。"报到那天，背着行李被褥，足足花了 4 个小时，才抵达气象站。"王彦涛说，从山脚到山顶，这是他花费时间最长的一次。

以后的岁月里，王彦涛曾经创下五十分钟攀上山顶的纪录。那是 2007 年 7 月 30 日的傍晚，一声炸雷过后，值班室通信电话应声中断，测报业务顿时陷入瘫痪。刚下山休班的王彦涛得知该情况后，毫不犹豫地拿起手电筒，在电闪雷鸣和狂风暴雨中飞奔上山。

即便如今已年过半百，他也能在两个小时内，完成这段崎岖的路程。原因在于，陪伴他在寂寞路上攀爬的每一个拐弯，每一块标志性的大石头，每一棵老树，他都熟悉，如同手牵手的亲密老友。他说："爬山也是件熟能生巧的事情！"

光明　煤油灯是记忆里苦涩而温暖的光

寂静的跑马岭上，嵩山国家基准气候站有点"世外桃源"的味道。平房里，窗明几净，有电、有水，还有宽带。

受益于台站综合改善和气象现代化建设，嵩山气象站与王彦涛初来时相比，发生了天翻地覆的变化。如今这里已成为展示气象现代化建设成果的一个重要窗口。

"那时候，台站内杂草丛生，房屋破旧不堪，照明靠煤油灯，看电视靠汽油发电，吃水靠肩挑背扛。"王彦涛的同班同学、现任郑州市气象局纪检组长张振中清楚地记得，刚工作不久，王彦涛就给同学们"群发"信件，询问哪里能买煤油灯罩，而当时其他地方早就通了电。最终经过多方寻找，远在豫北的同学在乡下的集市上找到了卖灯罩的小店，一次性买了500个。

煤油灯照亮了嵩山站的小四合院，温暖地陪伴着气象测报人员，在这里度过一个个漫漫长夜，记录下成千上万组气象数据。每到傍晚时分，站里的所有人员都会不约而同地取下各自屋内的煤油灯罩，来到值班室边聊天边擦灯罩，比一比谁擦得快、谁擦得亮。

那时，站里还有个宝贝——日立牌彩色电视机。"但依靠汽油发电，经常是看电视的时间还没有修发电机的时间长。"王彦涛说，直到1998年8月，这里才通电。通电当晚，站里按过年的规格，包饺子、做大菜、开好酒，大家边吃边喝，边唱边跳，边跳边哭。

最后留下来的那盏煤油灯，依然在站里保存着，住在每个嵩山气象人最柔软的记忆里。

工作　用责任坚守不可或缺的资料

与风雪为伍，和雨雾相伴，这让王彦涛对大风、雷电反应特别敏感：夜里遇到打雷，他很快会被惊醒；听到雷声，他也会马上保持高度警惕。在站里度过了32个春秋，这些成了他的"职业病"。

王彦涛说，这里所观测的气象数据，将作为气象部门天气预报的重要依据。更重要的是，它们将作为研究气候变迁的第一手资料，参与国际信息交流。嵩山气象站，所反映的不仅是一时一地的气候，更是河南省整个西部山区的气象特征。

好在现在科技进步，大多数数据都由仪器进行自动监测。相比之下，王彦涛年轻时开展人工监测，可要苦多了。他清晰地记得，有次12级大风中，他手中的记录纸被狂风吹走了，那是当天的一项重要气象记录。为了追逐记录纸，自己却被12级的大风牢牢地"贴在"悬崖边锋利无比的铁丝网上，双手鲜血直流。同事赶紧喊来其他人员，人拉着绳、手拉着手，一点一点地把王彦涛从铁丝网上拽了回来。

"最严重的一次，是2005年9月的一天。"王彦涛说，"因连日暴雨不断，嵩山站的电话线路突然中断。为了尽快恢复通信传输数据，王彦涛和两名年轻职工冒雨沿线排查。雾大雨密，山路湿滑，他们一米一米地移动，认真排查，5个小时后终于排除了故障。"可就在返回途中，由于雨后路滑，王彦涛一不小心摔倒在地，滚下山去，右腿严重摔伤。同行的两名同事轮流背、左右搀扶，4个多小时后他们才艰难地赶到县城医院，拍片检查后被确诊为右腿胫骨骨折。

鬓角已经斑白的王彦涛，已不敢甩开膀子走路。他的背包里，常备着一些应急药品。由于长期在气象站工作，来回上山下山，在恶劣的环境下，他患上了风湿性关节炎和风湿性心脏病。

他的病，在山顶气象站工作人员当中很常见。山顶之上，冬春风大寒冷，夏秋雾多潮湿。极端最低气温能达到-25℃，最大风力能达14级，而最长的连续雾日为42天。一年四季，这里都要比山脚下低出六七摄氏度，而六到七级的大风，更是司空见惯。

水源　山顶清泉水来之不易

山顶也能通"自来水"，这简直不敢想。这里的"自来水"，水源是雨水。院里有"水窖"，碰上下雨天，雨水、地面径流汇集于此，经砂石过滤、渗透，流进"水窖"。这里的水，过滤后，主供食用。

房顶上，还有集雨装置，收储的雨水则主要用来洗手、洗澡等。"现在一年能集几百立方米水，能放心洗澡了。"王彦涛说，建站时打了一口水井。说是水井，其实也就是个"口小肚大"、可以储水50升左右的水墩儿。夏秋阴雨不断时，雨水能填满水墩儿；冬春干旱少雨时，井水干枯见底。所以每逢干旱的冬春季节，单位职工就得全体出动，到距站1400米的西流泉，靠肩挑背扛和水车拉运，维持全站基本的工作生活用水。

"所谓水车拉运，说白了就是由一个大汽油桶改造的储水罐，放在一辆架子车上依靠人工拉运。西流泉海拔比气象站高出100米左右，道路是碎石山路，路面勉强容得下一辆架子车通过。去时一路上坡，前面一个人拉，后面三人弓腰前推。"王彦涛说。

1989年冬季的一天，由于驾车老练的炊事员小陈下山休息，王彦涛和三名同事驾车去拉水。"这是第一次拉架子车。去时还好一路无事，但回来就感到有点力不从心。到了几处危险的地方，更是紧张得要命，拼命地把车往山路内侧拉，结果内高外低，人仰车翻。"王彦涛说。

万幸的是，翻车地点刚好有两三棵还算粗壮的马尾松把人和车挡住了，储水罐则从两棵树的中间滚下山坡，坠下悬崖，瞬间不见踪影。后来，在这几处路窄、坡陡、悬崖的地方，拓宽了路面，加装了护栏，运水才安全了许多。

青春 边吃苦边成长

站里人员并不多，加在一起共十名。这还得益于河南省气象局出台的一项特殊政策，每年招聘两名气象相关专业毕业生，补充到嵩山站工作锻炼 3～5 年，期满后再调配至省内其他县局工作。此办法的实施，有效解决了站上人员轮换困难的问题。

由于人员较少，工作环境特殊，这些年轻人没有正常的周末和节假日。每个月轮流下山休息 6～8 天，每两年轮流回家过一次春节。而每天，站里必须保证三到四人坚守山顶，负责监测气象数据和调试监测仪器。

在气象站的 10 名工作人员中，蔡冠杰是最年轻的一个。2016 年毕业的他，对这里恶劣的环境深有体会。夏天的时候，山脚下是蓝天白云，山顶上却是雾气蒙蒙。驱之不散的雾气，能够持续好几十天。见不到太阳的日子，潮湿而闷热；时常"光临"的强对流天气，释放的雷电仿佛就在头顶爬行。而地板墙壁上，布满了水滴；空气如同发霉，弥漫在房间之内；床上的被褥如同被水洗过，人也像身处桑拿房之中。

"这儿的闪电是柱状的，第一次在这儿听到雷声，吓得我腿都软了。而雷越大，活儿越多。"蔡冠杰说，遇到强雷暴天气，他们还不能躲在屋里，而是要冲到雨中，顶着近在咫尺的雷电，调试和修理电器；遇上大雪天，测量风速的"扇叶"会被冻住，他们还得爬到 12 米高的风塔上除冰，每上一步，就要用锤子去除上一阶梯的冰，手套也瞬间粘到柱子上。

在这里已经工作两年的李豪说，每个冬季来临前，他们都会忙着储备过冬的蔬菜食品。挑上山来的大米挂面、白菜南瓜、粉条腐竹、油盐酱醋，这些易存易放的食物，就是他们 4 个月的过冬食粮。整个冬天，他们很少能吃到新鲜的蔬菜。

如今，这几个年轻人成了站里的"主力军"。谈起工作状态，年轻人各个青春激扬。修房顶、修水电、除草、种菜、做饭……28岁的蒋超说，各种杂活儿，让他们成了"多面手"。工作之余，他们的生活也丰富多彩，聊天、打篮球、打乒乓球、上网，甚至想尝试当个网络直播主持人。

在25岁的李豪看来，现在有了宽带，他们时刻感受着时代的气息。当然了，有些"老传统"一直未变。比如，为游客指路是生活"调剂"；站里的工作人员难找女朋友；在家过一次春节的周期还是两年；那条通往气象站的山间小路似乎永远不可能有变化……

60余年的时光，弹指间在嵩山气象站轻盈滑过。"不与桃李争雨露，少同丹芍抢春光。平常之心藏苞内，随遇而安自吐香。"这首描写山菊花的小诗，王彦涛认为用在嵩山气象人的身上最为合适。

小小的气象站，隐藏在嵩山之中，看似一个不起眼的存在。但嵩山之上的云卷云舒、风云变幻，都被这山巅的气象站尽收眼底。这里，终将成为每个气象人心中的诗和远方，荡涤心灵，温暖情怀。

（《中国气象报》，2017年5月26日，作者：王建忠　周爱春）